AF289790

plaisir
d'amour

FSC
www.fsc.org
MIX
Papier aus ver-
antwortungsvollen
Quellen
Paper from
responsible sources
FSC® C105338

SAWYER BENNETT

DRAKE

PITTSBURGH TITANS

Ins Deutsche übertragen
von Sandra Martin

Sawyer Bennett
Pittsburgh Titans Teil 5: Drake

Aus dem Amerikanischen ins Deutsche übertragen von Sandra Martin

© 2023 by Sawyer Bennett unter dem Originaltitel „Drake: A Pittsburgh Titans Novel"
© 2023 der deutschsprachigen Ausgabe und Übersetzung by Plaisir d'Amour Verlag, D-64678 Lindenfels
www.plaisirdamour.de
info@plaisirdamourbooks.com
© Covergestaltung: Sabrina Dahlenburg
(www.art-for-your-book.de)
ISBN Print: 978-3-86495-622-5
ISBN eBook: 978-3-86495-623-2

Kapitel 1

Brienne

Weder in den Sitzungsräumen der Vorstandsetage noch im Bett habe ich jemals jemanden angefleht. Ich habe zwar das Wort „Bitte" fallen lassen, wenn es angebracht war oder weil es meinen Liebhaber erregt hat, aber ich habe nie etwas so dringend gebraucht, dass ich darum hätte betteln müssen.

Ich weiß, wie man zwischen Wünschen und Bedürfnissen unterscheidet, und die Wünsche ignoriere ich, weil ich stark bin.

Und wenn ich ein Bedürfnis verspüre, weiß ich, wie ich es stillen kann, weil ich klug bin.

Aber im Moment bin ich verzweifelt, denn selbst die geschicktesten Verhandlungskünste haben zu nichts geführt.

Ich lege das Übernahmeangebot beiseite, da ich mich ohnehin kaum konzentrieren kann, und werfe einen Blick aus dem Fenster. Ich bewundere die Grünflächen und sommerlich blühenden Bäume, die nur von den Mais- und Sojabohnenkulturen unterbrochen werden, die im Südosten Minnesotas vorwiegend angebaut werden.

Vom Flughafen in Minneapolis bis hierher haben wir etwa eine Stunde gebraucht, doch ich habe die Fahrt kaum wahrgenommen, denn ich hatte zu arbeiten.

„Noch etwa fünf Minuten", verkündet der Fahrer, als wir uns der kleinen Stadt Red Wing nähern.

„Danke", antworte ich und betrachte wieder die vorbeiziehende Landschaft.

Der Wagen, den meine Assistentin für mich gemietet hat, ist kein Luxus, sondern eine Notwendigkeit. Ich habe tatsächlich keinen Führerschein, doch ich hätte ohnehin keine Zeit, um selbst zu fahren, denn ich arbeite, wann immer ich kann. Es gibt ständig etwas Dringendes zu erledigen, und abgesehen von den vier bis fünf Stunden Schlaf pro Nacht, arbeite ich rund um die Uhr. Schon bevor das Flugzeug der Titans auf dem Rollfeld verunglückte, blieb mir nie genügend Zeit, um all meinen Verpflichtungen nachzukommen, doch jetzt nimmt mich die zusätzliche Verantwortung als Teameigentümerin mehr denn je in Anspruch. Ich danke Gott für unseren General Manager Callum Derringer, der mir mit viel Geduld beigebracht hat, mich als Besitzerin eines Eishockeyteams zu behaupten.

Ich sollte die verbleibenden fünf Minuten wirklich nutzen, um den Rest des Kaufvertrags durchzulesen, mit der wir die Kette einer Kleinstadtbank mit Sitz in Altoona erwerben könnten. Als Firmenchefin von Norcross Holdings wird der Vorstand mich in dieser Angelegenheit um meine Meinung bitten. Halte ich es für ein gutes Geschäft oder sollten wir besser die Finger davon lassen? Es ist nur eine von Dutzenden wichtiger Entscheidungen, die ich für das Imperium meiner Familie zu treffen habe.

Wobei Familie nicht ganz das richtige Wort ist.

Seit mein Vater vor zwei Jahren starb und mein Bruder vor etwas mehr als fünf Monaten bei einem Flugzeugunglück ums Leben kam, ist es nun mein Imperium. Als alleinige Norcross-Erbin führe ich unsere Dynastie an und verwalte unser milliardenschweres Vermächtnis, welches sich auf Investitionen in Kohle, Stahl, Öl und Immobilien gründet, die bis in die frühen 1800er-Jahre zurückreichen. Im zwanzigsten Jahrhundert gründete meine Familie die Norcross Bank, die heute eine nationale Institution ist, und natürlich gehören uns die Pittsburgh Titans.

Ich habe eine Menge Tanten, Onkel und Cousins, doch keiner von ihnen ist qualifiziert, auf dem Chefsessel zu sitzen. Mein Vater hat mich darauf vorbereitet, Norcross Holdings zu leiten, während sich mein Bruder Adam eigentlich nur für das Eishockeyteam der Titans interessierte. Mehrere Mitglieder meiner Familie sitzen im Vorstand und bekleiden Positionen in den zahlreichen Unternehmen unseres Konzerns, aber ich bin diejenige, die das alles leitet.

Bei dem Gedanken an Adam verspüre ich einen Stich im Herzen, der kurz darauf einem Loch in der Brust weicht. Ich habe erkannt, dass es ein Symptom meiner Einsamkeit ist. Obwohl ich nie wirklich allein und ständig von Geschäftskollegen, Bekannten und einigen Menschen umgeben bin, die ich als flüchtige Freunde bezeichnen würde, bin ich einsam.

Adam und ich standen uns sehr nahe, und sein Verlust hat eine tiefe Leere in meinem Leben hinterlassen. Er war immer für mich da und bot mir eine Schulter, an der ich meinen müden Kopf anlehnen konnte. Er war freundlich, liebevoll, extrem großzügig und die Art von Mann, der eine Frau eines Tages unglaublich glücklich machen würde. Er wünschte sich nichts sehnlicher, als die zukünftige Mrs. Adam Norcross zu finden und einen ganzen Stall voll Kinder mit ihr zu zeugen.

Es macht mich traurig zu wissen, dass er sie vor seinem Tod nie getroffen hat.

Adam hatte zwar immer hart gearbeitet und sich mit Leib und Seele den Titans verschrieben, doch am

Ende des Tages war er in der Lage, abzuschalten. Aus diesem Grund weiß ich, dass er ein toller Vater und hingebungsvoller Ehemann gewesen wäre, denn seine Frau und Kinder hätten für ihn an erster Stelle gestanden.

Ich bin völlig anders.

Für mich ist es so gut wie unmöglich, zur Ruhe zu kommen. Ich habe viel zu viele Verpflichtungen, als dass ich mich um etwas anderes als ums Geschäft kümmern könnte. Jeden Morgen um fünf Uhr verlasse ich das Haus, um ins Fitnessstudio zu gehen und dann um sieben Uhr im Büro zu sitzen. Von da an arbeite ich ununterbrochen, selbst durch die Mittagspause hindurch, und beende den Tag meist mit einem Geschäftsessen. Zu Hause liege ich dann mit meinem Laptop im Bett, um weiterzuarbeiten, und wenn ich Glück habe, schaffe ich es, eine Viertelstunde in einem Buch zu lesen. Für gewöhnlich schlafe ich mit der Brille auf der Nase ein, während mein E-Book-Reader auf den Boden rutscht.

So geht das sieben Tage die Woche, wobei ich mir seit Jahren keinen Urlaub mehr genommen habe. Gelegentlich gönne ich mir eine Massage, um die Knoten in meinen Schultern und im Nacken zu lösen, die sich durch den Stress und die langen Arbeitstage festgesetzt haben, und hin und wieder erhole ich mich mit Clay Bessel. Er ist ein brillanter Neurochirurg, der genauso beschäftigt und engagiert ist wie ich. Wir sind Freunde mit gewissen Vorzügen, was bedeutet, dass er mich manchmal zu einer Wohltätigkeitsgala begleitet, und mir zuweilen das Hirn rausvögelt, falls wir es uns zeitlich erlauben können.

Ich würde liebend gern behaupten, dass wir gut zusammenpassen, doch wir sind nicht einmal ein Paar.

Wir sind lediglich zwei Menschen, die sich zu einem bestimmten Zweck treffen und zufällig die Gesellschaft des anderen genießen, wenn wir es einrichten können.

Mein Handy gibt einen Piepton von sich, und ich reiße meinen Blick von dem Milchbauernhof los, an dem wir gerade vorbeifahren. Es ist eine Nachricht von Callum.

Callum: *Ich habe gerade mit Coen Highsmith telefoniert. Er kommt zurück, würde aber gern mit dir sprechen.*

Ich stoße erleichtert den Atem aus und entspanne die Schultern. Coen ist eines der ursprünglichen Mitglieder der Titans und befand sich nicht im Flugzeug, als es verunglückte – er hatte die Grippe und war deshalb nicht mit dem Team gereist.

Einer der glücklichen Drei.

Während es mir gelang, ein Team zusammenzustellen, das sofort wieder aufs Eis gehen konnte, war ich im Hinblick auf Coen nicht so erfolgreich. Ich nahm an, dass ihn Schuldgefühle plagten, weil er noch am Leben war. Er hatte sich in sich zurückgezogen und seine Karriere immer wieder selbst sabotiert.

Es kostete ihn die Saison, nachdem er wegen eines Angriffs auf einen Schiedsrichter suspendiert wurde, und als ich ihn im April das letzte Mal sah, teilte er mir mit, dass er seinen Eishockeyschläger an den Nagel hängen würde. Ich habe viel darüber nachgedacht, wie wir ihn umstimmen könnten. Was auch immer am Ende den Ausschlag gab, ich werde dafür ewig dankbar sein.

Ich antworte Callum mit ein paar kurzen Zeilen.

Ich: *Das ist die beste Nachricht, die ich seit langem gehört habe. Hoffentlich weiß ich bis zum Ende des Tages Genaueres. Ich rufe ihn später an.*

Callum schickt mir ein Daumen-hoch-Emoji, und ich lasse mein Handy auf den Ledersitz fallen.

Der Fahrer verlangsamt den Wagen und biegt nach links in eine Wohnsiedlung namens Shadow Creek Estates ein.

Die etwa hundertfünfzig bis zweihundertfünfzig Quadratmeter großen Anwesen scheinen nicht älter als ein paar Jahre zu sein, wenn man von den jungen Bäumen ausgeht, die entlang der Vorgärten und Gehwege gepflanzt sind. Es ist ein schönes Viertel, mit gepflegten Grünanlagen, hübschen Blumenbeeten und verschnörkelten Laternenmasten an jeder Ecke.

Ich frage mich, ob es ein Fehler war, hierher zu kommen. Möglicherweise verschwende ich hier nur meine Zeit, aber so leicht gebe ich nicht auf.

Dies ist mein absolut letzter Versuch.

Der Fahrer biegt erneut links ab und lenkt den Wagen in eine Sackgasse. Er folgt der Straße bis zum Ende. Hier grenzt sie an ein Maisfeld. Auf der rechten Seite steht ein hübsches dunkelgraues Haus im Handwerkerstil mit weißen Zierleisten und grob behauenen Holzbalken entlang der Veranda. Beide Tore der Doppelgarage sind geschlossen, aber in der Einfahrt steht ein großes Motorrad.

„Sie müssen nicht aussteigen", sage ich zu dem Fahrer. „Warten Sie bitte einfach hier."

„Ja, Ma'am", antwortet er, als ich die Tür öffne.

Ich steige aus und streife das Jackett meines Hosenanzugs glatt, den ich für die heutige Fahrt gewählt habe. Er ist eisblau, mit einem Stehkragen und einer passenden schmal geschnittenen Hose, die mir bis knapp über den Knöchel reicht. Meine cremefarbenen Stuart Weitzmans haben zehn Zentimeter hohe Absätze, die einige sicher als gefährlich erachten würden. Ich kann in den Schuhen nicht nur arbeiten, sondern sogar darin laufen und finde es gut, dass der Absatz meiner Körpergröße von eins siebzig einen Schub gibt. Wenn man in einer Männerdomäne beschäftigt ist, ist es von Vorteil, als stark wahrgenommen zu werden, und manchmal reicht dafür schon die Illusion, groß gewachsen zu sein.

Nach dem Logo auf dem Benzintank zu urteilen, ist das Motorrad eine Harley. Ich frage mich, ob er Besuch hat, und ich vielleicht störe.

Aber das würde mich ohnehin nicht aufhalten. Ich bin auf einer Mission, die unglaublich wichtig für die Zukunft des Eishockeyteams der Titans ist.

Ich gehe den Bürgersteig hinauf, wobei meine Absätze auf dem sonnengewärmten Betonboden ein klackerndes Geräusch von sich geben. Nachdem ich gerade drei Schritte zurückgelegt habe, wird die Haustür geöffnet und Drake McGinn kommt heraus.

Mit fast zwei Metern Körpergröße ist Drake eine imposante Erscheinung. Kein Mann sollte das Recht haben, derart gefährlich und gleichzeitig so sündhaft sexy auszusehen. Für gewöhnlich stehe ich auf frisch rasierte Männer mit ordentlicher Frisur. Clay hat perfekt gestyltes Haar, alterslose Haut, denn er verwendet regelmäßig Pflegeprodukte, und den schlanken Körper eines Läufers. Seine Hände sind perfekt maniküurt und geschmeidig, da er beruflich an Gehirnen und Rückenmark operiert.

Drake McGinn sieht aus, als wäre er gerade von der Bühne irgendeiner Spelunke getreten, nachdem er die ganze Nacht in einer Heavy Metal Band gespielt hat. Er ist von oben bis unten mit Tattoos übersät, und obwohl sein Bart ordentlich gestutzt ist, ist er dicht gewachsen und hat schon mehrere Tage kein Rasiermesser mehr gesehen. Sein blondes Haar ist nachlässig zu einem Pferdeschwanz zusammengebunden, der nicht länger als ein paar Zentimeter ist. Wenn es offen wäre, würde es ihm vermutlich bis zu den Schultern fallen. Einige Strähnen haben sich gelöst und umrahmen ein nahezu perfektes Gesicht mit einer starken Kieferpartie, sinnlichen Lippen und blauen Augen, die in der Sonne wie Gletschereis glitzern.

Und diese Schultern. Sie sind so breit und stahlhart wie der Rest seines Körpers, doch auf Schlittschuhen scheint er so leicht wie eine Feder und so gelenkig wie eine Primaballerina. Mit seiner Größe macht er es dem Gegner unglaublich schwer, den Puck an ihm vorbei ins Tor zu schießen, wobei er mit seiner Beweglichkeit und Schnelligkeit jede noch so kleine Lücke mit Leichtigkeit schließt.

Er ist ein Ausnahmesportler. So viel weiß ich, nachdem ich mehr und mehr über diesen Sport in Erfahrung gebracht habe.

Obwohl ich meine Männer am liebsten in teuren Anzügen oder einfach nur nackt sehe, muss ich mir mit Verwirrung eingestehen, dass er mit seinen abgetragenen Jeans, seinem grauen T-Shirt und den schweren Biker-Stiefeln eine stattliche Figur abgibt, die die meisten Frauen in die Knie zwingen würde.

Aber ich bin nicht wie die meisten Frauen.

Als er mich erblickt, öffnet er überrascht den Mund, doch dann presst er die Lippen zu einer dünnen Linie zusammen. Er würdigt mich kaum eines Blickes, als er sich auf den Weg zu seinem Motorrad macht, wobei er im Vorbeigehen murmelt: „Was haben Sie hier zu suchen?"

„Ich würde mich gern mit Ihnen unterhalten", antworte ich und folge ihm.

„Falls Sie mir schon wieder ein Angebot unterbreiten wollen, lautet die Antwort immer noch ‚Nein'."

Callum hat sich bereits mit Drakes Agent auseinandergesetzt, in der Hoffnung, ihn wieder zurück an den Verhandlungstisch zu bekommen, doch er hat sich als äußerst widerspenstig erwiesen. Er will einfach nicht für uns spielen.

„Es wäre schön, wenn Sie mir zuhören würden", erwidere ich beharrlich, während ich ihn dabei beobachte, wie er die Satteltasche an der Seite seines Motorrads öffnet. Er kramt kurz darin herum und knöpft sie schließlich wieder zu.

„Keine Zeit", entgegnet er nur und schnappt sich den Helm, der am Riemen des Lenkers baumelt. „Ich habe einen Termin."

„Wo?", will ich wissen und trete einen Schritt auf ihn zu. „Vielleicht könnten wir uns danach treffen. Ich könnte Sie zum Essen einladen."

Drake schwingt ein langes Bein über das Bike und setzt sich. Ich bemerke, wie seine Jeans sich über seine Oberschenkel spannt und muss mich zwingen, ihm ins Gesicht zu blicken. Er setzt seinen Helm auf und zieht den Kinnriemen an.

„Ich gehe in die Kneipe, um ein Bier zu trinken."

Ich beiße mir auf die Zunge, denn das ist nicht gerade ein wichtiger Termin. Vor allem keiner, den man wahrnehmen muss, nachdem die Besitzerin eines Eishockeyteams eigens für dieses Treffen eingeflogen ist.

Ich strecke meine Hand aus und lege sie auf seinen Arm, und verdammt … diese Muskeln unter seiner warmen, tätowierten Haut sind unglaublich verlockend.

„Schenken Sie mir nur fünf Minuten Ihrer Zeit."

„Kein Interesse."

Er richtet das Motorrad auf und klappt den Ständer um, wobei mir erneut auffällt, wie sein höllisch heißer Grätschsitz über dem Ungetüm von Maschine den Stoff seiner Jeans über seine Lenden spannt. Ich kann nicht anders, als ihn zu mustern.

Als ich wieder zu ihm aufsehe, starrt er mich aufmerksam an, und ich schaffe es einfach nicht, den Blick abzuwenden.

Er kneift die Augen zusammen, doch in seinem unterkühlten Ausdruck lodert ein höllisches Feuer.

„Gefällt Ihnen, was Sie sehen?"

Ich ziehe die Hand von seinem Arm und trete einen Schritt zurück.

„Was meinen Sie?"

„Sie starren mich an." Er beugt sich vor, stützt einen Ellbogen auf den Lenker und lässt seinen Blick quälend langsam über meinen Körper schweifen.

„Sie haben nicht gerade einen Hehl daraus gemacht. Wissen Sie, wenn Sie wirklich einen Deal mit mir aushandeln wollen, dann sollten wir vielleicht reingehen und uns drinnen weiter unterhalten."

Die Bemerkung ist unverschämt, und dennoch versetzten seine Worte mein Blut in Wallung. Aber ich bin in einer geschäftlichen Angelegenheit hier.

„Tut mir leid, ich muss passen. Ich habe zu Hause schon einen Bettgefährten, mit dem ich mich vergnügen kann, falls ich das Bedürfnis habe."

Drake legt den Kopf in den Nacken und lacht schallend. Seine Zähne sind perfekt und glänzend weiß.

„Ein Bettgefährte, falls Sie das Bedürfnis haben? Meine Güte, Lady, das ist ja erbärmlich.“

„Wie bitte?“, entgegne ich lautstark. Er hat nicht nur Clay beleidigt, sondern sich auch über meine Lebensweise lustig gemacht.

Ich bin eine selbstbestimmte Frau, die Sex hat, wann und wie sie will.

Außerdem hat er mich gerade *Lady* genannt, und das ist mehr als respektlos.

„Ich bin nicht einfach nur ein Bettgefährte“, erklärt er grinsend. „Ich spiele in der Oberliga, und ich stehe einer Frau nicht einfach für ihre Bedürfnisse zur Verfügung. Ich wecke ihre Begierden, befriedige sie und wecke sie dann erneut. Ich bin die Art von Mann, die Sie dazu bringen würde, mich anzubetteln.“

Ich blinzle ihn fassungslos an. Aber ich bin klug genug, um zu wissen, dass er nur versucht, mich mit seinen dreisten Worten zu provozieren.

Er verzieht den Mund zu einem schiefen Lächeln. „So wie Sie jetzt darum betteln, dass ich für Sie als Torwart spiele.“

Ich bin sprachlos. Ihm ist bewusst, dass er für meine Verblüffung verantwortlich ist, und sein Lächeln verwandelt sich in ein höhnisches Grinsen.

Drake lässt den Motor an, der so laut aufheult, dass ich zurückschrecke.

Ohne mich eines weiteren Blickes zu würdigen, schiebt er das Motorrad rückwärts aus der Einfahrt und fährt mit einem ohrenbetäubenden Dröhnen davon.

Einen Augenblick stehe ich wie versteinert da, dann meldet sich mein Geschäftssinn zu Wort. Ich habe schon mit schwierigeren Männern zu kämpfen gehabt, um einen Deal abzuschließen, und er wird auch nicht der letzte sein.

Er schüchtert mich nicht im Geringsten ein, und da ich jetzt weiß, womit ich es zu tun habe, werde ich einfach meine Taktik ändern.

Wie ich schon sagte, kann ich in diesen Absätzen laufen, also jogge ich los und lasse mich auf den Rücksitz des Mietwagens gleiten. „Folgen Sie dem Motorrad.“

„Ja, Ma'am“, sagt der Fahrer und startet den Wagen.

Drake fährt nicht sonderlich schnell, sondern tuckert in gemächlichem Tempo durch die Gegend. Daher dauert es nicht lange, bis wir ihn eingeholt haben und ihn verfolgen, bis er anhält.

Der Fahrer bringt den Wagen zum Stehen und ich mustere das niedrige Betongebäude, an dem die weiße Farbe abblättert. Ein schäbiges Schild mit der Aufschrift „Duke's Bar“ hängt schief an der Außenwand. Dies ist genau die Art Kneipe, in der ich Drake vermuten würde. Er ist bereits hineingegangen und hat seinen Helm auf dem Sitz seines Motorrads zurückgelassen, welches er neben einem Dutzend weiterer Bikes auf dem Parkplatz abgestellt hat.

„Soll ich den Wagen parken?“, fragt der Fahrer mit argwöhnischem Tonfall.

„Ja, bitte“, antworte ich, obwohl ich nicht minder skeptisch bin.

Hocherhobenen Hauptes betrete ich die Bar, und es dauert ein paar Sekunden, bis meine Augen sich an das schummrige Licht gewöhnt haben. Hier drin gibt es keine Fenster, und die Wände sind mit einer dunklen Holzvertäfelung verkleidet. Die einzige Beleuchtung besteht aus ein paar Neonschildern, auf denen

Bierwerbung prangt, und den Lampen über drei Billardtischen.

Ich fühle mich absolut fehl am Platz. Duke's ist eine Bruchbude mit einem klebrigen Boden und dem abgestandenen, muffigen Geruch nach Schweiß und Bier.

Sämtliche Köpfe drehen sich in meine Richtung. Ich lasse meinen Blick durch die Kneipe schweifen und denke, dass ich hier vielleicht nicht ganz sicher bin. Eine Handvoll griesgrämig aussehender Männer in Lederwesten beäugt mich, als wäre ich ein Leckerbissen.

Zwar ein fremdartiger, exotischer Leckerbissen, aber dennoch schmackhaft.

Spärlich bekleidete, stark geschminkte Frauen erwecken den Eindruck, als wollten sie mich umbringen, da ich mit meinem schicken Outfit und meinem selbstbewussten Auftreten eine Versuchung darstelle, die sie den Kerlen nicht bieten können.

Wie dem auch sei … ich bin Brienne Norcross, und ich habe schon furchterregendere Kontrahenten im Sitzungssaal zur Strecke gebracht.

Ich erspähe Drake am Ende der Bar, als eine junge Frau mit einem engen Trägerhemd und einem koketten Lächeln ein Bier vor ihm abstellt. Sie ist hübsch und trägt keinen BH, wie man an ihren Brustwarzen erkennen kann, die sich unter dem dünnen Stoff abzeichnen. Ich wette, sie ist der Typ Frau, der nicht nur einen, sondern gleich mehrere Bettgefährten hat.

Natürlich kann ich daran nichts Falsches finden, aber ich brauche jetzt Drakes Aufmerksamkeit.

Ich marschiere zur Bar und setze mich auf den Hocker neben ihm. Er muss sich mir nicht zuwenden, um zu wissen, dass ich es bin, denn er beobachtet mich durch die verspiegelte Wand hinter der Bar.

Die Barkeeperin mustert mich misstrauisch und zieht eine Augenbraue in die Höhe, als wäre ich versehentlich von der Straße hereingeschneit. „Kann ich Ihnen helfen?“

„Ja“, antworte ich und schenke ihr ein einnehmendes Lächeln. „Ich bezahle sein Bier und nehme ein Glas Wein. Was für einen haben Sie?“

Die Frau stößt ein Schnauben aus und Drake lacht leise.

„Was ist so lustig?“

„Wir haben keinen Wein“, antwortet sie. „Sie haben die Auswahl zwischen Bier vom Fass und Bier aus der Flasche. Das hier ist kein schicker Laden.“

Ich erröte und nicke in Richtung der Zapfhähne. „Ich nehme dasselbe wie er.“

Zwischen uns herrscht Schweigen, bis die Frau mit meinem Bier zurückkommt und ich ihr einen Fünfziger in die Hand drücke. „Behalten Sie den Rest.“

Sie beäugt den Schein in ihrer Hand und haucht: „Danke.“

Als sie sich entfernt, wende ich mich Drake zu. „Das machen Sie also tagein, tagaus? Sie trinken in einer Kneipe?“

„Ich genehmige mir nur Bier“, entgegnet er unbeeindruckt. „Mehr trinke ich nicht, wenn ich fahre, vor allem nicht, wenn ich mit dem Bike unterwegs bin.“

„Wo sind Ihre Kinder?“

„Sie sind samstags immer bei ihrer Großmutter.“

„Bei Ihrer Mutter?“, frage ich und bin überrascht, dass er sich überhaupt mit mir unterhält.

„Sie haben sonst keine Familie“, antwortet er gereizt.

Ich ergreife mein Glas und nippe an dem Bier. Es schmeckt scheußlich, aber ich schlucke es herunter. „Haben Sie sonst noch Verwandte in der Gegend?"

Drake wendet sich mir zu. „Erzählen Sie mir einfach, warum Sie hier sind und machen Sie mir ein Angebot, damit ich es ablehnen kann. Und danach können Sie wieder gehen und mich in Ruhe lassen."

Ich erkenne an seinem Tonfall und an seinem eiskalten Blick, dass er mit seiner Geduld am Ende ist.

„Ich schulde Ihnen eine Entschuldigung. Und zwar eine gewaltige."

Es ist wahr.

Bei unserem ersten Treffen in Pittsburgh habe ich ihn auf abscheuliche Weise beleidigt, und ich bin nicht stolz darauf. Er war gekommen, um unser Angebot abzuwägen, das wir ihm unterbreitet hatten. Da ich wusste, dass er alleinerziehender Vater ist, fragte ich ihn nach seinen Kindern und wollte von ihm wissen, wie er gedachte, sich um sie zu kümmern, da er viel unterwegs sein würde. Es war eine unglaublich sexistische Bemerkung, die noch dazu völlig unangemessen war. Ich war eine Idiotin.

Nach der Art und Weise, wie die Liga ihn behandelt hatte, war Drake ohnehin auf einen Kampf aus, doch mit meinen Worten habe ich das Fass zum Überlaufen gebracht. Im Grunde sagte er mir, dass ich mich zum Teufel scheren solle.

„Die Frage war wirklich furchtbar", fahre ich fort. „Ich habe unangemessen gehandelt, und hätten Sie mir die gleiche Frage gestellt, hätte ich Sie geohrfeigt. Ich kann Sie nur bitten, etwas Nachsicht walten zu lassen. Nach dem Unglück war ich ziemlich verwirrt und wusste die meiste Zeit nicht, was ich tat. Es war falsch von mir, und ich kann Ihnen versichern, dass das für gewöhnlich nicht meine Art ist."

Drake erwidert nichts, sondern hat den Blick auf sein Bier gerichtet.

„Ich nehme an, dass sie bereits wütend zu dem Treffen erschienen sind, weil die Liga Sie im Stich gelassen hat. Im Grunde hat sie Sie verraten. Und da ich die Besitzerin des Teams bin und zugegebenermaßen etwas Dummes getan habe, war es für Sie ein Leichtes, allem einfach den Rücken zu kehren. Also möchte ich mich nochmals bei Ihnen entschuldigen. Ich will eine bessere Repräsentantin der Führungsriege sein, um Ihnen zu beweisen, dass diese Liga auch noch etwas anderes für Sie bedeuten könnte. Sie wurden ungerecht behandelt und einer Sache beschuldigt, die …"

„Was wissen Sie denn schon davon?", blafft er mich an und wendet sich mir schließlich zu.

„Ich weiß im Wesentlichen, was vorgefallen ist."

Und das, was vorgefallen ist, war eine Farce. Seine Frau – nun, seine Ex-Frau – beschuldigte ihn, auf sein eigenes Team zu wetten, woraufhin er schließlich aus der Liga ausgeschlossen wurde. Das alles geschah, während er sich von einer Knieoperation erholte, und als er wieder fit war, wollten ihn die Buffalo Wolves nicht mehr verpflichten. Es wurde ihm nie etwas bewiesen, doch alle nahmen das Schlimmste an. Selbst nachdem eine Untersuchung ihn entlastet hatte, wollte niemand mit dem Skandal in Verbindung gebracht werden.

Unser Torwarttrainer, Baden Oulett, legt seine Hand für Drake ins Feuer. Er ist ein Freund von ihm und hat bestätigt, dass diese Geschichten von Drakes Ex-Frau erfunden wurden, als er um das alleinige

Sorgerecht für die gemeinsamen Kinder kämpfte. Und da seine Ex-Frau drogenabhängig war, hatte er keine andere Wahl, als das Sorgerecht zu beantragen.“

Letztendlich entschied das Gericht, dass Drake nicht nur ein liebender Vater, sondern auch das am besten geeignete Elternteil war, um die Fürsorge der Kinder zu übernehmen, und sprach ihm das alleinige Sorgerecht zu. Der Mutter der Kinder wurde ein sehr eingeschränktes Besuchsrecht eingeräumt. Damit war so gut wie bestätigt, dass ihre Anschuldigungen falsch waren, doch niemand in der Liga hat sich seitdem für ihn interessiert.

Außer mir.

Wir haben ihm ein gutes Angebot gemacht, aber er ist zu Recht verbittert. Niemand glaubte ihm, als die Anschuldigungen aufkamen, und die Medien waren rücksichtslos in ihrem Bestreben, daraus eine schmutzige Geschichte über Drogenmissbrauch und Glücksspiel zu machen.

Niemand interessierte sich für einen alleinerziehenden Vater, der von einer rachsüchtigen Frau hereingelegt wurde.

Als sich die Wogen geglättet hatten, schied Drake bitter enttäuscht aus der Liga aus und blickte nie zurück.

Bis die Titans ihm ein Angebot machten und ich ein paar dumme Bemerkungen fallen ließ, die ihn dazu veranlassten, uns den sprichwörtlichen Mittelfinger zu zeigen. Seitdem führt er ein zurückgezogenes Leben in einer Kleinstadt in Minnesota und kümmert sich um seine drei Söhne.

„Bitte überdenken Sie unser Angebot noch einmal.“ Ich schiebe mein Bier beiseite und stütze einen

Ellbogen auf den Tresen, um ihm ins Gesicht zu sehen. Immerhin schenkt er mir seine Aufmerksamkeit.

„Ich weiß, dass Sie wütend sind, aber gibt es einen besseren Weg, es ihnen heimzuzahlen. Sie könnten allen zeigen, dass Sie immer noch zu den Besten gehören, und nun hätten Sie sogar ein Team, das zu einer Million Prozent hinter Ihnen steht. Schließen Sie sich den Titans an, damit Sie es allen, die je an Ihnen gezweifelt haben, zeigen können.“

„Dann glauben Sie die Anschuldigungen gegen mich nicht?“, will er mit zweifelnder Miene wissen.

„Ich habe noch nie an Gerüchte geglaubt. Ich glaube an das, was ich sehe und was sich beweisen lässt. Außerdem hat sich Baden für Sie verbürgt, und ich vertraue ihm voll und ganz.“

Er wirft mir einen flüchtigen Blick zu, bevor er sich wieder seinem Bier zuwendet. Dann greift er nach seinem Glas und nimmt einen großen Schluck.

„Wir brauchen Sie, Drake. Unser Team könnte großartig sein, aber wir brauchen einen zuverlässigen Torwart.“

Er stößt ein freudloses Lachen aus.

„Sie pfeifen wohl aus dem letzten Loch, wenn Sie hier nach einem zuverlässigen Torwart suchen. Da draußen gibt es sicher eine Menge Spieler, die besser geeignet wären.“

„Das ist wirklich enttäuschend“, erwidere ich leise, woraufhin er mich mit einem finsteren Blick durchbohrt. „Sie sind ein eingebildeter Mistkerl. Von einem Mann wie Ihnen erwarte ich, dass er seinen Wert als Spieler kennt. Sie wissen verdammt gut, dass jeder, der sie verpflichtet, sicher nicht aus dem letzten Loch pfeift.“

„Die Leute stehen nicht gerade Schlange, um mir
ein Angebot zu machen", brummt er.

„Wir haben Ihnen ein Angebot gemacht", kontere
ich. „Und es ist ein verdammt gutes. Wir bieten
Ihnen eine Summe, die einem erstklassigen Torhüter
angemessen ist. Also behalten Sie Ihr Selbstmitleid
für sich, denn so eine Chance bekommen nur wenige.
Das Angebot gilt noch weitere achtundvierzig Stunden, danach werden wir es für immer zurückziehen."

Mehr sage ich nicht.

Ich drehe mich elegant auf dem Hocker um, springe
mit meinen zehn Zentimeter hohen Absätzen auf
den klebrigen Boden und verlasse die Bar, ohne einen
Blick zurückzuwerfen.

Kapitel 2

Drake

Auf der ganzen Welt leben 2.668 Milliardäre. In den Vereinigten Staaten sind es 735, gefolgt von China mit 607.

Unter den fünfzig Spitzenreitern sind nur vier Frauen.

Brienne Norcross ist eine von ihnen und nimmt mit einem Vermögen von 47,3 Milliarden Dollar Platz dreizehn auf der Liste ein.

Diese Information habe ich gegoogelt, weil ich nach ihrem überraschenden Besuch letzten Monat wissen wollte, ob sie einfach nur den Bezug zur Realität verloren hat. Die Tatsache, dass sie derart reich ist und sich sogar ein eigenes Land kaufen könnte, wenn sie wollte, hat nichts Beängstigendes an sich.

Nach allem, was man hört, ist sie eine ehrgeizige Geschäftsfrau, die den Respekt einiger der mächtigsten Männer des Landes – wenn nicht sogar der Welt – genießt.

Richtig … Männer.

Sie ist eine Frau in einer von Männern dominierten Geschäftswelt, und sie hat Eier aus Stahl. Das hat sie bewiesen, als sie vor sieben Wochen in diese Biker-Bar marschierte und mir ihre Entschuldigung aufdrängte.

Es wäre untertrieben zu behaupten, dass es mir nicht gefallen hätte, wie sie zu Kreuze kroch. Doch als sie die Kneipe verließ, nachdem sie mir achtundvierzig Stunden Zeit gegeben hatte, mich zu entscheiden, respektierte ich zumindest ihren Geschäftssinn.

Was die Anziehungskraft betrifft, so wurde ich in dem Moment auf sie aufmerksam, in dem ich den Konferenzraum im Stadion der Titans betrat, um mich kurz nach dem Flugzeugcrash zum ersten Mal mit der Führungsriege zu treffen.

Zuerst hielt ich sie für eine kalte Eisprinzessin, bis sie und ich begannen, uns gegenseitig zu beleidigen und ich sah, was für ein Feuer in ihr loderte. Sie ist der Typ Frau, an der ein Mann sich nur zu gern verbrennt.

Ich schäme mich nicht dafür, dass ich mich mehr als einem schmutzigen Gedanken über sie hingegeben habe, seit sie sich auf diesen Barhocker gesetzt und mir im Grunde die Leviten gelesen hat. Für gewöhnlich drehen sich meine Fantasien darum, dass ich ihren ordentlich gebunden Haarknoten im Nacken ganz durcheinanderbringe, während sie mir einen Blowjob gibt.

So ungehobelt es auch klingen mag, ich bin überzeugt davon, dass diese Frau gut blasen kann. Als sie mir erzählte, dass sie in Pittsburgh einen Bettgefährten hat, fand ich das gar nicht so lächerlich, wie ich vorgab. Es bedeutet, dass sie Sex liebt, und als fortschrittliche, selbstbewusste Frau wette ich, dass sie verdammt gut im Bett ist. Sie wäre der Typ, der alles gibt, und sich nicht scheut, das Gleiche im Gegenzug zu verlangen.

Doch das ist nicht wichtig.

Denn im Moment stehe ich vor ihrem Haus und bin kurz davor, meinen Platz im Team der Titans einzunehmen, also muss ich diese schmutzigen Gedanken beiseiteschieben. Morgen beginnt das Trainingslager, und heute Abend gibt Brienne eine Willkommensparty in ihrem Haus.

Allerdings ist der Begriff Haus nicht ganz zutreffend. Sie wohnt in einer riesigen Villa aus rotem Backstein mit einem Giebeldach, einem Türmchen und einer Menge deckenhoher Fenster, durch die man die hell erleuchteten Räume sehen kann. Als ich mich der Eingangstür nähere, höre ich Musik und Gelächter.

Viele hoffen auf eine gute Saison und da ich mich nun einmal bereiterklärt habe, ein Teil des Teams zu werden, werde ich mich dieser Hoffnung anschließen.

Ich habe die vollen achtundvierzig Stunden gebraucht, um eine Entscheidung zu treffen. Aber ich habe nicht gezögert, weil ich stur war und sie ärgern wollte, sondern weil ich tatsächlich das Für und Wider abwägen musste. Ich bin alleinerziehender Vater von drei Jungs. Zwar hilft mir meine Mutter und verwöhnt sie nach Herzenslust, während meine Schwester im Notfall ebenfalls einspringt, doch ich kümmere mich im Grunde rund um die Uhr um sie. Da ich vor meinem Ausscheiden neun Jahre lang in der Liga gespielt habe, habe ich es fertiggebracht, Millionen zu investieren und muss im Leben keinen Finger mehr krumm machen. Dadurch habe ich alle Zeit der Welt, um meine Jungs großzuziehen, denn von ihrer drogensüchtigen Mutter haben sie nicht viel zu erwarten.

Bevor ich zurück aufs Eis gehe, musste ich sicherstellen, dass ich meinen Söhnen auch weiterhin ein Gefühl von Sicherheit und Liebe geben kann. Sie sind mein Ein und Alles, und ich muss immer in Betracht ziehen, wie sich meine Entscheidungen auf sie auswirken könnten.

Letztendlich war es meine Schwester Kiera, die mich davon überzeugt hat, das Angebot anzunehmen. Sie hat sich bereiterklärt, mit mir nach Pittsburgh umzusiedeln, um mich bei der Erziehung der Jungs zu unterstützen, da sie ihren Job überall ausüben kann. Sie ist Jake, Colby und Tanner eine hingebungsvolle Tante, und nachdem sie mir ihre Hilfe angeboten hat, waren mir die Ausreden ausgegangen.

Im Inneren des Hauses suche ich zuerst nach Baden. Aufgrund meiner Zeit in der Liga, kenne ich einige der anderen Spieler bereits, doch Baden und ich haben zusammen bei den Wolves gespielt, bevor er nach Arizona ging. Damals war ich der Haupttorwart und er der Ersatztorwart, und wir waren eng befreundet. Ich fand es zwar schade, dass er das Team im Zuge des Expansion Drafts verließ, doch er blühte in Arizona auf und wurde zu einem der besten Torhüter der Liga.

Bis er sich eine Verletzung zuzog.

Heute ist er Trainer hier in Pittsburgh, und der Kreis schließt sich für uns beide. Allerdings sind wir jetzt keine Teamkameraden mehr, denn er ist im Grunde mein Chef. Aber ich habe absolut kein Problem damit.

Rechts von mir erblicke ich einen geräumigen Barbereich voller antiker Möbel und wahrscheinlich unbezahlbarer Kunstwerke. Ich hole mir ein Bier und schlängle mich durch die Menge.

Manch einer mag denken, dass es unangenehm ist, in eine Branche zurückzukehren, die mich verraten hat, aber die Spieler hatten damit nichts zu tun. Vielmehr waren die Eigentümer der Wolves, für die ich gespielt hatte, dafür verantwortlich, und nachdem sie mich entlassen hatten, haben sämtliche Teambesitzer und Geschäftsführer mich keines Blickes mehr gewürdigt.

Die Spieler selbst haben sich nie gegen mich gewandt, und meine Freunde blieben mir treu. Diejenigen, die ich nur flüchtig kannte, richteten sich nach meinen Freunden und waren auf meiner Seite. Wahrscheinlich habe ich in jenem letzten Jahr nur deshalb nicht den Verstand verloren, weil eine Menge Spieler, die ich kaum kannte, mir Nachrichten sandten, um mir ihre Unterstützung zuzusagen.

Auf meiner Suche nach Baden, halte ich hin und wieder an, um mich kurz zu unterhalten. Einige der Jungs, die aus der Minor League aufgestiegen sind, kommen auf mich zu, um sich vorzustellen. Ich kann mir Gesichter und Namen gut merken und werde morgen, wenn ich zum ersten Mal mit meinem neuen Team aufs Eis gehe, wissen, wer meine Mannschaftskameraden sind.

Jemand klopft mir auf die Schulter, woraufhin ich mich umdrehe und Baden erblicke, der ein breites Grinsen im Gesicht hat. Wir schütteln einander die Hand, da wir uns schlecht umarmen können, solange wir beide eine Flasche Bier in Händen halten.

„Mann … du hast ja keine Ahnung, wie sehr wir uns freuen, dass du hier bist“, sagt er.

Für ihn ist es jedoch keine Überraschung. Er ist der Erste, den ich angerufen habe, nachdem mein Agent das Angebot der Titans angenommen hatte. Baden ist mit mir in Kontakt geblieben und hat mir in den letzten Wochen sogar geholfen, hier in Pittsburgh eine Bleibe zu finden.

„Hast du dich schon eingelebt?“, fragt er.

„Größtenteils. Ich bin mit dem Motorrad hierhergefahren und habe mich vorgestern mit der

Umzugsfirma getroffen. Kiera kommt in ein paar Wochen mit den Jungs nach. Sie muss noch ein paar Dinge hinsichtlich ihrer Arbeit regeln.“

„Ich bin wirklich froh, dass sie hier sein wird, um dir zu helfen.“

„Ich auch.“

Baden zeigt mit einem Nicken in Richtung eines Flurs. „Komm mit nach unten. Ich war gerade im Spielzimmer mit der Gang.“

„Mit der Gang?“ Ich habe absolut keine Lust, mich mit den Trainern oder irgendjemandem aus der Verwaltung abzugeben. Zwar gehört Baden mittlerweile auch dazu, aber in seinem Fall mache ich eine Ausnahme, denn wir haben früher zusammen gespielt. Ansonsten halte ich mich von der Führungsriege fern. Diese Grenze werde ich nicht überschreiten, denn ich bin von ihnen auf brutale Weise verraten worden.

Ich habe zwar Briennes Entschuldigung für ihre unbedachten Äußerungen über meine Fähigkeiten als Vater akzeptiert, aber ich traue weder ihr noch irgendjemandem sonst im Management.

Ausgenommen von Baden.

„Die Gang“, wiederholt er. „Gage und Stone, ihre Freundinnen und meine natürlich auch. Ich möchte dir unbedingt Sophie vorstellen. Coen und seine Freundin Tillie hast du gerade verpasst, aber du wirst ihn morgen im Trainingslager kennenlernen.“

„Ich bin ihm schon einmal begegnet. Cooler Typ. Dann hat er also den Kopf aus dem Arsch gezogen?“

Baden bricht in schallendes Gelächter aus. „Ja, hat er. Das hat er vor allem Tillie zu verdanken, sie hat einen guten Einfluss auf ihn. Aber ihre Beziehung ist noch ganz frisch, daher haben sie es hier nicht lange ausgehalten.“

Er zwinkert mir zu, aber er muss mir nichts erklären. Ich verstehe genau, was er sagen will.

Ich höre eine weibliche Stimme und spanne sofort sämtliche Muskeln im Körper an. Ich würde Brienne Norcross‘ leicht heiseren Tonfall und ihre direkte Art überall erkennen.

Ich werfe einen Blick nach rechts und sehe, wie sie sich mit einem mir unbekannten Paar unterhält. Sie sind älter – vielleicht Anfang sechzig – und ich vermute, dass einer von ihnen in der oberen Führungsebene tätig ist. Vielleicht arbeiten sie auch für ein anderes ihrer vielen Unternehmen.

„Entschuldige mich bitte einen Moment“, sage ich zu Baden. „Ich würde gern kurz mit Brienne sprechen.“

„Aber sicher“, erwidert er, wobei ich mich bereits von ihm abwende.

Die Eisprinzessin sieht heute Abend besonders umwerfend aus. Sie trägt ihr silbrig-blondes Haar offen, das ihr bis zu den Schultern reicht. Ich habe mich bereits gefragt, wie lang es ist, denn ich habe sie nur zweimal gesehen, und jedes Mal hatte sie ihr Haar zu einem Knoten im Nacken gebunden.

Es glänzt wie Seide und umschmeichelt die Kanten ihres Gesichts.

Sie sieht jünger aus.

Sie trägt eine schwarze Hose, deren Beine so weit sind, dass ich sie zuerst für einen Rock gehalten habe. Der Saum berührt fast den Boden, und ich kann gerade noch einen Blick auf einen ihrer Pfennigabsätze erhaschen. Wenn sie ebenso hoch sind wie die verdammten Schuhe, die sie bei ihrem Besuch in Red

Wing trug, läuft sie Gefahr, sich den Knöchel zu brechen.

Zugegebenermaßen waren die Schuhe verdammt sexy.

Ihre ärmellose, cremefarbene Bluse ist gerade so weit ausgeschnitten, dass ich einen Hauch von Dekolleté sehen kann. Briennes Haut ist nicht blass, aber auch nicht ganz braun gebrannt. Sie ist perfekt cremefarben und sieht aus, als wäre sie dafür gemacht, berührt zu werden. Ihr einziger Schmuck sind kleine Creolen und eine dünne goldene Halskette mit einer Art Anhänger, den ich nicht genau erkennen kann.

Das ganze Ensemble ist stilvoll, mit einem Hauch sinnlicher Eleganz, den ich von ihr nicht erwartet hatte. Vielleicht bin ich aber auch der Einzige, der sich zu dieser toughen Frau hingezogen fühlt. Es ist schon eine ganze Weile her, seit mich jemand derart erregt hat.

Ich gehe auf sie zu, als das Paar sich glücklicherweise gerade von ihr verabschiedet. Brienne will sich ebenfalls abwenden, doch dann erblickt sie mich und verzieht ihre vollen Lippen zu einem Lächeln. Sie trägt tiefroten Lippenstift, wobei ihr restliches Make-up eher dezent gehalten ist. In gewisser Weise erinnert sie mich ein wenig an Gwen Stefani.

„Drake", sagt sie warmherzig und streckt mir eine Hand entgegen. „Ich bin so froh, dass Sie es heute geschafft haben. Ich war mir nicht sicher, wann Sie in Pittsburgh ankommen würden."

Ihre Haut ist so geschmeidig wie ich erwartet hatte, aber sie drückt meine Hand mit festem Griff. Ich kann Leute mit schwachem Händedruck nicht ausstehen, weder Männer noch Frauen.

„Ich bin vor ein paar Tagen eingetroffen“, berichte ich, als ich meine Hand wieder zurückziehe. „Nette Party.“

Sie blickt sich um. „Nun, ich kann leider nicht behaupten, dass ich das viele Essen gekocht habe. Die Caterer sind die wahren Helden hier, und meine Assistentin hat den Großteil der Planung übernommen.“

Das Leben der Reichen und Berühmten. Dennoch möchte ich ihr ein Kompliment machen.

„Es ist schön, dass Sie alle vor dem Trainingslager zusammengebracht haben, damit sie sich amüsieren können.“

Sie lächelt und verschränkt die Hände vor ihrem Körper. „Und Sie sind bereits in Ihr neues Haus eingezogen?“

„Ja … Baden hat mir geholfen, eine Bleibe drüben in North Shore zu finden, nicht weit vom Stadion entfernt.“

„Wollen Sie den Weg zur Arbeit so kurz wie möglich halten?“, erkundigt sie sich. „Viele der Spieler wohnen außerhalb von Pittsburgh.“

„Ich möchte in der Nähe meiner Kinder sein, wenn ich in der Stadt bin“, erkläre ich, woraufhin sie leicht den Mund verzieht. Ich vermute, sie erinnert sich gerade an ihre unangemessene Frage während unseres ersten Treffens.

Brienne räuspert sich und fährt fort. „Sie haben drei, nicht wahr?“

Ich nicke, und werde sofort von einem Schwall von Freude und Liebe durchströmt, als ich an meine Söhne denke. „Jake wird bald sieben, und Colby und Tanner sind fünf.“

„Zwillinge?“, fragt sie erstaunt.

„Man sagt, sie machen doppelt so viel Ärger, aber sie sind gute Kinder. Meine Schwester kommt in ein paar Wochen mit ihnen nach. Sie wird hierbleiben, um uns zu helfen."

„Das ist ja wunderbar", ruft sie freudig aus und scheint dann darum zu ringen, was sie als Nächstes sagen soll. „Also, sind sie … sind sie in einem Alter, in dem sie schon lesen können? Ich könnte ihnen Bücher schicken. Oder vielleicht ein paar Spielsachen. Wie wäre es mit Bauklötzen?"

„Sie wissen nicht viel über Kinder, nicht wahr?", frage ich.

Sie schüttelt den Kopf. „Es fehlt mir in jeder Hinsicht an Erfahrung."

Aus irgendeinem Grund überrascht mich das nicht. Brienne scheint mir ganz und gar nicht der mütterliche Typ zu sein.

Doch das ist mir egal. Ich bin nicht auf der Suche nach einer Mutter für meine Kinder.

Eigentlich suche ich gar nichts. Es sei denn, sie will mit mir schlafen. Für diese Möglichkeit wäre ich offen.

Noch während mir der Gedanke durch den Kopf schießt, wird mir klar, wie wenig mich dabei die Tatsache berührt, dass sie meine Vorgesetzte ist. Sie könnte mich von heute auf morgen aus dem Team ausschließen, denn sie sitzt auf dem Thron der Titans. Diese Grenze sollte kein Spieler überschreiten.

Dennoch ist es mir scheißegal.

Statt mich davon einschüchtern zu lassen, mustere ich sie unverhohlen von oben bis unten. Sie neigt neugierig den Kopf zur Seite.

„Wo ist Ihr Bettgefährte?", will ich wissen.

Sie schnappt überrascht nach Luft, doch der schockierte Ausdruck in ihrem Gesicht verschwindet so schnell, wie er gekommen ist. Stattdessen tritt ein herausforderndes Funkeln in ihre Augen.

Brienne verzieht die Lippen zu einem verlegenen und zugleich sinnlichen Lächeln. „Den habe ich an mein Bett gefesselt."

Ich kann mir ein Lachen nicht verkneifen, denn diese Retourkutsche war einfach genial. Ich bin beeindruckt von ihrem Reaktionsvermögen, während mich der Gedanke erregt, dass sie selbstbewusst genug wäre, um einen Mann möglicherweise in diesem Moment an ihr Bett gefesselt zu haben.

Allerdings würde ich mich nie von ihr fesseln lassen. Ich muss immer das Sagen haben, denn wenn man sich schon einmal so schlimm die Finger verbrannt hat wie ich, dann gibt man die Kontrolle nicht mehr aus der Hand.

Man vertraut niemandem, nicht einmal im Schlafzimmer.

„Ich muss schon sagen", bemerkt sie gedehnt und lässt ihren Blick an mir auf und ab schweifen, „Sie haben sich ziemlich herausgeputzt."

Ich trage eine Anzughose und ein Hemd. Auch wenn ich Jeans und T-Shirt bevorzuge, weiß ich, wie man sich dem Anlass entsprechend kleidet. In meinem Schrank hängen genauso viele schicke Kleidungsstücke wie Biker-Klamotten.

Ich schaue an mir herunter und hebe dann wieder den Kopf. „Seien Sie ehrlich … die Jeans gefällt Ihnen besser. Und ganz ohne Zweifel mögen Sie meine Tattoos."

Ihr Blick fällt auf den offenen Kragen meines Hemdes, unter dem die Tätowierungen auf meinem

Schlüsselbein zu sehen sind. Als sie mir wieder in die Augen sieht, kann ich den beifälligen Ausdruck in ihren Iriden erkennen.

Doch dann scheint sie sich auf ihre Professionalität zu besinnen. „Flirten Sie etwa mit mir, Drake? Denn das wäre ziemlich unangemessen.“

Ich schüttle den Kopf und beuge mich zu ihr vor. Mit gesenkter Stimme sage ich ihr die Wahrheit. „Ich flirte nicht, sondern ficke. Das ist alles.“

Brienne schnappt nach Luft, wobei sie jedoch weder entsetzt noch schockiert zu sein scheint. Vielmehr stößt sie kaum merklich erregt den Atem aus, während sich ihre kobaltblauen Augen verdunkeln.

Ich mache mir den Moment zunutze und füge hinzu: „Bettgefährten flirten. Doch mir sieht das nicht ähnlich.“

„Und aus welchem Grund ist es wichtig, dass ich den Unterschied kenne?“, will sie wissen, wobei ich mit Genugtuung feststelle, dass ihre Stimme noch heiserer ist als zuvor.

Ich verziehe die Lippen zu einem verruchten Grinsen. „Für den Fall, dass Sie einen Beweis für meine Behauptung brauchen.“

Fasziniert beobachte ich, wie der nachdenklich feurige Ausdruck in ihren Augen der eisigen Miene der Multimilliardärin und Besitzerin eines Imperiums weicht.

„Kein Interesse“, erwidert sie mit ausdruckslosem und leidenschaftslosem Tonfall, während sie ihren Blick über ihre anderen Gäste schweifen lässt.

„Oh, Sie sind interessiert“, entgegne ich wissend, woraufhin sie wieder meinem Blick begegnet.

Jetzt flirte ich ganz sicher.

Aber nicht mit Brienne, sondern mit der Gefahr. Ich bin mir ziemlich sicher, dass ich mit meinen Worten gerade ein Dutzend Vorschriften gegen sexuelle Belästigung verletzt habe.

Dennoch … ist es mir scheißegal.

Jeder gute Psychologe würde sagen, dass ich der Führungsriege, die mich verraten hat, mit meinem Verhalten eins auswischen will. Ich schlage um mich und teste meine Grenzen aus. Vielleicht will ich sogar die ganze Liga bestrafen, wobei Brienne lediglich eine Repräsentantin ist.

Man könnte sogar behaupten, dass ich einige Probleme noch nicht verarbeitet habe und sie an Brienne auslasse.

Allerdings versuche ich nicht wirklich, sie zu verletzen, denn ich weiß, dass sich diese Frau mit ihrem Mumm und ihrem stählernen Rückgrat von meinem rüpelhaften Gehabe nicht aus der Ruhe bringen lässt. Dafür ist sie viel zu stark.

Zu meiner Überraschung beißt sie sich auf die Unterlippe, als würde sie etwas abwägen. Ich erwarte, dass sie mir eine Ohrfeige verpasst oder mir zumindest für meine Dreistigkeit die Leviten liest.

Stattdessen wirkt sie eher nachdenklich.

Und sogar ein wenig sehnsüchtig. Bei der Erkenntnis verspüre ich ein Ziehen in meiner Lendengegend, das mich zutiefst schockiert.

Brienne neigt jedoch nur den Kopf und schenkt mir ein höfliches Lächeln. „Es war schön, Sie zu sehen, Drake. Ich habe große Erwartungen an Ihre Fähigkeiten auf dem Eis."

Im nächsten Moment macht sie auf ihren sexy Absätzen kehrt und geht davon, ohne mich eines weiteren Blickes zu würdigen.

Ich nehme mir einen Moment Zeit, um die Rundungen ihres Hinterns zu betrachten, während mir klar ist, dass ich nicht nur mit dem Feuer, sondern mit Dynamit spiele.

Und die Gefahr, die damit verbunden ist, ist mir ebenfalls scheißegal.

Kapitel 3

Drake

Der Besprechungsraum des Teams wird *Die Schüssel* genannt, da er in seiner Form an eine ebensolche erinnert. Das kreisrunde Zentrum ist mit dunklem, poliertem Holz verkleidet und befindet sich im Untergeschoss. Damit ist es auf derselben Ebene angeordnet wie die Umkleidekabine, die Büros der Trainer, die Therapieräume, der Aufenthaltsraum der Spieler und die Eisfläche.

Ausgehend von der Mitte des Raums sind fünf Sitzreihen ansteigend angeordnet, die von drei Treppen unterbrochen werden. Die oberste Reihe ist von einem Steg und einem Geländer umgeben, und an den Wänden sind in einem Abstand von etwa drei Metern riesige Bildschirme angebracht, damit wir uns Videoaufzeichnungen von den Spielen ansehen können.

Ich betrete den Saal in der unteren Ebene und nicke Baden zu. Er sitzt in der ersten Reihe, mit unserem neuen Cheftrainer, Cannon West, und unserem Assistenztrainer, Gage Heyward. Gage ist diese Saison vom Spieler zum Trainerstab gewechselt und hat damit in meinen Augen einen mutigen Schritt unternommen. Ehrlich gesagt hat er in der letzten Saison so gut gespielt, dass ich versucht hätte, ihn noch ein weiteres Jahr auf dem Eis zu halten, aber ich habe gestern Abend auf der Party erfahren, dass er einfach die Schnauze voll hat.

Ich weiß genau, wie es sich anfühlt, von etwas die Schnauze voll zu haben, daher respektiere ich seine Entscheidung. Abgesehen von Gage hat das Team noch zwei Co-Trainer, Sam Thatcher und Maurice

Dupont, die ich beide gestern Abend getroffen habe. Sie scheinen in Ordnung zu sein, doch so etwas kann man erst mit Sicherheit wissen, sobald man mit ihnen auf dem Eis steht. Ich weiß, dass Cannon West dem Team guttun wird. Er ist zwar noch ziemlich jung, um den Posten des Cheftrainers bei einem Profiteam zu übernehmen, doch laut Gage hat er ein Talent dafür, eine Bindung zu seinen Mitmenschen aufzubauen, und das ist eine wertvolle Gabe.

Ich lasse den Blick durch den Saal schweifen und entdecke Coen Highsmith und Stone Dumelin, die nebeneinandersitzen. Stone habe ich gestern Abend getroffen, doch Coen hatte die Party bereits verlassen, als ich ankam. Wir sind uns im Laufe der Jahre einige Male während der Spiele begegnet, und ich habe mit Interesse verfolgt, wie er in der vergangenen Saison öffentlich zusammenbrach. Ich bin gespannt zu erfahren, ob er sich wieder aufgerafft hat. Er ist ein fähiger Spieler und wird für den Erfolg dieses Teams unerlässlich sein.

Neben Coen und Stone sitzen drei weitere Spieler, die vor dem Flugzeugcrash alle in der Minor League gespielt haben. Ich hatte vor dem gestrigen Abend noch nie von ihnen gehört, doch nun erinnere ich mich an ihre Namen.

Boone Rivers ist ein talentierter Center, der in der letzten Saison Coens Position eingenommen hat, nachdem dieser suspendiert worden war. Boone hat unglaublich gut gespielt, also bleibt abzuwarten, ob die beiden um den Platz in der ersten Reihe kämpfen werden. Die anderen beiden sind die ersten Defensemen Kirill Zucker und Nolan Carrier.

Auch hier kann sich alles noch ändern, je nachdem, wie sie sich im Trainingslager schlagen. Zudem werden sich in dieser Woche noch einige weitere Spieler der Mannschaft anschließen, da sie nach einem Tauschhandel mit anderen Teams zu uns stoßen.

Ich weiß, dass ich gute Chancen auf die Position des ersten Torwarts habe. Ich verfüge über die meiste Erfahrung und die beste Leistungsbilanz. Jesper Keane ist vielversprechend, aber seine Leistenverletzung, die er sich während der letzten Saison zugezogen hat, heilt nur langsam. Patrik Stenlund ist zu unbeständig, um den ersten Platz zu halten. Ich glaube nicht einmal, dass er sich nach dem Trainingslager auf dem zweiten Platz halten wird. Ich habe erfahren, dass Kace Elliott als Torwartanwärter eingeladen wurde, und er ist verdammt gut, aber nicht so gut wie ich. Ich werde mir meinen Platz im Team ohne Zweifel verdienen müssen.

Ich schlendere in die dritte Reihe und lasse mich neben Stone nieder. Die breiten Sitze sind mit weichem Leder bezogen. Jeder Sessel verfügt über einen Klapptisch, der sich auf dem Schoß platzieren lässt, doch wir sind nicht hier, um uns Notizen zu machen. Dieses Treffen dient lediglich zur Begrüßung, bevor die physiologischen Tests beginnen, die aus Übungen auf dem Eis und außerhalb der Arena bestehen, mit denen unsere Kraft und Ausdauer getestet werden soll.

Darüber zerbreche ich mir nicht den Kopf, denn seit ich die Liga verlassen habe, habe ich mehr trainiert als zu der Zeit, als ich noch als Torwart aktiv war.

„Kennst du die anderen schon?", fragt Stone und deutet auf die Spieler, die in unmittelbarer Nähe sitzen.

„Ja“, antworte ich und werfe einen Blick in die Runde, wobei ich die anderen mit einem Nicken begrüße. Dann lehne ich mich nach vorn und strecke die Hand aus, um sie Coen zu reichen. „Schön, dich wiederzusehen.“

Coen schenkt mir ein Lächeln, als er meine Hand ergreift. „Schön, wieder hier zu sein.“

Im Raum wird es plötzlich still. Ich richte den Blick nach vorn und sehe, dass Brienne und Callum eingetroffen sind. Wahrscheinlich sind sie nur hier, um uns mit den traditionellen Begrüßungsfloskeln willkommen zu heißen, doch ich bin immer noch misstrauisch gegenüber dem Management. Nichtsdestotrotz sieht Brienne heute verdammt sexy aus. Sie trägt ein figurbetontes marineblaues Kleid und passende Pumps. Ihr Haar hat sie wie üblich im Nacken zusammengebunden, und ihre Lippen sind kirschrot geschminkt.

Möglicherweise habe ich mich der einen oder anderen Fantasie darüber hingegeben, wie ich ihren Lippenstift verschmiere, und ich bin überzeugt davon, dass ich nicht der erste Kerl mit solchen Gedanken bin. Aber im Gegensatz zu den anderen würde ich die Gelegenheit beim Schopf packen, falls sie sich ergäbe, da es mir egal ist, ob ich dabei jemandem auf die Füße trete. Schließlich hat sich die Führungsriege einen Dreck um mich geschert, als ich fälschlicherweise aus der Liga ausgeschlossen wurde.

Brienne tritt um das Podium herum und stellt sich mit Callum in die Mitte des Raumes. Langsam dreht sie sich um die eigene Achse und breitet die Arme aus.

„Willkommen, meine Herren. Heute ist unser erster Tag im Trainingslager, und ich kann die Energie in diesem Raum förmlich spüren. Ich weiß, dass Sie alle aufgeregt sind, weil es endlich losgeht, also werde ich mich kurzfassen. Zunächst möchte ich den Spielern, die im letzten Jahr dabei waren, noch einmal ein Lob für ihren großartigen Einsatz aussprechen. Dieses Team neu aufzubauen und Adams Arbeit fortzuführen, war meine bisher schwierigste Herausforderung. Zugleich war es aber auch die lohnendste Aufgabe, also vielen Dank dafür."

Unerwartet brechen die Anwesenden in tosenden Applaus aus. Überrascht blicke ich mich um und schließe mich den anderen an. Ich war letztes Jahr nicht dabei, aber es ist offensichtlich, dass diese Männer enormen Respekt vor Brienne haben. Sie hatte keinerlei Erfahrung, als sie das Team übernommen hat, und hat sich weit besser geschlagen, als alle erwartet hatten.

Verdammt, immerhin hat sie es geschafft, mich zu verpflichten, nicht wahr?

Auf Briennes Wangen breitet sich eine Röte aus, die ihr gut zu Gesicht steht. Sie macht eine abwinkende Handbewegung und lacht.

„Das reicht jetzt. Ich weiß es wirklich zu schätzen, aber die Uhr tickt. Ich wollte nur noch sagen, dass wir nun ganz neu anfangen und uns nichts aufhalten kann. Ich bin unglaublich stolz darauf, dass wir Cannon West als Cheftrainer verpflichten konnten. Und mit einem so vielseitigen und talentierten Kader kann uns sicher nichts davon abhalten, in dieser Liga zu brillieren. Mit anderen Worten ... alles ist möglich, meine Herren. Lassen Sie uns hohe Ziele setzen."

Obwohl sie uns gebeten hat, nicht zu applaudieren, klatschen wir erneut, wobei einige der Männer ihre

Begeisterung durch Rufe und Pfeifen zum Ausdruck bringen. Brienne grinst, als sie sich noch einmal im Kreis dreht, bevor sie den Raum verlässt. Ich sehe ihr nach, und mir kommt der Gedanke, was als Frau in ihr stecken muss, um das alles am Laufen zu halten.

Ich weiß, dass sie alles in ihrer Macht Stehende für dieses Team tun würde. Das hat sie bewiesen, als sie nach Red Wing gereist ist, um persönlich mit mir zu sprechen. Als Mitglied der Führungsriege und Eigentümerin des Clubs vertraue ich ihr dadurch zwar nicht mehr, aber ich respektiere sie.

Als Nächstes ergreift Callum Derringer das Wort, um dem Team Cannon West vorzustellen. Wir alle kennen seine Geschichte bereits, aber es ist trotzdem faszinierend, sie zu hören.

Mit nur sechsunddreißig Jahren ist er offiziell der jüngste Trainer der Liga. Ursprünglich spielte er bei den Toronto Blazers als Left Winger und war ein Top-Scorer. Nicht für jeden Spieler ist Eishockey das Wichtigste im Leben, und für Cannon stand seine Frau an erster Stelle. Sie litt an Brustkrebs im Spätstadium, also hängte er seine Schlittschuhe an den Nagel, um bei ihr zu sein, sie zu pflegen und sie sterben zu sehen. Nach ihrem Tod kehrte er jedoch nicht als Spieler zurück, sondern heuerte als Trainer an, wobei er zunächst in Schweden arbeitete, und dann in die Minor League in den USA wechselte. Er wurde vom Farmteam der Titans, den Greenville Mudcats, in die obere Liga versetzt, und obwohl sich alle einig sind, dass es ein Risiko ist, ihm eine so zentrale Rolle in diesem Team zu geben, habe ich noch niemanden gehört, der sich dagegen ausgesprochen hätte.

Ich habe ihn gestern Abend auf der Party kennengelernt und festgestellt, dass er zu der Sorte

Menschen gehört, die man einfach mögen muss. Ich bin gespannt darauf, wie er dieses Team zu Gewinnern machen will.

Als Callum ihn vorstellt, wird er mit lautem Jubel begrüßt. Dabei freuen wir uns nicht einfach nur darüber, dass er dem Team beigetreten ist. Die meisten Spieler sind alle erleichtert, weil Cannon den früheren Trainer Matt Keller ersetzt.

Zumindest habe ich das gestern Abend auf der Party gehört. Mir wurde erzählt, dass Gage ihn in seine Schranken verwiesen hat, als Matt eine abfällige Bemerkung über Jenna fallenließ. Allerdings hat er den Kerl nicht nur in seine Schranken verwiesen, sondern ihn fast erwürgt.

Das ist ein weiterer Punkt, den ich Brienne zugutehalten muss. Sie hat Keller aufgrund dieser Bemerkung auf der Stelle gefeuert, was mich überrascht. Meiner Erfahrung nach stellen sich die meisten Manager auf die Seite der Trainer und nicht auf die der Spieler.

Brienne ist mir dadurch zunehmend ein Rätsel, doch ich werde mir nicht allzu viele Gedanken darüber machen. Sie ist so sexy, dass es verboten sein sollte, doch ich kann mich von ihr nicht ablenken lassen. Ganz zu schweigen davon, dass ich die Grenze zwischen Arbeitgeber und Arbeitnehmer überschreiten würde.

Nun, ich könnte es tun, doch es wäre besser, wenn ich es sein ließe.

Coach West macht eine beschwichtigende Geste, um uns zum Schweigen zu bringen, woraufhin sofort alle verstummen. Bis auf eine Stimme, die im Hintergrund ertönt: „Erinnerst du dich an die erste Teambesprechung mit Keller? Das war eine Katastrophe.“

Ich habe keine Ahnung, was er damit meint, aber ich vermute, dass Keller sich von Beginn an wie ein Arschloch aufgeführt hat.

Stone lehnt sich zu mir herüber und erklärt mit gedämpfter Stimme: „Der Mistkerl wollte uns dazu bringen, aufzustehen und allen anderen unsere Gefühle mitzuteilen. Mich hat er gefragt, wie es mir dabei ergeht, hier zu sein."

Ich zucke zusammen. „Meine Güte … was für ein Idiot."

Stones Bruder starb bei dem Flugzeugcrash, daher kann ich mir keine dämlichere Frage vorstellen.

„Da hast du recht", antwortet er und lehnt sich in seinem Stuhl zurück, um unserem neuen Trainer zuzuhören.

„Als meine Frau starb", beginnt Cannon, wobei wir alle schockiert sind, dass er ausgerechnet mit diesen Worten einleitet, „dachte ich, mein Leben sei vorbei."

Er hält inne, damit seine Worte ihre Wirkung entfalten können, während die Jungs ihn wie gebannt anstarren.

„Sie war erst siebenundzwanzig, und der Krebs hat sie schnell dahingerafft."

Ich verspüre einen Knoten im Magen. Ich habe auch eine Frau verloren, allerdings ist sie der Drogensucht anheimgefallen und es ging weit weniger schnell. Cannon West liebte seine Frau und hat ihr während ihrer Krankheit beigestanden. Auch ich liebte meine Frau und habe so lange wie möglich versucht, ihr dabei zu helfen, die Drogensucht zu überwinden und sie von ihren Dämonen zu befreien. Ich habe härter daran gearbeitet als an irgendeiner anderen Sache in meinem Leben.

Als sie mir während der Reha gestand, dass sie den Rausch einfach mehr liebte als alles andere, schmiss ich das Handtuch. Ich war imstande, ihr zu vergeben, dass sie die Drogen mehr liebte als mich. Aber ich konnte ihr nicht verzeihen, dass sie unsere Kinder nicht genug liebte.

Am Ende haben Cannon und ich beide unsere Frauen verloren. Er hat seine geliebt, als sie starb, und ich habe meine am Ende gehasst.

Dabei habe ich sie nicht einmal wegen der Lügen verachtet, die sie über mich verbreitet und mit denen sie letztendlich meine Karriere ruiniert hat. Ich hasste sie für das, was sie meinen Jungs angetan hatte.

„Meine Welt wurde auf den Kopf gestellt, und ich konnte nicht mehr klar denken. Ich verlor meine Liebe zum Eishockeysport und wollte nie wieder einen Fuß auf das Eis setzen. Dabei ist es nicht so, dass ich körperlich nicht in der Lage dazu gewesen wäre, aber ich wollte es einfach nicht mehr."

Der Knoten in meinem Magen verwandelt sich in eine bleierne Kugel, die schwer in meinem Unterleib liegt. Verdammt, seine Worte sind erschütternd, denn genauso habe ich mich gefühlt, nachdem die Liga mich im Stich gelassen hatte. Als sie meiner rachsüchtigen, betrügerischen, zugedröhnten Frau Glauben schenkten, als sie ihnen erzählte, ich würde auf meine eigenen Spiele wetten, zerstörte sie damit auch meine Leidenschaft für das Spiel. Allein bei dem Gedanken, meine Schlittschuhe zu binden, wurde mir übel.

Hin und wieder habe ich das Gefühl auch heute noch, aber nun bin ich hier. Ich habe die Chance, meine Karriere wieder aufleben zu lassen und meinen Ruf zu rehabilitieren.

West fährt fort und erzählt uns, wie er sich von seiner Depression selbst geheilt hat, indem er sich als Trainer versuchte. „Während ich meine Frau im Hospiz gepflegt habe, habe ich festgestellt, dass es mir liegt, anderen Menschen etwas von mir zu geben. Und genau das macht einen guten Coach aus. Er gibt etwas von sich selbst. Deshalb bin ich hier. Auch wenn manche behaupten, dass ich im Alter von sechsunddreißig Jahren nicht genügend Erfahrung gesammelt habe, will ich euch mein Wissen und mein strategisches Geschick vermitteln und euch Trost spenden, wenn ihr niedergeschlagen seid. Aber vor allem will ich euch die Chance geben, erfolgreich zu sein."

Ich zucke zusammen, als Stone neben mir langsam zu klatschen beginnt. Für einen kurzen Moment hallt der Laut einsam durch den Raum, bis die anderen einstimmen. Er steht auf, während er West mit einem bewundernden Blick fixiert. Die anderen Spieler und ich folgen seinem Beispiel.

Offenbar ist diese erste Teambesprechung um Längen besser als die, die sie im Februar mit Keller hatten.

***

Meine Beine sind immer noch wackelig, nachdem wir gerade eine Reihe von Tests durchlaufen und unsere körperliche Fitness sowohl auf Schlittschuhen als auch in Turnschuhen unter Beweis gestellt haben. Nach der Teambesprechung gingen wir zuerst in die Umkleidekabine, in der unsere Spinde auf uns warteten. Sie sind nicht in Reihen, sondern in einem Halbkreis angeordnet und stehen auf einem dicken grauen

Teppich, in dessen Mitte das Logo der Titans prangt. Ich hatte die Einrichtungen bereits bei meinem ersten Besuch im Februar besichtigt (vor dem berüchtigten Treffen mit Brienne, das mich so verärgerte, dass ich das Angebot ablehnte), und ich bin heute noch genauso beeindruckt wie damals. Die Arena gehört der Norcross Holdings, und sie haben keine Kosten gescheut.

Wir tauschten unsere Straßenkleidung gegen Trainingsklamotten und wurden dann auf Herz und Nieren geprüft. Wir absolvierten Sprints auf Zeit, Liegestütze zu einem Metronom, Klimmzüge bis zur Erschöpfung und Sprints auf dem Fahrradergometer. Unsere Ergebnisse wurden aufgezeichnet und mit denen unserer Mannschaftskameraden verglichen, wobei uns der Einblick in die Resultate jedoch verwehrt blieb.

Danach zogen wir uns unsere Ausrüstung an und durchliefen weitere Tests auf dem Eis. Als Torwart werden meine Schnelligkeit und Ausdauer anders bewertet, aber ich musste dennoch die Übungen absolvieren. Unter anderem waren das Sprints auf Zeit von der Torlinie bis zur blauen Linie, Sprints bis zur Erschöpfung und schließlich ein Ausdauertest über sechzehn Runden auf Zeit. Ich habe dabei einen Blick auf die Digitaluhr geworfen und festgestellt, dass ich unter den Besten war.

Während ich mich im letzten Jahr vom Eishockey abgewandt hatte, versuchte ich mich im Langstreckenlauf. Obwohl man den Laufsport nicht mit dem Eissport gleichsetzen kann, ist meine Ausdauer so gut wie nie zuvor.

Wieder in Jeans und T-Shirt bin ich auf dem Weg zum Spielerparkplatz, auf dem ich mein Motorrad abgestellt habe. Es ist die dritte Septemberwoche und die Temperatur liegt bei herrlichen vierundzwanzig Grad, daher habe ich mir vorgenommen, eine Spritztour in den Nordosten der Stadt zu unternehmen. Während meiner Auszeit ist es zu einer meiner Lieblingsbeschäftigungen geworden, auf meinem Bike die Gegend zu erkunden, obwohl ich aufgrund der Verpflichtungen meinen Söhnen gegenüber nie zu lange ausfahren konnte. Heute will ich den Rest des Nachmittags auf dem Motorrad verbringen und sehen, wohin die Straße mich führt.

Ich gehe an den Aufzügen vorbei und steuere auf die Feuertreppe zu, da der Spielerparkplatz nur zwei Stockwerke höher liegt. Das schaffe ich selbst auf wackeligen Beinen.

„McGinn", ertönt eine Stimme hinter mir. Ich blicke mich um und entdecke Maurice Dupont, einen der Co-Trainer. „Miss Norcross will dich in ihrem Büro sehen."

„Jetzt gleich?", frage ich irritiert, während mir nicht entgangen ist, dass er ihre förmliche Anrede benutzt. Das tun zwar viele Leute hier, aber nicht alle.

„Das nehme ich doch an", erwidert er und wirft mir einen vielsagenden Blick zu. „Schließlich ist sie der Boss."

„Verdammt", murmle ich, als ich umdrehe und in Richtung der Aufzüge gehe. Ihr Büro befindet sich in der obersten Etage, und bis dorthin werde ich auf keinen Fall Treppen steigen.

Als ich aus dem Fahrstuhl trete, werde ich von einer Empfangsdame begrüßt. Ich muss ihr nicht einmal meinen Namen nennen, bevor sie sagt: „Miss Norcross erwartet Sie, Mr. McGinn. Gehen Sie bitte durch diese Tür, biegen dann links ab und gehen bis zum Ende des Flurs weiter. Ihr Büro ist das an der Ecke."

Ich bedanke mich bei ihr und folge ihren Anweisungen. Ich finde Briennes Büro ohne Probleme, da die Tür offensteht und sie an einem großen, maskulinen Schreibtisch sitzt. Der Raum hat ein deckenhohes Fenster, durch das man einen atemberaubenden Blick auf die Skyline von Pittsburgh hat. Auf der rechten Seite ist sogar der Zusammenfluss des Allegheny und Monongahela zu sehen, die in den Ohio münden.

Brienne telefoniert gerade, doch sie begegnet meinem Blick und winkt mich herein. Auf dem Namensschild an ihrer Tür steht immer noch der Name ihres Bruders. Ich frage mich, ob sie ihn als eine Art Hommage an ihn hinterlassen hat oder ob sie nur zu beschäftigt war, um ihn zu ändern.

Ich nehme in einem burgunderroten Ledersessel Platz und betrachte die reich verzierten Möbel im traditionellen Stil und die dunklen Farben der Kunstwerke. Ich vermute, dass die Einrichtung noch von Adam stammt, denn sie passt nicht recht zu ihr.

Allerdings ist ihr Haus – oder besser gesagt, ihre Villa – mit ähnlichen Möbeln und Einrichtungsgegenständen ausgestattet. Aber auch diese entsprechen meiner Meinung nach nicht ihrem Geschmack. Ich schätze sie als eine fortschrittliche, moderne Frau ein, die schlichte Linien und luftige Räume bevorzugt. Außerdem scheint sie sich nicht viel aus Schnickschnack zu machen. Ihre Kleidung wurde zweifellos von einem Designer gefertigt, aber sie trägt nicht viel Schmuck, und, abgesehen von dem roten Lippenstift, der wohl ihr Markenzeichen ist, ist ihr Make-up zurückhaltend und geschmackvoll.

Ich lehne mich auf dem Stuhl zurück, lege einen gestiefelten Fuß über mein Knie und lausche ihrem Telefonat. Ich kann hören, dass es sich um die US-Notenbank dreht, doch der Rest geht über meinen Verstand hinaus. Obwohl ich keine Ahnung davon habe, verstehe ich zumindest, dass Brienne brillant ist und genau weiß, wovon sie spricht. Ich habe gelesen, dass sie einen Abschluss in Betriebswirtschaftslehre hat, aber ich habe das Gefühl, sie hat ihren Sinn fürs Geschäft hauptsächlich aus erster Hand. Sie wurde dazu erzogen, dieses Imperium zu führen und den Platz ihres Vaters einzunehmen.

Brienne beendet das Gespräch in weniger als fünf Minuten und entschuldigt sich bei mir.

„Es tut mir so leid, dass ich Sie habe warten lassen."

Sie steht auf, umrundet den Schreibtisch und setzt sich in den Sessel neben mir, wobei sie ihre langen Beine kreuzt. Die himmelhohen Absätze ihrer Schuhe scheinen für sie genauso bequem zu sein wie Hausschuhe. Mir fällt auf, dass ihr Kleid an der Seite leicht geschlitzt ist und ihre geschmeidigen Schenkel nackt sind.

Zweifellos würden sie großartig über meinen Schultern aussehen.

Ich schäme mich nicht für meine schmutzigen Gedanken. Seit meine Ex-Frau den Verstand verloren hat, ist mein Interesse an Frauen rein körperlicher Natur.

Und Brienne ist eine Frau, an der ich durchaus interessiert bin.

„Wie war der erste Tag im Camp?", fragt sie mit einem zaghaften Lächeln.

„In Ordnung", antworte ich mit einem Stirnrunzeln. „Aber Sie haben mich doch sicher nicht hierherbestellt, um mich nach dem Training zu fragen. Also kommen Sie zur Sache, ich habe noch etwas vor.“

„Gewiss“, erwidert sie, wobei ihr Lächeln erstirbt. „In der Times steht ein Artikel über Sie.“

Ich werde augenblicklich von Wut gepackt. Natürlich hatte ich nicht erwartet, dass meine Rückkehr in die Liga unbemerkt bleiben würde, doch da Brienne es für nötig hält, mich vorzuwarnen, nehme ich an, dass die Presse nicht gerade schmeichelhaft ist. „Und was steht drin?“

„Im Grunde geht es darin eher um mich als um Sie“, erklärt sie gelassen und macht eine abwinkende Handbewegung. Offenbar ist ihr völlig egal, was die Leute über sie denken. „Man stellt meinen Geschäftssinn infrage, weil ich Sie verpflichtet habe. Es wird nicht der letzte Artikel sein, und irgendwann werden Sie von den Reportern darauf angesprochen werden. Aus diesem Grund würde ich gern einen Termin für ein Interview mit Ihnen und einem vertrauenswürdigen Journalisten vereinbaren, der …“

„Nein“, knurre ich.

Sie blinzelt mich an. „Wie bitte?“

„Auf keinen Fall.“ Ich erhebe mich von meinem Stuhl und balle unwillkürlich die Hände zu Fäusten, denn ich habe das alles schon einmal durchgemacht. Brienne steht ebenfalls auf. Ich weiß nicht, was genau sie in meinem Gesicht sieht, doch ihn vermute, dass meine Miene meine finstere Stimmung widerspiegelt, denn Brienne geht zur Tür, um sie zu schließen. Ich bin so wütend, dass ich nicht einmal die Rundungen ihres Hinterns bewundern kann.

Sie dreht sich um und kommt mir entgegen. „Wir können die Gerüchte im Keim ersticken, wenn wir …“

Ich schreite mit drei langen Schritten auf sie zu, bis wir uns gegenüberstehen. Sie weicht zurück, bis sie mit dem Rücken gegen die Tür stößt. In ihren Augen ist kein Ausdruck von Angst zu erkennen, aber sie ist zweifellos misstrauisch.

Trotz ihrer überdurchschnittlichen Körpergröße und der lächerlich hohen Absätze muss sie den Kopf nach hinten neigen, um mich anzusehen. Sie muss sichtlich schlucken und versucht es erneut. „Drake, wir müssen uns der Presse stellen, sonst wird es nur schlimmer.“

„Für wen?“, brumme ich und stemme die Hände zu beiden Seiten ihres Kopfes gegen die Tür. „Wahrscheinlich befürchten Sie, dass es unangenehm für Sie selbst wird, doch das ist Ihr Problem. Ich habe diesen Mist schon einmal durchgemacht und ich lasse mich nicht noch einmal in der Öffentlichkeit bloßstellen. Crystal hat Lügen über mich verbreitet, um das Sorgerecht für unsere Kinder zu bekommen. Niemand hätte ihr glauben dürfen und ich weigere mich, das Ganze noch einmal durchzukauen. Die Anschuldigungen wurden vor langer Zeit ad acta gelegt.“

Das Thema ist für sie und das Team zweifellos von großer Bedeutung und ich erwarte nicht, dass sie es einfach so fallen lässt. Doch in diesem Moment flackert ein seltsamer Ausdruck in ihren Augen auf und mir wird bewusst, wie nahe wir uns sind. Ich bin verblüfft, als sie den Blick auf die Tätowierungen unterhalb meines Halses gleiten lässt, die unter meinem T-Shirt verschwinden. Sie kann sicher die Daten auf meinem Schlüsselbein erkennen. Auf der rechten Seite steht Jakes Geburtstag und auf der linken Seite der von Colby und Tanner.

Sie atmet tief ein und mustert mich, als ich den Kopf neige.

Sie hebt tatsächlich die Hand und krümmt die Finger. Es hat den Anschein, als wolle sie den Kragen meines Shirts packen und es herunterziehen, um noch mehr von meinen Tattoos zu sehen. Mir stockt der Atem und ich bin wie erstarrt. Ich weiß nicht, was ich tun werde, wenn sie mich berührt, aber es wäre gut möglich, dass ich sie über ihren Schreibtisch beuge und …

Brienne lässt die Hand fallen und duckt sich unter meinen Arm hindurch, woraufhin sie sich neben mir aufrichtet und ihr Kleid glättet. Während ich die Handflächen noch immer gegen die Tür gepresst habe, drehe ich ihr langsam den Kopf zu und sehe sie an.

Wir starren einander in die Augen, während wir unsere Willensstärke miteinander zu messen scheinen. Mir ist klar, dass in diesem Moment alles passieren könnte. Ich könnte sie küssen. Sie könnte mich feuern. Vielleicht geht sie vor mir auf die Knie, oder sie lässt zu, dass ich mein Gesicht zwischen ihren Schenkeln vergrabe. Jede dieser Möglichkeiten wäre für mich akzeptabel.

„Ich werde eine Pressemitteilung herausgeben", sagt sie schließlich und geht zu ihrem Schreibtisch zurück. „Ich kümmere mich um alles."

Ich habe das Gefühl, als würde die Luft aus meiner Lunge gepresst und richte mich mit einem Seufzen auf. Die Möglichkeit, dass sie sich einfach zurückziehen würde, hatte ich nicht in Erwägung gezogen.

Ich drehe mich zu ihr um und sehe, dass sie bereits in ihrem Handy scrollt. Sie blickt mit ausdrucksloser, unterkühlter Miene zu mir auf.

„Das wäre alles. Danke."

Verdammt, ihre Zurückweisung zerrt an meinen Nerven.

Ich hatte auf einen herausfordernden Ausdruck in ihren Augen gehofft, doch den scheine ich nicht zu bekommen. Also nicke ich ihr zu und verlasse ihr Büro.

Kapitel 4

Brienne

Drake schließt die Tür hinter sich, und als ich höre, wie das Schloss mit einem leisen Knacken einrastet, lehne ich mich in meinem Stuhl zurück. Dabei stoße ich so lange den Atem aus, dass mir die Lunge schmerzt. Ich werfe mein Handy auf den Schreibtisch, lege den Kopf auf die Lehne und schließe die Augen.

Verdammt, das war heftig.

Ich habe keine Ahnung, was mit mir geschieht, doch sobald Drake in der Nähe ist, überkommt mich ein seltsames Gefühl und ich verliere die Kontrolle über mich selbst. Die Geschäftsfrau in mir ist plötzlich verschwunden, und an ihre Stelle tritt eine Frau, die dermaßen durcheinander ist, dass sie ihm beinahe unerlaubt das Shirt hinuntergezogen hätte, um sich seine Tätowierungen anzusehen.

Was zum Teufel ist nur los mit dir, Brienne?

Ich kann es einfach nicht verstehen, denn im Grunde kann ich jeden Kerl haben. Verdammt, Clay lässt keine Wünsche offen und ist absolut umwerfend.

Warum also bin ich hinter einem tätowierten, reizbaren Hockeyspieler her, der sich seit unserer ersten Begegnung mir gegenüber wie ein Arschloch verhält?

Eine innere Stimme – die in Form eines kleinen Teufels auf meiner Schulter sitzt – flüstert mir zu: *Weil Drake McGinn dir eine dunkle und zügellose Welt offenbaren würde. Er würde schmutzige Dinge mit dir anstellen, dich deiner Selbstkontrolle berauben, und du würdest als Frau neu geboren werden.*

Die Stimme hat nicht unrecht, denn ich weiß, dass ein Mann wie Drake mich verändern würde. Er ist wie eine verbotene Frucht, die mich immer wieder zur Sünde verleiten würde, wenn ich sie erst einmal gekostet habe.

Dessen bin ich mir sicher.

„Es ist falsch“, sage ich laut, denn ich habe das Bedürfnis, diese Worte ans Universum zu richten. Also erkläre ich deutlich und im Brustton der Überzeugung: „Es ist völlig inakzeptabel, eine Beziehung mit einem Spieler einzugehen.“

Die innere Stimme meldet sich wieder.

Aber genau das macht es doch so aufregend, nicht wahr?

„Halt die Klappe“, knurre ich vor mich hin.

„Wie bitte?“

Ich hebe ruckartig den Kopf und mein Blick fällt auf Jenna, die in der Tür steht. Ich habe nicht einmal gehört, dass sie sie geöffnet hat, so sehr war ich in meine Gedanken vertieft.

Die Sache mit Drake ist nichts weiter als eine Schwärmerei, bei der ich mich fühle wie das unscheinbare Mädchen in der Highschool, das sich romantischen Tagträumen über den Kapitän des Footballteams hingibt.

Ja, dieses Mädchen war ich tatsächlich einmal. Ich stamme zwar aus einer wohlhabenden, mächtigen Familie und habe Privatschulen besucht, aber in der Highschool war ich nicht gerade beliebt. Ich war groß und schlaksig, hatte einen flachen Busen und schlechte Haut. Und meine Zahnspange machte die Sache auch nicht besser.

Die gutaussehenden Jungs würdigten mich keines Blickes, aber ich schmachtete sie sehnsuchtsvoll an.

Genauso geht es mir mit Drake, und deshalb bin ich wütend auf mich selbst. Ich bin dreiunddreißig Jahre alt und eine der reichsten Frauen des Landes. Ich werde zu Staatsbanketten im Weißen Haus eingeladen. Ich bin nicht mehr schlaksig, sondern anmutig, habe Körbchengröße C und ein umwerfendes Lächeln. Wie kann ein dreister, tätowierter, langhaariger Hockeyspieler, der noch dazu fünf Jahre jünger ist als ich, eine derartig starke Anziehungskraft auf mich ausüben?

„Brienne … ist alles in Ordnung?", will Jenna wissen, woraufhin ich mich aufsetze. Mir war gar nicht aufgefallen, dass ich den Kopf zurückgelegt und die Augen geschlossen hatte.

„Meine Güte, ja", rufe ich aus und schenke ihr ein strahlendes Lächeln. „Tut mir leid … ich war in Gedanken."

„Das waren aber ziemlich tiefe Gedanken."

Schlechte Gedanken, ermahne ich mich selbst im Geiste. *Verruchte, geradezu.*

„Was kann ich für dich tun?", frage ich erwartungsvoll.

„Wir wollten zusammen Mittagessen gehen", erklärt sie und runzelt besorgt die Stirn. „Mit Tonya."

„Scheiße", murmle ich und stehe auf. Ich hatte ganz vergessen, dass wir uns mit einer der Marketing-Manager der Titans treffen wollten, da die Abteilung ein paar neue Produkte auf den Markt bringen will. Obwohl ich mich normalerweise nicht einmische, wenn die Kampagne noch in der Frühphase ist, springe ich diesmal ein, da unsere derzeitige Marketing-Vizepräsidentin im Mutterschaftsurlaub ist. „Das habe ich total vergessen."

„Deshalb hast du mich gebeten, dich um dreizehn Uhr abzuholen", erklärt Jenna und runzelt immer noch die Stirn. „Bist du sicher, dass es dir gut geht?"

„Ja", erwidere ich und schenke ihr ein beruhigendes Lächeln, während ich um meinen Schreibtisch herumgehe. „Ich bin nur ein bisschen durcheinander heute."

Sie zieht eine blonde Augenbraue in die Höhe. „Und das, nachdem Drake McGinn gerade aus deinem Büro marschiert ist."

Ich verdrehe die Augen. „Ich bitte dich … wir haben uns nur wegen einer Pressemitteilung kurz unterhalten."

„Sicher", entgegnet sie gedehnt und folgt mir aus meinem Büro, wobei ich den belustigten Unterton in ihrer Stimme höre.

Ich werfe ihr einen Blick über die Schulter zu und sehe, dass sie den Kopf gesenkt und die Lippen zu einem Lächeln verzogen hat. „Was denn?", frage ich gereizt.

Jenna zuckt mit den Schultern, als wir den Flur entlang gehen. „Nichts. Ich meine, er ist verdammt sexy. Ich kann durchaus verstehen, wenn eine Frau in seiner Nähe ein wenig aus dem Gleichgewicht gerät."

„Ich finde ihn nicht sonderlich anziehend." Eine glatte, unverfrorene Lüge. „Ich mag meine Männer lieber ein bisschen gepflegter."

„Wenn du es sagst", entgegnet sie.

„Das sage ich."

Dabei weiß ich verdammt gut, dass ich Jenna gegenüber wahrscheinlich gestehen würde, wie sehr ich mich zu Drake hingezogen fühle, wenn sie nach der Arbeit in mein Büro käme, um mit mir ein Glas Wein zu trinken. Das tun wir häufiger. Jenna ist zwar eine

Angestellte, aber im Laufe der Zeit ist sie für mich auch eine Freundin geworden. Für gewöhnlich genießen wir nur einen Drink nach der Arbeit oder gehen hin und wieder zusammen Mittagessen, wenn mein Terminkalender es zulässt. Aber sie ist die erste Frau, zu der ich eine echte Freundschaft aufbauen konnte.

In meinem ganzen Leben hatte ich noch nie eine enge Beziehung zu einer anderen Frau. Wahrscheinlich liegt es daran, dass ich in eine von Männern dominierte Welt gedrängt wurde, in der ich die meiste Zeit über hart und verschlossen sein muss.

Jenna ist jedoch ein Mensch, dem gegenüber man sich leicht öffnen kann. Sie ist freundlich, lustig und loyal. Ich weiß, dass ich ihr von Drake erzählen könnte und sie mich nicht verurteilen würde.

Doch zwischen mir und Drake läuft nichts und daran wird sich nichts ändern. Um mir das zu beweisen, schreibe ich Clay eine kurze Nachricht, während wir zum Aufzug gehen.

Ich: *Abendessen heute Abend? Bei mir zu Hause?*

Der beste Weg, Drake McGinn aus meinem Kopf zu verbannen, ist, mich von Clay im Bett ablenken zu lassen. Ich weiß, dass mein Plan ins Wasser fallen kann, denn in fünfzig Prozent der Fälle, in denen ich Zeit habe, ist er beschäftigt, und umgekehrt.

Ich bin überrascht, als ich sofort eine kurze Antwort erhalte.

Clay: *Ja, natürlich. Zwanzig Uhr?*

Ich: *Wunderbar*, tippe ich und atme erleichtert aus.

Na also … und schon ist wieder alles im Lot. Ich werde meinen Koch bitten, ein leichtes Abendessen für uns zuzubereiten, wir werden etwas trinken und dann lasse ich mich von Clay durchficken.

Ein guter Plan.

***

Es klingelt an der Tür, aber ich rühre mich nicht von der Stelle. Daniel wird sie für mich öffnen. Er ist mein Angestellter und kümmert sich um den Haushalt. Ich verabscheue die Bezeichnung *Butler*, denn es klingt, als könnte ich die verdammte Tür nicht selbst öffnen, also nenne ich ihn meinen Hausverwalter. Er arbeitet schon seit dreizehn Jahren als Vollzeitbeschäftigter hier, daher kann ich ihn auf keinen Fall entlassen.

Wenn ich abends zu Hause bin, kocht Daniel sogar für mich, denn niemand will, dass ich das Haus abfackle. Ein Reinigungsdienst kommt einmal in der Woche, doch sie brauchen nicht lange, denn ein Großteil des Hauses ist unzugänglich. Ich benutze lediglich das Hauptschlafzimmer, mein Arbeitszimmer und die Küche, in der ich mir gefahrlos einen Smoothie zubereiten kann.

Das Haus ist viel zu groß für mich allein. Ich wohne nicht gern hier, aber ich komme damit einer Verpflichtung nach. Früher hatte ich eine Eigentumswohnung in der Innenstadt, doch nach dem Tod meines Vaters bin ich wieder nach Hause gezogen. Jemand musste hier leben, und Adam hat sich geweigert. Er hat sich genauso gern wie ich lieber in der Stadt aufgehalten.

Nachdem mein Vater gestorben war, war ich jedoch das Familienoberhaupt, also war es nur logisch, dass ich hier einziehen würde. Nichts verbietet mir, das Haus zu verkaufen – es hat mehr Platz, als ich jemals nutzen könnte –, aber es ist mein Elternhaus, das schon seit Generationen im Familienbesitz ist, also fühle ich mich dazu verpflichtet, es zu bewohnen.

Eines Tages hätte es Adam gehören sollen, nachdem er geheiratet und eine Familie gegründet hätte. Doch jetzt wohne ich in dem Haus, das so leer ist, dass selbst das kleinste Geräusch durch die riesigen Räume hallt.

Ich lasse meine Finger über die Tastatur fliegen, denn ich will meine Gedanken in einer E-Mail zum Ausdruck bringen, bevor sie mir wieder entfallen.

Nach nur wenigen Augenblicken betritt Daniel das Büro und kündigt Clay an. „Dr. Bessel ist hier."

Ich blicke auf, als Clay um Daniel herumgeht. Ich schenke ihm ein flüchtiges Lächeln, wobei ich den Zeigefinger in die Höhe halte, um ihm zu signalisieren, dass ich noch eine Minute brauche.

„Kann ich Ihnen einen Drink anbieten, Dr. Bessel?", fragt Daniel.

„Gin und Tonic", antwortet Clay.

„Ich nehme auch einen", werfe ich ein, während ich weitertippe.

Clay wartet geduldig, während ich die E-Mail fertigschreibe, und als ich auf Senden drücke, stehe ich auf und gehe zu ihm.

Wir umarmen uns jedoch nicht, denn unsere Beziehung ist nicht von Emotionen geprägt. Stattdessen lege ich meine Hände an seine Brust, und er drückt mir einen sanften Kuss auf die Wange.

Clay Bessel erfüllt alle Merkmale, die ein Traummann mitbringen muss. Er hat rabenschwarzes Haar, stechend blaue Augen, ein markantes Kinn und einen muskulösen Körperbau. Zudem ist er brillant, erfolgreich und wohlhabend. Natürlich nicht so wohlhabend wie ich, aber als erstklassiger Neurochirurg verdient er sehr gut.

Jede Frau würde sich so einen Liebhaber wünschen. Und so manche Frau würde auch auf einen Verlobungsring von jemandem wie Clay an ihrem Finger hoffen.

„Du siehst so hübsch aus wie immer", sagt er, als ich einen Schritt zurücktrete.

Mit einem Seufzen ziehe ich die Haarnadeln aus meinem Dutt. „Ich wollte noch duschen, bevor du kommst, aber ich hatte zu viel zu tun. Hattest du heute einen freien Tag?"

„Ja, und ich habe achtzehn Löcher mit Par-71 gespielt."

„Hervorragend", lobe ich ihn. In den seltenen Fällen, in denen ich an einem Samstag oder Sonntag nicht arbeiten muss, spielen Clay und ich hin und wieder eine Runde Golf zusammen.

Er beugt sich zu mir vor und legt eine Hand auf meine Hüfte. „Wenn du willst, können wir das Abendessen überspringen und direkt in dein Zimmer gehen. Du kannst duschen und ich schrubbe dir den Rücken."

Normalerweise würde ich Clays Angebot annehmen, aber ich kann nur daran denken, wie es wäre, wenn Drake vor mir stünde. Ich stelle mir vor, wie er mich hochgehoben und über seine Schulter geworfen hätte, um mich dann ins Bad zu tragen, wenn ich ihm gegenüber erwähnt hätte, dass ich keine Zeit zum Duschen hatte.

Er hätte mich nicht um Erlaubnis gebeten.

Zur Begrüßung hätte er mich nicht auf die Wange geküsst, sondern seine Zunge in meinen Mund geschoben. Er hätte keine Bemerkung darüber fallenlassen, wie hübsch ich aussehe, sondern hätte etwas Schmutziges gesagt, wie: „Du bist so sexy, dass mein Schwanz ganz hart wird."

Ich bemühe mich, ein Lachen zu unterdrücken, denn im Grunde weiß ich nichts über Drake. Bis auf die Tatsache, dass er sich meist wie ein Idiot verhält.

Daniel kommt mit unseren Getränken zurück.

„Danke", sage ich und verfluche mich dafür, dass ich an Drake denke. Er ist wie ein Ohrwurm, den man nicht mehr aus dem Kopf bekommt. Man hört ihn einfach immer wieder.

Ich frage mich immer wieder, was passiert wäre, wenn …

Nein. Das reicht jetzt.

„Das Essen ist fertig, Miss Norcross", verkündet Daniel und verlässt den Raum, woraufhin Clay sein Glas hebt. Ich stoße mit ihm an, und wir nippen beide an unseren Drinks.

Eigentlich nippe ich nicht nur daran, sondern trinke einen kleinen Schluck.

Wir verlassen das Büro und begeben uns ins Esszimmer. Normalerweise nehme ich meine Mahlzeiten in der Essecke oder an der Kücheninsel zu mir, aber wenn ich Gäste habe, deckt Daniel gern ganz formell den Tisch. Wenn ich ihn gewähren ließe, würde er im großen Schlafzimmer Rosenblüten auf dem Bett verstreuen. Er ist allerdings nicht dumm und weiß genau, dass Clay jedes Mal in meinem Bett landet, wenn er zum Essen kommt.

Denn … so läuft es immer. Und zwar schon seit einem Jahr.

Clay zieht einen Stuhl für mich hervor und setzt sich neben mich ans Kopfende des Tisches, nachdem ich Platz genommen habe. Wir breiten die Servietten auf unserem Schoß aus und Daniel kommt mit zwei Tellern herein, die mit Speiseglocken bedeckt sind. Er stellt sie vor uns ab und hebt schwungvoll die silbernen Kuppeln an.

„Oh, das sieht fabelhaft aus", hauche ich.

Daniel lächelt und verbeugt sich leicht. „Gemischter Salat, Erdbeeren, Pekannüsse und frisch pochierte Hummerschwänze mit einer Champagner-Vinaigrette."

„Perfekt", sagt Clay.

Nachdem er unsere Gläser mit Eiswasser aufgefüllt hat, zieht Daniel sich in die Küche zurück und lässt uns allein.

„Wie war dein Tag?", will Clay wissen, als er seinen Hummer aufschneidet.

Ich teile ihm mit, was ich heute alles erledigt habe, und er hört mir nickend zu. Hin und wieder bittet er um eine Erläuterung und erzählt mir dann einen Witz, mit dem er mich zum Lachen bringt. Ich frage ihn, wie seine Woche verlaufen ist, und er berichtet mir von einem riskanten Eingriff, den er an einem zehnjährigen Mädchen mit einem Gehirntumor durchgeführt hat. Clay liebt es, mit seinen chirurgischen Fertigkeiten zu prahlen, aber warum auch nicht? Tumore aus den Gehirnen kleiner Mädchen zu entfernen, ist so ziemlich das Unglaublichste, was ein Mensch tun kann.

Ich schiebe meinen leeren Teller beiseite, lehne mich in meinem Stuhl zurück und höre Clay zu, wie er über bevorstehende Operationen spricht und mir offenbart, dass er nächste Woche Gastdozent an der Johns-Hopkins-Universität sein wird.

Normalerweise verliere ich mich in seinen Worten, und bin von seinen erstaunlichen Geschichten genauso fasziniert wie von den banalen, denn sie lenken mich von meinem Chaos ab. Es ist gut zu wissen, dass es – zumindest theoretisch – noch jemanden gibt, der seinen Beruf genauso engagiert ausübt wie ich und mit den langen Arbeitstagen und dem mangelnden Privatleben zurechtkommt.

Ich frage mich, welche Art von Gesprächen ich mit Drake beim Essen führen würde. Ehrlich gesagt, kann ich mir eine Unterhaltung mit ihm kaum vorstellen. Dabei glaube ich nicht, dass er nicht so ehrgeizig ist wie Clay oder dass es ihm an Intellekt mangelt. Er scheint nur einfach nicht der Typ Mann zu sein, der viel redet.

Wenn er jetzt hier wäre, gäbe es keinen Hummersalat. Vielmehr würden wir uns durch die Laken wälzen und einander verschlingen.

„… meinst du nicht auch?"

Ich blinzle Clay an. „Entschuldige … wie bitte?"

Er zieht die Augenbrauen zusammen und wirft mir einen besorgten Blick zu. „Geht es dir gut?"

„Ja. Ich war nur abgelenkt, weil ich an … die Arbeit gedacht habe. Was hast du gesagt?"

„Ich sagte …" Er steht auf, ergreift meine Hand und zieht mich auf die Füße. Dann schlingt er die Arme um meine Taille und beugt sich vor, um meine Kieferpartie zu liebkosen. „Es wird Zeit, dass wir uns unter die Dusche stellen, meinst du nicht auch?"

Ich versuche, mich zu entspannen.

Clay lässt seine Hand auf meinen Hintern gleiten und führt seine Lippen an meinen Mund.

„Warte“, werfe ich ein und ziehe den Kopf zurück. „Einen Moment.“

Er lockert seinen Griff. „Was ist los?“

„Ich kann das nicht tun.“

„Kopfschmerzen?“, fragt er mitfühlend.

Ich löse mich aus seiner Umarmung und schüttle den Kopf. „Nein, nichts dergleichen.“

„Müde?“

„Nein. Ich … ich glaube nur …“ Mir fehlen die Worte, denn ich bin ganz durcheinander. Ich kann nicht aufhören, an Drake McGinn zu denken, obwohl zwischen uns nie etwas laufen wird. Mir gehört das Team. Er ist ein Spieler. Es läge eindeutig ein Interessenkonflikt vor.

Zumindest glaube ich das.

Zwar fallen Entscheidungen, die die Mannschaft betreffen, nicht in meinen Aufgabenbereich, aber es wäre dennoch falsch. Ich wäre die Lachnummer der Liga, wenn ich mich mit einem Spieler einlassen würde.

Außerdem glaube ich nicht, dass der Mann mich überhaupt ausstehen kann. Er ist einer der wortkargsten Menschen, denen ich je begegnet bin.

„Bri“, sagt Clay leise und steckt die Hände in die Taschen. „Willst du, dass wir uns für eine Weile nicht sehen? Das wäre kein Problem.“

„Nein“, erwidere ich. Offenbar kommt mir im Moment kein anderes Wort über die Lippen. Ich schüttle den Kopf und lege eine Hand an seine Brust, wobei mich ein Gefühl von Traurigkeit beschleicht. „Ich will nicht, dass wir uns eine Weile nicht mehr sehen. Ich will die Sache zwischen uns beenden.“

Clay steht überrascht der Mund offen, dann senkt er den Blick, um auf seine Schuhe zu starren, bevor er den Kopf wieder hebt. „Willst du mehr? Wünschst du dir eine feste Beziehung? Denn weder du noch ich wollten je etwas Ernstes daraus machen. Die Sache zwischen uns funktioniert, weil keiner von uns Zeit für mehr hat.“

„Das ist es nicht.“

„Vielleicht könnten wir darüber reden, unsere Beziehung zu vertiefen“, sagt er, als hätte die Idee etwas für sich, während er die Vorteile jedoch erst ergründen muss. „Ich habe zwar noch nie daran gedacht, aber …“

„Nein, Clay.“ Diesmal trete ich einen Schritt auf ihn zu und lege beide Hände an seine Brust. „Ich bete dich an. Wir hatten eine tolle Zeit zusammen und ich will nicht unbedingt eine feste Beziehung. Verdammt, dafür hätte ich gar keine Zeit. Aber …“

„Wenn du mir jetzt sagst, dass du dich nicht mehr zu mir hingezogen fühlst …“

„Ganz und gar nicht. Du bist ein überaus attraktiver Mann.“

„Aber wenn du unsere Beziehung nicht vertiefen willst und du dich immer noch zu mir hingezogen fühlst, wo liegt dann das Problem?“

Vor Verlegenheit laufe ich rot an, doch ich will ihn nicht belügen. „Mir schwirrt ein anderer Mann im Kopf herum.“

Statt verärgert zu sein, breitet sich ein erleichterter Ausdruck auf seinem Gesicht aus. „Oh, nun … Ich meine, wer denkt nicht hin und wieder an andere?

Heidi Klum hat sich auch schon das ein oder andere Mal zu uns ins Schlafzimmer gesellt, also …“

Ich weiche verärgert zurück. „Wie bitte? Wenn wir miteinander schlafen, denke ich an niemand anderen. Aber du schon? An Heidi Klum?“

„Nein“, ruft er hastig aus. „Aber Männer denken zuweilen an andere Frauen und, nun ja … ich bin ein Mann.“

Ich schüttele heftig den Kopf und versuche, meine Gedanken zu ordnen. „Clay … was ich damit sagen will ist, dass ich vielleicht an einem anderen Mann interessiert bin. Er ist nicht irgendein Supermodel, über das ich fantasiere, sondern einfach ein anderer Kerl.“

„Oh“, bringt er hervor, und ich kann förmlich sehen, wie ihm ein Licht aufgeht.

„Ich bin einverstanden, wenn du eine offene Beziehung willst“, bietet er an.

„Das will ich nicht“, erkläre ich mit traurigem Tonfall und lasse meine Hand in seine gleiten. „Das ist nicht mein Stil.“

Zum ersten Mal scheint er einen Anflug von Wut zu empfinden. „Habt ihr … habt ihr zusammen geschlafen?“

„Meine Güte, nein“, erwidere ich schnell. „Zwischen uns ist im Grunde nichts und wird es wahrscheinlich auch nie sein. Aber … ich denke an ihn, und ich kann nicht mit dir zusammen sein, wenn mir ein anderer durch den Kopf geht. Selbst wenn es nie mehr als ein Gedanke sein wird.“

Danach gibt es nicht mehr viel zu sagen. Clay versucht, mir Informationen zu entlocken, weil ich vermutlich sein Ego angekratzt habe und er wissen will, welcher Mann es fertigbringt, meine Gedanken von ihm abzulenken. Ich weigere mich jedoch, ihm irgendetwas zu verraten.

Es ist, wie ich ihm gesagt habe … da ist nichts zwischen mir und Drake. Vielleicht war es voreilig, die Sache mit Clay zu beenden. Möglicherweise war Drake nur ein Katalysator, der mir vor Augen geführt hat, dass Clay seinen Zweck erfüllt hat und diese Beziehung ohnehin ein Ende gefunden hätte. Was auch immer es ist, ich begleite ihn zur Tür und küsse ihn zum Abschied.

Ich weiß nur, dass mir eine Last von den Schultern fällt, als ich nach ein paar weiteren Stunden Arbeit ins Bett schlüpfe.

Und als ich die Augen schließe, denke ich an einen tätowierten, sexy und leicht reizbaren Spieler.

Kapitel 5

Drake

Der Morgen ist meine Lieblingszeit des Tages. Selbst nach einer langen Nacht wache ich nicht verschlafen auf. Ich gehörte schon immer zu den Menschen, die das Leben bei den Hörnern packen und für gewöhnlich beginne ich damit gleich nach dem Aufstehen.

Manchmal bedeutet das einfach, dass ich das Frühstück für drei ungestüme Jungs zubereiten muss. Und hin und wieder muss ich dank meiner psychopathischen Ex-Frau eine Medienkampagne über mich ergehen lassen, die meine Glaubwürdigkeit zerstört.

Zuweilen gehe ich vor Sonnenaufgang in den Fitnessraum, um ein intensives Training zu absolvieren.

Das Stadion ist menschenleer, doch es strahlt wie ein Leuchtfeuer im Dunkeln. Mehr als die Hälfte des Gebäudes ist aus Glas und die Fassade wird von einer gut platzierten Außenbeleuchtung angestrahlt. Selbst wenn um diese Zeit noch niemand hier ist, wirkt es einladend.

Mittels eines Codes gelange ich in das Innere des Gebäudes und betrete es auf Straßenhöhe, um dann durch ein Labyrinth von Gängen zu navigieren, das zum Fitnessraum führt. Fünfhundert Quadratmeter Trainingsfläche erstrecken sich entlang des Flusses. Das Glas ist verspiegelt, was bedeutet, dass man nur hineinsehen kann, wenn man sein Gesicht gegen die Scheibe presst. Dadurch wird nicht nur die Privatsphäre der Spieler gewährleistet, sondern sie haben auch einen fantastischen Blick auf das Wasser. Zum Glück können sich die Fans nicht an die

Fenster pressen, da dieser Teil des Gebäudes auf einer Böschung liegt. Obwohl ich auf Straßenhöhe eintrete, befinden sich die Fenster auf der Flussseite gut fünfzehn Meter über dem Boden.

Heute ist Tag vier des Trainingslagers. Am Nachmittag werde ich mit Baden und den anderen Torhütern auf dem Eis stehen, doch bis dahin habe ich nichts vor. Ich erwarte eine Vielzahl von Übungen, anhand derer er entscheiden wird, in welcher Aufstellung wir in der Vorsaison spielen werden.

Ich bin bescheiden genug, um zu wissen, dass ich kein sicherer Kandidat für den ersten Platz bin. Wie in den letzten Tagen werde ich auch heute Nachmittag hundertzehn Prozent geben. Es ist ein verdammt gutes Gefühl, wieder auf dem Eis zu stehen, und ich bin froh, dass ich nicht so eingerostet bin, wie ich dachte.

Da der heutige Nachmittag körperlich nicht sehr anstrengend sein wird und wir eher bestimmte Fähigkeiten als unsere Ausdauer unter Beweis stellen müssen, will ich mich heute Morgen ordentlich auspowern.

Während ein Teil der Beleuchtung im Stadion immer eingeschaltet ist, hätte ich dennoch erwartet, dass der Trainingsraum bei meiner Ankunft im Dunkeln liegt. Auf dem Parkplatz habe ich keine anderen Fahrzeuge entdecken können, doch das Innere ist hell erleuchtet.

Ich lasse meinen Blick durch den Raum schweifen und mache fast auf dem Absatz kehrt, als ich sie erblicke.

Brienne Norcross trainiert auf einem Stairmaster. Sie hat mir den Rücken zugewandt, doch ich würde ihr silberblondes Haar überall wiedererkennen. Aber vor allem verrät sie ihre Haltung. Sie hat die Schultern gestrafft und erklimmt mit entschlossenen Schritten die Treppe, während sie eine Aura der Verbissenheit ausstrahlt.

Sie trägt eine schwarze Leggings, die ihr bis zu den Knöcheln reicht, und ein rotes, bauchfreies Sporttop.

Ich denke daran, wieder zu gehen, denn mein verräterischer Körper reagiert auf ihre Anwesenheit. Dabei ist ihre Kleidung nicht einmal übertrieben sexy, denn diese Art von Outfit wird von vielen Frauen im Fitnessstudio getragen. Und es liegt auch nicht an ihrem Hintern, der verdammt knackig aussieht, während sie die Stufen erklimmt.

Ich habe viel zu oft an unsere Begegnung in ihrem Büro vor drei Tagen gedacht, als sie mir beinahe das Hemd heruntergezogen hätte, um meine Tätowierungen zu betrachten. Es waren nur ein paar Sekunden, doch ich spiele sie immer wieder in Gedanken durch und frage mich, was passiert wäre, wenn sie den ersten Schritt unternommen hätte.

„Verdammt“, murmle ich. Ich werfe einen Blick auf die Uhr und überlege, am Fluss entlang zu joggen, doch ich wollte heute kein Ausdauertraining absolvieren, sondern ein paar Gewichte heben.

Also reiße ich mich zusammen und sende eine Warnung von meinem Gehirn zu meinem Schwanz. Zum Aufwärmen habe ich vor, mich auf eines der Fahrräder zu setzen, die hinter den Stairmastern platziert sind. Allerdings will ich Brienne nicht erschrecken und will sie wissen lassen, dass sich außer ihr noch jemand im Raum befindet. Als ich mich ihr nähere, sehe ich, dass sie Ohrstöpsel trägt, also wird sie mich nicht kommen hören.

Ich mache einen großen Bogen um sie, um nicht direkt neben ihr aufzutauchen, sobald ich in ihr Blickfeld gerate, und warte, bis sie mich bemerkt. Sie zuckt leicht zusammen und ihre Augen weiten sich.

Ich hebe die Hand und winke ihr lässig zu, gehe aber weiter. Dabei drehe ich mich nicht zu ihr um, um zu sehen, ob sie den Gruß erwidert.

Da ich nicht in ihre Richtung blicken will, suche ich mir ein Fahrrad aus, das zu ihr abgewinkelt steht. Ich will nicht den Eindruck erwecken, dass ich auch nur im Entferntesten an ihr interessiert bin.

Um meine Beine aufzuwärmen, trete ich volle fünf Minuten langsam, aber mit hohem Widerstand in die Pedale. Danach schnappe ich mir meine kleine Sporttasche, in der sich ein paar Handtücher und meine Wasserflasche befinden, und drehe mich lässig in ihre Richtung, denn die Gewichte befinden sich auf der anderen Seite.

Und ... ich stelle fest, dass sie nicht mehr da ist.

Ich ignoriere das Gefühl der Enttäuschung und gehe quer durch den Raum, vorbei an zwei Funktionstrainings-Käfigen, einer Reihe von Kardiogeräten und Ständern mit Hanteln und Kettlebells.

Wieder einmal halte ich inne, als ich Brienne an einem Squat Rack entdecke, an dem sie gerade eine Langhantel mit Gewichten belädt.

Ich beobachte, wie sie auf jeder Seite zehn, dreißig ... vierzig Pfund auflegt, was zusammen mit der Hantel einhundertfünfundzwanzig Pfund ergibt. Selbst für eine Frau ist das nicht übermäßig viel, aber ich kenne ihr Fitnesslevel nicht.

Sie tritt vor, duckt sich unter die Hantel und richtet den Oberkörper auf, bis die Hantel auf ihrem oberen Rücken ruht.

Bevor sie die Finger um die Stange krümmt, rufe ich: „Sie sollten wirklich mit einem Spotter trainieren."

Sie zuckt nicht einmal mit der Wimper und sieht auch nicht in meine Richtung. Verdammte Ohrstöpsel.

Ich beobachte leicht nervös, wie sie das Gewicht stemmt und ein paar Schritte zurücktritt. Dann führt sie zehn Kniebeugen fast fehlerfrei aus, bevor sie die Hantel wieder ablegt. Offenbar fühlt sie sich wohl mit diesem Gewicht.

Sie tritt einen Schritt zur Seite, und beugt sich vor, um ihre Wasserflasche aufzuheben. Ich mache wieder einen Bogen um sie, um sie nicht zu erschrecken.

Als sie mich erblickt, schenkt sie mir ein zaghaftes Lächeln und zieht die Ohrstöpsel aus den Ohren. „Guten Morgen."

„Guten Morgen. Sie sollten wirklich nicht ohne Spotter trainieren." Das ist nicht ganz richtig, denn sie hat sich definitiv nicht übernommen und weiß eindeutig, was sie tut. Aber vielleicht kann ich sie auf diese Weise in ein Gespräch verwickeln.

Ich erwarte, dass sie mich zurechtweist und mir mitteilt, dass sie keine Hilfe braucht. Stattdessen bin ich angenehm überrascht, als sie antwortet: „Ich weiß. Aber ich finde niemanden, der verrückt genug ist, um diese Uhrzeit mit mir zu trainieren."

Sie schraubt den Deckel auf ihre Flasche und wirft sie auf den Boden. Bevor sie sich wieder unter die Langhantel stellt, steckt sie sich die Ohrstöpsel in die Ohren.

Doch sie bittet mich nicht um Hilfe.

Ich habe zwei Möglichkeiten: Ich kann mich abwenden und mir eine Ecke suchen, um selbst Gewichte zu stemmen, oder ich stelle mich unaufgefordert als ihr Spotter zur Verfügung.

Ich trete vor das Gerät, damit sie mich sehen kann, und hebe einen Finger, um sie aufzufordern, einen Moment zu warten. Sie zieht die Ohrstöpsel aus dem Ohr. „Was ist los?"

„Ich kann Ihnen helfen."

„In Ordnung. Danke." Sie lächelt weder, noch gibt sie mir sonst irgendwie zu verstehen, dass ihr mein Angebot gefällt. Immerhin lehnt sie es nicht ab. Sie steckt die Ohrhörer in eine Seitentasche ihrer Leggings und verdammt … sie ist die Ruhe selbst.

Ich stelle mich hinter sie und bleibe in ihrer Nähe, als sie vom Trainingsgerät zurücktritt. Uns gegenüber ist ein Spiegel angebracht und ich stelle verblüfft fest, wie viel größer ich bin als sie, wenn sie keine Stöckelschuhe, sondern Turnschuhe trägt.

Als sie in die Hocke geht, fällt mir auf, dass ihr Top weit ausgeschnitten ist und mir einen Blick auf ein umwerfendes Dekolleté gewährt. Sie hat wirklich erstaunliche Titten. Sie senkt sich noch tiefer ab, wobei ich ihren Hintern betrachte und meinen Schwanz sofort wieder daran erinnern muss, die Frau vor mir zu ignorieren.

Ich hebe wieder den Blick, um ihr Spiegelbild zu betrachten, wobei mir weniger ihr straffer Körper ins Auge sticht, sondern ihr Gesicht. Sie trägt kein Make-up, wobei sie, abgesehen von dem roten Lippenstift, nicht wirklich anders aussieht als bei unseren vorherigen Treffen. Ihre Haut ist makellos, ihre Augenbrauen sind perfekt geschwungen und ihre Lippen so voll, dass sie gar keinen Lippenstift braucht, selbst wenn er mich immer wieder auf schmutzige Gedanken bringt.

Doch vor allem gefallen mir ihr scharfer Verstand und die mentale Stärke, die sich in ihren Gesichtszügen widerspiegeln.

Selbst mit ihrem silbrig-blonden Haar, das sie zu einem unordentlichen, lockeren Pferdeschwanz zusammengebunden hat, der unter dem Neonlicht schimmert, strahlt Brienne Norcross Kraft und Selbstsicherheit aus.

Als sie die achte Kniebeuge absolviert, zeigt sie keinerlei Anzeichen von Schwäche, aber ich trete dennoch ein Stück näher. Ich lasse meine Hände neben ihrer Hüfte schweben und mache mich bereit, ihr, falls nötig, zu helfen.

Als sie sich nach der zehnten Kniebeuge wieder aufrichtet und die Hantel zurück in die Halterung legt, sage ich: „Gut gemacht.“

Sie stößt den Atem aus. „Danke.“

Wir unterhalten uns nicht gerade angeregt miteinander, aber das ist mir egal, denn ich genieße die Aussicht.

Brienne lässt ihr Wasser stehen und geht zu den Scheiben, die seitlich des Geräts aufgereiht sind, um noch mehr Gewicht aufzulegen.

„Wie viel wollen Sie hinzufügen?“, frage ich.

„Zwanzig.“

„Das ergibt Sinn“, bemerke ich und stelle mich auf die andere Seite des Geräts, um mir eine Zehn-Pfund-Scheibe zu schnappen.

Während wir die Scheiben an der Hantel anbringen, sagt sie: „Ich werde nur acht Wiederholungen machen. Aber ich könnte auch mehr stemmen.“

Daran habe ich keinen Zweifel, während ich ihren prallen Hintern und ihre straffen Beine bewundere.

Sie geht wieder in Position, und ich stelle mich hinter sie. Ich lasse erneut die Hände neben ihrer Hüfte schweben und bin bereit, einzugreifen, falls sie mich braucht.

Da sie noch mehr Gewichte aufgelegt hat und bereits den dritten Satz absolviert, unterdrücke ich meine schmutzigen Gedanken. Stattdessen konzentriere ich mich darauf, dass ihre Haltung stabil ist und achte auf mögliche Anzeichen von Schwäche. Die ersten fünf Kniebeugen führt sie sauber aus, doch bei der sechsten wird sie schon etwas langsamer. Bei der siebten zögert sie ein wenig, bevor sie sich wieder aufrichtet. Sie verzieht das Gesicht, wobei ihr ein leises Knurren entfährt.

Mit zitternden Beinen beginnt sie, sich nach oben zu stemmen. Im Grunde meines Herzens weiß ich, dass sie keine Hilfe braucht, aber ich kann mich nicht zurückhalten. Ich trete näher, lege meine Hände an ihre Hüfte und führe sie zum Gerät, damit sie das Gewicht ablegen kann.

Ich lasse sie sofort los, denn es gibt keinen guten Grund, warum ich sie weiter berühren sollte. Um sie zu entlasten, hätte ich meine Hände ohnehin an die Hantel statt an ihre Hüfte legen müssen, falls sie meine Hilfe tatsächlich gebraucht hätte.

Statt sich neben das Gerät zu stellen, dreht sie sich zu mir um und duckt sich unter der Hantel hindurch, woraufhin ich einen Schritt zurücktrete. Aber nicht weiter.

Sie hebt das Kinn und mustert mich mit einem geradezu herausfordernden Blick.

Ich kann nicht anders. Ich stütze die Hände zu beiden Seiten ihres Kopfes an der Hantel ab. Dadurch halte ich sie genauso gefangen wie vor drei Tagen an ihrer Bürotür.

Und wie vor drei Tagen lässt sie auch jetzt ihren Blick auf den Kragen meines T-Shirts gleiten, um meine Tätowierungen zu betrachten. Ich beobachte sie genau und hoffe, dass sie an dem Stoff oberhalb meines Schlüsselbeins zieht. Damit würde sie mir ein Zeichen geben, dass … nun ja, ich weiß auch nicht genau. Aber immerhin würde sie die Grenze überschreiten und nicht ich.

Stattdessen begegnet sie meinem Blick. Obwohl sie diejenige ist, die sich unter der Hantel hindurchgeduckt und sich direkt vor mich gestellt hat, sagt sie mit tadelndem Tonfall: „Es war nicht nötig, dass Sie mir bei der letzten Kniebeuge helfen. Tatsächlich habe ich die Vermutung, dass Sie mich einfach nur berühren wollten.“

Falls sie versucht, mir Angst zu machen, muss ich sie enttäuschen. „Und wenn ich Sie berühren wollte?“

„Ich würde sagen, das ist unangemessen, schließlich bin ich Ihre Chefin.“ Sie hebt erneut ihr Kinn an und mustert mich mit einem Ausdruck im Gesicht, den ich als trotzig bezeichnen würde.

Doch er weckt in mir den Wunsch, sie noch mehr zu reizen und sämtliche Grenzen zu übertreten.

„Unangemessener als die Tatsache, dass Sie sich mir genähert haben? Oder unangemessener als neulich, als Sie mir in Ihrem Büro fast das Hemd heruntergezogen hätten?“

Ich erwarte, dass sie es abstreitet und mir erklärt, dass das gar nichts mit dieser verrückten Anziehungskraft zwischen uns zu tun hat. „Es ist genauso unangemessen.“

Als ich ihr Eingeständnis höre, triumphiere ich innerlich und verziehe die Lippen zu einem Lächeln. „Und was hat das jetzt zu bedeuten?“

„Wir befinden uns in derselben Situation wie zuvor. Doch einer von uns sollte sich auf seinen gesunden Menschenverstand besinnen.“ Sie versucht, sich erneut unter meinem Arm hinweg zu ducken.

„Nicht“, knurre ich und bin selbst überrascht von dem bedrohlichen Unterton in meiner Stimme. Das Wort kam mir zwar unaufgefordert über die Lippen, doch offenbar bin ich noch nicht bereit, dieses Katz-und-Maus-Spiel mit ihr zu beenden.

Sie erstarrt und begegnet wieder meinem Blick.

„Ich habe da eine Theorie, die ich gern auf die Probe stellen würde“, sage ich mit erstickter Stimme, als ich meinen Blick kurz auf ihren Mund gleiten lasse.

„Und wie lautet die?“, flüstert sie.

„Ich werde Sie jetzt berühren, und wenn Sie es wirklich als unangemessen erachten, müssen Sie mich aufhalten. Sie können mich feuern, wenn Sie wollen, aber ich glaube nicht, dass Sie sich dagegen wehren werden.“

Ein verärgerter Ausdruck huscht über ihr Gesicht. „Und wie kommen Sie darauf?“

Ich ziehe den Kopf zurück, damit ich meinen Blick über jeden Zentimeter ihres sexy Körpers schweifen lassen kann.

„Ihr Atem hat sich beschleunigt, denn Ihr Brustkorb hebt und senkt sich rasend schnell, und ich kann das Pulsieren Ihrer Halsschlagader sehen. Sie haben den Mund leicht geöffnet und in Ihren Augen liegt ein begieriger Ausdruck. Sie sind neugierig darauf, wo ich Sie berühren werde und wie es sich anfühlen wird.

Vor allem weiß ich, dass Sie mich auch berühren wollen, denn Sie scheinen mir keine Heuchlerin zu sein.“

Ich gebe ihr die Möglichkeit, sich mir zu entziehen und werde sie nicht aufhalten, falls sie sich unter meinem Arm hindurch duckt. Und ich werde ihr sicher nicht hinterherlaufen.

Brienne mustert mich, bevor sie kaum merklich den Kopf schüttelt. „Nein, ich bin keine Heuchlerin.“

Und mit diesen Worten hat sie mir gerade die Erlaubnis erteilt.

Während ich die Finger immer noch fest um die Hantel hinter ihr geschlungen habe, neige ich meinen Kopf vor und streiche mit meiner Wange über die ihre. Sie schnappt nach Luft, als ich meine Lippen an ihr Ohr wandern lasse. Ich fahre mit meiner Zunge an ihrer Ohrmuschel entlang und murmle: „Du hast ja keine Ahnung, was für schmutzige Dinge ich mit dir anstellen will. Die meisten Frauen würden jetzt weglaufen, aber ich glaube nicht, dass du wie andere Frauen bist.“

Ich berühre sie kaum und streife nur mit dem Bart ihr Kinn, und doch ich spüre, wie sie am ganzen Körper bebt.

„Wirst du es zulassen?“, frage ich im Flüsterton, als ich meine Lippen erneut über ihr Ohr gleiten lasse.

Brienne presst ihre Hände an meinen Bauch, woraufhin ich unwillkürlich die Muskeln anspanne. Ich ziehe den Kopf zurück, um sie zu betrachten.

Ihre blauen Augen sind glasig und ich kann sehen, dass sie mit sich hadert, während sie sich auf die Unterlippe beißt. Mich durchläuft ein Kribbeln, weil sie tatsächlich darüber nachdenkt, statt mir eine Ohrfeige zu verpassen.

Sie muss mir nur zu verstehen geben, dass sie es auch will, dann werde ich im Handumdrehen einen Rückzugsort finden, an dem ich mein Versprechen wahrmachen und schmutzige Dinge mit ihr anstellen kann.

Gelächter dringt durch die Tür des Fitnessraums, woraufhin Brienne sich sofort unter der Hantel hindurchduckt und zurückweicht, bis sie mit dem Rücken gegen die verspiegelte Wand stößt.

Sie atmet schwer, doch ich bin mir nicht sicher, ob sie erregt ist oder ob ihr Körper gerade von Adrenalin durchflutet wird, weil uns jemand gestört hat.

„Hey … Drake."

Ich drehe mich um und sehe Coen und Hendrix auf uns zukommen.

„Auch schon früh auf?"

„Wie immer", antworte ich.

Als die beiden sich nähern, tritt Brienne neben das Gerät und beginnt, die Gewichte von der Hantel zu ziehen. Ich gehe auf die andere Seite und tue es ihr gleich.

„Hallo, Jungs", ruft Brienne fröhlich. Offenbar hält sie es nicht für nötig, den anderen zu erklären, warum wir zusammen am Squat Rack stehen.

Dem Anschein nach trainieren wir zusammen, dennoch wirft es sicher Fragen auf.

Doch weder Coen noch Hendrix gehen darauf ein, wobei ich bezweifle, dass sie es in Gegenwart von Brienne zur Sprache bringen würden. Vielleicht nach dem Training bei einem Bier, aber nicht jetzt.

Nachdem wir die Scheiben wieder zurück an ihren Platz gelegt haben, hebt Brienne ihre Wasserflasche vom Boden auf. „Danke für die Hilfe, Drake."

„Gern geschehen."

Sie betrachtet uns alle der Reihe nach. „Viel Glück im Camp heute. Gebt Gas", sagt sie und geht.

Sobald sie außer Hörweite ist, versetzt Hendrix mir spielerisch mit der Rückhand einen Klaps auf die Brust. „Kumpel … wie kommt es, dass du das Glück hattest, ihr Spotter zu sein? Täusche ich mich, oder ist die Frau verdammt sexy?"

„Du täuschst dich nicht", erwidere ich, denn es hätte keinen Sinn, etwas zu leugnen, was so offensichtlich ist. „Wir sind wohl beide einfach Frühaufsteher."

„Dann muss ich meinen Hintern wohl noch früher aus dem Bett bewegen", lacht Hendrix. „Bist du fertig, Mann?"

Ich schüttle den Kopf. „Ich fange gerade erst an."

„Dann lass uns loslegen", sagt Coen. „Was ist heute dran?"

„Der Oberkörper, weil wir heute Nachmittag mit Baden trainieren. Und bei dir?"

„Bei mir auch."

Während der nächsten Stunde trainieren Hendrix, Coen und ich zusammen. Ich freue mich über die Gelegenheit, sie näher kennenzulernen. Die beiden verstehen sich gut, da sie ursprünglich Teamkollegen der Titans waren. Sie sind zwei der drei Spieler, die in jener verhängnisvollen Nacht nicht im Flugzeug saßen. Trotz allem spüre ich eine gewisse emotionale Distanz zwischen ihnen, und ich frage mich, woran das liegt.

Von Baden weiß ich, dass Coen in der letzten Saison viele Brücken abgebrochen hat, während er in einer, wie er es nannte, „unaufhaltsamen Spirale" immer weiter den Halt verlor. Aber in dieser Woche im Camp wirkte Coen wie ein normaler Kerl. Er war umgänglich und kontaktfreudig, aber er war auch im Spielmodus und hat alle Tests und Übungen ernst genommen. Wahrscheinlich denkt er, dass er sich noch einmal beweisen muss, und damit würde er nicht falsch liegen.

Genau darum geht es im Trainingslager – wir müssen beweisen, dass wir fit genug sind, um die kommende Saison zu bestreiten.

„Wollt ihr heute Abend ein Bier trinken gehen?“, fragt Hendrix, als wir uns auf den Weg zu den Umkleideräumen machen.

„Ich bin dabei“, sage ich, weil ich nichts anderes vorhabe.

„Ich bin verabredet“, erklärt Coen mit einem zaghaften Lächeln.

„Heißes Date?“, wage ich eine Vermutung.

„Ja, mit der Liebe meines Lebens“, erwidert er. In seinen Worten schwingt ein so emotionaler Tonfall mit, dass ich gar nicht weiß, was ich sagen soll.

Für mich ist *die Liebe des Lebens* nicht vorstellbar, denn die Frau, die ich für meine Seelenverwandte hielt, hat sich als Seelenzerstörerin entpuppt.

„Wann reist Tillie wieder ab?“, will Hendrix wissen.

„Am Samstag.“ Der mürrische Tonfall in Coens Stimme ist nicht zu überhören. „Aber sie kommt in zwei Wochen für ein paar Tage zurück.“

„Deine Freundin wohnt nicht hier in Pittsburgh?“, frage ich.

Coen schüttelt den Kopf, als wir die Umkleidekabine betreten. „Sie wohnt in Coudersport, das ist etwa dreieinhalb Stunden von hier entfernt. Wir müssen irgendwie einen Weg finden, damit eine Beziehung auf Distanz funktioniert.“

„Tut mir leid, das zu hören", sage ich aus Höflichkeit, wobei ich seine Gefühle jedoch nicht nachvollziehen kann.

Nach all den furchtbaren Dingen, die meine Ex-Frau meiner Familie angetan hat, obwohl ich versucht habe, sie von ihrer Drogensucht abzubringen, habe ich beschlossen, mein Herz nie wieder einer anderen Frau anzuvertrauen.

Und auf keinen Fall werde ich zulassen, dass jemand meinen Kindern noch einmal zu nahekommt, um ihnen das Herz zu brechen und in ihrem Verstand herumzupfuschen, wie Crystal es getan hat. Ich bin ihr Beschützer und es ist meine Aufgabe, dafür zu sorgen, dass sie geliebt und gut erzogen werden, ohne von irgendeinem Erwachsenen das Gefühl vermittelt zu bekommen, wertlos zu sein. Die einzigen Menschen, denen ich zutraue, alles richtig zu machen, sind meine Schwester und meine Mom.

„Was ist mit dir?", will Coen von Hendrix wissen. „Ich habe gehört, du bist in einer festen Beziehung. Es ist wohl ziemlich ernst."

Hendrix zuckt mit den Schultern. „Ernst würde ich es nicht gerade nennen, aber wir sind monogam."

Coen fasst sich in gespieltem Entsetzen ans Herz. „Oh nein … ein alleinstehender Profi-Eishockeyspieler in einer monogamen Beziehung."

„So etwas soll vorkommen", murmelt Hendrix. „Du bist der Beweis dafür."

„Ich bin mehr als monogam. Ich bin in einer festen Beziehung", sagt Coen, als wir uns alle in der Umkleidekabine ausziehen.

„Ich bin noch nicht bereit, mich zu binden", sagt Hendrix und sein Gesicht verblasst.

Coen gluckst. „Alter …, wenn du monogam bist, dann ist das auch eine Form von Bindung.“

Es ist interessant, den Jungs zuzuhören, während sie sexuelle Grenzen in Form von Verpflichtungen definieren. Ich weiß nur, dass ich alles, was nach Verpflichtung aussieht, entschieden ablehne.

„Seit wann bist du denn ein Beziehungsexperte?“, fragt Hendrix seinen Kumpel.

„Seit ich Tillie getroffen habe“, antwortet Coen. „Du weißt es einfach, wenn du die Richtige triffst.“

„Was ist mit dir, Drake?“, wendet sich Hendrix an mich. „Bist du mit jemandem zusammen?“

„Auf gar keinen Fall“, platze ich im Brustton der Überzeugung heraus. „Ich habe für so etwas keine Zeit, und selbst wenn ich sie hätte, will ich mich nicht binden. Aber ich habe kein Problem damit, all die Puck-Häschen zu vögeln, die ihr nicht wollt, weil ihr an der Leine liegt.“

Hendrix schnaubt, und Coen schüttelt lachend den Kopf.

Als ich die Duschkabine betrete, denke ich über Brienne nach. Sie hat zwar einen Bettgefährten, aber ich frage mich, ob sie monogam ist.

Ich hätte nichts dagegen, zu teilen.

Wie fortschrittlich ist Miss Norcross wirklich? Ist ihr Appetit auf Vergnügen so groß, dass sie mehr als einen Liebhaber in ihr Bett einladen würde?

Würde sie sich sogar mit zwei Männern gleichzeitig vergnügen?

Sie hat sicherlich das nötige Selbstvertrauen, aber ich habe keine Ahnung, in welche Richtung ihr moralischer Kompass ausschlägt.

Ich würde es zu gern herausfinden.

Kapitel 6

Brienne

"Sag es mir geradeheraus." Ich wende mich Callum zu, der mit verschränkten Armen neben mir steht und den Blick auf die Eisfläche gerichtet hat.

Zuerst sagt er nichts, doch als er meinen Blick erwidert, sehe ich es in seinen Augen und werde von Aufregung gepackt.

„Es ist ein gutes Team. Nein, es ist sogar ein verdammt gutes Team."

Ich stoße langsam den Atem aus und wende mich wieder der Eisfläche zu, um die Spieler dabei zu beobachten, wie sie die Übungen am letzten Tag des Trainingslagers durchlaufen. Wir stehen am Ende des Korridors, der die Umkleidekabinen mit dem Eis verbindet.

Heute werden die Trainer entscheiden, wer bleibt und wer geht.

Sie werden eine gute Vorstellung von der Aufstellung der Spieler haben, doch in dieser Beziehung wird das letzte Wort erst während der Vorsaison gesprochen werden.

Die ganze Woche über habe ich es bewusst vermieden, Callum diese Frage zu stellen, weil ich mir keine großen Hoffnungen machen wollte. Ich will nicht nur ein Team aufbauen, das eine Chance auf die Playoffs und den Stanley Cup hat, denn die Meisterschaft bedeutet Geld, und bei diesem Sport geht es ums Geld. Mir ist es auch wichtig, dieser Stadt ein Team zu geben, das sie verdient hat. Nach dem

Flugzeugunglück waren die Fans so loyal und engagiert, dass ich sie belohnen möchte.

„Ms. Norcross“, ertönt eine Stimme hinter mir, und ich wende mich meiner Assistentin Tina zu. „Eddie Olmstead hat jetzt Zeit für Sie.“

„Scheiße“, murmle ich und werfe einen Blick auf meine Uhr. „Den habe ich total vergessen.“

Ich habe dem Sportreporter eines Lokalsenders ein Interview versprochen. Während ich bereits mit den Sportsendern, die landesweit ausstrahlen, gesprochen habe, will ich auch den kleineren Fischen etwas zukommen lassen.

„Soll ich das für dich erledigen?“, fragt Callum.

„Nein, ich mache das schon.“ Ich spähe an Tina vorbei und erblicke den Reporter, dessen Kameramann direkt hinter ihm steht.

Ich setze mein freundlichstes Lächeln auf, gehe auf sie zu und reiche Eddie die Hand. „Es ist mir ein Vergnügen, Sie kennenzulernen, Mr. Olmstead. Darf ich Sie Eddie nennen?“

„Unbedingt“, ruft er freudig aus und ergreift meine Hand. Er zeigt mit dem Daumen über seine Schulter. „Das ist Deebo, mein Kameramann.“

Ich nicke Deebo zu, der mir ein Lächeln schenkt. Die Kamera liegt auf seiner Schulter, in der anderen Hand hält er ein Stativ.

„Möchten Sie in mein Büro gehen?“, frage ich.

„Eigentlich …“, erwidert Eddie und blickt in Richtung Eis. „Würde es Ihnen etwas ausmachen, wenn wir direkt hier filmen? So hätten wir das Training im Hintergrund mit im Bild.“

Ich drehe mich zur Eisfläche um und lasse meinen Blick kurz über Drake schweifen. Er ist ein großer

Mann, doch mit der gepolsterten Schutzausrüstung wirkt er riesig.

Es interessiert mich brennend, wie er sich im Trainingscamp geschlagen hat, aber ich bringe es nicht über mich, Callum nach ihm zu fragen. Ich habe Angst, er könnte mich durchschauen und mir an der Nasenspitze ansehen, dass ich mich erst gestern im Fitnessraum beinahe von Drake McGinn hätte verführen lassen.

Bei der Erinnerung steigt mir die Hitze in den Nacken, aber ich verdränge den Gedanken.

Ich drehe mich wieder Eddie zu und lächle strahlend. „Nein, es macht mir überhaupt nichts aus.“

„Wir brauchen noch ein paar Minuten, um alles vorzubereiten“, erwidert er, woraufhin Deebo sich sofort an die Arbeit macht.

Callum tritt einen Schritt zur Seite, um nicht ins Bild zu geraten, und sobald ich ein paar Meter von der Bande entfernt bin, beginnt Deebo zu drehen.

Eddie stellt mir die üblichen Fragen. Er will wissen, wie ich mich nach dem Flugzeugunglück fühle, wie wir das Team wieder aufbauen, wie wir aus den Playoffs geflogen sind. Diese Fragen werden mir so oft gestellt, dass mir die Antworten ganz automatisch über die Lippen kommen.

Es sei denn, jemand will etwas über Adam wissen. Wenn ich nach meinem Bruder gefragt werde, schnürt sich mir jedes Mal die Kehle zu, doch glücklicherweise sieht Eddie davon ab.

„Heute ist der letzte Tag im Trainingscamp“, sagt Eddie und wirft einen Blick auf das Eis hinter mir. Ich drehe mich kurz um, um meine Mannschaft zu begutachten, und wende mich dann wieder dem Reporter zu. „Was dürfen die Fans erwarten?“

Ich strahle in die Kamera. „Wir haben erstaunlich viele Talente gewinnen können. Zahlreiche Spieler sind in der letzten Saison zu unserem Team gestoßen und einige haben wir im Sommer eingekauft. Es wird nicht leicht sein, einen Teil von ihnen gehen zu lassen.“

„Glauben Sie, die Mannschaft könnte es in die Playoffs schaffen?“, will Eddie wissen.

„Sie haben doch gesehen, wie wir in der letzten Saison die Playoffs erreicht haben“, entgegne ich und werfe ihm einen tadelnden Blick zu. „Was denken Sie denn?“

Eddie lacht und führt das Mikrofon an seinen Mund. „Ich glaube nicht, dass ich gegen Sie wetten würde. Sie haben in der Vergangenheit einige mutige Entscheidungen getroffen, indem Sie ein paar Veteranen aus dem Ruhestand geholt haben. Gage Heyward war letztes Jahr ausschlaggebend für den Erfolg der Mannschaft, und jetzt ist er im Trainerstab. Aber wie sieht es mit Drake McGinn aus? Er war ein Jahr lang nicht auf dem Eis … hat er das Zeug, um im Team zu spielen?“

Er streckt mir wieder das Mikrofon entgegen. „Ich habe das Trainingslager nicht genau verfolgt, daher sollten Sie diese Frage besser Coach Oulett oder Coach West stellen, aber ich kann Ihnen versichern, dass wir hart daran gearbeitet haben, ihn zu bekommen. Wir glauben an ihn.“

Plötzlich öffnet sich die Tür der Bande hinter mir und ich drehe mich um, als die Trainierenden das Eis verlassen. Ich nehme an, dass das Training vorbei ist.

Damit bietet sich mir eine Gelegenheit, mich aus der Affäre zu ziehen. Ich trete zur Seite, um die

Spieler vorbeizulassen, und strecke Eddie eine Hand entgegen. „Danke für das Interview.“

Er wirkt enttäuscht, aber ich habe seine Fragen zur Genüge beantwortet. Mit einem Lächeln gehe ich weiter in den Korridor, um dem Team Platz zu lassen. Ich strecke meine Faust aus, und die Männer drücken ihre im Vorbeigehen dagegen, wobei die meisten von ihnen mir ein erschöpftes Grinsen schenken.

„Drake“, höre ich Eddies Stimme und drehe mich um, als der große Torwart gerade die Eisfläche verlässt. „Könnte ich einen Moment mit Ihnen sprechen?“

Oh, Mist.

Drake hat seinen Helm unter den Arm geklemmt und hält seinen Schläger in der gleichen Hand. Sein langes Haar ist zurückgekämmt, aber durchgeschwitzt. Er ist sichtlich verärgert, dass der Reporter ausgerechnet ihn anspricht. Ich weiß, dass er mit den Medien nichts zu tun haben will.

Ich schiebe mich an der Wand entlang auf ihn zu und stelle mich direkt hinter Deebo.

„Sie haben auf dem Eis eine gute Figur abgegeben“, sagt Eddie ins Mikrofon. „Wie fühlen Sie sich?“

Drake wischt sich mit einer Hand über die Stirn und atmet tief durch, als Eddie ihm das Mikrofon hinhält. „Ich fühle mich gut und bin in Topform.“

Er macht Anstalten, weiterzugehen, doch Eddie fragt erneut: „Bedeutet Ihre Rückkehr in die Liga, dass alle Gerüchte über den Wettskandal aus der Welt geschafft sind?“

Ich sehe, wie Drake seine freie Hand zur Faust ballt und das Gesicht zu einer wütenden Miene verzieht.

Ohne nachzudenken, mache ich einen Satz nach vorn und trete vor die Kamera.

„Wir glauben an Drake McGinn." Eddie ist überrascht, mich zu sehen und gezwungen, das Mikrofon in meine Richtung zu neigen. „Er ist ein erstklassiger Torwart, und wir können uns glücklich schätzen, ihn im Team zu haben."

Drake nutzt die Gelegenheit, um mit den anderen Spielern den Korridor hinunterzugehen. Eddie wirkt enttäuscht, doch im nächsten Moment erspäht er Coen. Er ist auch ein Spieler, der nicht nur aus professioneller Sicht interessant ist.

„Coen", ruft Eddie. „Ein kurzes Statement für WRKT Pittsburgh?"

Ich mache mich bereit, Coen zu Hilfe zu eilen, falls er mich braucht, aber er schenkt dem Reporter ein breites Lächeln. „Gern."

Ich stoße erleichtert den Atem aus. Unsere Presseabteilung leistet gute Arbeit, was die Spielerinterviews angeht, aber ich will dennoch vermeiden, dass einer meiner Jungs überfallen wird. Meine Sorge scheint umsonst gewesen zu sein, als Coen über eine Frage von Eddie lacht.

Er hat die Sache eindeutig im Griff.

Ich wende mich ab und laufe direkt gegen eine Wand.

Und zwar eine gepolsterte.

Ich muss den Kopf weit nach hinten neigen, um Drake zu erblicken, der auf mich herabstarrt. „Ich habe es verdammt nochmal nicht nötig, dass Sie mich verteidigen", blafft er mich mit zusammengebissenen Zähnen an.

Zu meiner Überraschung ist Callum sofort an meiner Seite und stellt sich direkt neben uns. Er hat die

Augen auf Drake geheftet, als er mit gedämpfter Stimme sagt: „Hey … du solltest deiner Chefin gegenüber etwas mehr Respekt zeigen."

Drake wendet sich mit zornigem Blick Callum zu. Das Letzte, was ich gebrauchen kann, ist ein Wutausbruch vor laufender Kamera.

Ich stelle mich zwischen die beiden und zwinge Drake, mich anzusehen. Dann erkläre ich mit unnachgiebigem und warnendem Tonfall: „Falls Sie ein Problem damit haben, wie ich die Dinge für meine Spieler und diese Organisation handhabe, dann vereinbaren Sie mit meiner Assistentin einen Termin, um sich mit mir unter vier Augen zu unterhalten. Aber wagen Sie es nicht noch einmal, mich in der Öffentlichkeit bloßzustellen oder so mit mir zu reden. Haben wir uns verstanden?"

Da ich weiß, wie unberechenbar Drake McGinn ist, erwarte ich fast, dass er auf der Stelle das Team verlässt. Er ist so empfindlich gegenüber der Autorität in der Liga und ist sicher verärgert, dass ich das Recht habe, ihn in seine Schranken zu weisen.

Dennoch nickt er nur knapp und knurrt: „Oh, ich habe verstanden."

Darauf stürmt er davon in Richtung Umkleidekabine.

„Alles in Ordnung?", fragt Callum.

Ich verdrehe die Augen. „Sicher. Ich hatte schon mit größeren Arschlöchern zu tun."

Callum gluckst. „Das kann ich mir denken."

Ein mürrischer Eishockeyspieler ist wirklich nichts im Vergleich zu den gierigen, manipulativen, verlogenen Arschlöchern, mit denen ich schon am Verhandlungstisch gesessen habe.

***

Auf dem Rückweg in mein Büro lege ich noch ein paar Zwischenstopps ein. Unter anderem statte ich unserem neuen stellvertretenden Leiter des operativen Geschäfts einen kurzen Besuch ab, um zu sehen, ob er etwas braucht. Er macht den Job erst seit zwei Wochen, doch er scheint sich gut einzugewöhnen.

Heute Nachmittag habe ich noch ein paar Besprechungen in den Büros von Norcross Holdings, aber bis dahin werde ich die nächsten zwei Stunden nutzen, um die Prognosen für eine neue Investitionsmöglichkeit zu prüfen, die kurz vor dem Börsengang steht. Obwohl mir ein ganzes Team von Finanzberatern zur Seite steht, das mir bei der Verwaltung der mir anvertrauten Milliarden hilft, lese ich stets alle Unterlagen zu den Geschäften, die unser Vorstand in Betracht zieht. Es ist mühsam, aber es gehört zu meinem Job.

Als ich an Tinas Schreibtisch vorbeigehe, sage ich: „Ich will nicht gestört werden. Keine Anrufe oder Besucher.“

Denn wenn ich auch nur andeutungsweise von den Prognosen abgelenkt werde, werde ich sie nie durcharbeiten.

„Ja, Ma'am“, erwidert Tina. „Kann ich Ihnen etwas bringen?“

„Nein, danke“, versichere ich ihr und gehe in mein Büro. Sobald ich die Tür hinter mir geschlossen habe, lehne ich mich mit dem Rücken dagegen, während ich mich vorbeuge, um einen meiner Schuhe auszuziehen.

Ich seufze, als ich den Fuß auf den Boden stelle und den Pfennigabsatz des Ferragamo-Schuhs betrachte. „Warum quäle ich mich nur damit?"

Lächelnd lasse ich den Schuh fallen und streife auch den anderen ab. Meine Zehen sinken in den kastanienbraunen Plüschteppich, und obwohl er eigentlich zu dunkel und zu maskulin für meinen Geschmack ist, werde ich ihn behalten, weil er mich an Adam erinnert. Tatsächlich kann ich mir nicht vorstellen, irgendetwas an diesem Büro zu ändern.

Ich will mich gerade von der Tür abstoßen, als sie sich bewegt.

Sie wird geöffnet und ich werde zur Seite geschoben.

Ich stolpere vorwärts, drehe mich um und sehe erschrocken, wie Drake mit düsterem und wütendem Gesichtsausdruck das Büro betritt.

„Was zum Teufel soll das?", blaffe ich ihn an.

Tina ist ihm dicht auf den Fersen. „Es tut mir so leid, Ms. Norcross. Ich habe ihm gesagt, dass Sie nicht gestört werden wollen, aber …"

Ich halte eine Hand in die Höhe, als Drake an mir vorbei stürmt. „Ist schon gut, Tina. Ich regle das. Schließen Sie die Tür beim Hinausgehen."

Nachdem sie das Büro verlassen hat, wende ich mich Drake zu. Offenbar hat er kurz geduscht und ist direkt danach hierhergekommen. Er hat sein nasses Haar zu einem Pferdeschwanz zusammengebunden und trägt sein übliches Outfit, das aus Jeans und T-Shirt besteht. Seine Arme sind komplett mit Tattoos bedeckt, die ich liebend gern genauer unter die Lupe nehmen würde. Und seine Biker-Stiefel sollten wirklich nicht derart sexy sein.

Drake lässt die Arme locker seitlich herabhängen, aber er hat die Finger leicht gekrümmt. Es scheint, als würde er auf einen Grund warten, um die Hände zu Fäusten zu ballen.

Er hat es eindeutig auf eine Auseinandersetzung abgesehen, doch ich glaube nicht, dass ich das Problem bin. Ich repräsentiere nur das Problem.

Ich gehe auf ihn zu und bleibe dabei ganz ruhig. „Welchen Teil von, Sie sollen einen Termin vereinbaren, haben Sie nicht verstanden?"

Er ignoriert meine Frage und presst mit zusammengebissenen Zähnen hervor: „Für den Fall, dass ich es eben nicht deutlich gemacht habe, und außerdem hat Derringer mich unterbrochen, aber ich habe es nicht nötig, dass Sie mich vor der Presse verteidigen."

Sein Tonfall ist eisig, obwohl in seinen Augen ein wütender Ausdruck aufflammt.

„Ich glaube nicht, dass Sie es nötig haben, aber ich muss mich fragen, warum es Sie so sehr stört, wenn jemand das Wort für Sie ergreift."

Drake stößt ein Schnauben aus. „Weil Sie nichts weiter tun, als die Geschichte am Leben zu erhalten. Wie wäre es, wenn Sie zur Abwechslung einfach *keinen Kommentar* abgeben, statt mich zu benutzen, um sich vor der Kamera Liebkind zu machen."

Wie kann er es wagen!

Jetzt bin ich stinksauer. Ich gehe auf Tuchfühlung mit ihm und bohre ihm meinen Zeigefinger in die Brust. „Sie undankbarer Scheißkerl. Sie sind sauer auf die Liga, weil sich damals niemand für Sie eingesetzt hat, und nun, weil jemand für Sie Partei ergreift. Sie sollten sich schon für eine Seite entscheiden und dann dazu stehen."

Drake zieht mich so schnell an sich, dass ich kaum Luft holen kann. Ich öffne den Mund, um zu protestieren, doch meine Widerworte werden im Keim erstickt, als er seine Lippen auf die meinen presst.

Alles dreht sich um mich herum und ich habe das Gefühl, von der Kraft einer tosenden Welle davongerissen zu werden. Ich versuche, an die Oberfläche zu gelangen, bevor ich ertrinke, doch der Kuss ist wie ein Sog, dem ich nicht entrinnen kann.

Als ich die Finger krümme, um mich in sein T-Shirt zu krallen und ihn an mich zu ziehen, weiß ich, dass ich lieber ertrinken würde.

Drake schiebt seine Zunge in meinen Mund, und ich werde sofort von einer Woge der Lust durchströmt. Unsere Zähne prallen aufeinander, während er eine Hand an meinen Hintern gleiten lässt, um eine meiner Pobacken zu drücken. Ich beiße ihm auf die Unterlippe, woraufhin er einen Fluch ausstößt, bevor er mir mein figurbetontes Kleid bis zur Hüfte hochschiebt.

Mir schwirrt der Kopf, weil alles so schnell geht, dennoch ist es das Aufregendste, was mir je passiert ist. Um nichts in der Welt würde ich ihm jetzt Einhalt gebieten wollen.

Er schiebt eine Hand in mein Höschen und lässt geschickt einen Finger durch meine feuchte Spalte gleiten, bevor er damit meine Klitoris massiert. Ich stöhne vor Lust und bekomme weiche Knie, als er mit dem Finger tief in mich eindringt. Ich bleibe nur aufrecht stehen, weil Drake mich mit seiner großen Hand am Hintern abstützt.

„Du bist klatschnass", knurrt er mit triumphierendem Tonfall in meinen Mund, als er seine Hand zurückzieht.

Ich keuche auf, als er mich hochhebt. Ich schlinge meine Beine und Arme um ihn und halte mich fest, während er mich zu meinem Schreibtisch trägt. Eine Stimme in meinem Innern flüstert mir zu, dass ich ihn aufhalten soll, doch die stürmische Woge der Lust, die mich durchströmt, fühlt sich viel zu gut an, als dass ich jetzt von ihm ablassen könnte.

Drake muss sich nicht die Mühe machen, irgendwelche Dokumente von meinem Schreibtisch zu fegen, denn ich bin eine Ordnungsfanatikerin und bis auf meinen Laptop, ein Festnetztelefon und eine Ablagebox in einer Ecke ist er leer.

Wir unterbrechen den Kuss erst, als Drake meinen Hintern auf die Kante der Holzplatte setzt und beginnt, mir mein Höschen auszuziehen.

„Die Tür", keuche ich und blicke über meine Schulter. „Schließ sie ab."

„Keine Zeit", sagt er, als er sich auf meinen Stuhl setzt und sich nach vorn schiebt. „Ich schlage vor, du bist einfach leise."

Er spreizt meine Schenkel weit auseinander, sodass ich völlig entblößt vor ihm sitze. Mit einem feurigen Blick mustert er mein Geschlecht, bevor er wieder zu mir aufsieht. „Du solltest dich besser zurücklehnen."

Seinem begierigen Blick nach zu urteilen, will er mich mit dem Mund befriedigen.

Ich zögere nicht, lehne mich zurück und stütze mich auf den Ellbogen ab, wobei ich ein Bein über seine Schulter lege. Ich spanne den Schenkel an, um ihm zu verstehen zu geben, dass er sich beeilen soll und beobachte, wie er sich nach vorn beugt, um seine Lippen auf meine Muschi zu pressen.

Ich beiße mir fest auf die Unterlippe, als er seine Zunge um meine Klitoris kreisen lässt. Mit seinen großen Händen packt er meine Schenkel und vergräbt seine Finger in meinem Fleisch. Seine Barthaare kitzeln auf meiner Haut, und er gibt ein lustvolles Brummen von sich.

Er liebkost mein Geschlecht auf meisterliche Art und ich brauche nicht lange, bis ich kopfüber auf einen markerschütternden Orgasmus zurase. Er verschlingt mich förmlich. Im Grunde ist der Mann ein Fremder für mich und zerrt noch dazu an meinen Nerven, daher erregt mich die Verruchtheit des Augenblicks so sehr, dass ich mir auf den Handrücken beißen muss, um nicht laut aufzuschreien, als ich komme. Ich bäume mich auf und wiege meine Hüfte vor und zurück, während er mich weiter leckt.

„Genug", zische ich, denn meine Lustperle ist mittlerweile so empfindsam, dass seine Liebkosungen fast schmerzhaft sind. Außerdem will ich mich bei ihm revanchieren und seinen Schwanz mit meinen Lippen umschließen.

Drake steht auf und zieht dabei mein Bein von seiner Schulter, um dann in seine Gesäßtasche zu greifen. Seine zusammengezogenen Augenbrauen verleihen seinem scharfkantigen Gesicht einen wütenden Ausdruck. Möglicherweise ist er sogar verärgert, doch darüber kann ich mir jetzt nicht den Kopf zerbrechen. Ich beobachte ihn dabei, wie er ein Kondom aus seiner Brieftasche zieht.

Er wirft es mir zu. „Pack es aus."

Ich setze mich mit lasziv gespreizten Beinen auf und reiße die Folie auf. Offenbar hat er im Moment nicht vor, mich seinen Schwanz lutschen zu lassen. Gut so, denn ich will ihn in mir spüren.

Er ist wirklich ein mürrischer, rätselhafter Mann, den man anhand seiner Worte offenbar nicht verstehen kann.

Ich bin gerade dabei, die Packung aufzureißen und sehe hoch, als Drake seine Jeans aufknöpft. Mir läuft das Wasser im Mund zusammen, als er sie von den Hüften schiebt und seiner Männlichkeit zur Freiheit verhilft.

Sein Schwanz ist wunderschön.

Drake ist wunderschön.

Er umfasst mit einer Hand seinen Schaft, wobei er die Muskeln anspannt und so die Tätowierungen auf seinen Armen zucken. Er beginnt, sich zu streicheln und begegnet meinem Blick. Mit einem Kopfnicken zeigt er auf das Kondom. „Das ist deine Aufgabe, Boss."

Ich ignoriere den Titel und ziehe das Kondom aus der Packung. Er hält still, damit ich es ihm überstreifen kann, wobei ich leicht seinen Schwanz drücke und ihm so ein beifälliges Knurren entlocke.

Voller Erwartung bebe ich am ganzen Körper und lehne mich zurück. Zu meiner Überraschung schlingt er eine Hand um meinen Nacken und zieht mich vom Schreibtisch herunter, bis ich vor ihm stehe.

Er presst seinen Mund auf meinen, um mir einen leidenschaftlichen Kuss zu geben, der meine Begierde nur noch steigert. Doch im nächsten Augenblick dreht er mich um, sodass mein Gesicht dem Schreibtisch zugewandt ist, dann drückt er mich mit dem Oberkörper auf die Tischplatte. Meine Brust und mein Bauch treffen auf das Holz, während er seine großen Hände auf meinen Hintern gleiten lässt, um meine Pobacken zu kneten.

Im nächsten Moment spüre ich, wie er in mich eindringt. Es ist ein herrliches Gefühl.

Ich werfe einen Blick über meine Schulter und mir stockt der Atem, als ich sein Gesicht sehe. Es ist vor Verlangen verzerrt, doch er beobachtet voller Ehrfurcht, wie er seinen Schwanz in mir vergräbt.

Er dringt Zentimeter für Zentimeter in mich ein, bis er mich vollständig ausfüllt und sein Becken gegen meinen Hintern presst.

Er packt meine Hüften und verschwendet keine Zeit. In einem ungestümen Rhythmus fickt er mich mit gierigen, tiefen Stößen. Er nimmt sich, was er verdient hat, nachdem er mir einen unglaublichen Orgasmus beschert hat.

Es fühlt sich so gut und so richtig an, obwohl es das Schmutzigste und Falscheste ist, was ich je im Leben getan habe.

Es ist so verdammt unanständig, mich hier in meinem Büro mit einem Spieler zu vergnügen, doch zugleich ist es … einfach richtig.

Drake zieht mich ein Stück zurück, um sich über mich zu beugen und eine Hand zwischen meine Schenkel zu schieben. Ich verliere fast den Verstand, als er beginnt, meine Klitoris zu massieren.

Ich stöhne so laut, dass Drake mit der anderen Hand meinen Mund bedeckt, wobei er meine Nase ausspart, damit ich atmen kann. Seine Brust drückt gegen meinen Rücken und seine Zähne streifen mein Ohr, als er mir bei jedem Stoß keuchend zuflüstert: „Deine. Muschi. Fühlt. Sich. So. Gut. An."

Da er mir den Mund zuhält, bin ich nicht in der Lage, ihm zu antworten, also nicke ich heftig, woraufhin er ein düsteres Lachen ausstößt.

„Vielleicht besuche ich dich jeden Tag in deinem Büro, um dich zu ficken", sagt er, während er immer wieder mit Wucht in mich stößt.

Meine Güte, das würde mir meinen Job wirklich versüßen.

„Hat dein Bettgefährte das je mit dir gemacht? Ist er auch in dein Büro gekommen und hat dich über den Schreibtisch gebeugt?"

Ich bin nicht imstande zu antworten, denn ich bin viel zu verloren in diesem unglaublichen Gefühl, von ihm gefickt zu werden.

Nein, Clay würde so etwas nie tun, dafür ist er viel zu anständig. Gott steh mir bei, denn einer der Gründe, warum ich mich so zu Drake hingezogen fühle, ist, dass er alles andere als gesittet ist.

Als wir ihm bei unserem ersten Treffen einen Platz in diesem Team angeboten haben, hat er mir im Grunde gesagt, ich solle mich zur Hölle scheren. Obwohl sein Verhalten unprofessionell war, habe ich ihn insgeheim für seine Prinzipien bewundert.

Ich verliere das Zeitgefühl, aber ich glaube, dass mein erster Orgasmus noch nicht lange zurückliegt. Völlig überraschend werde ich ein zweites Mal von der Welle der Ekstase mitgerissen, die ich sowohl Drakes kräftigen Stößen als auch seinen Fingern zwischen meinen Schenkeln zu verdanken habe. Der Mann ist ein Multitasker, denn er hält seine andere Hand die ganze Zeit über auf meinen Mund gepresst, um mich am Schreien zu hindern.

Drake zieht seine Hand zwischen meinen Beinen hervor und legt sie auf meine Hüfte, während er immer wieder in mich eindringt. Ich bin mir sicher, er könnte mich auch ein drittes Mal zum Höhepunkt bringen, doch im nächsten Moment stößt er tief in mich hinein, wobei seiner Kehle ein Knurren entfährt und sein Schwanz in mir zuckt.

Dann atmet er zischend aus und beugt sich über mich. Dabei achtet er darauf, sich nicht mit seinem ganzen Gewicht auf mich zu legen, doch es ist ein angenehmes Gefühl, ihn auf mir zu spüren.

Er lässt seine Hand von meinem Mund auf mein Kinn gleiten und dreht meinen Kopf, um mich einen Moment anzustarren. Dann küsst er mich heftig, wobei er nur seine Lippen auf meine presst und darauf verzichtet, seine Zunge in meinen Mund zu schieben. Er schmiegt seine Stirn an meine und sagt: „Nachdem ich von der Liga gefickt wurde, hätte ich nie gedacht, dass es sich so gut anfühlen würde, die Liga zu ficken."

Wut durchströmt mich, und ich stoße ihm einen Ellbogen in die Rippen. Drake weicht zurück, wobei sein schlaffer Schwanz aus mir herausgleitet. Ich drehe mich um, um mich vor ihm aufzubauen.

„Du Arschloch", blaffe ich ihn an und ziehe mein Kleid herunter. „Das hatte das also zu bedeuten? Du wolltest dich bei der Liga revanchieren?"

Drake zuckt mit den Schultern, als er das Kondom abstreift und es in meinen Mülleimer wirft. Er zieht seine Hose wieder an und wendet sich mir dann zu. „Muss es denn mehr bedeuten?"

Ich bin so wütend, dass ich schreien möchte, aber ich darf nicht vergessen, wo ich mich befinde. „Nein, es muss nicht mehr sein als ein Fick, aber ich will nicht als Mittel zum Zweck benutzt werden, nur weil du glaubst, dir schuldet jemand etwas."

Ruckartig streckt er die Hand nach mir aus und schlingt sie um meinen Nacken. Dann beugt er sich vor und lässt seine Nase über meine gleiten, wobei seine Bartstoppeln an meiner Wange kitzeln. „Glaub mir … keine Muschi kann je wieder gutmachen, was die Liga mir angetan hat. Ich habe dich gefickt, weil ich dich wollte, ganz einfach. Und du hast dich von mir ficken lassen, weil du mich auch wolltest.“

Da ich nicht weiß, was ich darauf erwidern soll, suche ich den Boden nach meinem Höschen ab. Ich habe keine Ahnung, ob das gerade ein Kompliment oder eine herabsetzende Bemerkung war.

Drake hat nicht nur meinen Körper, sondern auch meinen Verstand völlig durcheinandergebracht, und ich verliere nicht gern die Kontrolle.

Ich hebe mein Höschen vom Boden auf und ziehe es an. Drake beobachtet mich schamlos dabei, wie ich die spitzenbesetzte Seide an meinen Schenkeln hinaufgleiten lasse, und fährt sich mit dem Daumen nachdenklich über seine Unterlippe.

„Wie wäre es, wenn du mich morgen gegen vierzehn Uhr einplanst?“, fragt er mit einem verschmitzten Lächeln. Ich habe keine Ahnung, ob er seine Worte ernst meint.

„Ich bin morgen um vierzehn Uhr in New York.“ Ich streiche mein Kleid glatt, schiebe ihn beiseite und setze mich auf meinen Schreibtischstuhl.

Er tritt einen Schritt zur Seite, doch ich ignoriere ihn, während ich meinen Laptop zu mir ziehe. Mein Herz schlägt mir bis zum Hals, doch ich will nicht, dass er sieht, welche Wirkung er allein durch seine Nähe auf mich ausübt.

Ich will nicht, dass ihm bewusstwird, wie viel Macht er über mich hat.

Ich würdige ihn keines Blickes und schalte meinen Laptop ein. „Das war ein nettes Intermezzo, aber ich muss jetzt arbeiten.“

Ich erwarte, dass er mein Büro verlässt.

Stattdessen geht er neben meinem Stuhl in die Hocke. Die Bewegung ist so unerwartet, dass ich nicht umhin kann mich ihm zuzuwenden, denn nun hat er meine Neugier geweckt.

Drake starrt mich an, während ich mich frage, was er von mir will.

Er lässt eine Hand an meinem Bein hinaufgleiten und streicht über meine Wade … mein Knie … und an der Innenseite meines Oberschenkels entlang. Ich spreize unwillkürlich die Beine, während wir einander in die Augen starren. Doch er lächelt nicht, sondern beobachtet mich aufmerksam.

Mir stockt der Atem, als er mit einem Finger über den Schritt meines Höschens fährt.

„Das eben war weit mehr als nur ein nettes Intermezzo“, erklärt er unwirsch und übt Druck auf meine empfindsame Klitoris aus. Ich schließe die Schenkel und spanne sie an, um seine Hand festzuhalten. Er lächelt mich an. „Wir werden das auf jeden Fall wiederholen. Und zwar schon bald.“

Ich öffne den Mund, um zu widersprechen, überlege es mir dann aber anders.

Ich will es auch wieder tun.

Und zwar schon bald.

Ich entspanne die Schenkel und nicke. „Dann bis zum nächsten Mal.“

Er hält meinen Blick fest, steht auf und zieht seine Hand zurück. Dann drückt er mir einen Kuss auf die Schläfe.

„Übrigens“, sagt er und blickt auf mich herab. „Du solltest deinen Lippenstift nachziehen, bevor du jemanden empfängst.“

„Scheiße", murmle ich und ziehe meine Puderdose aus der Schreibtischschublade. Mein roter Lippenstift ist völlig verschmiert, was ich nicht nur seinen Küssen, sondern auch seiner Hand auf meinem Mund zu verdanken habe. Ich muss mich abschminken und ihn von Neuem auftragen.

Drake lacht leise, als er mein Büro verlässt. Sobald die Tür hinter ihm ins Schloss fällt, lasse ich meinen Kopf auf die Schreibtischplatte fallen.

Worauf zum Teufel habe ich mich da nur eingelassen?

Kapitel 7

Drake

Ich stehe kurz davor, aufs Eis zu gehen und ein professionelles Spiel zu bestreiten. Obwohl ich mir vor über einem Jahr noch geschworen habe, es nie wieder zu tun.

Bin ich deshalb immer noch wütend?

Das kann man wohl sagen.

Ich habe viele Jahre lang hart für die Buffalo Wolves gearbeitet und war ihnen gegenüber immer loyal gewesen, doch als Crystal die Lüge verbreitete, ich hätte auf meine eigenen Spiele gewettet, haben sie mich wie eine heiße Kartoffel fallen lassen.

Sie haben keine Untersuchung eingeleitet.

Und niemand von der Geschäftsführung hat sich die Mühe gemacht, mit mir über die Anschuldigungen zu sprechen.

Ich erholte mich gerade von einer Knieoperation, als Crystal auf den Kriegspfad ging und einem Reporter erzählte, dass ich absichtlich Spiele verlor, um Wetten zu gewinnen. Zudem hat sie noch Andeutungen über häusliche Gewalt fallenlassen. Die Wolves nutzten meine Verletzung, um mich einfach verschwinden zu lassen, und behaupteten, ich sei körperlich nicht fit genug, um ins Team zurückzukehren. Doch das war ein Haufen Scheiße. Die Operation war ein Erfolg, und meine Reha verlief reibungslos.

Niemand wusste jedoch, dass Crystal eine zugedröhnte Süchtige war, die mich leiden lassen wollte, nachdem ich mich von ihr getrennt hatte. Ich hatte versucht, ihr zu helfen, habe sie in eine Entzugsklinik gesteckt und für ihre Behandlung bezahlt. Doch nach ein paar Tagen hat sie die Einrichtung schon wieder verlassen. Ich stellte ihr ein Ultimatum, versuchte es mit weiteren Reha-Maßnahmen und flehte sie verdammt noch mal an, sich helfen zu lassen.

Nichts davon funktionierte, und ich konnte ihr in Bezug auf die Kinder nicht mehr trauen. Ich brachte sie dazu, uns zu verlassen und beantragte das volle Sorgerecht, woraufhin sie versuchte, mich zu ruinieren.

Vielleicht bin ich ein Gentleman, vielleicht bin ich einfach nur dumm, aber ich habe diese Karte der Presse gegenüber nie ausgespielt. Ich hätte Crystal ohne Weiteres den Wölfen zum Fraß vorwerfen können. Sie wäre nicht in der Lage gewesen, meine Anschuldigungen zu widerlegen, weil sie der Wahrheit entsprachen.

Ich habe es nur nicht getan, weil ich meine Jungs schützen wollte. Zwar hege ich keine großen Hoffnungen, dass Crystal je wieder auf die Füße kommt, aber vielleicht wird sie sich eines Tages doch wieder fangen, und ich will nicht, dass meine Kinder unter den Folgen einer Schmutzkampagne zu leiden haben. Sie haben schon genug verloren, nachdem ihre Mutter praktisch von der Bildfläche verschwunden ist.

Ich versuche, diese Gedanken zu verdrängen, denn ich muss mich auf das Spiel konzentrieren. Es ist das erste Spiel der Vorsaison, und wir treten in New York gegen die Phantoms an.

Das Aufwärmtraining haben wir bereits hinter uns und warten darauf, dass Trainer West noch ein paar Worte an uns richtet. Die Atmosphäre in der Umkleidekabine ist elektrisierend. Wir sind alle bereit, aufs Eis zu gehen und der Welt zu zeigen, dass die Titans in diesem Jahr ein ernstzunehmender Gegner sind.

Und das ist nicht nur Gerede. Ich bin mehr als beeindruckt von den Maßnahmen, die Callum Derringer im Sommer ergriffen hat. Die Jungs, die er aus der Minor League geholt hat und die ihr Können unter Beweis gestellt haben, hat er behalten und zudem einige gute Spieler gekauft. Dazu kommen noch die Intuition und das strategische Geschick unseres Trainers, und wir könnten es bis in die Playoffs schaffen.

West steht in der Mitte der Umkleidekabine, und die Spieler versammeln sich in einem Halbkreis um ihn.

Der Coach ist verdammt sympathisch und strahlt Bescheidenheit aus. Er ist einer von den Menschen, die sanft sprechen, aber einen dicken Knüppel schwingen können. Dabei benutzt er den Knüppel nicht, um damit auf uns einzudreschen. Vielmehr verkörpert er den Glauben, den er an sein Team hat. Und das vermittelt er uns bei jeder Übung, jedem Einzelgespräch und jeder Videoanalyse. Er hat nicht lange gebraucht, um die Loyalität aller Spieler und Trainer in diesem Raum zu gewinnen.

„Ich weiß nicht, wie es euch geht, aber ich bin verdammt nervös", beginnt er. „Aber nicht, weil ich an euch zweifle. Ich weiß genau, dass jeder von euch eine Glanzleistung vollbringen wird. Ich bin nervös, weil ich mich frage, ob ich euch genug gegeben und das Richtige für euch getan habe. Falls ich in irgendeiner Weise versagt habe, werde ich als euer Trainer an mir arbeiten. Heute beginnt die Saison, und ich werde es mir zur Aufgabe machen, am Ende eines jeden Spiels ein noch besserer Trainer zu sein. Ich will nur, dass ihr da rausgeht und euer Bestes gebt. Doch ich weiß, dass ich euch das nicht erst sagen muss, denn ihr liebt diesen Sport und dieses Team."

Wir jubeln beifällig und klopfen mit unseren Schlägern gegen die Spinde und Bänke.

„Mehr habe ich nicht zu sagen", schließt der Coach seine Ansprache. „Aber Brienne möchte noch ein paar Worte an euch richten."

Bei der Erwähnung ihres Namens versteife ich mich. Offenbar hat sie im hinteren Teil der Umkleidekabine gewartet, denn im nächsten Moment tritt sie vor.

Seit unserem Fick vor drei Tagen habe ich viel zu viel Energie darauf verschwendet, an diese Frau zu denken. Verdammt, ich bin mir nicht einmal sicher, ob das Wort *Fick* unserer Begegnung Genüge tut. Vielmehr haben wir uns einem Strudel fleischlicher Begierde hingegeben, der uns beide verschlungen hat. Ohne Zweifel habe ich noch nie so etwas Gewagtes getan, und ich habe mich auch noch nie so sehr nach einer Frau verzehrt wie nach ihr.

Sie ist verdammt gefährlich.

Es erstaunt mich, dass sie gekommen ist, um mit uns zu reden. Allerdings bin ich nicht überrascht, dass sie wegen des Spiels hier ist. Sie sagte, sie würde nach New York reisen, also muss sie das ganze Wochenende geblieben sein.

Vielleicht zusammen mit ihrem Bettgefährten?

Doch das stört mich nicht.

Zumindest nicht übermäßig.

Brienne stellt sich neben Coach West und verschränkt die Hände vor ihrem Körper. In ihrem dunkelgrauen Nadelstreifenanzug mit einer weit geschnittenen Hose sieht sie umwerfend aus. Ihr platinblondes Haar hat sie wie immer zu einem Knoten zusammengebunden, den ich am liebsten zerzausen würde. Auf die anderen Spieler mag sie wie eine

Eisprinzessin wirken, doch ich weiß, wie viel Feuer in ihr steckt.

Sie setzt zu ihrer Ansprache an, aber ich höre nicht zu. Stattdessen beobachte ich, wie sie den Blick durch den Raum schweifen lässt und dabei jeden einzelnen Spieler betrachtet. Ich weiß nicht, ob ich lachen oder wütend sein soll, weil sie nicht einmal innehält, als sie mich ansieht.

Vielleicht will sie mir damit beweisen, wie gut sie darin ist, auf Distanz zu gehen. Möglicherweise ist sie immer noch wütend, weil ich den Fick mit ihr mit einer Revanche gegenüber der Liga verglichen habe. So wie ich mich Brienne aufgedrängt habe, könnte sie mich ohne Weiteres für mein Verhalten feuern.

Aber sie sollte wissen, dass ich sie nur gefickt habe, weil ich sie wollte. Seit einer gefühlten Ewigkeit habe ich eine Frau nicht mehr so sehr begehrt.

Sie ist mir ein Rätsel. Ich will es noch einmal mit ihr treiben, aber ich habe keine Ahnung, wie ich es anstellen soll. Ich habe keine Möglichkeit, mit ihr in Kontakt zu treten, außer einen Termin mit ihr zu vereinbaren. Doch das würde der Sache die Spontaneität nehmen, die sicherlich einen Teil des Reizes ausmacht.

Brienne beendet ihre Rede, wobei sie allen Spielern außer mir ihre Aufmerksamkeit schenkt. Ich stelle mir vor, wie ich auf sie zugehe, sie im Nacken packe und ihr meine Zunge in den Mund schiebe, um ihr zu zeigen, dass sie mich nicht einfach ignorieren kann.

Wäre das nicht ein toller Anblick?

Sicher würde ich auf der Stelle gefeuert werden, und wahrscheinlich würde mehr als einer der Jungs aufspringen und mir in den Hintern treten.

Der Gedanke amüsiert mich und versetzt mich in eine noch bessere Stimmung, als vor ihrem Eintreten. Jetzt bin ich bereit, aufs Eis zu gehen und Brienne und allen anderen Führungskräften zu zeigen, dass sie mit mir als Torwart die richtige Entscheidung getroffen haben.

Wir verlassen den Umkleideraum und treten hinaus in den Korridor. Baden kommt mir an der Tür entgegen und klopft mir auf die Schulter. „Du hältst besser jeden verdammten Puck da draußen, Kumpel."

„Ich habe alles im Griff", antworte ich mit einem Augenzwinkern.

Es ist eine kühne Behauptung, aber ich bin durch und durch bereit.

***

Als die Schlusssirene ertönt, ist es still in der Arena. Die Hälfte der Phantom-Fans hat bereits das Stadion verlassen, da sie nicht mit ansehen wollten, wie ihr Team bereits zu Beginn des dritten Drittels mit 0:6 unterlag.

Wir sind vollgepumpt mit Adrenalin, als wir in Richtung Umkleidekabine gehen. Unsere Stimmen hallen im Korridor wider, während wir uns über das Spiel unterhalten und uns gegenseitig beglückwünschen. Heute Abend habe ich so gut wie noch nie gespielt, denn ich wollte mich beweisen. Mit meiner Leistung habe ich sämtlichen Teams, die mich hätten verpflichten können, aber zu viel Angst vor dem Risiko hatten, den sprichwörtlichen Mittelfinger gezeigt.

In der Umkleidekabine wird noch mehr gejubelt und geklatscht. Kirill schlingt seinen Arm um meinen Nacken und drückt mir einen dicken Kuss auf die

Wange, weil ich keinen einzigen Puck ins Netz gelassen habe. Ich versetze ihm lachend einen Schubs.

Baden gesellt sich zu uns und schüttelt ungläubig den Kopf. „Ich habe dir doch gesagt, du sollst jeden verdammten Puck halten, und genau das hast du getan. Dreiundvierzig, um genau zu sein.“

„Ich habe nur meinen Job gemacht“, erwidere ich. Doch das sage ich nicht aus Bescheidenheit, sondern weil ich weiß, dass ich ihn damit zum Lachen bringe.

Und es funktioniert. Er beugt sich vor und murmelt: „Die verdammten Arschlöcher bei den Wolves machen sich bestimmt schon in die Hosen.“

Ich stoße ein Schnauben aus, als ich mich meinem Spind zuwende. Mann, das will ich hoffen.

Baden klopft mir auf die Schulter und geht.

„Heute Abend lassen wir es krachen“, verkündet Kirill zu meiner Linken. „Wir fahren nach New York und feiern inmitten der Leute, denen wir gerade in den Arsch getreten haben.“

„Gute Idee“, sagt Hendrix, der neben ihm steht. Er richtet seinen Blick auf mich. „Bist du dabei, McGinn?“

„Sicher“, antworte ich.

Warum nicht?

„Ich will mich heute flachlegen lassen“, ruft Kirill, während er seine Schlittschuhe aufschnürt. „Ich frage mich, ob die New Yorkerinnen ein Problem damit haben, einen Titan zu ficken?“

Ich kann mir vorstellen, dass einige dazu bereit wären.

„In solchen Momenten ist die Monogamie wirklich zum Kotzen“, murmelt Hendrix.

Kirill schenkt ihm einen mitfühlenden Blick. „Mein Beileid.“

Ich stimme ihm zu. In solchen Momenten ist die Monogamie wirklich ein Klotz am Bein. Gut, dass ich dieses Problem nicht habe. Da ich die meiste Zeit meiner Eishockeykarriere mit Crystal zusammen war, konnte ich nie wirklich mit meinen Mannschaftskameraden ausgehen und Spaß haben. Natürlich habe ich mit ihnen gefeiert und ein paar Biere getrunken, aber ich habe meine Siege nie in Form von heißen Frauen auskosten können, die bereit waren, für einen One-Night-Stand mit mir in die Kiste zu springen.

Kirill schlingt einen Arm um meine Schulter. „Wir werden heute richtig die Sau rauslassen. Ich kenne eine tolle Bar, in der sich ein Haufen wunderschöner, williger Frauen herumtreibt. Das wird wie im Schlaraffenland sein."

„Ich kann es kaum erwarten."

Es wäre genau das Richtige.

Zwar ist es nicht das, was ich will – denn das wäre Brienne –, aber es würde mir auf jeden Fall guttun.

Ich will gerade mein Trikot ausziehen, als ich einen kleinen, quadratischen Umschlag bemerke, der an der Rückwand meines Spinds klebt. Darauf steht mein Name, handgeschrieben in blauer Tinte.

Ich schnappe ihn mir, öffne ihn und ziehe ein gefaltetes Stück Papier heraus.

Zimmer Nr. 9391. Falls du die Liga noch einmal ficken willst …

Meine Güte.

Brienne.

Ich fühle mich, als hätte mir jemand die Luft aus der Lunge gepresst, und stehe wie erstarrt da. Nur mein Schwanz beginnt zu zucken, als die Euphorie verebbt und einer heftigen Begierde weicht.

Ich blicke mich um und erwarte fast, dass sie zwischen den nackten Männern irgendwo in der Umkleidekabine lauert und mich beobachtet. Natürlich ist sie nicht hier, also lese ich den Zettel noch einmal.

Offenbar habe ich sie mit meiner Bemerkung nicht verärgert. Sie scheint genau zu wissen, dass es nur ein Scherz war.

„Jungs, ich habe es mir anders überlegt", verkünde ich, während ich auf den Zettel starre und mich frage, wann sie ihn in meinen Spind geklebt hat.

Ich drehe mich zu Kirill um und mache mich auf seine enttäuschte Miene gefasst. „Alter … komm schon. Wir müssen uns doch gegenseitig die Stange halten."

Mit einem Grinsen schüttle ich den Kopf. „Ich brauche niemanden, der mir die Stange hält. Falls du Hilfe brauchst, Frauen aufzureißen, wird dir Hendrix sicher gern beistehen."

„Mehr wird heute Abend bei mir nicht passieren", murmelt dieser.

Am liebsten würde ich ihm sagen, dass er der Frau den Laufpass geben soll, wenn er es so sehr verabscheut, sich zu binden. Aber ich halte mich zurück, denn meine Meinung über Beziehungen unterscheidet sich von der der meisten Leute.

Hendrix jammert zwar ständig, aber offenbar mag er das Mädchen so sehr, dass er auf andere Frauen verzichtet. So etwas setzt Vertrauen voraus, das ich nicht habe.

Es dauert verdammt lange, bis alle geduscht, angezogen und in den Bus zurück zu unserem Hotel gestiegen sind. Kaum sind wir angekommen, machen die anderen sich auf den Weg in die Stadt, während ich das Gebäude betrete.

Ich gehe durch die Empfangshalle direkt zu den Aufzügen und drücke den Knopf für den neunten Stock.

Es überrascht mich nicht, dass Zimmer 9391 eine Ecksuite ist, an deren Tür ein Schild mit der Aufschrift *Präsidentensuite A* prangt. Offenbar gibt es mehr als eine dieser Unterkünfte. Wahrscheinlich befindet sich eine an jeder Ecke des Gebäudes.

Neben der Tür ist sogar eine Klingel angebracht, also drücke ich sie.

Die Tür wird geöffnet und mein Blick fällt auf Brienne, die immer noch denselben Hosenanzug wie vor dem Spiel trägt. Ihre Schuhe hat sie jedoch abgestreift.

Sie tritt zurück und winkt mich herein.

Statt einzutreten, werfe ich meine Tasche ins Zimmer auf den Boden und stütze mich mit beiden Händen am Türrahmen ab, wobei ich mich leicht nach vorn lehne.

„Mir wäre es lieber, wenn du mich zu derartigen Anlässen nackt begrüßen würdest", erkläre ich.

Sie zieht ruckartig die Augenbrauen in die Höhe. „Ach, tatsächlich?"

Ich nicke. „Zieh dich aus."

„Mach die Tür zu, dann erfülle ich dir den Wunsch."

„Nicht doch", entgegne ich mit einem Grinsen. „Zieh dich aus, dann komme ich rein."

Ich erwarte, dass sie sich mir widersetzt. Immerhin gehört es sich nicht, dass ich im Hotelzimmer der Teameigentümerin bin, selbst wenn sie mich eingeladen hat. Wir laufen Gefahr, mehrere ethische Grenzen zu überschreiten.

Es könnte jeden Moment jemand kommen und mich dabei ertappen, wie ich in der Tür herumlungere.

Brienne zögert jedoch keine Sekunde. Sie beginnt, ihr Jackett aufzuknöpfen und lässt es auf den Marmorboden fallen. Darunter trägt sie eine durchscheinende, cremefarbene Bluse. Als Nächstes öffnet sie den Knopf, der seitlich an ihrer Hose angebracht ist. Der Stoff gleitet ihre Beine hinunter und sie steigt aus der Hose, indem sie einen Schritt zurück macht, als wollte sie mich in ihre Höhle locken.

Ich beobachte voller Verlangen, wie sie die Bluse auszieht und sie mir entgegenstreckt, um sie dann zu den anderen Kleidungsstücken fallenzulassen.

Mein Gott, ich habe noch nie eine Frau erlebt, die so sexy ist. Sie steht mit gestrafften Schultern vor mir und ist nicht im Geringsten verlegen, ihren schönen Körper vor mir zur Schau zu stellen.

Sie will gerade nach dem Frontverschluss ihres BHs greifen, doch ich gebiete ihr Einhalt: „Nicht."

Meine Kehle ist wie ausgetrocknet und meine Stimme klingt rau und begierig.

Ich trete ins Zimmer, lasse die Tür hinter mir ins Schloss fallen und gehe auf sie zu.

Vielmehr stürze ich mich auf sie und umfasse ihr Gesicht mit beiden Händen, um sie auf die Zehenspitzen zu ziehen und leidenschaftlich zu küssen. Mir entfährt ein Knurren, als sie mir die Jacke ausziehen will.

Ich unterbreche den Kuss, um ihr dabei zu helfen. Kaum habe ich mich der Jacke entledigt, macht sie sich auch schon an meinem Gürtel zu schaffen. Mein Schwanz wurde bereits hart, als sie aus ihrer Hose gestiegen ist, doch nun pulsiert er fast schmerzhaft, während sie mir hektisch die Kleider vom Leib reißen will.

„Du hast heute Abend unglaublich gut gespielt", bemerkt sie, ohne den Blick von ihren Händen zu lösen, mit denen sie gerade meine Hose aufknöpft, um dann den Reißverschluss herunterzuziehen.

Ich habe immer Schwierigkeiten, diese BHs mit Frontverschluss zu öffnen, also ziehe ich einfach die Körbchen herunter, um ihre Brüste zu entblößen. Ich streichle sie und kneife in ihre Brustwarzen, womit ich ihr ein Stöhnen entlocke. Im nächsten Moment befreit sie meinen Schwanz und streichelt ihn.

„Verdammt", murmle ich, während mir vor Erregung die Knie weich werden.

Ich schlinge eine Hand um ihren Nacken und drücke zu, sodass sie zu mir aufblickt. Sie sieht mich mit glasigen Augen an und leckt sich über die Unterlippe.

Ich streichle ihre Wange und sie schmiegt sich an meine Hand, während sie mit dem Daumen über meine Eichel streicht, aus der bereits etwas Sperma rinnt.

Ihre Berührung und ihr hitziger Blick ziehen mir fast den Boden unter den Füßen weg.

„Auf die Knie, Boss", befehle ich ihr und drücke sie nach unten. Sie gehorcht, ohne zu zögern.

Mal sehen, wozu sie fähig ist.

Kapitel 8

Drake

Brienne Norcross ist nicht die erste Frau, die vor mir auf die Knie geht, aber ich kann mit Fug und Recht behaupten, dass sie mich bis ins Mark erschüttert.

Bevor ich Crystal geheiratet habe, war ich nicht unbedingt ein Heiliger. Ich habe mich auf Abenteuer mit namenlosen, gesichtslosen Frauen eingelassen, die keinen bleibenden Eindruck hinterließen, als sie mir einen geblasen haben.

Nachdem ich mit Crystal verheiratet war, hat sie sich nur noch zu Oralverkehr hinreißen lassen, wenn sie einen Nutzen daraus ziehen konnte. Sie lutschte mir den Schwanz, wenn sie etwas wollte. Als unsere Ehe aufgrund ihres Drogenmissbrauchs in die Brüche ging, fiel sie ohne zu zögern vor mir auf die Knie und glaubte, ich würde es als Bezahlung dafür akzeptieren, dass ich sie nicht rausschmeiße.

Ich habe verzichtet.

Seitdem hatte ich nicht unbedingt viele Gelegenheiten, mich mit Frauen zu vergnügen. Als alleinerziehender Vater von drei Jungen unter sieben Jahren braucht man starke Nerven. Ihre Erziehung ist harte Arbeit und erfordert meine ganze Aufmerksamkeit. Natürlich haben meine Mutter und meine Schwester mir dabei geholfen, doch sie haben Vollzeit gearbeitet, als ich die Liga verließ, daher war ich die Hauptbezugsperson für die Jungs.

Und das sollte auch so sein, keine Frage.

Aber es ist verdammt lange her, dass eine Frau ein so starkes Verlangen in mir geweckt hat, dass ich nicht sicher bin, ob ich mich auf den Beinen halten kann, wenn sie meinen Schwanz schluckt.

Brienne Norcross hat ein herausforderndes Funkeln in den Augen. Offenbar will sie unbedingt herausfinden, ob sie mich ebenfalls in die Knie zwingen kann.

Ein Schauer läuft mir über den Rücken, als sie mit den Zähnen an der Unterseite meines harten Schafts entlanggleitet. Ich stöhne auf und umklammere mit beiden Händen ihren Kopf, aber nicht, weil ich ihre Bewegungen kontrollieren will, sondern weil ich mich andernfalls nicht aufrecht halten kann.

„Ich bin nicht sicher, ob ich das überlebe, Boss", murmle ich, bevor sie mich tief in sich aufnimmt.

Und damit meine ich beeindruckend, unvorstellbar tief. Meine Augen rollen förmlich in meinen Hinterkopf.

Ich strecke eine Hand aus und stützte mich an der Wand ab, um das Gleichgewicht nicht zu verlieren. Es scheint sie zu amüsieren, denn sie gluckst, während sie mich mit ihrem Mund, ihrer Zunge, ihren Zähnen und, oh Gott, ihrer Kehle bearbeitet und meinen Schwanz zum Vibrieren bringt. Ich stehe kurz davor, zu explodieren.

Brienne legt ihre Hände an meinen Hintern und schiebt meine Hüfte vor, um mich noch tiefer zu schlucken. Sie gibt summende Laute von sich, die mir verraten, dass sie es viel zu sehr genießt, meinen Schwanz zu lutschen. Meine Hoden beginnen zu kribbeln.

Also schön, wir müssen das auf später verschieben, denn andernfalls werde ich nicht lange durchhalten und unseren gemeinsamen Abend verfrüht beenden.

Ich packe ihr Haar und ziehe ihren Kopf zurück. Sie leckt sich über die Lippen und blickt zu mir auf, wobei sie mich weiter mit ihrer Hand massiert. „Das ist nicht fair.“

„Warum das?“ Ich lockere den Griff um ihre Strähnen und streiche mit dem Daumen über ihr Kinn.

„Du hast mich mit deinem Mund befriedigt. Ich will mich revanchieren.“

Meine Güte, ihre Worte sind nicht einmal verdorben, doch sie jagen einen Schauer der Erregung durch mich hindurch. Ich bin kurz davor, sie erneut meinen Schwanz lutschen zu lassen, doch stattdessen ziehe ich sie hoch, um sie leidenschaftlich zu küssen.

Sie stößt ein leises, enttäuschtes Keuchen aus.

Ich verziehe die Lippen zu einem Lächeln und hebe sie hoch, wobei ich meine Hände unter ihren Hintern schiebe. „Du kannst es gern später noch einmal versuchen. Aber jetzt will ich dich ficken.“

Sie schlingt ihre Arme um meinen Nacken und flüstert an meinem Mund: „Ich hoffe, du hältst dein Versprechen.“

Ich ziehe den Kopf zurück und sehe mich um. Die Suite ist riesig und verfügt über einen eigenen Esstisch, ein großes, geräumiges Wohnzimmer und ein Schlafzimmer.

Ich steuere auf Letzteres zu und stolpere fast, als Brienne an meinem Ohr knabbert. Es ist nur eine zärtliche Berührung, doch sie bringt mein Blut in Wallung. Ich festige meinen Griff um ihren Hintern. „Benimm dich.“

Sie stößt ein musikalisches Lachen aus, in dem ein koketter Unterton mitschwingt.

„Wenn du glaubst, dass ich das Wort Benehmen verstehe, wenn es um Sex geht, hast du dir die falsche Frau ausgesucht."

Ja … sie ist sicher eine Raubkatze im Bett, aber das war mir bereits klar. Aus diesem Grund fühle ich mich so zu ihr hingezogen.

Im Schlafzimmer setze ich sie ab, damit wir uns gegenseitig die restlichen Kleider vom Leib reißen können. Sie versucht erneut, vor mir auf die Knie zu gehen, doch ich werfe sie auf das Bett und folge ihr mit einem Kondom zwischen den Zähnen.

Brienne spreizt die Beine und ich knie mich vor ihr auf die Matratze, um sie in ihrer ganzen Pracht zu bewundern. Bisher habe ich nur Ausschnitte ihrer nackten Haut zu Gesicht bekommen, doch vollkommen nackt bietet sie einen Anblick für Götter. Sie hat einen durchtrainierten, straffen Körper mit prallen Brüsten und wunderschönen rosa Brustwarzen, in die ich am liebsten beißen würde. Sie strahlt eine unglaubliche Selbstsicherheit aus, während sie ihre eleganten Finger mit ihren manikürten Nägeln über ihre Brüste gleiten lässt.

Als ich meine Hände an ihren Schenkeln hinaufschiebe, um ihre Beine noch weiter zu spreizen, streicht Brienne mit einer Hand an ihrem Bauch hinab. Im ersten Moment nehme ich an, sie will meinen Schwanz packen und mir vielleicht das Kondom überrollen, doch stattdessen berührt sie sich selbst. Ich sehe ihr wie gebannt zu.

Natürlich kenne ich mich mit Frauenkörpern aus, doch ich beobachte sie genau, um herauszufinden, was sie reizt und wie ich ihrer Kehle diese lustvollen Laute entlocken kann. Ich präge mir alles ein, obwohl ich nicht glaube, dass ich es brauchen werde, denn vor ein paar Tagen in ihrem Büro habe ich sie in Rekordzeit zum Orgasmus gebracht.

Ich lege eine Hand auf ihre, während sie weiter ihre Klitoris massiert, um genau zu spüren, wie sie ihre Finger bewegt. Ihr stockt der Atem, doch ich will nicht, dass sie kommt, bevor ich in ihr bin. Also packe ich ihre Hand und lege sie auf meinen Schwanz.

Sie beginnt, mich zu streicheln, während ich die Kondomverpackung aufreiße. Ich schiebe ihre Hand beiseite, streife mir das Kondom über und beuge mich über sie.

Brienne hebt die Schenkel und legt sie um meine Taille, wobei sie das Becken vorschiebt. Ich neige den Kopf, um eine ihrer Brustwarzen mit den Lippen zu umschließen und kräftig daran zu saugen.

Sie keucht und bebt am ganzen Körper. Ich verziehe die Lippen zu einem Grinsen, während ich sanft über ihren Nippel lecke und den Moment nutze, um in sie einzudringen.

„Ja", flüstert sie und umklammert mit beiden Händen meinen Nacken. Ich hebe den Kopf und begegne ihrem Blick, während ich langsam bis zum Anschlag in sie hineingleite.

Sie stößt den Atem aus. „Das fühlt sich viel zu gut an."

„Das ist unmöglich", korrigiere ich sie.

Da ich so erregt bin, dass ich kaum denken kann, – und ich hätte fast den Verstand verloren, als sie meinen Schwanz in ihrem Mund hatte –, beschließe ich, dass wir es langsam angehen müssen. Ich will diesen erregenden Moment so lange wie möglich in die Länge ziehen.

Ich löse ihre Hände von meinem Nacken und verschränke meine Finger mit ihren, um sie über ihrem

Kopf auf die Matratze zu drücken. Während ich immer wieder in sie hineinstoße, beuge ich mich vor und küsse sie.

Ihr entfährt ein Stöhnen, das ich mit meinem Mund schlucke, wobei ich mein Becken vorschiebe, um es gegen ihres prallen zu lassen.

„Genau so", keucht sie in meinen Mund und beißt mir in die Unterlippe. Ein lustvoller Schmerz durchzuckt mich, bevor sie über die Stelle leckt.

Brienne versucht, ihre Hände zu befreien, aber ich halte sie fest. Sie bäumt sich unter mir auf, denn sie will mehr. Ich weiß nicht, ob ich sie härter oder schneller ficken soll, aber ihre Aggressivität erregt mich nur noch mehr.

Ich ziehe meinen Schwanz fast ganz aus ihrer engen, heißen Muschi heraus, hebe den Kopf, um ihr in die Augen zu blicken, und stoße wieder zu. Sie bebt am ganzen Körper und verzieht die Lippen zu einem lustvollen Lächeln, das mir fast den Verstand raubt.

Jetzt kann ich nicht mehr an mich halten. Auf Briennes begierigen Blick hin ficke ich sie hart, wobei ich jedoch nicht die Kontrolle verliere. Ich behalte sie im Auge und bin fasziniert von den unzähligen Ausdrücken, die sich auf ihrem Gesicht widerspiegeln, während sie darum kämpft, sich von der Welle der Lust mitreißen zu lassen.

„Lass dich gehen", knurre ich, während ich immer wieder in sie eindringe. Ich stütze mich auf einen Ellbogen und winkle ihr Bein um meine Taille an, um noch tiefer in sie hineinzustoßen.

Sie keucht. „Ich komme gleich."

Sie will wieder die Hand nach unten schieben, um sich selbst zu berühren, doch ich packe sie am Handgelenk. Ich ziehe sie weg, drücke sie wieder auf die

Matratze und schenke ihr ein verruchtes Lächeln. „Ich allein werde derjenige sein, der dich zum Höhepunkt bringt."

Weder schmollt sie, noch wehrt sie sich gegen mich. Sie wirft einfach nur den Kopf in den Nacken und stößt ein berauschtes Lachen aus. Ich beuge mich vor und lasse meinen Mund an ihrem entblößten Hals entlang über ihr Kinn gleiten, bis meine Lippen auf die ihren treffen.

Ich küsse sie innig, bevor ich meinen Kopf wieder hebe, um ihr Gesicht zu betrachten. Ihr Stöhnen verstummt und sie beißt sich auf die Unterlippe. Ich erinnere mich daran, wie ich sie in ihrem Büro gefickt habe und sie ganz still wurde, kurz bevor sie zum Höhepunkt kam. Wahrscheinlich wird sie jeden Moment explodieren.

Ich nehme es als Herausforderung, sie über den Abgrund der Ekstase zu stoßen, packe ihre Schenkel, um sie weit zu spreizen und anzuheben. Ich lege ihre Fußknöchel auf meine Schultern und dringe mit Wucht in sie ein. Nach nur zwei Stößen schreit sie auf.

Als ich sehe, wie sie sich aufbäumt und ihre Augen einen glasigen Ausdruck annehmen, komme auch ich zum Höhepunkt. Ich stoße ein letztes Mal zu und spanne den ganzen Körper an, als ich von der Welle der Lust mitgerissen werde.

Mit zusammengebissenen Zähnen neige ich den Kopf nach vorn und umklammere ihre Schenkel, während ich mich gegen sie stemme und jeden einzelnen denkwürdigen Tropfen aus mir herauspresse.

Als ich mich ganz entleert habe, bin ich so erschöpft, dass ich ihre Beine loslasse und auf ihr zusammensinke. Ich achte darauf, sie nicht zu erdrücken, während ich meine schweißnasse Brust an ihre schmiege. Wir ringen beide um Atem, während ich spüren kann, wie ihr Herz rast.

„Alles in Ordnung?", frage ich und lege mein Kinn auf ihre Schulter.

„Noch nie hat mich jemand so fertiggemacht wie du", sagt sie mit heiserer Stimme, während sie ihre Finger über meinen Bizeps wandern lässt.

Ihre Worte erfreuen mich ungemein, denn es ist durchaus eine Leistung, eine so starke, sexy und selbstbewusste Frau wie Brienne Norcross derart zu erschüttern.

Möglicherweise muss ich die nächste Bemerkung meinem Ego zuschreiben, aber ich kann sie mir einfach nicht verkneifen. „Da könnte dein Bettgefährte sicher noch etwas lernen."

Sie schnalzt abschätzig mit der Zunge, und ich hebe den Kopf von ihrer Schulter, um sie anzublicken. „Sein Name ist Clay, und er ist Schnee von gestern."

Ich wollte nicht unbedingt wissen, wie er heißt, und es ärgert mich, dass ich mich darüber ärgere, nun seinen Namen zu kennen. Es sollte mir egal sein, und das gebe ich ihr mit den folgenden Worten zu verstehen: „Du hast doch nicht etwa meinetwegen mit ihm Schluss gemacht, oder?"

Brienne runzelt die Stirn. „Nein. Ich habe die Sache beendet, bevor wir miteinander gevögelt haben."

„Gut", sage ich entschieden. „Denn das würde ich nicht von dir verlangen."

„Gut", wiederholt sie. „Denn ich ficke, wen ich will und wann ich will. Clay hat seinen Zweck erfüllt, genauso wie du. Es gibt eine Menge zweckdienliche Männer."

Verdammt. Das hat sie mir mit gleicher Münze heimgezahlt.

„Dann sind wir uns also einig", murmle ich und presse ihr einen Kuss aufs Kinn.

Mit einem Seufzen legt sie eine Hand auf meinen Hinterkopf. „Wir sind uns einig. Wir sind einander nichts schuldig."

„Außer unglaubliche Orgasmen", sage ich und hebe den Kopf.

Brienne lächelt. „Außer unglaubliche Orgasmen."

Damit ist es besiegelt. Wir sind uns einig, dass wir gelegentlich miteinander schlafen, dabei aber auch andere Partner haben können. Für mich ist das ein perfektes Abkommen, denn im Moment bin ich nach wie vor überzeugt davon, dass ich mich nie wieder an eine Frau binden werde.

Es ist erfrischend, eine Frau wie Brienne zu finden, die das Gleiche fühlt.

Ich kann wirklich von Glück reden.

Allerdings … gefällt mir die Vorstellung von ihr mit einem anderen Mann nicht sonderlich. Ich verdränge den Gedanken jedoch, als sie ihre Fingernägel über meinen Nacken gleiten lässt.

„Ich hoffe, du verschwindest nicht gleich wieder", sagt sie. „Soweit ich mich erinnere, hast du mir versprochen, dass ich dir einen blasen darf."

Ein lustvolles Raunen entfährt meiner Kehle und mein Schwanz ist plötzlich gar nicht mehr so schlaff. Bei dem Gedanken an ihre hübschen Lippen beginnt er zu zucken, wobei eine innere Stimme mir zuflüstert, dass die Sache mit Brienne trotz unserer Abmachung viel komplizierter sein wird, als mir lieb ist.

Kapitel 9

Brienne

Der Wagen kommt langsam zum Stehen, und ich bitte den Fahrer zu warten, da ich nur ein paar Minuten brauchen werde. Ich schnappe mir die beiden Blumensträuße und steige aus, bevor ich über eine kleine Anhöhe zu den Gräbern der Familie Norcross gehe. Meine Eltern teilen sich ein Grab mit einem großen Grabstein aus weißem Marmor, obwohl mein Vater nach dem Tod meiner Mutter wieder geheiratet hat. Seine neue Frau war zwar wesentlich jünger als er, aber ich habe ihm sein Glück nicht missgönnt. Ich glaube, dass er seiner neuen Frau viel bedeutet hat und sie hat ihre Liebe zu ihm bewiesen, als sie zustimmte, dass Adam und ich ihn neben unserer Mutter beerdigen konnten. Außerdem ist sie dank ihres Erbanteils gut versorgt. Soweit ich gehört habe, lebt sie heute in Miami mit einem Mann ihres Alters, mit dem sie ein Kind zusammen hat.

Ich lege einen der Sträuße auf den Grabstein meiner Eltern und fahre mit den Fingern über den Stein, der von den Sonnenstrahlen des scheidenden Sommers erwärmt wurde. Dann gehe ich zu Adams Grab und setze mich mit gekreuzten Beinen vor seinem Grabstein auf den Boden.

Adam Norcross

Für immer in unseren Herzen

Ja, er wird immer in meinem Herzen sein. Es ist nicht fair, dass er nur sechsunddreißig Jahre gelebt hat. Es ist ungerecht, dass ich ihn nur für die Dauer meiner dreiunddreißig Lebensjahre hatte.

Ich beuge mich vor, lege die Blumen auf den Sockel des Grabsteins und zupfe ein Stück Gras ab, um es um meinen Finger zu wickeln, während ich meinen Bruder auf den neuesten Stand bringe.

„Diese Woche war sowohl anstrengend als auch aufregend, wie du wahrscheinlich weißt." Ich bin mir nicht sicher, wo Adams Seele ist – ob es einen Himmel oder ein Leben nach dem Tod gibt, oder ob er wiedergeboren werden wird. Ich glaube aber, dass er über mich wacht.

„Und wie sieht es mit unseren Titans aus?"

Ich lächle strahlend, als säße er direkt neben mir.

„Sie haben die ersten drei Spiele der Vorsaison gewonnen. Ich bin mir ziemlich sicher, dass es eine meiner brillantesten Entscheidungen war, Cannon West für dieses Team zu verpflichten. Wer weiß, vielleicht hast du mir ja die richtige Richtung gewiesen. Die Wogen glätten sich langsam, vor allem, nachdem ich Keller gefeuert habe. Das war ein befriedigender Moment. Obwohl ich immer noch viel zu lernen habe, wusste ich mit Sicherheit, dass er nicht gut für das Team war. Langsam, aber sicher, kann ich mir auch wieder Zeit für die Millionen anderer Dinge nehmen, die mich in der Firma auf Trab halten. Das habe ich hauptsächlich Callum zu verdanken, weil er mir so viel Arbeit abnimmt. Ich weiß ehrlich gesagt nicht, wie du es ohne einen so hervorragenden Geschäftsführer geschafft hast. Ich bin überzeugt davon, dass du ihn gern in deinem Team gehabt hättest."

Ich halte inne und denke über die vergangene Woche nach, während ich überlege, ob ich noch etwas Wichtiges ausgelassen habe. Ich komme ein- oder zweimal in der Woche hierher, nur um meinen

Bruder zu besuchen und mich mit ihm zu unterhalten. Ich habe nicht viel Freizeit, aber der Friedhof liegt auf dem Heimweg vom Stadtzentrum, und auf eine traurige Art kann ich hier am Ende eines anstrengenden Tages in Ruhe sitzen.

Seufzend schließe ich die Augen und lasse mich von innerem Frieden durchströmen.

Hier kann ich ehrlich sein.

„Ich bin so müde, Adam. Der Tag hat nicht genug Stunden, um die ganze Arbeit zu erledigen. Obwohl ich nach und nach lerne, die Kontrolle abzugeben und mich auf Menschen wie Callum zu verlassen, habe ich immer noch das Gefühl zu ertrinken. Ich wünschte, ich könnte wütend auf dich sein, weil du mich mit diesem Team alleingelassen hast, aber ich bin zu wütend auf das Universum, weil es dich mir genommen hat."

Wenn er jetzt neben mir säße, würde er mich mit der Schulter anstoßen und mir sagen, ich solle mich zusammenreißen.

„Aber keine Sorge", versichere ich ihm. „Du weißt, dass mein Rückgrat aus demselben Stahl besteht, der das Vermögen unserer Familie begründet hat. Ich habe alles im Griff. Vor allem, weil ich weiß, dass du der Engel auf meiner Schulter bist."

An meinem Bruder vermisse ich am meisten, dass ich nicht mit ihm reden kann. Hier an seinem Grab zu sitzen, ist zwar nur ein magerer Ersatz, aber ich fühle mich dadurch besser. Ich werfe einen Blick auf meine Uhr, stoße einen leisen Fluch aus und werfe den Grashalm beiseite.

„Ich muss los. Ich werde heute Abend etwas tun, was du bestimmt nicht gutheißen würdest, und ich bin mir sicher, dass du gerade zähneknirschend über mich wachst.“

Ich stehe auf, wische mir das Gras und den Schmutz von meinem Hintern und gehe zurück zur Limousine.

Es ist fast neunzehn Uhr, als wir in die lange Einfahrt einbiegen. Ich erblicke Drake, der an seinem Motorrad lehnt, die langen Beine vor sich ausgestreckt und an den Knöcheln gekreuzt, während seine Hände auf dem Ledersitz ruhen. Sein schwarzes T-Shirt schmiegt sich an seine breite Brust. Er hat sein Haar oben zu einem Pferdeschwanz zusammengebunden und unten offengelassen.

Er ist der Traum einer jeden Frau.

Als der Wagen anhält, sage ich zu dem Fahrer: „Ich kann selbst aussteigen.“

„Ja, Ma‘am.“

Ich klettere aus dem Wagen, werfe mir die Aktentasche über die Schulter und schlendere auf Drake zu. Er mustert mich von oben bis unten, wobei er anerkennend mit dem Daumen über seine Unterlippe streicht.

„Es hat den Anschein, als würden wir das zur Gewohnheit machen“, sinniere ich.

Er stößt sich von seinem Bike ab und baut sich in seiner vollen Größe vor mir auf, wobei er mir ein lässiges Lächeln schenkt, das ihm gut zu Gesicht steht. „Es ist wohl eher eine Sucht“, erwidert er.

Damit hat er nicht unrecht.

Seitdem Drake mich in New York in meinem Hotelzimmer besucht hat, haben wir jede Nacht zusammen verbracht. Ich habe seine Handynummer, und als wir am nächsten Nachmittag wieder in Pittsburgh landeten, schickte ich ihm eine SMS, um zu sehen, ob er am Abend Zeit hätte. Es war die gleiche Nachricht wie die, die ich in seinem Spind hinterlassen hatte.

Ich: *Falls du die Liga noch einmal ficken willst …*

Im Folgenden schrieb ich ihm, wo und zu welcher Zeit er erscheinen sollte. Ich erwartete nicht, dass er auftauchen würde, aber er war da, wie auch an jedem folgenden Abend. Er besuchte mich zu Hause und einmal in meinem Hotelzimmer nach einem Auswärtsspiel.

Gestern Abend hat er mich mit seinem Besuch überrascht. Wir hatten ein Heimspiel, und die Titans haben die Edmonton Grizzlies besiegt und damit drei Siege in Folge in der Vorsaison eingefahren. Für die Spieler war das natürlich ein Grund zum Feiern, und ich dachte, er würde meine Einladung ablehnen.

Aber er nahm sie an und kam gestern Abend spät zu mir nach Hause, um mich erneut in den Himmel zu katapultieren. Ich weiß, dass die Sache zwischen uns nichts zu bedeuten hat … aber vielleicht ist sie wirklich wie eine Sucht, denn wir können nicht genug voneinander bekommen.

Drake umarmt mich nicht. Ich küsse ihn nicht. Und wir halten einander auch nicht an den Händen, als er mir zur Haustür folgt.

Daniel grüßt mich. Er trägt keine Uniform im eigentlichen Sinne, sondern stets eine Anzughose und entweder ein Herrenhemd oder zuweilen auch ein Polohemd. „Guten Abend, Ms. Norcross."

Ich sehe davon ab, ihn zu korrigieren. Ich habe ihn mehr als einmal gebeten, mich Brienne zu nennen, aber er weigert sich, also mache ich mir nicht die Mühe.

Falls Daniel überrascht ist, Drake zu sehen, so lässt er sich nichts anmerken. Da Drake noch nie so früh am Abend hier war, ist Daniel ihm noch nie zuvor begegnet.

„Wenn Sie möchten, kann ich Ihr Abendessen sofort servieren“, sagt er und wirft einen Blick in Richtung Drake. „Ich habe mehr als genug für zwei Personen gekocht.“

„Nein, danke, Daniel. Ich werde später essen. Sie können für heute gern Feierabend machen.“

„Natürlich“, sagt er und streckt mir eine Hand entgegen. „Wenn Sie möchten, bringe ich Ihre Aktentasche in Ihr Büro.“

Ich reiche sie ihm. Daniel weiß, dass ich sie später noch brauchen werde, denn nur weil ich zu Hause bin und einen Gast habe, ist mein Arbeitstag noch nicht vorbei.

Nachdem Daniel gegangen ist, wende ich mich an Drake. „Hast du Hunger? Ich kann dir etwas von dem Essen aufwärmen, das Daniel gekocht hat.“

Drake kommt auf mich zu, wobei er mich heute zum ersten Mal berührt, indem er mein Gesicht mit seinen riesigen Händen umfasst. Er küsst mich bedächtig, bevor er sagt: „Ja, ich habe Hunger.“

Dann nimmt er mich auf den Arm und trägt mich ins Schlafzimmer.

***

Drake schläft tief und fest, also bin ich in der Lage aufzustehen, ohne ihn zu wecken. Durch mein Fenster dringt das Licht der Außenbeleuchtung, und ich nehme mir einen Moment Zeit, um ihn zu betrachten, während er splitterfasernackt in meinem Bett liegt und atemberaubend sexy aussieht. Ich lasse meinen Blick über seinen großen, muskulösen Körper, sein zerzaustes langes Haar und seine Tattoos schweifen, die ich so gern erforsche.

Er kennt meinen Körper inzwischen genauso gut wie ich seinen, und es gibt keine Stelle, die er nicht berührt, geküsst oder geleckt hat.

Wir sind unersättlich. Für mich ist es wie eine Offenbarung, mit Drake zu schlafen, denn er lässt mich Dinge empfinden, die ich nie für möglich gehalten hätte. Ich bin stets offen mit meiner Sexualität umgegangen und habe immer zu meinen Begierden gestanden. Seit ich in meinem ersten Jahr am College meine Jungfräulichkeit verloren habe, hatte ich ein gesundes Sexleben.

Aber Drake weckt in mir regelrecht ein Verlangen nach Sex.

Nein, es ist nicht nur Sex.

Ich sehne mich danach, mit ihm zu schlafen.

Es muss tatsächlich eine Sucht sein.

Er ist ganz anders als der Mann, mit dem ich noch vor Monaten aneinandergeraten bin, als ich zum ersten Mal versuchte, ihn ins Team zu holen. Er war unhöflich und grob, und obwohl ich ihn verachtete, fühlte ich mich dennoch zu ihm hingezogen. Damals hätte ich nicht geglaubt, dass auch nur ein Funken Großzügigkeit in ihm steckt.

Doch er belehrt mich immer wieder eines Besseren, denn wenn wir miteinander schlafen, ist er vollkommen anders. Dann konzentriert er sich ganz darauf, mich zu befriedigen und mich zu dominieren, weil er genau zu wissen scheint, was ich brauche. Er weiß, dass ich es leid bin, ständig stark zu sein und sämtliche Entscheidungen zu treffen. Wenn er mir nicht gerade knurrend einen Befehl erteilt oder mich nach Belieben fickt, ist er unbeschwert und sogar lustig.

Wir reden nicht über tiefgründige Dinge, aber es gibt Zeiten, in denen wir uns nicht ständig verschlingen. Es hat sich definitiv etwas gelöst zwischen uns, und ich habe keine Ahnung, was ich davon halten soll. Ich sehne mich nach ihm, und ihm geht es offenbar nicht anders.

Als ich mich auf Drake einließ, wusste ich, dass mein Leben dadurch komplizierter werden würde. Ich habe mich auf verbotenes Terrain begeben, denn er ist ein Spieler, und ich bin die Eigentümerin des Teams. Ich glaube nicht, dass es eine Regel gibt, die besagt, dass wir nicht miteinander intim sein dürfen, aber was wir tun, ist zweifellos unprofessionell. Zudem ist Drake vorbelastet. Wenn die Medien jemals Wind von unserer Affäre bekommen, würde seine Vergangenheit wieder aufgewühlt werden, und ich bin mir ziemlich sicher, dass ich mit ihm durch den Dreck gezogen werden würde. Aber ich bin stark genug, um es zu verkraften und bin mir sicher, dass auch diese Schlagzeile bald in Vergessenheit geraten würde.

Letztendlich habe ich mit ihm geschlafen, weil ich ihn unbedingt wollte. Ich habe mich mein ganzes Leben lang an Regeln gehalten und mich innerhalb der Grenzen des Angemessenen bewegt, weil es von mir erwartet wurde. Aber Drake fasziniert mich und ich fühle mich lebendig, wenn ich mit ihm zusammen bin.

Im Moment ist er ein Risiko, das ich bereit bin einzugehen.

Ich möchte die Hand ausstrecken und ihn berühren, aber ich will ihn nicht aufwecken. Außerdem habe ich noch zu arbeiten, und der Anblick von ihm in meinem Bett gefällt mir einfach zu gut.

Ich überlege, ob ich mir einen Schlafanzug anziehen soll, aber stattdessen greife ich nach seinem T-Shirt, das über einem Stuhl hängt. Ich versinke zwar darin, aber es riecht so gut. Waldig, sauber und ganz und gar nach Alpha-Mann.

Auf Zehenspitzen schleiche ich aus dem Schlafzimmer und gehe in mein Büro. Eigentlich ist es nicht mein Büro … Für mich ist es immer noch das Arbeitszimmer meines Vaters, in dem seine maskulinen Möbel aus Walnussholz und ledernen Ohrensessel stehen, während der Duft seiner Zigarren in der Luft liegt. Mir ist klar, dass ich das Haus umdekorieren sollte, aber ich habe weder die Zeit noch die Energie aufgebracht, um es zu meinem Heim zu machen. Es gehört momentan nicht zu meinen Prioritäten. Darüber hinaus muss ich mich nicht in einem Büro wohlfühlen, um produktiv zu sein.

Ich nehme meinen Laptop aus der Aktentasche, schalte ihn ein und ziehe drei Ordner mit Dokumenten heraus, die ich noch durcharbeiten muss. Ich stürze mich sofort in meine Aufgabe und tauche in die Welt von Norcross Holdings ein.

Wenn ich arbeite, verliere ich das Zeitgefühl. Das Wort *Workaholic* wurde schon mehr als einmal benutzt, um mich zu beschreiben. Ich bin nur froh, dass ich meine Arbeit liebe, sonst wäre sie eine absolute Qual.

Ich weiß nicht, wie lange ich an meinem Schreibtisch sitze, aber irgendwann halte ich inne, weil etwas meine Konzentration stört. Als ich den Kopf hebe, erblicke ich Drake in der Tür. Ich habe keine Ahnung, wie lange er schon dort steht. Er hat die Arme vor der Brust verschränkt und lehnt am Türrahmen, wobei er nichts weiter trägt als eine dunkelgraue Boxershorts.

Mein Gott, er bietet einen sündhaft sexy Anblick, und ich kann nicht anders, als ihn anzustarren.

„Was tust du da?", fragt er und stößt sich vom Türrahmen ab, um sich auf einen der großen Stühle mir gegenüber zu setzen.

„Ich arbeite", antworte ich.

Er lehnt sich zurück, spreizt die Beine und streicht sich mit den Fingern über den Bauch ... genau an der Stelle, an der die dunkelblonden Härchen in dem Bund seiner Hose verschwinden und ...

„Woran arbeitest du?"

Ich blinzle ihn an. Für gewöhnlich zerrt es an meinen Nerven, wenn mich jemand bei der Arbeit stört, vor allem, wenn ich mich stark konzentriere. Doch als ich den umwerfenden Mann betrachte, der mir gegenübersitzt und mir vor nicht allzu langer Zeit zwei phänomenale Orgasmen beschert hat, empfinde ich nicht einmal einen Funken Verärgerung.

Ich halte ein dickes Dokument in die Höhe. „Ich sehe mir ein Angebot für den Kauf einer alten Papierfabrik an, die kurz vor dem Konkurs steht, um sie in ein Versandzentrum umzuwandeln."

Drake zieht die Augenbrauen hoch. „Ich würde dir gern sagen, wie sexy das ist, aber es klingt irgendwie langweilig."

Lachend zucke ich mit den Schultern. „Es ist definitiv nicht mit dem Adrenalinstoß beim Eishockey zu vergleichen."

Er zeigt mit einem Nicken auf den Schreibtisch, wobei er auf die anderen Mappen deutet. „Und das ist ähnlich langweiliges Zeug?"

„Nach deinen Maßstäben sicher. Für mich ist es das alltägliche Geschäft.“

„Du bist ein Schlauberger“, bemerkt er wie beiläufig. „Du hast an der Columbia studiert, nicht wahr?“

Ich ziehe eine Augenbraue in die Höhe. „Hast du mich etwa gestalkt?“

Er grinst nur und deutet auf die Arbeit auf dem Schreibtisch. „Hast du denn niemanden, der dir hilft, dieses Schiff zu steuern?“

Die Frage erscheint mir seltsam, doch das liegt wohl vor allem daran, dass wir zum ersten Mal ein tiefgründiges Gespräch miteinander führen und er auch außerhalb des Schlafzimmers ein Interesse an mir bekundet.

Ich lehne mich in dem riesigen Ledersessel zurück, in dem mein Vater immer saß, der aber viel zu groß für mich ist. Ich lege meine Füße auf dem Schreibtisch ab und kreuze sie an den Knöcheln. Drakes Blick schweift kurz auf meine Schenkel, kehrt dann aber zu meinem Gesicht zurück.

„Wenn du mit Hilfe Dutzende von hochrangigen Führungskräften meinst, an die ich Aufgaben delegieren kann, dann natürlich. Ich habe eine Menge Hilfe. Aber alle wichtigen Entscheidungen müssen von mir getroffen werden, bevor ich den anderen überhaupt eine Richtung vorgeben kann. Das bedeutet, dass ich mich mit allen geschäftlichen Unternehmungen bestens auskennen muss. Ich lese und recherchiere viel, und ich unterhalte mich mit verschiedenen Leuten, um herauszufinden, welche Investitionen mit Risiken behaftet sind.“

„Das klingt, als würdest du eine große Last auf deinen Schultern tragen“, sinniert er.

Traurigkeit wallt in mir auf, und ich zögere einen Moment. Schließlich entscheide ich mich, offen mit ihm zu sprechen. „Ich vermisse meinen Bruder. Während mein Vater mir Norcross Holdings überließ, konzentrierte sich Adam auf die Titans. Auch wenn wir getrennte Unternehmen leiteten, war er dennoch der beste Gesprächspartner und die beste Schulter zum Anlehnen. Es ist schwer, ihn nicht mehr um mich zu haben."

Drake nickt, als wüsste er, wovon ich spreche, doch ich will ihn nicht drängen.

„Du hast eine Schwester, nicht wahr? Ich glaube, du hast erwähnt, dass sie deine Jungs bald nach Pittsburgh bringen wird?"

Drake verzieht die Lippen zu einem strahlenden Lächeln, das voller Liebe ist.

„Kiera. Sie ist zwei Jahre jünger als ich. Und ja, sie kommen dieses Wochenende. Noch sechs Tage, und ich kann es kaum erwarten."

Ich kann mir ein Lächeln nicht verkneifen, denn seine Freude ist ansteckend.

„Was macht sie beruflich?"

„Sie ist onkologische Krankenschwester, aber sie kümmert sich nicht aktiv um die Patienten. Stattdessen fungiert sie als Bindeglied zwischen den Ärzten, für die sie arbeitet, und den Patienten, und hilft ihnen bei den Buchungen verschiedener Dienstleistungen. Das kann eine psychologische Beratung sein oder einfach die Organisation des Transports zur Behandlung. Sie hilft ihnen bei Versicherungsfragen … all solche Dinge."

„Sie steht ihnen auf ihrem Weg zur Seite", vermute ich.

„Ja, und sie ist sehr gut darin. Glücklicherweise kann sie diesen Job auch in Heimarbeit erledigen und verbringt viel Zeit am Telefon. Die Ärzte, für die sie arbeitet, lieben sie, daher darf sie ihren Zeitplan flexibel gestalten und kann nach der Schule und wenn ich unterwegs bin, auf die Jungs aufpassen.“

„Das ist wirklich toll. Für die Jungs ist es sicher besser, von einem Familienmitglied und nicht von einem Kindermädchen betreut zu werden.“

Drakes Miene verfinstert sich etwas. „Vor allem, weil ihre Mutter nicht für sie da war.“

Ich will Vorsicht walten lassen, denn jetzt reden wir über sehr persönliche Dinge, obwohl Drake und ich uns darauf geeinigt haben, dass unsere Beziehung rein sexueller Natur ist.

Und doch bin ich neugierig. Außerdem hat er das Thema angesprochen.

„Darf ich dich nach deiner Ex-Frau fragen? Ich kann mir vorstellen, dass du nicht mehr viel für sie übrighast.“

Drake stößt ein freudloses Lachen aus.

„Genauso wenig wie für den Besitzer der Buffalo Wolves, der ihre Lügen geglaubt hat. Aber du hast recht … sie ist ein Nichtsnutz. Eine berauschte Drogensüchtige, die sich nicht einmal die Mühe macht, zu den vereinbarten Besuchen bei ihren Kindern zu erscheinen. Das Gericht hat mir das volle Sorgerecht zugesprochen, und sie darf die Kinder nur unter Aufsicht sehen. Wenn sie zugedröhnt oder betrunken auftaucht, lasse ich sie nicht rein. Sie ist seit fast zwei Monaten nicht mehr vorbeigekommen.“

„Es tut mir leid“, murmle ich, obwohl ich diese Art von Bindung nicht wirklich nachvollziehen kann. „Das ist furchtbar. Offensichtlich habe ich selbst keine Kinder, aber es fällt mir schwer mir vorzustellen, wie eine Mutter so etwas tun kann. Hast du den Jungs von ihren Problemen erzählt?"

Drake durchbohrt mich mit seinem Blick.

„Das kann ich nicht. Ich habe keine Erklärung dafür, was eine Mutter dazu veranlassen könnte, sich von ihren Kindern abzuwenden. Ich kann nur für sie da sein und ihnen meine Liebe geben. Einer der Gründe, warum ich gezögert habe, in die Liga zurückzukehren, war die Befürchtung, dass ich nicht genug Zeit für sie haben werde, und sie brauchen mich jetzt mehr denn je."

„Das ist ein triftiger Grund, sich gegen das Spiel zu entscheiden", sage ich und versuche dann, die Stimmung etwas aufzuheitern. „Weitaus triftiger, als mir nur die Nase langziehen zu wollen, nachdem ich dir einen Job angeboten habe."

Er stößt ein sinnliches Lachen aus.

„Sagen wir einfach, dass ich die Liga im Moment sehr genieße. Zugegebenermaßen habe ich meine Karriere aufgegeben, weil ich wütend war, aber da Crystal derart zerstörerisch und unzuverlässig war, war es wichtig für mich, jeden Tag für meine Jungs da zu sein. Ich würde sogar behaupten, dass die Vorwürfe gegen mich zu jener Zeit wahrscheinlich das Beste für meine Kinder waren. Wenn meine Schwester Kiera nicht zugestimmt hätte, mit mir nach Pittsburgh zu ziehen, hätte ich dein Angebot nicht angenommen."

„Nun, dann bin ich ihr dankbar." Ich senke die Stimme und lasse einen sinnlichen Tonfall mitschwingen. „Für mich persönlich war es ein Gewinn."

Drake verzieht leicht den Mund.

„Du solltest wissen, dass ich meine Abende meinen Kindern widmen werde, wenn sie erst einmal hier sind. Es wird nicht mehr möglich sein, dass wir beide uns so wie jetzt täglich treffen können."

Darauf war ich nicht vorbereitet. Ich brauche einige Sekunden, um seine Worte zu verarbeiten, doch dann wird mir klar, dass sie mich nicht überraschen sollten. Ich hebe in einer beschwichtigenden Geste die Arme. „Hey … wir sind einander nicht verpflichtet. Das haben wir doch vereinbart."

Er neigt den Kopf und mustert mich, als würde er versuchen, etwas in meinem Blick zu ergründen.

„Wir werden andere Möglichkeiten finden, uns zu sehen."

Ich schenke ihm ein unverbindliches Lächeln, aber tief im Inneren hoffe ich, dass wir einen Weg finden. Eigentlich will ich nicht zu viel darüber nachdenken, doch ich bin wohl wirklich süchtig nach ihm. Wahrscheinlich können wir uns bei Auswärtsspielen treffen, obwohl ich kaum bei allen anwesend sein werde.

Oder wir beenden die Sache einfach.

Bei dem Gedanken verspüre ich einen Stich im Herzen.

Im nächsten Moment werde ich abgelenkt, als Drake sich in seinem Stuhl aufrichtet, sich vorbeugt und die Ellbogen auf die Knie stützt.

Er durchbohrt mich mit seinem Blick. „Spreiz die Beine", befiehlt er mir.

Ich blinzle ihn ungläubig an. Ich weiß zwar, dass er gern schmutzige Dinge zu mir sagt und noch schmutzigere Dinge tut, wenn er sich etwas in den Kopf gesetzt hat, dennoch lässt mich sein Befehl innehalten.

„Wie bitte?"

Er starrt mich an. „Spreiz die Beine. Ich will wissen, ob du ein Höschen unter meinem T-Shirt trägst, das dir übrigens sehr gut steht.“

„Du willst, dass ich die Beine breit mache, nur damit du sehen kannst, ob ich Unterwäsche trage?“, necke ich ihn.

In seinen Augen lodert ein Feuer, das mein Herz höherschlagen lässt.

„Nein, ich will, dass du deine Beine spreizt, damit ich dir dabei zusehen kann, wie du dich selbst berührst. Dann werden wir unser erstes Mal wiederholen, indem ich dich über den Schreibtisch beuge und ficke. Und danach bringe ich dich ins Bett, damit du noch ein paar Stunden schlafen kannst.“

Die unterschiedlichsten Emotionen stürmen auf mich ein. Ich bin schockiert wegen seiner rüden Worte, ich bin erregt, weil in ihnen so viel Verheißung liegt und ich bin gerührt, weil er will, dass ich genügend Schlaf bekomme.

Also kann ich nur eines tun.

Ich rutsche in dem Sessel nach vorn, spreize die Beine und stütze die Füße auf der Schreibtischkante ab. Dann lasse ich die Hand nach unten gleiten, damit Drake mit begierigen Blicken beobachten kann, wie ich mich selbst berühre.

Kapitel 10

Drake

Ich wache früher auf als sonst, und das hat mehrere Gründe. Ich bin von Natur aus ein Morgenmensch, also habe ich einen inneren Wecker, der keine Schlummertaste besitzt. Ich weiß sofort, wo ich mich befinde. Ich liege in Briennes Bett und habe mich an sie geschmiegt. Das allein ist beunruhigend, weil ich noch nie zuvor die ganze Nacht bei ihr geblieben bin. Ich hatte sicher nicht vor, hier zu übernachten, also läuft mein Verstand auf Hochtouren, während ich mir überlege, wie ich am besten von hier verschwinden kann.

Meine Güte, ich sollte erschöpft sein, aber ich bin putzmunter. Nachdem ich sie gestern Abend in ihrem Büro bei der Arbeit vorgefunden habe, habe ich sie letztendlich nicht auf ihrem Schreibtisch gefickt, aber nur, weil wir keine Kondome in Reichweite hatten. Nachdem sie mich fast in den Wahnsinn getrieben hat, indem sie sich vor meinen Augen selbst befriedigt hat, habe ich sie aus ihrem Stuhl gehoben und sie ins Schlafzimmer getragen.

Dort habe ich sie dann über die Bettkante gebeugt.

In einem wesentlichen Punkt war es genau wie in ihrem Büro – denn ich habe sie auf allumfassende Weise in Besitz genommen. Welcher Mann findet nicht Gefallen daran, eine Frau von hinten zu ficken, sie an den Hüften zu packen und den Blick zu senken, um sich aus erster Hand einen Porno anschauen zu können? Aber genau wie beim ersten Mal in ihrem Büro, habe ich mich über sie gebeugt und meinen Oberkörper an ihren Rücken gepresst. Ich schlang einen Arm um ihre Taille und den anderen um ihre Kehle, um sie festzuhalten, während ich immer wieder in sie eindrang.

Fast so, als wollte ich verhindern, dass sie mir entkommt. Es war animalisch und besitzergreifend, und obwohl man mich durchaus als wild bezeichnen kann, bin ich keineswegs auf eine langfristige Beziehung mit einer Frau aus.

Doch gestern Abend fühlte ich mich wie ein Tier, das ein saftiges Stück Fleisch beschützt, bereit, jeden in Stücke zu reißen, der sich meiner Beute nähert.

Genau das ist ein weiterer Grund, warum ich früher aufgewacht bin als gewöhnlich. Es zerrt an meinen Nerven, dass ich mir mehr Gedanken über diese Sache zwischen uns mache, als ich sollte. Aber es ist einfach so verdammt gut mit ihr.

Ich hebe den Arm, um einen Blick auf meine Uhr zu werfen. Es ist kurz vor fünf Uhr. Brienne wird etwa in einer halben Stunde aufstehen, da sie genau wie ich früh ins Fitnessstudio geht. Ich werde das Training heute Morgen ausfallen lassen, weil wir ein Spiel haben. Wenn ich mich im Fitnessraum blicken lasse, werde ich Brienne wahrscheinlich in die Umkleidekabine schleppen.

Ich muss gehen, um etwas Abstand zwischen uns zu bringen.

Es fühlt sich zwar gut an, mich an sie zu schmiegen, doch ich schlüpfe behutsam aus dem Bett. Der Morgen dämmert bereits und ich halte einen Moment inne, um Brienne zu beobachten.

Sie schläft tief und fest und liegt vollkommen ruhig da. Wahrscheinlich schuftet sie jeden Tag bis zur Erschöpfung und schläft nachts wie eine Tote. Daher ist es kaum hilfreich, dass ich sie während der letzten

Woche vom Schlafen abgehalten und mit unserem unersättlichen Fickfest noch zusätzlich erschöpft habe.

Seufzend schnappe ich mir meine Unterhose und ziehe sie an. Ich bücke mich, um die Jeans aufzuheben, die ich gestern Abend auf den Boden gekickt hatte, dann fällt mein Blick auf Brienne.

Allerdings will ich nicht wieder zu ihr ins Bett kriechen, sondern frage mich, wie wohl ihre Morgenroutine aussieht. Wenn ich raten müsste, würde ich wetten, dass sie auf dem Weg nach draußen eine Tasse Kaffee trinkt und einen Proteinshake zu sich nimmt. Eine Frau wie Brienne hat keine Zeit, um ausgiebig zu frühstücken.

Vielleicht bin ich nostalgisch oder ich bin im vergangenen Jahr verweichlicht, während ich für meine Kinder gesorgt habe, doch die Zubereitung einer Mahlzeit ist ein unglaublich befriedigendes Gefühl.

Ich könnte selbst etwas zu essen vertragen, warum sollte ich dann nicht gleich etwas für Brienne kochen? Ich könnte sie dazu bringen, den heutigen Morgen etwas ruhiger angehen zu lassen. Es wird sie nicht umbringen, einmal nicht ins Fitnessstudio zu gehen und ich könnte etwas mehr Zeit in ihrer Nähe verbringen.

Ich unterdrücke ein Stöhnen, fahre mir mit der Hand durch das Haar und tadle mich insgeheim, weil ich mir Gedanken über ihre Frühstücksgewohnheiten mache. Es widerspricht grundlegend unserer Abmachung, denn wir waren uns einig, dass es uns nur um Sex geht.

Nun, der Sex ist fantastisch.

Der beste, den ich je hatte.

Ach, was soll's.

Obwohl mein Verstand mir sagt, dass ich gehen soll, lasse ich meine Jeans zurück auf den Boden fallen und schnappe mir mein Gummiband von der Kommode, um den oberen Teil meines langen Haares zurückzubinden. Dann gehe ich in die Küche. Ich werde ein paar Rühreier braten, mehr nicht. Ich werde sie wecken und ihr eine Portion ans Bett stellen.

Mit Kaffee, versteht sich.

Vielleicht auch etwas Toast. Und Speck.

Ich werde mir auch selbst welche zubereiten, um hoffentlich dieses alberne Bedürfnis, mich um sie zu kümmern, abschütteln zu können.

„Weichei", murmle ich mir selbst zu, während ich den Kühlschrank durchforste.

Eigentlich sollte sie mir nicht so wichtig sein, doch irgendetwas in meinem Inneren hat sich gestern Abend gerührt, als ich sie bei der Arbeit in ihrem Büro vorfand. Dabei hat sie nicht nur ein paar Papiere überflogen, sondern war um dreiundzwanzig Uhr voll und ganz in die Lektüre einer dicken Akte vertieft. Ich habe sie eine Weile beobachtet, bevor sie mich bemerkte. Zwar hat Brienne es mir gegenüber nicht erwähnt, aber ich vermute, dass die Arbeit spät nachts für sie zum Alltag gehört.

Unser Gespräch in ihrem Büro war geradezu erfrischend. Es war schön, mehr über sie zu erfahren, wobei meine Bewunderung für sie nur noch wuchs — ganz anders als zu Beginn des Jahres, als ich diese Frau nicht ausstehen konnte.

Während ich den Speck in der Pfanne brutzle und Eier aufschlage, muss ich daran denken, wie unser Gespräch geendet hat und verspüre einen Stich im Herzen. Wenn Jake, Colby und Tanner an diesem

Wochenende eintreffen, wird sich mein Leben völlig verändern und ich werde in erster Linie ein Vater sein. Ich habe nicht übertrieben, als ich Brienne sagte, dass meine Abende allein den Jungs gewidmet sind. Sie stehen immer an erster Stelle und daran wird sich nichts ändern.

Und doch werde ich von einem Verlustgefühl übermannt, denn die letzten Wochen mit Brienne waren unglaublich.

Ich bin mir nur nicht sicher, was das alles zu bedeuten hat.

„Guten Morgen, Sir“, ertönt eine Männerstimme hinter mir. Für gewöhnlich kann man mich nicht so leicht erschrecken, doch nun mache ich einen Satz.

Ich werfe einen Blick über die Schulter, als Daniel gerade die Küche betritt. Ich bin mir wirklich nicht sicher, wer er ist oder was er hier tut. Mein Instinkt sagt mir, dass er der Butler ist, doch er ähnelt keinem der Butler, die ich aus dem Fernsehen kenne. Ich schätze ihn auf Anfang vierzig, er ist unglaublich gut in Form und sieht ziemlich gut aus, wie ich zähneknirschend zugeben muss.

Außerdem, ermahne ich mich selbst, *geht es dich verdammt noch mal nichts an, was sie treibt, wenn du nicht da bist. Und genauso wenig hat es sie zu interessieren, was du tust.*

„Oh, mein Gott“, ruft Brienne aus, als sie in die Küche kommt und sich den Bademantel zuknotet. Ihr Haar ist völlig zerzaust, und mich überkommt ein Anflug von Stolz, als ich einen Knutschfleck seitlich an ihrem Hals entdecke. „Du bist nackt.“

Sie sieht nicht alles von mir, da ich hinter der großen Wocheninsel stehe. Ich werfe einen Blick an mir herunter und hebe dann mit einem Grinsen den Kopf. „Nicht ganz.“

„Ich gehe einkaufen“, verkündet Daniel, woraufhin Brienne ihm ruckartig den Kopf zudreht. Offenbar ist sie überrascht, ihn hier zu sehen, doch ich kann keinen Funken Misstrauen oder Besorgnis in ihrem Blick erkennen, weil er mich in ihrer Küche vorgefunden hat. Das verrät mir, dass er loyal ist.

Aber worauf genau beruht diese Loyalität?

Daniel verabschiedet sich eilig, und Brienne geht um die Kücheninsel herum direkt zur Kaffeemaschine. „Offenbar hast du ihn völlig aus der Fassung gebracht“, bemerkt sie mit einem schallenden Lachen. „Er ist gegangen, ohne mir einen Kaffee anzubieten. Später wird er sich sicher Vorwürfe machen, weil er glaubt, seine Pflicht verletzt zu haben.“

Nachdem die Eier fertig sind, schalte ich den Herd aus und stelle die Pfanne auf den Tresen. Ich schmiege meinen Oberkörper an Briennes Rücken und schlinge meine Arme um ihre Taille. Ich kann spüren, wie sie sich leicht verkrampft, denn in unserer Beziehung hat die Zurschaustellung von Zuneigung keinen Platz.

Aber mit meiner Berührung verfolge ich einen bestimmten Zweck. „Wie ernst ist es Daniel mit seiner Loyalität dir gegenüber?“

Sie schmiegt sich nicht an mich, denn sie ist damit beschäftigt, irgendeinen ausgefallenen Kaffee mit Milchschaum zuzubereiten. „Wenn du wissen willst, ob er etwas verraten wird, dann kann ich dir versichern, dass er den Mund halten wird.“

„Das dachte ich mir schon. Aber warum ist er so loyal?“

Brienne zuckt mit den Schultern. „Er arbeitet schon lange für Norcross. Er wird gut bezahlt und hat viele Vergünstigungen, daher …“

„Welche Art von Vergünstigungen?“

In diesem Moment scheint der Groschen bei ihr zu fallen, denn sie dreht sich in meinen Armen um und lehnt sich zurück, um mich mit zusammengekniffenen Augen zu mustern. „Was willst du damit andeuten?“

„Du weißt genau, was ich damit andeuten will“, erwidere ich und beuge mich vor, um ihr einen Kuss auf das Kinn zu drücken. „Er ist ein gut aussehender Kerl.“

Brienne stemmt sich gegen meine Brust und blafft mich an: „Wenn du auf ihn stehst, kann ich gern ein gutes Wort für dich einlegen.“

Lachend ziehe ich den Kopf zurück, doch ich festige meinen Griff um ihre Taille. „Ich bin weder an ihm noch an sonst irgendjemandem interessiert.“ Ihre Reaktion erleichtert mich, denn sie bestätigt mir, dass zwischen ihr und Daniel nichts läuft. „Ich bin eher daran interessiert, dir ein Frühstück zu servieren und dich dann auf der Anrichte zu ficken, bevor ich gehen muss. Vorzugsweise, bevor Daniel zurückkommt, denn das wäre in der Tat peinlich.“

Brienne entspannt sich und versetzt mir spielerisch einen Klaps. „Du wirst mich nicht auf der Anrichte ficken, denn er könnte uns wirklich dabei erwischen.“

Ich fasse ihre Worte als Herausforderung auf und ziehe sie noch fester an mich, wobei ich meine Hände an ihren Hintern wandern lasse. „Ich wette, ich kann dich umstimmen.“

Sie stößt einen Seufzer aus und gibt sich geschlagen. „Mit diesem Alpha-Sexgott-Charme kannst du mich ohne Weiteres umstimmen.“

„Sexgott?“, frage ich mit einem herzhaften Lachen und löse mich von ihr. Ich wende mich der Kücheninsel zu, um die Eier und den Speck auf Tellern anzurichten. „Das bin ich also für dich?“

„Das weißt du ganz genau“, murmelt sie und geht auf die andere Seite der Kücheninsel, um sich auf einen der Barhocker zu setzen. „Deine Finger, dein Mund und dein Schwanz sind magisch.“

Ich würde das Kompliment gern zurückgeben und ihr sagen, dass sie mich verrückt macht und ich wie besessen von ihr bin, doch ich schweige wie ein Grab. Wir haben eine Grenze zwischen uns gezogen, und ich will nicht den Anschein erwecken, sie könnte verschwimmen.

Ich bleibe auf der anderen Seite der Insel stehen, denn ich glaube nicht, dass ich andernfalls die Hände bei mir behalten kann.

„Was steht heute auf dem Programm?“, frage ich sie, während wir unsere Eier essen. „Norcross Holdings oder die Titans?“

„Beides“, antwortet sie mit einem Lächeln und wirft einen Blick auf ihre Armbanduhr. „Ich muss mich beeilen. Mein Fahrer wird bald hier sein, um mich ins Fitnessstudio zu bringen.“

„Der Lebensstil der Reichen und Berühmten“, sage ich ohne einen Anflug von Spott in der Stimme. Sie hat sich ihr Geld verdient und kann damit tun und lassen, was sie will.

„Ich würde selbst fahren, aber ich hatte nie die Zeit, um es zu lernen.“

Ich führe gerade die Gabel zu meinem Mund und halte auf halbem Weg inne. „Du kannst nicht Auto fahren?"

Sie zuckt mit den Schultern. „Nun … ich kenne die Grundlagen. Ich habe eine Fahrschule besucht, aber ich habe nie meinen Führerschein gemacht. Ich brauchte ihn einfach nie."

„Du musstest nie irgendwo hinfahren?"

Sie schüttelt den Kopf und lächelt. „Natürlich habe ich nicht die ganze Zeit zu Hause gesessen. In der Highschool hatte ich Freunde, die Auto fahren konnten, außerdem hatte unsere Familie einen Fahrer. Mit siebzehn ging ich dann an die Columbia, und in New York brauchte ich kein Auto. Ich habe dort sechs Jahre lang studiert und meinen Master gemacht, und als ich zurück nach Pennsylvania zog, um den Platz neben meinem Vater einzunehmen, wäre es in meinen Augen Zeitverschwendung gewesen, den Führerschein zu machen, denn ich hatte erneut einen Fahrer, der mich überall hinbrachte."

„Verdammt", sage ich erstaunt. „Ich habe noch nie eine erwachsene Frau getroffen, die nicht Auto fährt."

Briennes Miene nimmt einen wehmütigen Ausdruck an, als sie ihre Gabel auf ihrem – wie ich erfreut feststelle – leeren Teller ablegt. „Manchmal wünschte ich mir allerdings, ich könnte fahren. Ich hätte zwar keine Lust, meinen Wagen durch den Stadtverkehr zu lenken, aber ich würde gern aufs Land fahren. Die Berge in Pennsylvania sind wunderschön. Aber ich habe keine Zeit, es zu lernen."

Bei dem Gedanken, dass sie aufgrund all ihrer Verpflichtungen nicht einmal die Zeit für eine gemütliche Autofahrt hat, verspüre ich einen Stich im Herzen.

Ich stehe kurz davor, ihr Fahrstunden anzubieten, doch damit würde ich die Grenzen zwischen uns verschieben und alles verkomplizieren, also wechsle ich abrupt das Thema.

„Weißt du, was mich nervt?“, frage ich.

„Was denn?“ Sie greift nach ihrer Kaffeetasse und nippt daran.

„Es nervt, dass ich dich nicht spontan packen und auf der Anrichte ficken kann.“

Brienne verschluckt sich und prustet den Kaffee auf die Kücheninsel. Sie schnappt sich eine Serviette und wischt sich den Mund ab. „Meine Güte, Drake … du könntest mich wenigstens vorwarnen, bevor du von normaler Konversation zu Dirty Talk übergehst.“

Ich grinse. „Tut mir leid … aber es ist wirklich ärgerlich, wenn ich den ganzen Weg zurück ins Schlafzimmer gehen muss, um ein Kondom zu holen.“

„Kein Problem“, antwortet sie und zeigt mit einem Nicken auf die Küchenschränke hinter mir. „Ich habe einen Vorrat in einer dieser Schubladen.“

Ich ziehe ruckartig die Augenbrauen in die Höhe. „Wirklich?“

„Nein“, ruft sie lachend aus. „Warum sollte ich Kondome in der Küche aufbewahren?“

„Damit ich dich spontan hier drin ficken kann, wenn ich will?“, antworte ich und greife über den Tresen nach ihrer Hand. „Aber ich habe eine brillante Idee … lass uns die Kondome vergessen.“

Brienne zuckt zusammen und versucht, ihre Hand wegzuziehen, doch ich halte sie fest und führe sie an meine Lippen. Ich lasse ihren Zeigefinger in meinen Mund gleiten und umspiele ihn mit meiner Zunge, bis er glänzt. „Ich habe die Show genossen, die du mir letzte Nacht geboten hast … Ich will noch einmal sehen, wie du dich selbst berührst.“

„Herrje, mir wird ganz schwindelig, wenn du davon sprichst, mich ohne Kondom zu ficken und im nächsten Moment willst, dass ich vor deinen Augen masturbiere“, knurrt sie. „Und ich habe noch nicht einmal meine erste Tasse Kaffee ausgetrunken.“

„Du solltest dich daran gewöhnen“, entgegne ich und gehe um die Kücheninsel herum. „Ich werde dich immer überraschen und dich nie vorher wissen lassen, was ich mit dir anstellen will.“

Verdammt … Brienne erschaudert allein bei meinen Worten.

Ich stelle mich hinter ihren Stuhl, öffne ihren Bademantel und packe ihre Schenkel. Als ich leichten Druck ausübe, spreizt sie sie ohne zu zögern. „Berühre dich selbst“, befehle ich ihr mit sanfter Stimme und beuge mich über ihre Schulter, damit ich sie dabei beobachten kann.

Sie gehorcht ohne Umschweife. Der Anblick ist so erotisch, dass mein Schwanz vor Verlangen ganz hart wird. Und zwar so hart, dass er schmerzt.

Ich führe meine Lippen an ihr Ohr und murmle: „Mach einen AIDS-Test, ich werde auch einen machen. Ich will dich ohne Kondom ficken.“

Brienne stöhnt und lässt den Kopf auf meine Schulter fallen. Aber sie stimmt mir nicht zu. „Was soll das bringen? Wir wissen beide, dass dieses Abenteuer nicht ewig so weitergehen kann.“

Sie hat nicht unrecht, aber das ändert nichts an meinem Wunsch. Selbst wenn ich mich nur noch für kurze Zeit mit ihr vergnügen kann, will ich sie ganz und gar spüren.

Aber ich bedränge sie nicht und lasse das Thema fallen. Ich schiebe ihre Hand aus dem Weg und übernehme für sie. Sie windet sich auf dem Küchenstuhl, und als sie kurz davor ist, zu kommen, ziehe ich meine Hand weg.

Brienne flucht, aber ich hebe sie mit einem Lachen hoch und werfe sie über meine Schulter. Dann trage ich sie zurück ins Schlafzimmer und lasse mir Zeit, als ich das Kondom überstreife.

Damit will ich sie nicht bestrafen, sondern ihr die Vorzüge der Spontaneität beweisen.

Kapitel 11

Brienne

I„ch will ihr Einverständnis, dass sie sie nicht als die Glücklichen Drei bezeichnen werden", sage ich zu Jenna, die mir gegenübersitzt.

Ich liebe das ärmellose rosa Ensemble, das sie heute trägt. Es besticht durch einen niedlichen Rundhalsausschnitt und ist ohne Zweifel ein hübsches, sittsames Kleid, das ihr bis zu den Knien reicht. Aber es verdeckt nicht die Brandnarben an der Seite ihres Halses, die sich zum Teil sogar bis auf ihre Schulter erstrecken.

Jenna hat sich in den letzten Monaten zu einer so selbstbewussten Frau entwickelt, dass ich sie manchmal um ihre Fähigkeit, sich zu verändern und zu wachsen, beneide. Sie führt mir vor Augen, dass ich zwar ein erfülltes und hochklassiges Leben führe – denn immerhin bin ich Multimilliardärin –, aber ich tue tagein, tagaus das Gleiche. Wahrscheinlich werde ich bei meinem Tod dieselbe Person sein, die ich heute bin.

„Ich habe sie gebeten, von Anspielungen auf die Glücklichen Drei abzusehen", bekräftigt sie. „Dabei habe ich sie gewarnt, dass die Geschäftsführung ihnen nie wieder irgendwelche Informationen zukommen lassen wird, falls sie es auch nur erwähnen."

Wir sprechen gerade von einem Interview, das ein nationales Sportmagazin mit Coen Highsmith, Hendrix Bateman und Camden Poe führen will. Sie sind die drei Spieler der Titans, die nicht im Flugzeug saßen, als es verunglückte.

Ich kann mir ein Grinsen nicht verkneifen. „Sieh mal einer an, du hast die Krallen ausgefahren."

„Weil ich nur von den Besten lerne", scherzt sie.

Sie hat tatsächlich viel gelernt und alles aufgesaugt wie ein Schwamm. Ich habe sie als Kontaktperson für die Medien eingestellt, und sie leistet großartige Arbeit, aber sie wird schon bald aus dieser Position herauswachsen. Darin sehe ich jedoch kein Problem, denn ich habe für Jenna noch Pläne.

„Und bitte mach den Jungs noch einmal verständlich, dass sie nicht dazu verpflichtet sind." Ich halte immer eine schützende Hand über meine Spieler, aber die drei haben bereitwillig zugestimmt, weil sie glauben, dass sie damit den Rummel um die kommende Saison anheizen können.

„Ich habe es ihnen gesagt", versichert sie mir. „Und sie sind alle mehr als bereit, das Interview zu geben."

„Insgeheim habe ich geglaubt, Coen würde einen Rückzieher machen."

„Das haben wir alle gedacht", stimmt Jenna mit einem zaghaften Lächeln zu. „Aber er hat sich wirklich aufgerafft. Ich glaube, es tut ihm gut, ein Teil dieses Teams zu sein."

„Da stimme ich dir voll und ganz zu." *Genau wie Drake*, denke ich.

„Apropos Interview", fährt Jenna fort. „Sie würden es gern im Stadion führen und …"

Ja, Drake braucht die Teamdynamik wirklich. Ich wette, der Verlust seiner Mannschaftskameraden war das Schlimmste für ihn, als er das Eishockey aufgeben musste. Er wurde von allen in dieser Liga so gründlich enttäuscht, dass die Bindungen, die er in diesem ersten Monat zum Team aufbaut, entscheidend sein werden.

Ich mache mir Vorwürfe, weil ich während der Arbeit an Drake denke. Ich tadle mich selbst, weil er mir im Kopf herumspukt. Kein Mann hat je so viel Platz in meinem Verstand eingenommen wie er. Ich habe keine Zeit für so etwas, dabei hat er mein Leben schon genug durcheinandergebracht.

Erst heute Morgen habe ich seinetwegen mein Training sausen lassen, was meinen ganzen Tag auf den Kopf gestellt hat. Ich würde das alles ungeschehen machen, wenn ich könnte.

Nein, das stimmt nicht. Zumal ich durchaus an meiner körperlichen Fitness gearbeitet habe, denn Drake hat mich nicht zur Ruhe kommen lassen. Er bestand darauf, dass ich mich auf ihn setze und ihn reite.

Genau das hat er gesagt. „Reite mich wild, Bri."

Und er brachte mich dazu, dafür zu schuften, denn er hat sich geweigert, vor mir zum Höhepunkt zu kommen. Ich war müde und nach der vergangenen Nacht immer noch erschöpft, doch ich gelangte an mein Ziel.

„Braves Mädchen", sagte er, als ich wie ein Feuerwerk explodierte.

Ich muss tausend Kalorien verbrannt haben, aber es war all die Mühe wert, als ich sah, wie Drake das Gesicht verzog, als er kam. Er grub seine Finger in meine Hüfte, während ihm eine Reihe von erlösenden Flüchen über die Lippen kamen.

Er ging, als ich unter der Dusche stand. Ohne Abschiedskuss oder das Versprechen, dass wir uns heute Abend nach dem Spiel sehen werden. Allerdings wissen wir beide, dass ich ihm eine Einladung schicken werde. Ich ließ mich auf den Fliesenboden gleiten und mich von dem Wasser berieseln, während ich darüber nachdachte, warum ich mich mit Vorliebe von Drake dominieren lasse. Als er mich ein „braves Mädchen" nannte, hat mich das zutiefst berührt. Im Grunde übt er seit dem Beginn unserer Affäre eine gebieterische Kontrolle über mich aus.

Scheiße … gerade seine Dominanz übt den größten Reiz auf mich aus, wobei ich mich frage, ob ich langsam den Verstand verliere.

Und um dem Ganzen die Krone aufzusetzen, habe ich ein unbändiges Verlangen, ihn zu befriedigen, ohne eine Gegenleistung zu erwarten. Dabei bereitet Drake mir mehr Vergnügen, als jeder andere Partner es je getan hat, und das ist natürlich auch ein Pluspunkt, der nicht zu verachten ist.

„Brienne." Ich blinzle und wende mich Jenna zu. „Hast du gehört, was ich gesagt habe?"

Ich räuspere mich. „Nein, tut mir leid … was hast du gesagt?"

Jenna runzelt die Stirn, aber ein Klopfen an der Tür unterbricht uns. Tina tritt mit einem Notizblock und einem Stift in der Hand ein. „Es tut mir leid, Sie zu stören, Ms. Norcross, aber Sandy Creightons Sekretärin hat gerade angerufen. Sie kann heute nicht zum Mittagessen kommen, offenbar hat sie die Grippe erwischt. Möchten Sie, dass ich Ihnen etwas zu essen hole?"

Um ehrlich zu sein, bin ich dankbar, dass Sandy abgesagt hat. Sie wollte mit mir die letzten Details für ein Wohltätigkeitsessen besprechen, das die Geschäftsführung der Titans am Freitag veranstaltet. Viele der Spieler werden anwesend sein. Sie stellen sich für ein persönliches Abendessen mit den Spendern zur Verfügung, die die Karten für zweitausend Dollar das Stück erwerben können. Norcross Holdings wird den endgültigen Spendenbetrag verdoppeln, und der gesamte Erlös geht an das Kinderkrankenhaus hier in Pittsburgh, für das Sandy als Vorstandsmitglied tätig ist. Die Einzelheiten sind bereits geklärt, und ich weiß, dass Sandy mich nur treffen wollte, um mir noch mehr Geld für das Krankenhaus aus den Rippen zu leiern.

Natürlich werde ich das Geld spenden, aber ich habe keine Lust auf ein Mittagessen mit ihr. Als Spendensammlerin ist sie zwar überaus effektiv, doch sie ist auch eine der stutenbissigsten Frauen, die mir je begegnet sind. Statt mich mit ihr zu unterhalten, könnte ich mir genauso gut Nadeln unter die Fingernägel bohren.

„Ich brauche nichts, Tina. Aber danke für das Angebot."

„Ja, Ma'am", erwidert sie, woraufhin sie mein Büro wieder verlässt und die Tür hinter sich schließt.

„Komm mit uns zum Mittagessen", sagt Jenna.

Ich lasse meinen Blick von der geschlossenen Tür zu Jenna schweifen. „Wie bitte?"

„Wir laden Tillie zum Mittagessen ein. Sie wird in ein paar Tagen nach Hause fahren. Bisher hat sie ihre ganze Freizeit mit Coen verbracht, was verständlich ist, da sie momentan in einer Fernbeziehung leben. Aber wir haben sie überredet, zumindest eine Stunde mit uns auszugehen. Harlow, Sophie und ich. Nur eine kleine Frauenrunde."

Ja … ich gehe nie mit anderen Frauen aus. „Ich will mich nicht aufdrängen."

„Du drängst dich nicht auf", beharrt sie und starrt mich mit einem durchdringenden Blick an, mit dem sie direkt in meine Seele zu schauen scheint. „Und wenn ich eine Bemerkung machen darf, ohne gleich gefeuert zu werden … Ich habe noch nie jemanden getroffen, der eine Frauenrunde nötiger hätte als du.“

Jenna überrascht mich mit ihren Worten, doch ich würde sie deshalb niemals feuern. Ich weiß ihre Ehrlichkeit sehr zu schätzen. „Wirklich?“, frage ich neugierig.

Jenna verdreht die Augen. „Du arbeitest zu viel und trägst eine große Last auf deinen Schultern. Soweit ich weiß, bin ich deine einzige Freundin, und ich bin froh, wenn wir uns einmal im Monat auf einen Drink oder zum Essen treffen können. Du musst als Firmenchefin auch mal abschalten und dich gehen lassen. Hin und wieder muss man sich auch einfach mal amüsieren und lachen, nur um ein bisschen Spaß zu haben.“

„Das klingt reizvoll“, murmle ich.

Jenna lacht. „Du kommst mit uns zum Mittagessen. Außerdem weiß ich, dass du neugierig auf die Insider-Informationen über die Spieler bist. Wir werden dich in alle pikanten Details einweihen.“

Das weckt mein Interesse. Ich frage mich, ob ich etwas über Drake in Erfahrung bringen kann.

Mein Gott, Brienne … lass es gut sein.

Denk nicht weiter über ihn nach.

Nimm dir einfach etwas Zeit für dich.

Ich schenke Jenna ein aufrichtiges Lächeln und beschließe, ihr zu vertrauen. Sie weiß sicher, was mir guttut, denn mir ist klar, dass sie sich um mich sorgt, genauso wie ich mich um sie sorge. „In Ordnung … ich bin dabei.“

***

Als ich Jenna durch das Restaurant folge, ziehen wir die neugierigen Blicke einiger Gäste auf uns. Ich bin vielleicht nicht ganz so interessant wie einer der Spieler, aber die Leute wissen, wer ich bin.

Ich bin die Frau, die die Titans wieder aufgebaut hat.

Sowohl Jenna als auch ich ignorieren die Leute um uns herum und folgen dem Oberkellner an unseren Tisch, an dem die anderen bereits auf uns warten. Harlow hat feuerrotes Haar, mit dem sie schneller Aufmerksamkeit auf sich zieht als jeder Eishockeyspieler. Tillie und Sophie hingegen sind blond gelockt und sehen sich zum Verwechseln ähnlich, wobei die Strähnen der Ersteren golden glänzen und die Haare der anderen heller sind. Offensichtlich hat Jenna ihnen nicht gesagt, dass ich sie begleite, denn die Frauen blicken überrascht auf, als wir uns ihnen nähern.

Doch auf ihren verblüfften Mienen breitet sich sofort ein einladendes und sogar aufgeregtes Lächeln aus.

Sophie steht zuerst auf. Von all den Frauen kenne ich sie am längsten und nach Jenna auch am besten. Wir haben uns bei verschiedenen Veranstaltungen während der letzten Saison und bei der Willkommensparty in diesem Jahr nett unterhalten.

„Oh, mein Gott … das ist ja eine tolle Überraschung", ruft sie aus. Ich habe keine Ahnung, wie ich reagieren soll, als sie um den Tisch herumkommt und mich umarmt.

Natürlich erwidere ich die Umarmung, aber mit einer so herzlichen Begrüßung hatte ich nicht gerechnet.

„Gerade neulich habe ich zu Jenna gesagt, wie schön es wäre, wenn du uns Gesellschaft leisten könntest. Wir sind immer ganz neidisch auf sie, wenn sie sich mit dir zum Essen oder auf einen Drink trifft.“

Wahrscheinlich mache ich einen verblüfften Gesichtsausdruck, denn damit hätte ich nicht gerechnet.

Ich habe noch nie von einer Frau gehört, dass sie Zeit mit mir verbringen will, zumindest nicht, weil sie sich einfach über meine Gesellschaft freut. Es gibt einige Leute, die sich gern mit mir treffen, aber nur, weil sie etwas von mir wollen – so wie Sandy Creighton heute.

„Danke für eure Gastfreundschaft“, erwidere ich und bitte sie mit einer Geste, sich wieder zu setzen. Ich schenke Tillie und Harlow ein Lächeln. „Ich kann mich nicht erinnern, wann ich das letzte Mal in einer Frauenrunde Mittag gegessen habe.“

„Wenn überhaupt, muss es vor sieben Monaten gewesen sein, bevor ich für dich gearbeitet habe, denn ich habe dich noch nie dabei erlebt“, bemerkt Jenna lachend.

Ich setze mich auf einen leeren Stuhl, lege meine Serviette auf meinen Schoß und grinse sie an. „Also schön, um ehrlich zu sein … habe ich gar keine Freundinnen, mit denen ich mich hin und wieder treffen kann.“

„Sicher liegt es nicht daran, dass du andere Leute nicht magst“, sinniert Harlow. „Du bist viel zu nett. Ich nehme an, du hast einfach keine Zeit.“

Mit einem Nicken greife ich nach meinem Wasserglas. „Wenn eine von euch weiß, wie man den Tag um fünf Stunden verlängern kann, lasst es mich wissen. Ich würde eine Menge Geld dafür bezahlen.“

Sie lachen, was wiederum mich zum Lachen bringt.

Dieses Mittagessen ist wirklich eines der nettesten, die ich seit langem hatte. Die Frauen sind einfach alle so … unbefangen. Mit ihrer freundlichen, witzigen, geistreichen und einnehmenden Art geben sie mir das Gefühl, eine von ihnen zu sein, statt mich wie jemanden zu behandeln, der in einem Elfenbeinturm sitzt und in Milliarden badet.

Keine von ihnen scheint in meiner Gegenwart verunsichert zu sein, und für mich ist das ein großes Geschenk, das wertvoller ist als Gold.

„Tillie“, wende ich mich an die Frau mir gegenüber, die Coen Highsmith wieder in die richtigen Bahnen gelenkt hat. Meiner Meinung nach hat sie wahre Wunder vollbracht. „Ich habe gehört, du fährst bald zurück nach Coudersport. Vielleicht sollte ich dir hier einen Job anbieten, damit du ein Auge auf Coen haben kannst.“

Kichernd schüttelt sie den Kopf. „Ich fahre morgen zurück, aber er kommt im Moment ganz gut allein zurecht. Obwohl es zweifellos leichter wäre, wenn ich hier wohnen würde.“

„Du bist Künstlerin, richtig?“, frage ich und schiebe meinen leeren Teller beiseite. Ich kann mich auch nicht daran erinnern, wann ich das letzte Mal eine Mahlzeit beendet habe, denn normalerweise arbeite ich während des Essens, und manchmal vergesse ich es ganz.

„Ich male hauptsächlich Aquarelle, aber ich versuche mich auch in anderen Kunstrichtungen.“

„Gibt es einen Grund, warum du nicht hierher zu Coen ziehen kannst? Du könntest doch an jedem Ort malen.“

Tillie wischt sich mit ihrer Serviette den Mund ab und legt sie auf ihren Teller. „Ich habe gerade ein Kunstatelier eröffnet, in dem ich kostenlos Unterricht gebe, und bin meinen Schülern gegenüber verpflichtet. Aber ich werde so oft wie möglich zu den Heimspielen hierherkommen. Und Coen wird mich in Coudersport besuchen, wenn er kann.“

„Es ist wirklich erstaunlich, wie sehr sich Coen verändert hat.“ Ich bewundere diese Frau. Ich war zuvor noch nie jemandem begegnet, der sich in einer derart aussichtslosen Abwärtsspirale befunden hat und hätte nicht geglaubt, dass es einen Weg gäbe, ihn zu retten. „Ich kann mir vorstellen, dass es nicht leicht für euch beide sein wird.“

„Findet ihr es nicht auch erstaunlich“, sagt Harlow und trommelt mit den Fingern auf den Tisch. „Hier sitzen vier Frauen zusammen, die es geschafft haben, vier eingefleischte Junggesellen in die Knie zu zwingen. Wir sind ziemlich taff.“

Ich stimme ihr zu.

Jenna schüttelt den Kopf. „Das gilt vielleicht für dich, aber Gage war kein eingefleischter Junggeselle. Er ist nie von einem Bett ins nächste gehüpft.“

„Baden auch nicht“, räumt Sophie ein.

Harlow schnaubt und wendet sich Tillie zu, die mit den Schultern zuckt. „Dann sind eben Tillie und ich taff, denn Stone und Coen waren zweifellos keine Chorknaben. Sie haben sowohl auf dem Eis als auch außerhalb des Stadions gespielt.“

„Das ist wahr“, pflichtet Tillie ihr bei und hält die Hand in die Höhe, damit Harlow abklatschen kann.

Ich beobachte die ungezwungene Art, mit der die Frauen miteinander umgehen. Dabei haben sie sich erst während der letzten beiden Wochen kennengelernt.

Das will ich auch.

„Ob sie nun Schürzenjäger waren oder nicht", wirft Jenna ein, woraufhin wir sie alle ansehen, „manche Männer sind einfach bereit für eine feste Bindung. Und ich würde sagen, Coen und Stone waren bereit."

„Ich kann euch sagen, wer nicht bereit ist", sagt Sophie, beugt sich vor und senkt ihre Stimme. „Drake McGinn. Er ist von der Liga und von seiner Ex-Frau dermaßen hintergangen worden, dass ich befürchte, er könnte gar nicht imstande sein, eine enge Bindung zu seinen Mannschaftskameraden einzugehen."

Ihre Worte lassen mich aufhorchen.

Sophie hat einen traurigen Ausdruck im Gesicht, als sie hinzufügt: „Baden sagt, er sei ein toller Kerl, dem übel mitgespielt wurde."

„Ich weiß, dass die Jungs sich besonders um ihn bemühen", erklärt Harlow. Ich bin froh das zu hören, doch nicht überrascht, denn die Jungs sind wirklich toll. „Aber er ist ein wenig verschlossen. Sie laden ihn nach jedem Spiel und sogar an einigen anderen Abenden ein, mit ihm auszugehen, aber er lehnt jedes Mal ab. Er sagt, er habe andere Pläne, aber er kennt hier niemanden. Ich glaube, da steckt etwas anderes dahinter."

Ich verschlucke mich an meinem Wasser und habe einen Hustenanfall. Die vier Frauen starren mich besorgt an.

„Ist alles in Ordnung?", will Jenna wissen und klopft mir auf die Schulter, als ich mir die Serviette vor den Mund halte.

Nein, nichts ist in Ordnung. Drake geht nicht mit seinen Mannschaftskameraden aus, weil er mich vögelt.

„Alles bestens“, keuche ich mit einem Nicken. Mit einer abwinkenden Geste bedeute ich ihnen, fortzufahren.

„Wahrscheinlich hat er schon eine Freundin“, lacht Harlow. „Offenbar ist er lieber mit ihr zusammen, als mit den Jungs abzuhängen.“

„Er wird sich schon fangen“, murmelt Sophie. „Außerdem haben sich unsere Jungs schließlich alle erweichen lassen. Drake braucht nur jemanden, der den schlechten Geschmack, den seine Ex-Frau hinterlassen hat, vertreibt. Er wird lernen, wieder zu vertrauen.“

„Genau“, stimmt Jenna zu und wirft mir einen warmherzigen Blick zu. „Brienne hat ihn bereits dazu gebracht, ihr zu vertrauen und sich dem Team anzuschließen. Er ist also durchaus aufgeschlossen.“

Gott sei Dank habe ich gerade nicht noch einen Schluck Wasser getrunken, denn ich hätte mich auch diesmal verschluckt. Drake ist ganz und gar nicht aufgeschlossen, sondern völlig verschlossen.

Seine Mannschaftskameraden sind am besten dazu geeignet, ihm vor Augen zu führen, dass er wieder vertrauensvolle Bindungen aufbauen kann.

Ich kann das nicht bewirken.

Kapitel 12

Drake

Ich werfe einen Blick auf die riesige Anzeigetafel über mir. In dreiundzwanzig Sekunden werden die Titans ihre erste Niederlage in der Vorsaison hinnehmen müssen.

Beim heutigen Spiel sitze ich auf der Reservebank, weil Baden sehen wollte, wie Kace Elliott sich über die gesamten drei Drittel hinweg schlagen würde. Der Junge ist gut, und wenn ich wetten müsste (dabei entgeht mir nicht die Ironie der Tatsache, dass ich illegaler Wetten beschuldigt wurde), würde Kace den Platz im Team vor Patrik Stenlund einnehmen. Baden hat mir bereits anvertraut, dass ich der erste Torwart sein werde, auch wenn die endgültige Entscheidung noch nicht bekanntgegeben wurde. Wahrscheinlich hat er es mir verraten, weil wir seit langem befreundet sind, und er weiß, dass ich sein Vertrauen nicht missbrauchen würde.

Ich bin nicht überheblich, wenn ich behaupte, dass ich die Aufstellung zu Recht anführe, denn ich bin jedes Mal, wenn ich aufs Eis gehe, in Höchstform. Mir ist klar, dass ich vor allem von dem Wunsch getrieben bin, all den Arschlöchern in der Liga, die mich nicht verpflichten wollten, zu beweisen, dass sie einen Fehler gemacht haben.

Mein Blick schweift von der Anzeigetafel zur Eigentümerloge, die sich zwischen dem ersten und zweiten Rang der Arena befindet.

Im Inneren sind mehrere Leute zu sehen, die wegen der Hintergrundbeleuchtung allerdings nur schemenhaft zu erkennen sind. Ich nehme an, dass die wunderschöne, aber frustrierende Brienne Norcross unter ihnen ist. Ich kann mir nicht vorstellen, dass sie ein Heimspiel verpassen würde.

Die Frau ist mir ein Rätsel. Ich habe seit drei Tagen nichts von ihr gehört. Vor zehn Tagen hat sie zum ersten Mal die Nachricht in meinem Spind in New York hinterlassen, und seitdem hat sie mir an jedem Nachmittag eine Einladung mit denselben Worten geschickt.

Brienne: *Falls du die Liga noch einmal ficken willst …*

Natürlich bedeutet das, dass ich sie ficke, und zwar bei jeder sich mir bietenden Gelegenheit.

Seit drei Tagen herrscht jedoch Schweigen. Und da ich nicht den Eindruck erwecken will, die Sache zwischen uns könnte mehr als nur eine Affäre sein, habe ich mich nicht bei ihr gemeldet.

So läuft dieses Spiel nun einmal nicht.

Als ich vor drei Tagen am Morgen ihr Haus verließ, ging ich davon aus, dass alles beim Alten bleiben würde. Wir machen keine Pläne, und ich habe ihr erklärt, dass ich sie an den meisten Abenden wegen meiner Jungs nicht würde treffen können, doch das war für sie kein Problem. Wir können beide tun und lassen, was wir wollen, und schulden einander keine Erklärung.

Dennoch zerrt es an meinen Nerven, dass sie sich nicht meldet.

Die Schlusssirene ertönt, und obwohl jede Niederlage enttäuschend ist, klingen die Fans im Stadion nicht gerade so, als hätten wir verloren. Als wir das Eis verlassen, ist ihr Jubel ohrenbetäubend.

Seit ich bei den Titans bin, erstaunt es mich jedes Mal, mit welcher Inbrunst die Fans die Spiele verfolgen. Während der letzten Saison habe ich im Fernsehen verfolgt, wie dankbar sie waren, nach dem Flugzeugunglück ein Team zu haben. Ihre Begeisterung war selbst auf dem Bildschirm fast greifbar. Dieser Fanatismus und die Liebe zu ihrem Team haben auch während der Off-Season nicht nachgelassen. Obwohl es sich um ein Vorsaisonspiel handelt und wir verloren haben, bebt das Stadion förmlich, als unsere Anhänger uns zujubeln: *„Titans, Titans, Titans!"*

Bei einem Spiel in der Vorsaison ist es nicht ungewöhnlich, dass die Ränge sich am Ende eines verlorenen Spiels schnell leeren, weil die Zuschauer nicht im Stau stehen wollen. Doch als ich meinen Blick nun durch das Stadion schweifen lasse, stelle ich fest, dass die Tribünen immer noch fast vollständig gefüllt sind, was mir beweist, wie großartig unsere Fans sind.

Als wir uns den Umkleidekabinen nähern, gesellt sich Baden zu mir. „Hast du einen Moment Zeit?"

„Ja", antworte ich und trete zur Seite, damit die anderen Spieler passieren können.

„Was denkst du?", fragt er leise und verschränkt die Arme vor der Brust.

Er will wissen, was ich von Kace halte.

„Ich würde ihn Patrik vorziehen. Ich will nicht schlecht über Patrik reden, aber er hat nicht das Zeug dazu, in der Liga zu bestehen. Seine Leistung ist einfach viel zu unbeständig. Kace ist zwar noch ein Grünschnabel, aber seine Zuverlässigkeit ist für sein Alter sehr beeindruckend."

„Das denke ich auch", erklärt Baden mit einem Nicken und lächelt den anderen Spielern zu, als sie an ihm vorbeigehen. „Ich wollte nur deine Meinung dazu hören. Danke.“

„Gern geschehen.“

Es gibt mir ein gutes Gefühl, dass Baden Wert auf meine Meinung legt. Wenn man bedenkt, dass ich die meisten Leute in der Liga fast komplett verachte, tut mir sein Vertrauen gut. Wir stoßen unsere Fäuste aneinander, dann mache ich mich auf den Weg zu meinem Spind.

Dort angekommen, schnappe ich mir als Erstes mein Handy aus dem obersten Regal. Ich entsperre den Bildschirm, öffne die SMS-App und sehe, dass ich eine Nachricht von meiner Schwester Kiera erhalten habe.

Kiera: *Die Titans haben gut gespielt. Sie hätten gewonnen, wenn du im Tor gestanden hättest.*

Ich lächle, denn meine Schwester ist mein größter Fan. Aber sie weiß, dass wir uns in der Vorsaison befinden und alle Spieler die Gelegenheit bekommen, zu spielen. Dennoch wird sie immer denken, dass ich der Beste bin und die ganze Zeit über auf dem Eis stehen sollte.

Ich schicke ihr ein Herz-Emoji und füge dann hinzu:

Geht es den Jungs gut?

Sie liegen im Bett und schlafen tief und fest, antwortet sie.

Ich schicke ein Daumen-hoch-Emoji.

Ich: *Ich werde sie morgen früh anrufen.*

Es ärgert mich, dass ich sonst keine Nachricht erhalten habe. Kein Wort von Brienne.

„Hey, McGinn … Lust auf ein Bier heute Abend? Wir sind es leid, dass du uns immer einen Korb gibst."

Ich werfe einen Blick auf Stone, der gerade sein Trikot auszieht und seinen Schulterschutz ablegt. In der Hoffnung, doch noch eine Nachricht zu erhalten, sehe ich wieder auf mein Handy.

Doch nichts geschieht.

„Ja, Mann. Ich könnte ein Bier vertragen."

***

Coen, Stone, Boone und ich sitzen zusammen an einem Tisch im Mario's, wo sich die Spieler traditionell nach einem gewonnenen Heimspiel treffen. Wir haben heute Abend zwar verloren, aber für uns als Team ist der Einsatz momentan noch nicht hoch. Anders verhält es sich jedoch für jeden einzelnen Spieler, denn in dieser Zeit wird endgültig entschieden, wer im Team bleibt und wer ausscheidet. Ich kann mit Sicherheit behaupten, dass Coen, Stone, Boone und ich uns keine Sorgen um die Aufstellung machen müssen. Boone hatte Coens Platz als Center in der First Line eingenommen, als Coen suspendiert wurde. Letzterer spielt seit seiner Rückkehr als Right Winger, nachdem Gage in den Trainerstab gewechselt war.

„Es wird aber auch Zeit, dass du mit uns ein Bier trinken gehst", brummt Boone, nachdem die Kellnerin unsere Getränke gebracht hat.

Ich trinke einen Schluck und sehe mich in der Kneipe um. Sie ist nett, aber überfüllt, und ich habe schon ewig nicht mehr im Rampenlicht gestanden. Angesichts der beschissenen Erfahrungen, die ich im letzten Jahr gemacht habe, habe ich versucht, die Aufmerksamkeit der Öffentlichkeit zu vermeiden.

„Gib's zu", sagt Stone und gibt mir grinsend einen Klaps auf die Schulter. „Du triffst dich mit einer Frau. Deshalb gibst du uns nach den Spielen ständig einen Korb."

„Wie bitte?", rufe ich aus, ziehe die Augenbrauen in die Höhe und bemühe mich um einen entrüsteten und zugleich schockierten Gesichtsausdruck. „Das stimmt nicht."

Das ist zwar eine unverfrorene Lüge, aber ich kann meine Affäre mit Brienne den Jungs gegenüber nicht erwähnen. Was wir tun, ist verboten.

Denke ich.

Ich bin mir nicht sicher, aber es darf auf keinen Fall nach außen dringen.

„Ich habe nur versucht, das Haus einzurichten, bevor die Jungs kommen." Das ist zum Teil die Wahrheit, denn ich habe jeden Tag ein paar Kisten ausgepackt, wenn ich Zeit dafür hatte.

„Wie alt sind deine Kinder nochmal?", will Coen wissen. Um ehrlich zu sein, hatte ich aufgrund seines Verhaltens während der letzten Saison erwartet, dass er sich wie ein Arschloch aufführt, aber er ist einer der coolsten Typen, die ich je kennengelernt habe.

„Jake ist fast sieben, und meine Zwillinge, Colby und Tanner, sind fünf."

„Ach herrje … Zwillinge?" Coen reißt ehrfürchtig die Augen auf. „Das ist sicher unglaublich und erschreckend zugleich."

Lachend schüttle ich den Kopf. „Ehrlich gesagt, habe ich gelernt, die Dinge zu nehmen, wie sie kommen."

„Drei klingt nach einer guten Zahl", sinniert Coen.

„Ihr seid gerade ein paar Monate zusammen und schon denkst du an Kinder", neckt Boone.

Coen zuckt mit den Schultern. „Ich würde Tillie gern dazu überreden, während der Saison dauerhaft hierher zu ziehen. Bisher habe ich nur darüber nachgedacht, wie wir unsere Fernbeziehung am Laufen halten."

Ich habe das Gefühl, dass ich im letzten Jahr so etwas wie ein Experte darin geworden bin, die Dinge am Laufen zu halten, also gebe ich ihm unaufgefordert einen Rat. „Kompromisse, harte Arbeit, Geduld und eine große Portion Demut."

„Ist das deine Formel?", will Stone wissen.

„Nicht die ganze Formel, aber es sind die wichtigsten Zutaten."

„Du solltest ein verdammtes Selbsthilfebuch schreiben, Kumpel", lacht Stone. „Ich wette, seit du drei Kinder allein großziehst, bist du so abgehärtet, dass du mit allem fertig wirst."

Ich muss glucksen. Die Erziehung meiner Jungs ist die schwierigste Aufgabe, die ich je im Leben meistern musste. „So kann man es auch sehen."

Es ist aber auch die lohnendste Aufgabe, deshalb bereue ich keinen Moment der Frustration oder des Kummers. Ich bedaure nicht einmal die Beziehung zu Crystal, denn sie hat meine Söhne zur Welt gebracht, die ich über alles liebe.

„Also, was haltet ihr davon, wie sich das Team entwickelt?", fragt Stone, und schon reden wir wieder über Eishockey. Wenn man mit

Mannschaftskameraden ausgeht, ist das normal. Entweder man spricht über Eishockey oder man reißt eine Frau auf. Da Coen und Stone in festen Beziehungen sind und ich heute Abend sicher nicht darauf aus bin, flachgelegt zu werden, bleiben wir beim Eishockey.

Nun, vielleicht sollte ich mich flachlegen lassen.

Wahrscheinlich würde es dieser Besessenheit von Brienne ein Ende bereiten. Ich blicke mich um und sehe mehrere sexy Frauen, von denen einige mit berechnenden Blicken in unsere Richtung starren. Ich müsste nur einen Finger krümmen und eine von ihnen würde heute Nacht in meinem Bett landen.

Die Kellnerin erscheint. „Seid ihr bereit für eine weitere Runde?"

Stone leert den Rest seines Biers und stellt die Flasche ab. „Für mich nicht. Ich gehe nach Hause zu Harlow. Sie ist viel interessanter als ihr Verlierer."

Coen lacht und wirft einen Blick auf seine Armbanduhr. Als Boone das sieht, schüttelt er den Kopf. „Kommt gar nicht infrage, Kumpel. Du bleibst heute Abend hier. Deine Süße ist nicht da."

„Ich bin erledigt, Mann", erklärt Coen, aber ich kann sehen, dass er nicht gehen will, weil er müde ist. Mittlerweile sind ihm andere Dinge einfach wichtiger.

Boone wendet sich mir zu. „Dann sind nur noch wir beide übrig." Er wirft einen Blick über seine Schulter auf zwei Frauen, die ein paar Tische weiter sitzen. Sie starren ihn mit einem einladenden Lächeln an, woraufhin er sich wieder zu mir umdreht. „Wir werden heute Abend beide punkten."

Ich klopfe Boone auf die Schulter. „Tut mir leid, Mann. Ich bin auch raus, aber ich glaube, du kommst mit den beiden Mädels auch allein klar. Das macht doppelt so viel Spaß.“

„Ihr seid Langweiler“, murmelt Boone, wendet sich dann aber der Kellnerin zu, die geduldig gewartet hat, während wir eine Entscheidung treffen. Er zeigt mit einem Kopfnicken in Richtung der Frauen. „Ich nehme noch ein Bier und gebe den Damen eine Runde aus.“

Wir stehen auf und bezahlen die Rechnung, einschließlich eines großzügigen Trinkgelds für die Kellnerin. Wir lassen Boone zurück und machen uns auf den kurzen Weg zurück zum Spielerparkplatz des Stadions.

„Schön, dass du heute Abend mitgekommen bist“, sagt Stone, während er seine Schlüssel aus der Tasche zieht.

„In drei Tagen kommen meine Jungs nach Hause, also werde ich kaum die Gelegenheit bekommen, häufiger mit euch auszugehen.“

„Aber wenn wir auswärts spielen“, sagt Coen mit einem Grinsen. „Bei Auswärtsspielen kannst du mit uns einen trinken gehen.“

„Sicher, das geht klar“, antworte ich, vor allem, da es den Anschein hat, als würde ich Brienne nicht mehr ficken. Der Gedanke hinterlässt einen bitteren Geschmack in meinem Mund. „Bis morgen.“

Ich gehe auf den Tahoe Geländewagen zu, den ich letzte Woche gekauft habe. Ich hatte das Motorrad mit nach Pittsburgh gebracht, und meinen alten Tahoe für Kiera zu Hause gelassen. Die Jungs sitzen alle noch im Kindersitz, und der Chevrolet ist sicherer als ihr Wagen.

Nachdem ich mich hinter das Steuer gesetzt habe, atme ich den Duft des neuen Leders ein und stoße langsam den Atem aus.

Ich will nicht nach Hause fahren.

Ich bin noch nicht müde.

Aber viel wichtiger als das, was ich nicht will, ist die eine Sache, die ich im Moment unbedingt will.

Entschlossen lenke ich den Tahoe auf die Straße und fahre zu Briennes Haus.

Kapitel 13

Drake

Es ist fast eine halbe Stunde nach Mitternacht, als ich in Briennes Einfahrt einbiege. Vielleicht habe ich Glück und sie ist noch wach. Ich weiß, dass die Frau kaum fünf Stunden pro Nacht schläft – nachdem ich sieben Nächte mit ihr in einem Bett verbracht habe, habe ich so einiges gelernt.

Ich mag zwar ihren Schlafrhythmus kennen, doch ich habe keine Ahnung, ob sie überhaupt zu Hause ist. Vielleicht ist sie nach dem Spiel mit ein paar Leuten ausgegangen, oder sie ist bei einem anderen Mann zu Hause.

Verdammt, es könnte auch ein anderer Mann bei ihr im Haus sein. In diesem Fall wäre es ziemlich unangenehm, hier einfach aufzutauchen.

Als ich den Motor abstelle, keimt Hoffnung in mir auf, dass sie wach und allein ist, denn ich kann Licht in ihrem Büro sehen. Es befindet sich auf der Westseite des Gebäudes, doch von meinem Standpunkt aus kann ich ihren Schreibtisch nicht sehen.

Es ist zwar unwahrscheinlich, aber selbst, wenn sie in ihrem Büro sitzt, könnte ein anderer Mann bei ihr sein. Der Gedanke macht mich wütend und ich werde von dem Verlangen übermannt, auf etwas einschlagen zu wollen. Immerhin habe ich sie dazu gebracht, sich in diesem großen Ledersessel selbst zu befriedigen. Ich verspüre einen Besitzanspruch, doch ich weiß selbst nicht recht, ob ich damit ihr Büro oder Briennes Körper meine.

Vielleicht beides.

Ich kann nicht mehr klar denken.

Ich steige aus dem Wagen, gehe zur Eingangstür und drücke auf die Türklingel, woraufhin ein gongartiger Laut durchs Haus hallt. Ich warte geduldig, denn ihr Büro ist mehr als nur ein paar Meter entfernt. Ich kann keine Schritte hören, doch das liegt vor allem daran, dass die Türen aus massivem, dickem Holz sind.

Einen Moment später höre ich, wie die Tür aufgeschlossen wird. Sie schwingt auf und Brienne steht vor mir. Ich bin fast schockiert, als ich sehe, dass sie eine locker sitzende Pyjamahose mit Kordelzug und ein verblichenes Konzert-T-Shirt trägt.

Bisher habe ich Brienne immer nur in eleganten Kleidern oder nackt neben mir im Bett gesehen. Es überrascht mich nicht unbedingt, dass sie einen Schlafanzug trägt. Ehrlich gesagt, habe ich bis zu diesem Moment nie darüber nachgedacht, aber ich hatte angenommen, dass eine Milliardärin Seide und Designerlabels im Bett tragen würde, statt ein T-Shirt, das offensichtlich schon einige Waschgänge hinter sich hat.

Ich werfe einen vielsagenden Blick auf ihre Brust. „Shinedown?"

Sowohl ihre Miene als auch ihr Tonfall sind ausdruckslos, als sie mir antwortet: „Meine Lieblingsband. Was tust du hier?"

Ich zucke mit den Schultern und stecke meine Hände lässig in die Hosentaschen. „Ich hätte nicht gedacht, dass du der Typ Frau bist, der mich ghostet."

„Dich ghosten?", fragt sie mit einem Stirnrunzeln.

„Du hast mir heute keine Nachricht geschickt und mich nicht gebeten, zu kommen."

Brienne macht keine Anstalten, mich hereinzubitten, und verschränkt stattdessen die Arme vor der Brust. „Man kann jemanden nicht ghosten, wenn derjenige eigentlich keine Nachricht erwartet. Wir haben uns nie irgendwelche Versprechungen oder Pläne gemacht.“

Ich reibe mir nachdenklich den Bart und nicke ihr verständig zu. „Ich verstehe, was du damit sagen willst.“ Ich gehe einen Schritt auf sie zu, woraufhin sie zurückweicht. Also trete ich über die Schwelle und dränge sie zurück in die Eingangshalle, dann schließe ich die Tür hinter mir. „Aber ich bin anderer Meinung, was die Versprechungen angeht.“

In ihren Augen blitzt ein neugieriges Funkeln auf, als sie den Kopf schief legt. „Ich kann mich an keine Versprechungen erinnern.“

Ich schüttle langsam den Kopf und trete noch einen Schritt auf sie zu. Mir ist die Enttäuschung deutlich anzuhören, als ich sage: „Komm schon, Brienne. Natürlich beinhaltet diese Sache zwischen uns auch Versprechungen.“ Ich gehe noch einen Schritt auf sie zu und sage mit tiefer, verführerischer Stimme: „Und zwar das Versprechen, dass du dich gut fühlen wirst. Dass ich dich vor Lust am ganzen Körper beben lasse. Und dass ich dich explodieren lasse. Erzähl mir nicht, du willst nicht, dass ich dieses Versprechen erfülle.“

Sie atmet zitternd die Luft ein. „Ich lüge nicht, also kann ich nicht behaupten, dass ich es nicht will. Aber ich brauche es nicht. Genauso wenig wie du.“

Ich drücke den Rücken durch und sehe sie stirnrunzelnd an. „Jetzt sprichst du in Rätseln.“

Brienne macht eine abwinkende Handbewegung. „Du solltest Zeit mit deinen Mannschaftskameraden verbringen. Außerdem … kann diese Sache zwischen uns ohnehin nicht ewig so weitergehen.“

„Das ist nicht wahr“, entgegne ich mit finsterer Stimme und greife nach einer Strähne ihres silbrigen Haars. „Es war klar, dass sich daran etwas ändern würde, weil meine Jungs nach Hause kommen, aber ich hatte nicht vor, es zu beenden. Wir finden einen Weg.“

„Es wäre keine gute Idee, es …“

Ich packe ihre Schultern und presse meinen Mund auf den ihren, um sie zum Schweigen zu bringen.

Sie schmiegt sich an mich, also lasse ich eine Hand um ihren Nacken gleiten, während ich mit der anderen über ihren Bauch streiche, bevor ich sie auf ihr Höschen wandern lasse. Sie zittert, als ich mit den Fingerspitzen den Saum nachfahre. Ich ziehe den Kopf zurück und starre auf sie herab, doch sie hat den Blick geradeaus auf meine Brust gerichtet, als fürchtete sie sich davor, mich anzusehen.

„Willst du, dass ich gehe?“, frage ich leise.

„Ja“, haucht sie und weigert sich immer noch, meinem Blick zu begegnen. Ich kann jedoch hören, dass sie es nicht ernst meint.

Mit einem Glucksen schiebe ich meine Hand in ihr Höschen und lege sie auf ihre Muschi. „Ich glaube nicht, dass du das willst.“

Sie schiebt die Hüfte vor und versucht, sich noch fester an meine Hand zu schmiegen. Ich verwehre ihr den Wunsch nicht und lasse meinen Finger durch ihre feuchte Spalte gleiten, wobei ich kaum ihre Klitoris berühre. „Du willst, dass ich bleibe“, stelle ich triumphierend fest.

Sie neigt den Kopf zurück, wobei sich der Nebel der Lust in ihren Augen zu lichten scheint und einem Anflug von Entschlossenheit weicht.

Das gefällt mir ganz und gar nicht.

„Mein Körper will dich, aber mein Verstand weigert sich", erklärt sie schroff, denn offenbar versucht sie, die Selbstbeherrschung nicht zu verlieren.

Insgeheim freue ich mich über ihre Antwort, denn sie erwähnt darin nur ihren Verstand und ihren Körper, doch sie spricht nicht über ihr Herz. Und ich will nicht, dass uns dieses nutzlose Organ in die Quere kommt.

Doch andererseits missfallen mir ihre Worte auch, denn sobald sie ihren Verstand gegen mich einsetzt, bin ich ihr weit unterlegen.

Also kann ich nur hoffen, dass es mir gelingt, ihren gesunden Menschenverstand auszuschalten, indem ich ihren Körper anspreche. Ich dringe mit einem Finger in sie ein und beiße die Zähne zusammen, als ich spüre, wie heiß und eng sie ist. Sie spannt die Muskeln um meinen Finger an und mein Schwanz presst schmerzhaft gegen meinen Reißverschluss.

„Drake", keucht sie und krallt sich in mein Hemd. Ich trage immer noch meinen Anzug, denn am Spieltag ist formelle Kleidung vorgeschrieben. Das Jackett und die Krawatte habe ich jedoch im Wagen gelassen. „Das ist keine gute Idee."

Ich ziehe meinen Finger aus ihrer Muschi und stoße dann wieder in sie hinein, wobei ich meine Lippen an ihre Schläfe presse. „Es ist sogar die beste Idee, die wir beide heute hatten, das weißt du so gut wie ich. Du kannst es unmöglich leugnen, denn ich spüre, wie sehr du es willst."

Sie stöhnt auf und festigt ihren Griff um mein Hemd, wobei sie ihre Stirn auf meine Brust fallen lässt. Ich verspüre einen Stich im Herzen, als mir klar wird, dass sie machtlos gegen mich ist, denn eigentlich ist Brienne die Art von Frau, die alles tun kann, was sie sich in den Kopf setzt. Es verleiht mir ein Gefühl der Macht, zu wissen, dass sie meinen Liebkosungen erliegt, aber ich weiß auch, dass sie dafür ihren Stolz einbüßt.

Ich packe ihren Nacken und beuge mich vor, um ihr einen Kuss auf den Kopf zu drücken. „Gräm dich nicht. Ich mache es dir wirklich nicht leicht.“

Sie wirft den Kopf zurück, aber sie versucht nicht, sich meinem Griff zu entziehen, sondern starrt mich nur an. „Wenn ich dich nicht wollte, würdest du mich nicht verführen können. Ich habe immer eine Wahl, egal, was du mit deinem magischen Finger gerade anstellst.“

Ich will Brienne dazu bringen, sich einzugestehen, dass ihre Begierde die Oberhand über ihre Selbstbeherrschung und Professionalität gewinnt. Also gehe ich ein Risiko ein und ziehe langsam den Finger aus ihrem Höschen und trete einen Schritt zurück, wobei sie ihre Hände von meiner Brust löst.

„Nun ist der magische Finger weg.“ Ich führe ihn zu meinem Mund und lecke genüsslich den Saft ihrer Erregung ab. Bei dem Anblick stöhnt sie auf und schließt die Augen. „Und jetzt sag mir, dass ich gehen soll.“

Ich halte den Atem an, während ich auf ihre Antwort warte. Wenn sie mir sagt, dass ich gehen soll, weiß ich nicht, ob ich ihr den Wunsch erfüllen kann. Wahrscheinlich würde ich noch einmal versuchen, sie zu verführen, denn ich will sie zu sehr.

„Das kann nicht gut enden", stößt Brienne seufzend hervor. Mit ihrem Seufzer der Kapitulation gibt sie mir grünes Licht. Ich gehe zu ihr und umfasse mit beiden Händen ihr Gesicht, um sie leidenschaftlich zu küssen.

Sie packt meine Handgelenke, um mich festzuhalten und stöhnt in meinen Mund, als unsere Zungen aufeinanderprallen. Die Erkenntnis, dass sie mich genauso sehr will wie ich sie, jagt mir einen Schauer der Erregung durch den Körper.

Ich reiße mich von ihr los und schaue mich um. Hinter ihr befindet sich eine große, geschwungene Treppe, doch das wäre zu unbequem. Auf der linken Seite liegt das Esszimmer, in dem ein riesiger Esstisch für zwanzig Personen steht, über den ich sie beugen könnte. Zur rechten ist das Wohnzimmer, doch wir würden nur die Möbel ruinieren. Ich weiß, dass sich hinter der Treppe rechts das große Schlafzimmer und das Büro befinden, während die Küche auf der linken Seite liegt.

Also wohin sollen wir gehen?

„In den Garten", sagt sie, und ich sehe sie an. „Auf die hintere Veranda", erklärt sie, entzieht sich meinem Griff und nimmt meine Hand. Sie führt mich links um die Treppe herum, doch statt in die Küche zu gehen, tritt sie durch einen Türbogen in einen weiteren Sitzbereich mit einer gewölbten Decke. Der überdimensionale Raum ist mit dick gepolsterten Sesseln und Sofas, einem großen Kamin und deckenhohen Bücherregalen, die sich über eine Wand erstrecken, gemütlich eingerichtet. Über eine eiserne Wendeltreppe gelangt man zu den obersten Regalen, und als ich einen Blick über meine Schulter werfe, sehe ich, dass noch weitere Bücher an der Wand über dem

Torbogen platziert sind, durch den wir gerade gekommen sind.

Auf der gegenüberliegenden Seite befinden sich verglaste, raumhohe Fenster und riesige Flügeltüren, die nach draußen führen. Ich kann das Schimmern eines Pools erahnen, der in einer Landschaft aus Büschen, Pflanzen und Steinen eingebettet ist, die mit strategisch platzierten Lampen beleuchtet sind.

Brienne führt mich zu einer der beiden Türen. Sie hält meine Hand mit festem Griff und ich kann ihre seidige Haut an meiner spüren. Mein Blick fällt auf ihren ganz gewöhnlichen Pyjama, und ich stelle fest, wie sehr mir dieser Look an ihr gefällt. Darin ist sie nicht die perfekte Eisprinzessin im Sitzungssaal oder die verführerische Sirene, die neben mir nackt im Bett liegt.

Darin ist sie mir sehr ähnlich.

Sie sagt kein Wort, sondern führt mich um den geschwungenen Pool herum, der von Felsbrocken und üppigen Pflanzen eingerahmt ist. Am anderen Ende befindet sich ein kleiner Hügel, von dem sich ein Wasserfall in den Pool ergießt.

Auf der rechten Seite steht ein Gästehaus, das wie eine kleinere Nachbildung des Haupthauses wirkt. Ich vermute, dass sie mich dorthin führt, doch dann biegt sie in einen Hof ab. Die Nacht ist kühl und ich frage mich, ob sie friert. Ich wünschte, ich hätte mein Jackett nicht im Wagen liegenlassen, denn ich hätte es ihr anbieten können.

Ich bereue auch, dass ich meine Krawatte nicht mitgenommen habe, denn damit hätte ich sie fesseln können.

„Hier", sagt sie und lässt meine Hand los, wobei sie mit einem Kopfnicken auf ein großes Sofa zeigt. Es ist rund und groß genug, um drei Personen bequem Platz zu bieten – oder einem großen Eishockeyspieler und einer aufsässigen Firmenchefin. An der Rückenlehne, an der mehrere Kissen aufgereiht sind, ist ein halbkugelförmiges Sonnendach befestigt, das am Tage Schatten spendet.

Ich ziehe eine Augenbraue in die Höhe und grinse sie an. „Du willst es hier draußen treiben?“

„Ich will, dass *du mich* hier draußen fickst.“ Sie neigt ihr Gesicht gen Nachthimmel. Der Blick wird hier draußen nicht von den Lichtern der Stadt beeinträchtigt. „Ich will die Sterne sehen, während du mich kommen lässt.“

Meine Güte.

Ihre Worte zwingen mich fast in die Knie. Sie sind verführerisch, verrucht … und wunderschön.

Sämtliche Gedanken daran, sie über einen Tisch zu beugen, sind plötzlich wie weggeblasen. Denn die Vorstellung einer nackten Brienne, die ausgestreckt auf den Kissen liegt und mir an den Haaren zieht, während ihre Augen das Sternenlicht reflektieren und ich mein Gesicht zwischen ihren Schenkeln vergraben habe … ist so erregend, dass mir der Atem stockt.

„Zieh dich aus“, befehle ich ihr, während ich beginne, mein Hemd aufzuknöpfen. Ich blicke mich um, doch ich kann nirgendwo benachbarte Häuser entdecken. Der Garten ist von hohen Bäumen und Sträuchern umsäumt, und ich höre nur das leise Zirpen der Grillen, das die herbstliche Nachtluft erfüllt.

Ich beobachte, wie Brienne ihr T-Shirt auszieht, und mein Blick fällt auf ihre Brüste. Diese werde ich auch mit meinen Zähnen bearbeiten.

Sie schlüpft aus ihrer Pyjamahose und ihrem Höschen und kommt direkt auf mich zu. Sie streckt die Hände aus und macht sich an den Knöpfen meines Hemds zu schaffen.

Ich beobachte sie wie gebannt, denn sie wirkt im Mondlicht wie eine Göttin. Schließlich reiße ich mich aus meiner Benommenheit, greife nach meiner Brieftasche und ziehe ein Kondom heraus.

„Nimm zwei", sagt sie, ohne zu zögern, während sie mich meines Hemds entledigt.

Ich verziehe die Lippen zu einem Grinsen und tue wie geheißen.

Kapitel 14

Brienne

Das Wohltätigkeitsdinner für das Kinderkrankenhaus wurde von Adam vor sieben Jahren ins Leben gerufen. Es war eine von vielen Wohltätigkeitsorganisationen, für die er sowohl als Privatperson als auch als Eigentümer der Titans Gelder sammelte, wobei er in diesem Fall die Eishockeystars einsetzte, um Spenden zu sammeln.

Wer hätte gedacht, dass die Leute so viel Geld bezahlen würden, um ein paar Stunden mit ihren Eishockeyhelden verbringen zu können? Zugegebenermaßen können es sich nur die Reichen leisten, zweitausend Dollar für ein privates Abendessen auszugeben. Daher habe ich selbst fünf Tickets gekauft und sie an Fans verschenkt, die normalerweise keine Chance hätten, an einer solchen Veranstaltung teilzunehmen.

Der elegante Abend findet im prunkvollen Foyer der Carnegie Music Hall statt. Der Saal bietet Platz für bis zu fünfhundert Personen und ist mit seinen fünfzehn Meter hohen Decken, die von mächtigen Marmorsäulen gestützt werden, und den mit Kristallen besetzten Kronleuchtern eine wahre Augenweide. Das kunstvolle barocke Dekor ist nicht übertrieben, wenn man bedenkt, wie viel Geld heute Abend fließt.

Die Veranstaltung erfordert formelle Abendgarderobe, und ich habe ein elfenbeinfarbenes, trägerloses Kleid von Valentino gewählt. Das Korsett ist mit Stäben durchzogen und sorgt für eine gute Haltung, wobei der leichte, seidige Rock beim Gehen nach außen schwingt.

Am Eingang zur Carnegie Music Hall ist eine Fotokulisse aufgebaut. Ich habe mich im Laufe der Jahre so sehr an diese Veranstaltungen gewöhnt, dass ich, ohne zu zögern, eine Hand in die Hüfte stemme, während ich die andere locker und entspannt seitlich herabhängen lasse. In ihr halte ich eine kristallbesetzte Clutch, die gerade groß genug für mein Handy, meinen Lippenstift und eine Kreditkarte ist.

„Da sind Sie ja", trällert Sandy Creighton, als ich das große Foyer betrete. Sie hat sich wirklich mächtig ins Zeug gelegt. Ich lasse meinen Blick über die vielen kleinen Tische schweifen, die mit feinem Porzellan und Kristallgläsern gedeckt und mit Blumen geschmückt sind. Ein jeder ist nur mit zwei Gedecken ausgestattet, um den Spendern ein intimes Abendessen mit den Eishockeyspielern zu bieten. Auf der anderen Seite des Saals spielt ein vierköpfiges Streicherensemble, obwohl die Veranstaltung noch gar nicht begonnen hat. In einer Viertelstunde werden die ersten Gäste eintreffen.

„Wie geht es Ihnen?", frage ich sie, als sie sich vorbeugt, um mir auf jede Wange einen Luftkuss zu geben.

„Viel besser." Sie hakt sich bei mir ein und geht mit mir durch den Saal. „Ich habe mir wohl einen Virus eingefangen, aber jetzt ist alles wieder in Ordnung. Eigentlich wollte ich mit Ihnen zu Mittag essen, um Sie zu fragen, ob Norcross Holdings vielleicht eine zusätzliche Spende in Höhe der heute gesammelten Gelder tätigen würde."

Genau, wie ich es vorhergesehen hatte. Ich wusste, dass sie mich darum bitten würde und weiß genau, was ich ihr antworten werde. Manche glauben vielleicht, dass ich in Anbetracht der Milliarden, die meine Unternehmen erwirtschaften, kein Problem damit hätte, den heute Abend gesammelten Betrag zu verdoppeln. Aber ich kann nicht einfach nach Belieben Wohltätigkeitsorganisationen mit Geldern versorgen. Norcross Holdings spendet jedes Jahr Millionen, aber ein Wohltätigkeitsausschuss verwaltet diese Ausgaben und muss sämtliche Spenden zuerst einem Prüfverfahren unterziehen.

Aber diese Veranstaltung war Adams Steckenpferd und ich will sie zu einem Erfolg machen. „Ohne die Zustimmung des Vorstands kann ich keine Zusage für eine Spende in dieser Höhe machen, Sandy, aber ich bin bereit, das Doppelte der gesammelten Summe aus meiner eigenen Tasche zu spenden. Nennen sie mir den endgültigen Betrag, und ich werde ihnen einen Scheck schicken."

Sandy strahlt mich an und zieht mich in die Arme, während sie sich überschwänglich bei mir bedankt. Dann setzen wir unseren Weg durch den Saal fort, um die letzten Details mit den Caterern, Barkeepern und den Kellnern zu klären. Ich unterhalte mich außerdem mit einigen Vorstandsmitgliedern, die schon früher eingetroffen sind, und begrüße auch Clay, der ebenfalls im Vorstand der Wohltätigkeitsorganisation sitzt. Ich bin froh, zu sehen, dass er heute Abend eine Begleitung mitgebracht hat, denn ich will nur das Beste für ihn.

Die Türen öffnen sich, und die Spender und Eishockeyspieler strömen herein. Für die Spieler ist die Teilnahme an dieser Veranstaltung keine Pflicht, aber laut Callum haben fast alle Spieler zugesagt. Ich habe ihn nicht danach gefragt, wer abgelehnt hat, denn ich bin mir ziemlich sicher, dass Drake auf dieser Liste steht. Seine Jungs kommen morgen an, und ich weiß, dass er noch einiges zu tun hat.

Zumindest hat er mir das gestern Abend erzählt, als er sich verabschiedete. Ich habe ihn nicht gefragt, ob er über Nacht bleiben will und er hat es nicht angeboten, doch wir haben einige Stunden auf dem Sofa im Freien verbracht, auf dem er mich in der Tat zweimal gefickt hat. Irgendwann wurde es ziemlich kühl, doch wir schnappten uns ein paar Decken aus dem Poolhaus. Und während Drake sich erholte, bis wir die zweite Runde einleiten konnten, lagen wir auf dem Rücken und beobachteten die Sterne. Dabei sprach er viel über seine Kinder und seine Schwester, wobei seine Freude über ihre bevorstehende Ankunft förmlich greifbar war.

Ich erspähe Jenna und Gage, als sie gerade den Saal betreten. Gage wird mit einem Spender zusammen dinieren, während Jenna und ich an einem der größeren Tische für die Vorstandsmitglieder speisen werden. Als die beiden auf mich zukommen und ich sehe, wie selbstbewusst Jenna durch den Raum schreitet, bin ich gerührt. In ihrem saphirblauen Kleid mit tiefem V-Ausschnitt und Spaghetti-Trägern sieht sie umwerfend aus. Ihr Haar ist locker zu einem hohen Knoten gebunden, wodurch ihre Narben für alle sichtbar sind.

Sie bewegt sich mit einem souveränen Hüftschwung, der sicher auch etwas mit dem eishockeyspielenden Adonis neben ihr zu tun hat. Doch vor allem hat sie gelernt, sich so zu akzeptieren, wie sie ist. Sie hat eine erstaunliche Metamorphose durchlaufen und ich bin unglaublich stolz auf sie.

Wir begrüßen einander, dann gehen sie weiter, um sich etwas zu trinken zu holen. Bis zum Beginn des Abendessens in einer halben Stunde geht es den meisten darum, sich unter die Leute zu mischen und mit den oberen Zehntausend auf Tuchfühlung zu gehen.

Ich wandere umher und stelle sicher, dass ich jeden der Spieler einzeln begrüße, um mich für seine Zeit und sein Engagement zu bedanken. Außerdem mache ich auch den Geldgebern meine Aufwartung und spreche ihnen meine Anerkennung für ihre Beiträge aus. Einige von ihnen kenne ich persönlich und weiß, dass sie sich mehr als zweitausend Dollar für ein Abendessen leisten können, also ermutige ich sie, noch mehr zu spenden. Sandy wird mich lieben, wenn das alles vorbei ist.

Ich erspähe sogar Senator Marlton oben in der Loge, in der sich noch mehr Tische und eine weitere Bar befinden. Aus ihm kann ich sicher noch etwas Geld herausquetschen. Ich hebe mein Kleid und gehe die Treppe bis zum ersten Treppenabsatz hinauf. Bevor ich einen Fuß auf die nächste Stufe setzen kann, spüre ich eine Hand an meinem Ellbogen. Ich drehe mich um und erblicke Clay ohne seine Begleitung. Ich blinzle überrascht und sehe ihn fragend an.

Er tritt näher und zeigt mit dem Kinn über seine Schulter. „Glenna ist gerade auf der Toilette. Ich dachte, ich nutze die Gelegenheit, um kurz mit dir zu reden."

Ich strahle ihn an. „Ich freue mich für dich. Sie scheint nett zu sein."

Clay zuckt mit den Schultern. „Sie erfüllt ihren Zweck."

Ich kann ihm diese Bemerkung kaum übelnehmen, denn früher hat Clay für mich auch einen Zweck erfüllt, genau wie ich für ihn. Er hält an demselben Lebensstil fest, und das kann ich ihm nicht verdenken.

„Wie geht es dir?", will er wissen und steckt eine Hand in seine Hosentasche. Mit seinen perfekt gestylten Haaren und seinem maßgeschneiderten Anzug wirkt Clay mühelos elegant.

„Ich habe viel zu tun", antworte ich lachend. „Aber das ist ja nichts Neues, nicht wahr? Und bei dir?"

„Mir geht es genauso", antwortet er.

Ich will ihn gerade fragen, wie es in der Praxis läuft, doch dann erspähe ich in der Menge einen Mann mit langen blonden Haaren.

Oh, mein Gott … Drake ist hier.

Jedes Mal, wenn ich ihn sehe, beschleunigt sich mein Puls. Wie alle anderen trägt auch er einen Smoking, wobei er jedoch auf die Fliege verzichtet, und stattdessen den obersten Knopf seines Hemds geöffnet hat, sodass seine Tattoos zu sehen sind. Normalerweise hat er sein Haar zu einem Pferdeschwanz zusammengebunden, aber heute Abend fällt es locker auf seine Schultern und umrahmt sein schönes Gesicht. Er sieht umwerfend aus, und trotzdem ist er mir in Jeans und T-Shirt lieber.

Drake bleibt stehen, um sich mit einer Gruppe von Spielern in der Nähe einer der Bars zu unterhalten. Mir ist bewusst, dass ich meinen Blick von ihm abwenden sollte, aber er scheint an ihm zu haften.

„… Und deshalb muss ich dir gestehen, dass ich dich vermisst habe. Es stimmt, Glenna erfüllt ihren Zweck, aber keine Frau ist mit dir vergleichbar."

Seine Worte durchzucken mich wie ein Blitz. Ich will mich Clay zuwenden und ihn fragen, wovon zum

Teufel er spricht, doch im nächsten Moment sieht Drake mich direkt an. Er hat ein großes Pilsglas in der Hand, und so wie er meinem Blick begegnet, wusste er die ganze Zeit über, wo ich bin.

Er befindet sich auf der anderen Seite des Saals, aber selbst von hier aus kann ich das Feuer in seinem Blick spüren. Ich war vor weniger als vierundzwanzig Stunden mit diesem Mann zusammen, und er hat mich absolut erschöpft, doch nun steht mein Körper sofort wieder in Flammen. Baden kommt auf ihn zu und sagt etwas zu ihm, woraufhin Drake sich ihm fast widerwillig zuwendet.

Sie wechseln ein paar Worte, dann blickt Drake wieder zu mir auf. Seltsamerweise sieht auch Baden in meine Richtung. Drake nickt und die beiden wechseln noch ein paar Worte.

Reden sie … über mich? Hat er ihm von uns erzählt?

„Also, was ich damit eigentlich sagen will, ist …" Clays Stimme dringt zu mir durch, während ich von einer Mischung aus Erregung und Neugierde durchströmt werde. „Kann ich dich heute Abend nach Hause begleiten?"

„Wie bitte?" Ich wende mich ihm ruckartig zu. „Du willst mit mir nach Hause kommen?"

Clay kommt näher und senkt seine Stimme, bis sie nur noch ein sinnliches Grollen ist. „Ich will heute mit dir nach Hause gehen, Brienne."

Er legt eine Hand an meine Hüfte und drückt sie sanft. „Du weißt, dass wir Spaß haben werden. Wir beide sind richtig explosiv, wenn wir zusammen sind."

Nein, das sind wir nicht. Nicht so wie Drake und ich.

Ich werfe einen Blick zurück in die Richtung, in der Baden und Drake eben noch gestanden haben, und sehe, dass Drake auf uns zukommt. Offenbar hat er sein Bier irgendwo abgestellt und fixiert beim Gehen Clays Hand an meiner Hüfte.

Oh Scheiße. Ich bin wie gelähmt.

Drake erreicht die erste Treppe und geht die Stufen hinauf, während er seinen Blick weiterhin auf Clay gerichtet hat.

Als letzterer Drake erblickt, löst er seine Hand von meiner Hüfte, aber nicht, weil er die Berührung für unangemessen hält, sondern weil er sie dem Torwart entgegenstreckt. „Heilige Scheiße", ruft Clay mit einem Grinsen. „Drake McGinn. Ich bin ein großer Fan von Ihnen."

Drake durchbohrt ihn mit einem stählernen Blick, als er sich zu uns auf den Treppenabsatz gesellt. Ich sehe ihm an, dass er Clay am liebsten seine Faust ins Gesicht rammen will. Doch statt sich auf ihn zu stürzen, ergreift er seine Hand und fragt: „Und Sie sind?"

„Clay Bessel. Ich bin ein guter Freund von Brienne und sitze außerdem im Vorstand dieser Wohltätigkeitsorganisation."

Ich könnte schwören, ein Aufflammen in Drakes Augen zu sehen, als Clay sich vorstellt. Er spannt die Kiefermuskeln an, und im nächsten Moment jault Clay leise auf und befreit seine Hand aus dem Griff des Torwarts.

Mit einem nervösen Lachen reibt Clay sich die Hand. „Hey, Kumpel … Sie haben einen ganz schön festen Händedruck. Aber das hier sind die Hände eines Chirurgen und die dürfen keinen Schaden nehmen."

Drake schenkt ihm ein verkrampftes Lächeln und neigt den Kopf. „Tut mir leid … ich wusste nicht, dass Sie so empfindlich sind.“

Ich werfe Drake einen entsetzten Blick zu, denn mit seinen Worten hat er gerade Clays Männlichkeit beleidigt. Dieser scheint es jedoch nicht als solche aufzufassen. Stattdessen lacht Clay und wackelt mit den Fingern. „Sie müssen schwierige Operationen an Gehirn und Rückenmark durchführen.“

Ich muss mich zusammenreißen, um nicht das Gesicht zu verziehen, denn diese Antwort war einfach nur unreif und aufgeblasen. Ich befürchte, Drake könnte ihm eine weitere Beleidigung an den Kopf werfen.

Stattdessen schenkt er Clay ein aufrichtiges Lächeln. „Hören Sie … würde es Ihnen etwas ausmachen, wenn ich Ms. Norcross kurz entführe? Ich muss etwas Dringendes mit ihr besprechen.“

Ich reiße schockiert die Augen auf, denn ich habe keine Lust, mit Drake allein zu sein, solange er von dieser finsteren Aura umgeben ist. Ich bin mir ziemlich sicher, dass mein Höschen bereits feucht ist, weil er sich gerade wie ein Höhlenmensch aufgeführt hat. Sein Verhalten war zwar unangemessen, aber sexy. „Das kann doch sicher bis morgen warten“, erkläre ich mit einem liebreizenden Lächeln.

„Eigentlich“, erwidert er und begegnet meinem Blick, „geht es um einen Nachrichtenartikel. Ich weiß, dass Sie damit nicht warten wollen.“

Ein Artikel? Hat er etwas mit dem Drama mit seiner Frau im vergangenen Jahr zu tun?

„Kein Problem“, sagt Clay und klopft Drake auf die Schulter. „Ich hole mir noch einen Drink. Brienne, möchtest du auch einen?“

Ich schüttle den Kopf. „Nein, danke.“

Clays Blick verdunkelt sich verheißungsvoll. „Wir werden unsere Unterhaltung später fortsetzen.“

Mein Lächeln wird schwächer, und ich habe Mühe, es aufrechtzuerhalten, als Clay sich abwendet und geht.

Drake schnappt sich ein Glas Champagner vom Tablett eines vorbeigehenden Kellners und reicht es mir. Wir treten zur Seite, als ein paar Leute auf dem Treppenabsatz an uns vorbeigehen und wenden uns dem Saal zu. Er stellt sich an meine Seite, sodass unsere Schultern sich fast berühren, und nimmt eine lässige Haltung ein.

„Du sagtest etwas von einem Artikel?“, frage ich und blicke hinunter in die Menschenmenge, denn ich wage es nicht, Drake in die Augen zu sehen.

„Ja“, antwortet er mit unterkühltem Tonfall. „Und er hat es in sich.“

Ich wende mich ihm erschrocken zu. Er begegnet meinem Blick, wobei sich ein unnachgiebiger Ausdruck in seinen Augen widerspiegelt. „Eigentlich ist es eher eine Eilmeldung. Falls Dr. Bessel noch einmal Hand an dich legt, breche ich ihm seine zarten Chirurgenfinger.“

Mein Gott, das ist so sexy, dass ich auf der Stelle in Flammen aufgehen könnte, aber ich schiebe meine Gefühle beiseite. „Du kannst mir nicht vorschreiben, wer mich berühren darf. Wir waren uns einig, dass wir keine Bedingungen stellen.“

„Ich habe es mir anders überlegt“, knurrt er und neigt mir den Kopf zu. Falls uns jemand beobachtet, wird er sehen, dass unsere Unterhaltung gerade eine andere Richtung eingeschlagen hat. „Während wir miteinander ficken, fickst du keinen anderen.“

Das ist neu, aber ich lasse mich darauf ein. Drake hat das ausgeprägte Talent, mich dazu zu verleiten, meinen Impulsen nachzugeben.

„Und das Gleiche gilt für dich?“

An seinem Gesichtsausdruck kann ich sehen, dass er meine Frage als überflüssig erachtet. „Natürlich.“

Nun … das ist ein ernstes Gespräch, das wir jedoch nicht hier führen sollten. Ich trete einen Schritt zurück, atme tief durch und denke nach, während ich an meinem Champagner nippe. Mit dieser neuen Abmachung würden sich alle Grenzen verschieben, auf die wir uns geeinigt haben.

Verdammt, es würde mich grundlegend verändern, denn obwohl ich eine lockere Beziehung mit Clay hatte, wäre er nie eifersüchtig auf einen anderen Mann geworden. Ganz sicher hätte er nie damit gedroht, jemanden zu verletzen.

Zum ersten Mal in meinem Leben fühle ich mich nicht nur begehrt, sondern … verehrt. Kein Mann hat mir je dieses Gefühl gegeben.

„In Ordnung, dann … haben wir eine Abmachung.“ Ich wage es nicht, ihn anzusehen, sondern lasse meinen Blick über die Menge schweifen.

„Wollen wir das mit einem Kuss besiegeln?“, fragt er, wobei die Anspannung in seiner Stimme verflogen ist.

Ich riskiere einen Blick und sehe zu ihm auf. „Nein, ich will es nicht mit einem Kuss besiegeln. Zumindest nicht hier.“

Drake grinst mich an. „Also schön.“ Er wendet sich zum Gehen, hält dann aber inne. Er dreht sich zu mir um und murmelt. „Um wie viel Uhr soll ich heute Abend bei dir sein?“

„Wer sagt denn, dass ich dich einlade?“, frage ich kühl, denn auch wenn wir uns nun einig sind, dass unsere Affäre monogam ist, ist sie immer noch zwanglos.

„Ich“, knurrt er. „Um wie viel Uhr?“

Ich blinzle ihn an. „Ich dachte, du musst noch ein paar Dinge erledigen, um für die Jungs alles vorzubereiten.“

„Das meiste ist schon fertig. Den Rest mache ich morgen früh. Also, um wie viel Uhr?“, wiederholt er.

Ich stoße einen dramatischen Seufzer aus, aber insgeheim freue ich mich. „Ich werde um zehn zu Hause sein.“

„Also bis dann“, bestätigt er und wendet sich wieder zum Gehen, um dann erneut stehen zu bleiben. „Eine Sache noch.“

„Ja?“

„Da die Jungs morgen eintreffen, werde ich dich erst wieder am Dienstag nach dem Auswärtsspiel treffen können. Wirst du da sein?“

„Ja“, antworte ich, obwohl ich mich bis gerade eben noch nicht festgelegt hatte.

„Perfekt.“ Er wirft mir ein verruchtes Lächeln zu und mein Magen macht einen Satz. Zur Beruhigung koste ich erneut von meinem Champagner. „Damit bleibt uns genügend Zeit, um uns testen zu lassen und die Ergebnisse noch vor dem Spiel zu erhalten. In Boston ficke ich dich ohne Kondom.“

Ich verschlucke mich an meinem Champagner und huste. Drake lachte leise, doch er klopft mir sanft auf den Rücken, bis ich mich wieder gefangen habe.

Er legt den Kopf schief. „Es freut mich zu sehen, dass der Gedanke daran dieselbe Wirkung auf dich hat wie auf mich. Gäbe es eine Möglichkeit, dich jetzt in eine der Toiletten zu entführen?“

„Nein“, entgegne ich, trete einen Schritt zurück und setze ein höfliches Lächeln auf. „Auf keinen Fall. Und jetzt geh, du nervst.“

Drake stößt ein tiefes Lachen aus und wendet sich zum Gehen. Doch dann kommt mir ein Gedanke. „Warte.“

Drake bleibt auf der dritten Stufe stehen, dreht sich um und legt den Kopf schief.

„Hast du Baden von uns erzählt?“

Er schüttelt den Kopf. „Ich habe ihn nur gefragt, ob er den Typen kennt, mit dem du dich unterhalten hast. Als er mir sagte, es sei Clay, und ich sah, wie er dich anfasste, wusste ich, dass ich meinen Anspruch geltend machen musste.“

„Du bist ein Barbar“, murmle ich.

„Du hast ja keine Ahnung.“ Er zwinkert mir zu und geht weiter die Treppe hinunter. Ich wende mich von ihm ab und lasse meinen Blick durch den Raum schweifen, um zu sehen, ob uns jemand bemerkt hat.

Einen Augenblick später legt mir jemand die Hand an die Schulter und ich drehe mich zu einem der Spender um. Sofort schlüpfe ich wieder in die Rolle der Firmenchefin und bin bereit, die Leute um noch mehr Geld zu erleichtern.

Kapitel 15

Zum wahrscheinlich fünften Mal in ebenso vielen Minuten werfe ich einen Blick auf meine Armbanduhr. Ich weiß, dass meine Schwester dadurch auch nicht früher hier sein wird und es ergibt genauso wenig Sinn, hier draußen auf der Veranda zu warten und die Straße im Auge zu behalten.

Ich war noch nie so lange von meinen Kindern getrennt. Die letzten drei Wochen ohne sie waren hart, doch es war das Beste, dass sie in Red Wing bei meiner Schwester und meiner Mutter geblieben sind. Ich hätte versuchen können, ein Kindermädchen zu engagieren, doch das wäre keine gute Idee gewesen. Meine Jungs werden ohnehin durch den Umzug ganz durcheinander sein, da muss ich sie nicht auch noch bei einer völlig Fremden lassen.

Während Kiera zu Hause ihre Sachen packte und mit ihrem Chef zusammen alles vorbereitete, damit sie die Arbeit aus der Ferne erledigen kann, während sie sich um ihre Neffen kümmerte, konzentrierte ich mich darauf, die ersten hektischen Wochen in einem neuen Team in einer neuen Stadt zu überstehen.

Doch das liegt jetzt alles hinter uns und meine Familie wird in einer kurzen Weile wieder komplett sein. Ich bin so aufgeregt, dass ich völlig unter Strom stehe.

Hin und wieder war es wirklich anstrengend, drei Kinder allein großzuziehen und mich gleichzeitig um ihre drogensüchtige, abwesende Mutter zu kümmern, doch ich habe mich nie darüber beklagt, ein alleinerziehender Vater zu sein. Die Aufgabe ist zwar anspruchsvoll, aber ich habe schnell bemerkt, dass ich dafür wie geschaffen bin. Meine Liebe zu Jake, Colby und Tanner ist so tief und innig, dass ich in ihrer Gegenwart einen Endorphinrausch verspüre, den ich zuvor nie gekannt hatte.

In letzter Zeit hast du ihn auch gespürt, flüstert mir eine innere Stimme zu.

Es ist wahr. Wenn ich in Briennes Nähe bin, entfacht sie einen wahren Feuersturm an Endorphinen in mir, aber ich schiebe den Gedanken beiseite. Gestern Abend nach dem Wohltätigkeitsdinner habe ich mich ausgiebig mit ihr vergnügt, und am Dienstag nach unserem Spiel in Boston werde ich es wieder tun.

Kiera fährt meinen alten burgunderroten Tahoe, der jetzt endlich auf der von Bäumen gesäumten Straße in Sicht kommt. Mein Herz rast, als ich aufstehe und die Verandatreppe hinuntergehe.

Als Kiera einparkt, wird das hintere Fenster des Wagens heruntergekurbelt, und Colby winkt mir aufgeregt zu: „D-a-a-d-d-y-y-y-y!" Im Dauerlauf erreiche ich den Bürgersteig.

Alle drei Jungs rufen wild durcheinander, als ich die Tür aufreiße. Jake kann sich schon allein aus dem Kindersitz befreien und krabbelt über seinen Bruder hinweg, um sich auf mich zu stürzen.

Lachend schlinge ich einen Arm unter seinen Hintern, um ihn an mich zu drücken und ihn mit Küssen zu übersäen. Kiera steigt aus, um Tanner abzuschnallen, während ich einhändig an Colbys Gurt arbeite. Es dauert eine gefühlte Ewigkeit, doch nach nur wenigen Sekunden liegen alle drei in meinen Armen.

Jake sitzt auf der einen Hüfte, Colby auf der anderen, und Tanner hängt an meinem Rücken und hat seine Arme um meinen Hals geschlungen.

Die Jungs weinen vor Freude und ich lasse meinen Tränen ebenfalls freien Lauf.

Ich setze uns alle auf dem Rasen im Vorgarten ab, der zum Herbstanfang langsam trockener wird. Für eine Weile bleibe ich einfach liegen, während die Jungs über meine Brust krabbeln und mich umarmen.

Ja … ich glaube, ich werde für immer in dieser Position verharren.

Ich blicke auf und sehe Kiera, die mit einem breiten Grinsen auf uns herabblickt. Meine Schwester ist mein Ebenbild. Mit sechsundzwanzig ist sie nur zwei Jahre jünger als ich, hat die gleichen dunkelblonden Haare und ozeanblauen Augen. Sie ist groß, aber das war unser Vater auch. Er ist gestorben, als wir noch klein waren.

Während ich die Muskeln in der Familie habe, hat sie den Verstand geerbt. Sie hat ihr Krankenpflegediplom im Handumdrehen absolviert und denkt nun daran, eine Ausbildung zur Krankenschwester zu machen. Momentan hat sie ihre Pläne aber selbstlos auf Eis gelegt, um mir mit den Jungs zu helfen.

„Wie war die Fahrt?", frage ich sie, als ich mich aufsetze und versuche, mich von den Jungs zu lösen, die mittlerweile beschlossen haben, miteinander zu ringen. Ich lasse sie gewähren, denn nach der langen Autofahrt sind sie verständlicherweise aufgedreht.

Während sie durch den Garten tollen, streckt Kiera mir ihre Hand entgegen. „Sobald sie alle drei geschlafen haben, war es die reinste Wonne, doch es war weniger angenehm, wenn sie wach waren und sich gegenseitig angeschrien haben."

Ich ergreife ihre Hand, und sie hilft mir auf, dann ziehe ich sie sofort in meine Arme. „Ich kann dir gar nicht genug für all deine Hilfe danken."

Sie drückt mich fest an sich. „Ich würde alles für dich und diese drei Teufelsbraten tun."

Mein Blick fällt auf Colby, der gerade auf den Bürgersteig läuft. „Halt", rufe ich, und er bleibt sofort stehen. „Ihr haltet euch vom Bürgersteig fern und bleibt auf dem Rasen. Außerdem dürft ihr nur nach draußen gehen, wenn Tante Kiera oder ich bei euch sind. Habt ihr verstanden?"

Colby und Tanner nicken, aber Jake, der eineinhalb Jahre älter ist, zieht einen Schmollmund. „Ich auch?"

„Ja, Kumpel", erwidere ich, lasse Kiera los und hebe ihn hoch, um ihn zu kitzeln. „Auch du."

„Wann können wir hier draußen ohne dich spielen?", will er wissen, nachdem ich ihn abgesetzt habe.

„Wenn du achtzehn bist", erkläre ich.

Jake verzieht das Gesicht und stampft mit dem Fuß auf. „Das sagst du immer."

„Dann hör auf, Fragen zu stellen, auf die du die Antwort bereits kennst", scherze ich und gebe ihm einen Klaps auf den Hintern. „Ihr könnt allein im Garten spielen, er ist eingezäunt. Wenn ihr wollt, stelle ich einen Spielturm auf, genau wie den, den ihr zu Hause hattet."

Die Jungs jubeln vor Freude und laufen die Stufen zur Haustür hinauf. Ich kann mir vorstellen, dass Mädchen sich ebenso überschwänglich freuen würden, doch ich zucke innerlich zusammen, als ich höre, wie laut meine Söhne sind.

Ich zwinkere Kiera zu. „Komm mit. Ich zeige dir das Haus."

Es ist schon etwas älter, aber der Einfachheit halber wollte ich ein Haus kaufen, das sich in der Nähe des Stadions befindet.

Sobald wir durch die Tür treten, laufen die Kinder los, um alles zu erkunden. Kiera sieht sich um, bevor sie mir einen tadelnden Blick zuwirft. „Du hast nicht gerade viel ausgepackt."

Ich hatte in Red Wing alles verpackt und hierher liefern lassen, aber einige der Kisten habe ich noch nicht angerührt.

„Immerhin habe ich alle Möbel arrangiert und die Betten zusammengebaut", erkläre ich. Nun starrt sie mich finster an. „Ich bin nicht gut darin, das Haus mit Schnickschnack zu dekorieren und Bilder aufzuhängen. Das ist doch deine Stärke."

„Nein, ist es nicht", kontert sie und stößt mich spielerisch am Arm. „Aber ich kann es besser als du."

Ich schnappe sie am Ellbogen und führe sie in den ersten Stock hinauf und links den Flur entlang. „Das hier ist dein Zimmer."

Kiera bleibt abrupt stehen. „Ich werde nicht ins Hauptschlafzimmer ziehen. Das hier ist dein Haus, du hast dafür bezahlt."

„Doch, du nimmst das große Zimmer, weil ich die meiste Zeit weg sein werde und du arbeiten und auf die Jungs aufpassen wirst. Es ist nur fair."

„Drake", ruft sie aus. „Das kann ich nicht annehmen."

„Hör auf, die Märtyrerin zu spielen", knurre ich spielerisch und schiebe sie ins Zimmer. Dann rufe ich die Treppe hinunter. „Also schön, Wilde Horde … versammelt euch."

Ich höre ihr Gelächter und Geschrei und das Geräusch trampelnder Füße, doch keiner von ihnen kommt die Treppe herauf. „Wilde Horde", rufe ich diesmal etwas lauter. „Ich zähle bis drei. Eins … zwei …"

Sie eilen mit einem Grinsen auf ihren verschwitzten Gesichtern die Treppe hinauf.

„Kommt und seht euch euer Zimmer an", sage ich, während ich den Flur in die entgegengesetzte Richtung gehe.

Sie folgen mir in das größte Gästezimmer des Hauses, an das ein weiteres Zimmer über der Garage angeschlossen ist. Ich habe ihre Betten, die im Umzugswagen geliefert wurden, abgeschafft und ein Dreier-Etagenbett gekauft. Die Jungs teilten sich bereits in ihrem ehemaligen Zuhause ein Zimmer, da sie altersmäßig nicht weit auseinander liegen. Sie sind ohnehin noch zu jung, um voneinander getrennt schlafen zu wollen.

Allerdings hatten sie in Red Wing keine Etagenbetten, und nun sind sie außer sich vor Freude.

„Ich nehme das oberste", kreischt Jake.

„Nein, ich will oben schlafen", wirft Colby ein und geht zur Leiter, über die man die oberen beiden Betten erreicht.

„Nein, ich", ruft Tanner, packt seinen Bruder und zieht ihn zurück.

„Keine Bewegung", unterbreche ich sie in ruhigem Tonfall. Tatsächlich muss ich nur selten die Stimme erheben, wenn ich die Jungs zur Ordnung rufe. Sie wissen, dass sie sofort mit den Raufereien aufhören müssen, wenn sie die Worte *keine Bewegung* von mir hören.

Für ein paar Minuten müssen sie still sein, was für drei ungestüme Jungs eine fast brutale Strafe ist.

Die drei halten sofort inne und Tanner lässt von Colby ab.

„Seht mich an." Sie drehen sich alle in meine Richtung, als Kiera ins Zimmer kommt.

„Wie eine Horde dressierter Affen", bemerkt sie bewundernd.

Ich ignoriere sie und gehe in die Hocke, um die Jungs anzusehen. „Ich weiß, dass ihr alle das obere Bett haben wollt, also werden wir Folgendes tun. Ihr werdet jede Woche rotieren."

„Was heißt rotieren?", will Colby wissen.

„Es bedeutet, dass wir uns abwechseln", erklärt Jake und reckt dabei sein Kinn in die Höhe.

„Schlaumeier", sage ich und zerzause ihm liebevoll das Haar. „Ja, es bedeutet, dass ihr euch abwechseln werdet. Aber Jake ist der Älteste, also bekommt er zuerst die oberste Koje. Tanner, du bist sechzehn Minuten älter als Colby, also bist du der Nächste. Und danach darf Colby oben schlafen. Derjenige, der oben anfängt, geht in der nächsten Woche nach unten und die anderen beiden rücken nach. Einverstanden?"

Meine Söhne nicken.

„Und", füge ich hinzu und fixiere sie alle mit einem ernsten Blick, „wenn einer von euch Tante Kiera das Leben schwer macht, dann nimmt sie dem Übeltäter seine Privilegien und er muss wieder unten schlafen."

„Du meinst, das ist eine Konsequenz?", fragt Jake.

„Ja, genau das meine ich." Ich stehe auf und zeige auf die Tür, die in den angrenzenden Raum führt. „Also, wer will wissen, wo eure Spielsachen sind?"

„Ich!", rufen sie alle im Chor und stürmen los.

Kiera lacht. „Gut gemacht, was die Bettenverteilung angeht."

Ich grinse sie an. „Ich hatte in den letzten drei Wochen viel Zeit zum Nachdenken."

„Und du hast das hektische, schnelllebige Leben als alleinerziehender Vater mehr vermisst, als du je in Worte fassen könntest?", vermutet sie.

„Das kannst du mir glauben", murmle ich. „Komm schon … lass uns ein Bier trinken. Wie ging es Mom, als du gegangen bist?"

„Sie weinte bitterlich und drohte damit, nach Pittsburgh zu ziehen", erzählt sie, als wir die Treppe hinuntergehen.

„Ich habe sie gebeten, zu kommen. Wenn sie will, besorge ich ihr ein eigenes Haus. Oder wir kaufen ein größeres für uns alle zusammen."

Kiera setzt sich an den Küchentisch, während ich zwei Biere aus dem Kühlschrank hole. „Ich hätte nicht gedacht, dass sie Red Wing je verlassen würde, schließlich hat sie dort viele Freunde in ihrer Kirche. Aber ich glaube, sie hat es ernst gemeint."

„Gut", erwidere ich, öffne eine Flasche und reiche sie meiner Schwester. „Es wäre mir lieber, wenn sie auch hier wäre."

Ich lasse mich auf dem Stuhl neben ihr nieder und nehme einen Schluck aus meiner Flasche. „Du siehst müde aus."

„Bin ich auch", sagt sie mit einem leisen Seufzer.

„Abgesehen von dem Spiel morgen und dem Training werde ich mich übers Wochenende um die Jungs kümmern. Am Dienstagmorgen fliege ich nach Boston."

Und schon spukt mir Brienne wieder im Kopf herum. Ich habe heute einen AIDS-Test machen lassen und sollte die Ergebnisse am Montag haben. Ich erwarte, dass er negativ ist, weil ich unglaublich vorsichtig bin und nie ungeschützten Sex habe.

Zumindest nicht, seit ich nicht mehr mit Crystal zusammen bin. Ehrlich gesagt, hatte ich auch nie wieder den Drang dazu verspürt.

Bis jetzt.

„Hast du etwas von Crystal gehört?", fragt Kiera, und mit einem Schlag sind sämtliche Gedanken an die blonde Sirene wie weggeblasen.

Ich schüttele den Kopf und zupfe an dem Flaschenetikett herum. „Nein. Und du?"

„Kein Sterbenswort. Mom hat auch nichts gehört."

„Ich bin mir noch nicht sicher, ob das gut oder schlecht ist", sinniere ich und ziehe einen Streifen nasses Papier ab.

„Es ist gut", bemerkt Kiera bestimmt. Sie hasst Crystal und mir geht es genauso. Doch nicht wegen der Dinge, die sie mir angetan hat, sondern weil sie unsere Söhne leiden lässt.

„Hat sie dich kontaktiert, nachdem du ihr mitgeteilt hast, dass du nach Pittsburgh ziehst?", will Kiera wissen.

„Ich habe keinen Mucks gehört." Ich setze die Flasche an und trinke einen großen Schluck. Bevor ich ging, habe ich Nachrichten auf ihrem Handy hinterlassen. Ich habe auch ihrer Mutter und ihrem Anwalt Bescheid gesagt, doch sie hat nie geantwortet. „Haben die Jungs in den letzten Wochen von ihr gesprochen? Während unserer Videoanrufe haben sie sie mir gegenüber nicht erwähnt."

Kiera schüttelt den Kopf. „Nein. Aus diesem Grund bin ich froh, dass sie sich nicht gemeldet hat.

Je länger sie sich fernhält, desto unbeschwerter können sie weiterleben."

Für mich ist es nicht ganz so einfach. Die Kinder haben Crystal geliebt – zumindest, als sie ihnen noch eine Mutter war. Vielleicht lieben sie sie immer noch, aber sie sprechen nicht mehr über sie. Sie haben sie nicht unbedingt vergessen, doch es hat nicht lange gedauert, bis sie sich an die Menschen geklammert haben, die ihnen im Leben geblieben sind. Kiera, meine Mutter und ich haben sie mit Liebe überhäuft und ihnen Stabilität geboten. Falls Crystal irgendwann wieder auftaucht, könnte sie diese Stabilität ins Wanken bringen, doch das würde ich nicht zulassen.

Jedes Mal, wenn sie die Kinder besucht, ist sie nicht die Mutter, an die sie sich erinnern. Sie weiß genau, dass sie dabei nicht high sein darf, also muss sie nüchtern kommen. Doch sie bleibt nie lange und sieht immer unruhig auf die Uhr, weil sie überlegt, wann sie sich ihren nächsten Schuss setzen kann. Den Jungs entgeht natürlich nicht, dass ihre Mutter lieber woanders wäre, und das bricht mir das Herz.

Daher ist es wohl das Beste, wenn sie uns fürs Erste nicht besucht.

„Was ist hier in der Gegend so los?", will Kiera wissen. Sie ist sechsundzwanzig und Single und hat sich zu Hause ziemlich oft verabredet, daher überrascht mich die Frage nicht.

Ich zucke mit den Schultern. „Ich war nicht oft aus."

Es sei denn, ich zähle meine Besuche in Briennes Haus dazu.

„Gibt es unter deinen Mannschaftskameraden ein paar heiße Singles?", fragt sie.

Ich kneife die Augen zu dünnen Schlitzen zusammen und zeige mit dem Finger auf sie. „Denk nicht mal daran.“

„Warum denn nicht?“ Sie zieht einen Schmollmund und lehnt sich mit einem schelmischen Lächeln in ihrem Stuhl zurück. „Du könntest mir damit eine Menge Umstände ersparen. Dann müsste ich nicht so oft durch Kneipen ziehen und nach links swipen.“

Ich verziehe angewidert den Mund. „Benutzt du wirklich diese Dating-Apps?“

Sie zuckt mit den Schultern. „In Red Wing war die Auswahl nicht sonderlich üppig, aber Pittsburgh ist viel größer. Andererseits hätte ich nichts dagegen, wenn du mich verkuppelst.“

„Nie im Leben“, murmle ich. „Außerdem werde ich die Nachricht verbreiten, dass ich jeden umbringe, der dir zu nahekommt.“

Kiera lacht und schüttelt den Kopf. „Es ist wirklich niedlich, dass du glaubst, du könntest mein Leben kontrollieren.“

Ich erwidere nichts, denn Kiera ist genau der Typ, der etwas Verrücktes tun würde, nur um mich zu ärgern. Aber ich tröste mich mit dem Gedanken, dass sie zu sehr mit ihrer Arbeit und den Jungs beschäftigt sein wird, um in Schwierigkeiten zu geraten.

„Bist du mit jemandem zusammen?“, fragt sie.

Mein Instinkt befiehlt mir sofort, alles zu leugnen. „Nein.“

Brienne und ich sind nicht wirklich zusammen.

„Fickst du jemanden?“, will sie wissen.

Ich verschlucke mich an meinem Bier. „Hüte deine Zunge, kleine Schwester. Außerdem geht dich das nichts an.“

„Oh, sei nicht so prüde und erzähl mir, mit wem du dich vergnügst. So schnell wie du mir gerade widersprochen hast, sagt mir, dass da jemand ist.“

Mist. Konnte sie das wirklich aus nur ein paar Worten heraushören?

„Es ist niemand Besonderes“, erkläre ich, um sie zufriedenzustellen, denn wenn ich es weiter leugne, wird sie nur nachhaken. „Nur jemand, mit dem ich ab und zu ins Bett gehe.“

„Schön für dich“, lobt sie und hebt ihre Bierflasche an, um mit mir anzustoßen. „Du hast ein bisschen Spaß verdient.“

Das denke ich auch, und zu meinem Glück ist Brienne mehr als nur ein bisschen Spaß.

Kapitel 16

Brienne

Ich weiß nicht, wie es den Spielern geht, aber mein Magen zieht sich sowohl vor Aufregung als auch vor Übelkeit zusammen. Heute findet das erste reguläre Spiel in der Saison statt, und in dem Moment, in dem ich heute Nachmittag das Stadion betrat, spürte ich sofort, dass sich etwas geändert hat.

Es lag eine aufgeregte Spannung in der Luft, obwohl nur die Spieler, Trainer und Betreuer hier waren.

Es ist zwar nicht das erste Spiel, das ich mir als Besitzerin der Titans ansehe, aber es ist das erste Mal, dass ich mit diesem Team, das mir schnell ans Herz gewachsen ist, in eine neue Saison starte.

Ich führe Adams Vermächtnis weiter, und deshalb arbeite ich mich fast zu Tode. Ich darf Norcross Holdings nicht vernachlässigen, will den Titans aber ebenso viel Aufmerksamkeit widmen wie dem Unternehmen, denn Adam hat das Team so sehr geliebt. Wahrscheinlich werde ich es eines Tages aufgeben müssen und die Verwaltung einem anderen überlassen. Ich bin klug genug, um zu wissen, dass ich auf dem besten Weg bin, auszubrennen.

Aber heute ist nicht der richtige Tag, um sich darüber Gedanken zu machen.

Heute spielen wir gegen die Carolina Cold Fury. Das Team hätte in der letzten Saison fast den Stanley Cup gewonnen, war aber im siebten Spiel den Arizona Vengeance unterlegen.

Mein Vater, sein Vater und sein Vater vor ihm haben stets nach den Sternen gegriffen. „Stecke dir so hohe Ziele, wie du nur kannst", sagte er mir, kurz bevor ich mein Studium an der Columbia begann. „Selbst wenn du dein Ziel nicht ganz erreichst, strebst du beim nächsten Mal ein noch höheres an."

Seitdem habe ich seinen Rat befolgt.

Die Carolina Cold Fury gewannen zwei Meisterschaften in Folge. Danach holten sich die Arizona Vengeance zweimal hintereinander den Cup.

Ich weiß nicht, ob wir es diese Saison schaffen können, oder vielleicht in der nächsten oder erst in der übernächsten, aber ich werde nicht aufgeben, und wenn ich es für den Rest meines Lebens versuche. Ich will ein Team aufbauen, das so viel Talent, Spielstärke und Leidenschaft besitzt, dass wir nicht nur zwei Cups in Folge gewinnen, sondern drei.

Genau das habe ich mir für die Titans zum Ziel gesetzt. Alle werden in dieser Saison die Cold Fury und die Vengeance im Auge haben, doch sie sollten mein Team dabei nicht außer Acht lassen.

Ich werfe einen Blick auf meine Armbanduhr und beschließe, eine Pause zu machen und in die Familienlounge zu gehen. Sie befindet sich neben der Spielerloge und ist ein Ort, an dem sich Angehörige vor und nach einem Spiel oder Training aufhalten können. Callum hat mir erzählt, dass Familienmitglieder keinen Zutritt zu der Spielerloge haben, da sich die Jungs dort mental auf die Spiele vorbereiten. Adam wollte jedoch einen Ort schaffen, an dem die Familien zusammenkommen können, da sie einen großen Anteil am Erfolg des Teams haben.

Ich fand die Idee rührend, außerdem bietet sie mir eine gute Möglichkeit, um mit den Ehefrauen und Lebensgefährtinnen, Kindern, Eltern und Geschwistern der Männer in Verbindung zu treten. Ich habe mir vorgenommen, den Kontakt vor jedem Spiel zu pflegen, denn ich will als die Matriarchin dieser familiären Einheit gelten. Bei Norcross Holdings fehlt mir dieser Zusammenhalt. Natürlich sind die Mitarbeiter wichtig und werden sowohl gut behandelt als auch gut bezahlt. Aber in der Geschäftswelt fehlt diese Kameradschaft, selbst unter den Führungskräften und Vorstandsmitgliedern, die ich seit vielen Jahren kenne.

Ich lasse den Blick durch die Lounge schweifen, um zu sehen, welche der Anwesenden ich bereits kenne. Während der Willkommensparty bei mir zu Hause habe ich die meisten der Familienangehörigen kennengelernt und kann mich fast an alle ihre Namen erinnern. In meinem Beruf muss man in der Lage sein, Gesichter und Namen zu verbinden.

Die meisten dieser Familienmitglieder werden nicht hier in der Lounge bleiben. Es sind noch einige Stunden bis zum Spiel, also werden viele von ihnen zu einem späten Mittagessen oder einem Spaziergang am Fluss aufbrechen. Vielleicht besuchen sie auch ein Museum oder spielen ein bisschen im Casino. Doch im Moment geht es erst einmal darum, ein wenig Zeit mit ihrer Titans-Familie zu verbringen.

Ich konzentriere mich zunächst auf diejenigen, die ich nicht kenne, und stelle mich Boones Eltern vor, die aus Kalifornien gekommen sind. Danach unterhalte ich mich mit den Eltern von Andrei Komokov, die ebenfalls zu Besuch hier sind, jedoch einen weiteren Weg zurückgelegt haben. Sie sind aus Moskau angereist, um ihren Sohn heute Abend spielen zu sehen.

Als ich mich von ihnen verabschiede, fällt mein Blick auf Harlow, die an einem Tisch mit einem

Mann und einer Frau sitzt, die ihre Eltern sein müssen. Während des Mittagessens mit den Mädels vor ein paar Tagen habe ich erfahren, dass ihr Vater ein bekannter Anwalt hier in Pittsburgh ist und ihre ganze Familie große Fans der Titans ist. Ich finde es großartig, dass sie nun alle Stone-Dumelin-Trikots tragen. Ich weiß, dass Stone keine wirkliche Beziehung mit seinen eigenen Eltern pflegt, doch Harlow hat mir erzählt, dass ihre Mutter und ihr Vater ihn praktisch adoptiert haben.

Ich mache mich auf den Weg zu ihnen, doch dann durchzuckt mich ein Schauer und ich drehe mich um, als Drake gerade durch die Tür tritt. Er trägt seinen Anzug, was bedeutet, dass er gerade erst eingetroffen ist, doch mein Blick richtet sich auf die kleinen Mini-Drakes, die er im Schlepptau hat.

Ich weiß, dass er drei Söhne hat – Jake, Colby und Tanner. Mehr wusste ich bis heute nicht, denn wir reden nicht viel über derartige Dinge.

Mit ihrem blonden, leicht gewellten Haar und kristallblauen, von dunklen Wimpern umrahmten Augen sind sie ein Abbild ihres Vaters. Drake trägt einen der Jungen auf dem Arm und hält die Hand eines anderen. Eine Frau, die ihm unglaublich ähnlich sieht und vermutlich seine Schwester Kiera ist, hält die Hand des dritten Kindes. Es sieht genauso aus wie das Kind auf Drakes Arm und mir wird klar, dass es sich bei den beiden um die Zwillinge handeln muss. Der Junge sieht sich verwundert um und weicht ihr nicht von der Seite. Er scheint überwältigt zu sein, doch sie beugt sich vor und sagt etwas zu ihm. Er verzieht die Lippen zu einem Grinsen, wobei seine Grübchen zum Vorschein kommen. Als Kiera sein Lächeln erwidert, kann ich dieselben Vertiefungen auch an ihren Wangen erkennen.

Ich frage mich, ob Drake ebenfalls Grübchen hat, aber dank seines Vollbarts werde ich es wohl nie erfahren, wenn ich ihn nicht danach frage. Ich würde zwar gern seine Grübchen sehen, aber das würde bedeuten, dass ich auf den Bart verzichten müsste, und mir gefällt sein Bart außerordentlich gut.

Ich weiß, dass ich weiter zu Harlow und ihren Eltern gehen sollte, aber ich bin wie erstarrt und beobachte Drake, wie er sich mühelos durch den Raum bewegt und seine Kinder und seine Schwester den anderen Spielern und Familienmitgliedern vorstellt.

Es ist schon seltsam. Ich bin nur hierhergekommen, weil ich den Familien der Spieler zeigen will, dass ich aufgeschlossen und nicht nur die Besitzerin auf ihrem Podest bin.

Und doch … fürchte ich mich ein wenig davor, seine Schwester und seine Söhne kennenzulernen.

Zum einen kann ich nicht gut mit Kindern umgehen. Überhaupt nicht. Sie machen mir Angst, und ich weiß nicht, wie ich mit ihnen reden soll.

Vor allem sollte ich nicht darauf hoffen, dass sie mich mögen, denn das würde bedeuten, dass Drake mehr für mich ist als nur ein heißes Abenteuer.

Aber er kann unmöglich mehr sein.

Als er den Kopf dreht und mich mit seinen blauen Augen ansieht, stockt mir der Atem. Sein Gesicht ist ausdruckslos, doch er kann sich seine Emotionen nicht anmerken lassen, denn es sind zu viele Leute im Raum. Aber dann hebt er das Kinn, um mich zu ihm zu winken.

Ich atme tief durch. Ist das Erleichterung, die ich da empfinde? Ich gehe auf ihn zu. Oder sogar Aufregung?

Mein Gott, ich bin seinetwegen völlig durcheinander.

Drake wendet sich mir zu, neigt den Kopf, um etwas zu seiner Schwester zu sagen, und nickt dann in meine Richtung. Ich setze mein breitestes Lächeln auf und sehe Kiera an, denn sie ist erwachsen und ich weiß, wie man mit Erwachsenen spricht.

Ich trete mit ausgestreckter Hand vor. „Sie müssen Drakes Schwester Kiera sein.“

Sie strahlt vor Freude, als sie mir die Hand schüttelt. „Es ist so schön, Sie kennenzulernen, Ms. Norcross. Danke, dass Sie meinem Witzbold von einem Bruder eine zweite Chance gegeben haben.“

Ich glaube, ich mag sie jetzt schon. „Zum einen, nenn mich doch bitte Brienne. Und zum anderen … hat er dir von unserem ersten Treffen erzählt?“

„Du meinst das Treffen, bei dem er sich wie ein A-R-S-C-H-L-O-C-H verhalten hat?“, buchstabiert sie das Wort, um es vor den Kindern nicht auszusprechen.

„Ich hatte allen Grund dazu“, brummt Drake, wobei in seiner Stimme aber ein gutmütiger Tonfall mitschwingt und seine Augen belustigt funkeln.

„Warum hat Tante Kiera ‚Arschloch‘ buchstabiert?“, fragt der Junge, der Drakes Hand hält, als er zu seinem Vater aufsieht.

„Jake“, ruft Kiera aus.

Drake muss ein Lachen unterdrücken und legt eine Hand auf die Schulter seines Sohnes. „Das Wort ist nur für Erwachsene, Kleiner.“ Er wendet sich mir zu. „Das ist mein Ältester. Er ist ziemlich klug und kann große Wörter buchstabieren. Jake … das ist Daddys Boss, Ms. Norcross.“

„Dann war mein Vater ein Blödmann?“, will Jake wissen und schenkt seinem Vater ein schelmisches Grinsen.

Ich beuge mich vor und stützte die Hände auf den Knien ab. „Nein, Schätzchen … er war nur frustriert und hat sich nicht gerade gewählt ausgedrückt.“

„Stets die Diplomatin“, sagt Drake und nickt mir respektvoll zu. Er dreht sich auf die Seite, damit ich den Jungen in seinen Armen sehen kann. „Das ist Colby. Und der Rabauke, der sich gerade an Tante Kiera klammert, ist Tanner.“

Ich lächle die Jungs an und weiß nicht, was ich sagen soll. Ich kann ihnen schlecht die Hand schütteln, als wären sie potenzielle Geschäftspartner, und ich habe absolut keine Ahnung, worüber ich mit ihnen reden soll. Ich hätte nie gedacht, dass ein Siebenjähriger das Wort *Arschloch* buchstabieren kann.

Stattdessen schenke ich Drake ein Lächeln. „Ich weiß, wie glücklich du bist, dass sie hier sind, und ich freue mich, dass du sie vor dem Spiel mit ins Stadion bringen konntest.“

Er durchbohrt mich mit einem Blick und ich stelle mir vor, wie er mir insgeheim sagen will: *Ich wünschte, ich könnte fünf Minuten mit dir allein sein.* Aber ich kann mir denken, dass er zu sehr mit seiner Familie beschäftigt ist, während er sich mental auf das Spiel vorbereiten muss.

Drake nickt. „Es ist *eines* der besten Dinge, die in den letzten Wochen passiert sind.“

Die Intensität seines Blicks und die Betonung des Wortes *eines* jagen mir einen Schauer über den Rücken. Er muss es mir nicht erst erklären, ich weiß auch so, dass ich zu den anderen besten Dingen zähle. Plötzlich verspüre ich ein lästiges Ziehen in meinem Unterleib und einen Stich in meinem Herzen.

„Das ist wunderbar", sage ich. Ich wende mich Kiera zu, um mich Drakes Blick zu entziehen. „Ich weiß, dass du neu in der Gegend bist und dich erst einmal einleben musst, aber ich würde mich freuen, wenn du dich mir und einigen Spielerfrauen irgendwann zum Mittagessen anschließen würdest."

„Spielerfrauen?", fragt Drake und zieht eine Augenbraue in die Höhe. Colby zappelt in seinen Armen, also setzt er ihn ab und ergreift seine Hand, damit er nicht davonläuft.

„Jenna, Harlow, Sophie, ich und Tillie, wenn sie in der Stadt ist", erkläre ich.

Er runzelt kaum merklich die Stirn. Vielleicht fragt er sich, was die Besitzerin der Titans mit den Frauen der Spieler zu tun hat, aber ich wende mich wieder Kiera zu. „Ich gebe dir meine Telefonnummer."

Nachdem Kiera und ich Kontaktinformationen ausgetauscht haben, verabschiede ich mich und mache mich auf den Weg zu Harlow und ihren Eltern. Mein Herz rast, und ich versuche zu ergründen, warum das so ist.

Ich glaube, es liegt daran, dass ich einen guten Eindruck auf Drake machen wollte, und das zerrt an meinen Nerven. Ich will mir über solche Dinge keine Gedanken machen müssen. Ich will mein Verhalten nicht für ihn ändern müssen, und ich will nicht, dass er mehr für mich ist als nur ein Abenteuer.

Allerdings weiß ich auch, dass ich nicht immer bekomme, was ich will.

Die nächste Stunde verbringe ich in der Lounge und unterhalte mich mit den Spielern und ihren Familien. Keiner von ihnen bleibt lange, und auch Drake verlässt die Lounge nach ein paar Minuten mit seiner Schwester und den Kindern.

Als ich in mein Büro zurückkehre, um noch etwas zu arbeiten, bevor das Spiel in ein paar Stunden beginnt, vibriert mein Handy. Ich ziehe es aus der Tasche – Gott segne Anzughosen mit großen Taschen für Handys – und sehe, dass ich eine Nachricht von Drake habe.

Drake: *Ich bin überglücklich, meine Kinder hier zu haben, aber ich verabscheue die Tatsache, dass ich heute Abend nicht in der Lage sein werde, die Liga zu ficken.*

Mit einem Lächeln betrete ich den Aufzug und lasse meinen Daumen über das Display fliegen.

Ich: *Du kannst die Liga am Dienstagabend in Boston ficken.*

Nachdem ich die Nachricht abgeschickt habe, sende ich noch ein paar Worte hinterher.

Ich: *Übrigens, mein Test war negativ.*

Keiner von uns beiden hat den AIDS-Test erwähnt, seit wir bei der Wohltätigkeitsveranstaltung darüber gesprochen haben. Ich habe ihm nie versprochen, dass ich mich testen lasse, und weiß nicht, ob er sich dem Test unterzogen hat. Im Grunde hatten wir keinen Kontakt mehr, seit er an jenem Abend mein Haus verlassen hat.

Als ich seine Antwort lese, durchströmt mich ein heißer Schauer, der sich direkt zwischen meinen Schenkeln sammelt.

Drake: *Im Ernst, Brienne? Jetzt werde ich die ganze Nacht daran denken, dich ohne Kondom zu ficken.*

Ich habe keine Ahnung, warum seine Worte mich derart erfreuen. Natürlich will ich vermeiden, dass seine spielerische Leistung beeinträchtigt wird, und im Grunde weiß ich, dass das nicht passieren wird, denn Drake ist ein Profi.

Es reicht zu wissen, dass er mich mehr begehrt, als mich je ein Mann zuvor begehrt hat.

Viel Glück heute Abend, schreibe ich zurück. *Hol uns den Sieg.*

Er antwortet nicht, aber das erwarte ich auch nicht. Ich wette, er ist bereits ganz und gar auf das Spiel konzentriert. Sosehr ich seine Aufmerksamkeit und verführerischen Worte auch genieße, ist er genau da, wo ich ihn haben will.

Kapitel 17

Drake

Brienne Norcross treibt mich noch in den Wahnsinn. Dabei tut sie im Grunde nichts anderes, als zu existieren. Ich steige aus dem Mannschaftsbus, als er vor dem Hotel hält. Wir haben heute Abend 3:2 gegen Boston gewonnen, und die Stimmung ist ausgelassen. Die meisten der Jungs gehen feiern, aber ich habe ihre Einladung abgelehnt.

Als sie mich nach dem Grund gefragt haben, habe ich ihnen einfach die Wahrheit gesagt: „Mir ist nicht danach."

Die ganze Wahrheit ist, dass Brienne mir ihre Zimmernummer geschickt hat und ich nichts weiter tun will, als meinen Schwanz in ihr zu versenken. Wir haben uns beide testen lassen, sie nimmt die Antibabypille, und der Gedanke, sie ungehindert spüren zu können, hat mich in den letzten zwei Tagen ständig beschäftigt.

Ich kann mit Sicherheit behaupten, dass dieses Abenteuer, das mit gelegentlichen Treffen begann, nun zu mehr geworden ist. Immerhin haben wir einander versprochen, monogam zu bleiben, doch das liegt vor allem daran, dass wir dann auf Kondome verzichten können.

Es hat ganz sicher nichts mit diesem albernen Anfall von Eifersucht zu tun, der mich übermannte, als ich sah, wie dieser Idiot Clay Bessel seine Hand auf Briennes Hüfte legte. Ich hatte das Gefühl, jeden Moment explodieren zu müssen und wollte nicht nur seine zarten kleinen Finger verletzen.

An jenem Abend, nachdem ich Brienne und mir selbst bewiesen hatte, dass es in der Tat verdammt unangenehm war, auf der großen Treppe in ihrem Haus zu ficken, fragte ich sie, was der Doktor zu ihr gesagt hatte.

„Er wollte mich heute Abend nach Hause begleiten", antwortete sie, ohne zu zögern und versuchte nicht, meine Gefühle zu schonen.

„Ich hätte ihm viel mehr als nur die Finger gebrochen", murmelte ich.

Brienne lachte. „Eifersucht steht dir nicht gut zu Gesicht."

„Ich werde nicht eifersüchtig", verkündete ich.

„Sicher."

„Was hättest du an meiner Stelle getan?", wollte ich wissen.

Sie musterte mich abschätzend. „Wenn ich gesehen hätte, dass eine Frau dich auf so vertraute Weise berührt?"

„Ja."

Sie schenkte mir ein aufreizendes Lächeln. „Ich würde mich bestimmt nicht in der Öffentlichkeit lächerlich machen."

Wir wissen beide, dass ich mich nicht lächerlich gemacht habe, denn nur sie wusste, wie sie mein Verhalten deuten sollte. Dennoch bestrafte ich sie für diese Bemerkung, indem ich sie über den Esstisch beugte und ihr den Hintern versohlte, was wir beide genossen haben.

Diese Erinnerung bringt mein Blut in Wallung, doch glücklicherweise ist Briennes Zimmer bereits in Sichtweite. Meine Lippen kribbeln in der Erwartung, sie zu küssen, und ich frage mich, wie sie mich an der Tür begrüßen wird. Ich wette, sie ist genauso aufgeregt wie ich, weil wir gegen Boston gewonnen haben – vielleicht werden wir heute Abend ein paar Hotelmöbel ruinieren.

Mein Verlangen nach ihr ist jedoch so überwältigend, dass ich sie beim ersten Mal vielleicht gleich auf dem Boden vernaschen werde.

Ich schlüpfe aus meinem Jackett und werfe es mir über den Arm. Meine Krawatte habe ich bereits im Fahrstuhl ausgezogen und in die Hosentasche gesteckt, bevor ich die oberen beiden Knöpfe meines Hemds geöffnet habe. Ich verabscheue es, mich derart herauszuputzen.

Ich klopfe an die Tür und versuche, meine Vorfreude im Zaum zu halten, doch sie lässt mich nicht lange warten. Sie trägt immer noch das Kleid und die Stöckelschuhe, die sie vermutlich schon während des Spiels anhatte. Wahrscheinlich saß sie in einer Luxusloge für die Eigentümer des gegnerischen Teams, und musste ihren gesellschaftlichen Pflichten nachkommen. Ihr Haar hat sie wieder einmal zu einem Knoten gebunden, und ich kann es kaum erwarten, es durcheinander zu bringen.

Statt mich mit einem sinnlichen Lächeln oder einer koketten Bemerkung zu begrüßen, dreht sie sich auf dem Absatz um und geht zurück in ihre Suite. „Ich brauche nur eine Minute, Drake. Ich bin gerade mitten in einer wirklich wichtigen E-Mail, die ich noch abschicken muss.“

Stirnrunzelnd schließe ich die Tür und folge ihr. Die Executive Suite ist wie jede andere, die ich bisher in eleganten Hotels gesehen habe. Mittlerweile ist es die vierte Suite, die ich auf Briennes Einladung hin besuche. Geräumige Zimmer, hochwertige Möbel, unzählige Annehmlichkeiten und ein eigener Balkon.

Brienne setzt sich an ihren Schreibtisch, auf dem ihr aufgeklappter Laptop steht. Sie lässt die Finger über die Tastatur fliegen und beißt sich auf die Unterlippe. Ich weiß, dass sie das immer tut, wenn sie sich konzentriert. Zwar habe ich sie nur das eine Mal bei ihr zu Hause bei der Arbeit beobachtet, doch sie legt diese Angewohnheit auch an den Tag, wenn sie sich darauf konzentriert, nicht zum Höhepunkt zu kommen.

Wenn sie versucht, einen Orgasmus hinauszuzögern, um das Lustgefühl in die Länge zu ziehen.

Ich strenge mich dann jedes Mal nur noch mehr an, um sie über den Abgrund der Ekstase zu treiben.

Ich lege mein Jackett auf das Sofa und sehe zu, wie Brienne sich in ihre Arbeit vertieft und mich völlig ignoriert. Ich werfe einen Blick auf meine Uhr: Es ist kurz vor Mitternacht.

So, wie ich das sehe, ist jetzt Feierabend.

Ich knöpfe meine Manschetten auf und stelle mich hinter sie. Sie zuckt weder mit der Wimper, noch hört sie auf zu tippen, als ich ihre Haarnadeln eine nach der anderen aus ihrer Frisur ziehe. Es sind nur vier, und einen kurzen Augenblick später fahre ich mit den Fingern durch ihre seidigen Strähnen. Offenbar gefällt ihr, was ich tue, denn sie lässt ihre Schultern nach hinten rollen und stößt ein beifälliges Summen aus.

Ich beuge mich vor, streiche ihr Haar zur Seite und lasse meine Lippen über ihren Hals gleiten, wobei ich mit dem Bart ihre Haut kitzle.

Sie will zurückweichen, doch ich halte ihre Strähnen mit festem Griff.

„Ich kann mich nicht konzentrieren", murrt sie, während sie den Blick immer noch auf den Bildschirm gerichtet hat.

Ich gehe neben ihrem Stuhl in die Hocke, strecke eine Hand nach dem Laptop aus und klappe ihn zu. Sie zieht gerade noch rechtzeitig ihre Finger aus dem Weg.

„Drake“, ruft sie frustriert, doch im nächsten Moment schnappt sie nach Luft, als ich eine Hand an der Innenseite ihres Schenkels entlanggleiten lasse.

„Du bist fertig mit der Arbeit, Brienne.“

„Aber …“

„Kein Aber“, kontere ich, wobei ich ihre Beine auseinanderschiebe und mit meinen Fingerknöcheln über ihre seidenbedeckte Muschi streiche.

Sie lässt den Kopf in den Nacken fallen und spreizt ihre Schenkel noch weiter, woraufhin ich die Lippen zu einem Lächeln verziehe. So leicht gibt sie sich mir hin.

Und damit meine ich nicht nur ihren Körper. Sie lässt auch ihre Arbeit für mich liegen und ich weiß, wie wichtig diese ist. Ich will sie nicht schmälern, aber ich gehe jede Wette ein, dass die Welt nicht gleich untergeht, wenn sie diese E-Mail nicht sofort abschickt.

Ich schiebe einen Finger unter den Saum ihres Höschens und blicke zu ihr auf. „Du hast doch nicht wirklich geglaubt, dass du mich einfach so vertrösten kannst, oder?“

In Briennes Augen liegt ein feuriger Ausdruck, als ich feststelle, wie feucht sie für mich ist.

„Du hast doch nicht gedacht, dass ich auch nur eine Minute länger warten würde, um dich zu berühren?“ Ich drehe den Stuhl, sodass sie mir zugewandt ist und gebe ihr nicht die Gelegenheit, zu antworten. Ich gehe vor ihr auf die Knie, wobei der weiche Teppich ein geeignetes Polster bietet, um sie anzubeten. „Zieh deinen Rock hoch.“

Sie stößt ein Schnauben aus, doch sie gehorcht und zieht den Stoff über ihre Hüfte, sodass ich einen Blick auf meine Hand zwischen ihren Beinen erhaschen kann, die von zarter pfirsichfarbener Seidenunterwäsche umrahmt werden. Die Farbe ist viel zu sittsam für diese Sirene von einer Frau.

„Spreiz die Beine.“ Meine Stimme ist ganz heiser vor Verlangen und mein Schwanz wird hart, als sie mir ohne zu zögern gehorcht.

Ich packe ihre Schenkel, ziehe sie weiter auseinander und lege sie auf meine Schultern. Brienne keucht und zuckt zusammen, als ich mit einer groben Handbewegung ihr Höschen zur Seite schiebe und sie entblöße.

Als ich mich vorbeuge, starre ich sie an und murmle: „Ich denke schon seit Tagen daran, dich zu lecken.“

„O Gott“, stöhnt sie und fährt mit ihren Fingern durch mein Haar. „Wie zum Teufel schaffst du es, mich nur mit Worten derart anzutörnen?“

„Ich werde es mit mehr als Worten versuchen“, antworte ich, bevor ich meine Zunge über ihre Spalte gleiten lasse.

Brienne schreit auf, bäumt sich auf und drückt mir mit ihren Schenkeln fast die Kehle zu. Lachend halte ich sie fest und vergrabe mein Gesicht an ihrem Geschlecht.

Sie windet sich, bettelt, zappelt und fleht mich an. Sie zerrt an meinen Haaren und kratzt mit ihren Fingernägeln über meine Kopfhaut, während ich sie gnadenlos mit meinem Mund ficke. Ich will nicht unbedingt behaupten, dass ich die Kunst des Oralverkehrs meisterlich beherrsche, aber es dauert nicht länger als ein oder zwei Minuten, bis sie heftig zum Höhepunkt kommt.

Während sie noch zuckt, löse ich meine Lippen von ihrer Muschi und ziehe meine Hose herunter, um meiner Männlichkeit zur Freiheit zu verhelfen. Dann ziehe ich sie von ihrem Stuhl, sodass sie rittlings auf mir sitzt.

Brienne ist noch ganz benommen und schlaff wie eine Stoffpuppe, doch sie klammert sich sofort an meine Schultern. Sie lässt den Kopf nach vorn fallen, und ich tue es ihr gleich, woraufhin wir beide beobachten, wie ich meinen Schwanz umfasse und ihn über ihre feuchte Spalte reibe.

Mein Gott … das Gefühl ihrer nackten Haut auf meiner ist unglaublich und ich befürchte, ich könnte wie ein kleiner Schuljunge zu früh abspritzen. Doch falls das passiert, dann kann ich auch nichts daran ändern. Es wird nicht das letzte Mal sein, dass ich heute Abend in ihr komme.

Ich halte meinen Schaft fest, packe ihre Hüfte und ziehe sie auf mich. Ich habe meine Stirn an ihre gepresst, während wir beide das Schauspiel betrachten, das sich zwischen unseren Körpern abspielt, während ich mich in ihr versenke. Es ist ein verdammt erotischer Anblick.

Sie ist so verdammt eng. Ich spüre, wie mir der Schweiß im Nacken ausbricht, als sie ihre Hüften kreisen lässt, um meinen dicken Schwanz in sich aufzunehmen.

„Meine Güte, Bri", knurre ich und lege beide Hände an ihre Hüften, um sie festzuhalten. „Du bringst mich noch um."

„Das wäre doch ein schöner Tod, nicht wahr?", flüstert sie.

Ich reiße meinen Blick von meinem Schwanz in ihrer Muschi los und sehe zu ihr auf. Sie starrt mich an, wobei unsere Lippen nur Zentimeter voneinander entfernt sind.

Sie senkt sich wieder ab und als ich bis zum Anschlag in ihr vergraben bin, flattern ihre Lider und sie schließt verzückt die Augen. Ich presse meine Stirn wieder gegen ihre, während ich versuche, mein hämmerndes Herz zu beruhigen. Sie ist warm, feucht und eng, und es ist die wahrscheinlich beste Empfindung meines Lebens. Dann beginnen wir, uns zu bewegen und ich weiß jetzt schon, dass wir wie Tiere übereinander herfallen werden.

„Leg dich hin", befiehlt sie, und ich hebe den Kopf, um sie anzusehen. Plötzlich wirkt sie nicht mehr so benommen, sondern betrachtet mich mit einem entschlossenen, verheißungsvollen Funkeln. „Auf den Rücken."

So habe ich mir den heutigen Abend nicht vorgestellt. Ich hatte angenommen, sie würde unter mir liegen und ich hätte das Ruder in der Hand. Zumindest sollte es so sein, wenn man eine Powerfrau wie Brienne Norcross fickt.

Aber im Moment denke ich gar nicht daran, mich ihr zu verweigern. Ich schlinge einen Arm um ihren Rücken, um sie an mich zu drücken, und strecke die Beine aus, sodass ich mich auf den flauschigen Teppich legen kann. Brienne stöhnt, als ich mein Becken aufbäume, um mich wieder tief in ihr zu vergraben.

„Was denkst du?", fragt sie und stützt sich mit den Händen auf meiner Brust ab. Sie hebt den Körper an, bevor sie sich wieder herabsenkt und mich damit fast um den Verstand bringt.

„Ich denke, dass dieses Gefühl so unglaublich ist, dass es verboten sein sollte.“

Sie lächelt und nickt, als sie beginnt, mich langsam zu reiten. „Ich hatte ja keine Ahnung.“

Ich packe sie an den Hüften, um sie festzuhalten und ihr Einhalt zu gebieten. „Du hattest keine Ahnung? Hast du denn noch nie mit einem Mann ohne Kondom geschlafen?“

Sie will ihre Hüfte bewegen und versucht verzweifelt, Reibung zu erzeugen, aber ich halte sie fest. Brienne verdreht die Augen. „Ist das so schwer zu glauben?“

„Du … hast Erfahrung. Ich meine, eine Menge Erfahrung.“ Sie starrt mich an, und ich muss grinsen. „Das ist nicht im negativen Sinn gemeint. Ich hatte nur angenommen, dass du es schon ohne Kondom getrieben hast.“

Ein seltsamer Ausdruck huscht über ihr Gesicht, den ich als Verlegenheit interpretieren könnte, doch bevor ich ihn wirklich deuten kann, ist er schon wieder verschwunden. „Ich habe zwar Erfahrung, aber ich hatte noch nie das Bedürfnis, Sex ohne Kondom zu haben. Das ist also eine Premiere.“

„Verdammt“, ächze ich, denn das bedeutet …, dass ich der erste Mann bin, mit dem sie es auf diese Weise treibt.

Brienne löst meine Hände von ihren Hüften und überrascht mich, als sie ihren Körper so weit anhebt, bis mein Schwanz fast aus ihr herausgleitet. Dann senkt sie sich wieder auf mich herab und ich sehe fast Sternchen, während sich in meinem Kopf alles dreht.

„Fühlt sich das gut an?“, will sie mit einem heiseren Lachen wissen.

„Hör nicht auf damit", stoße ich hervor, als sie sich noch einmal anhebt. Verdammt, ich werde nicht lange durchhalten können. „Aber langsam, Bri. Fick mich langsam."

„Kein Problem", erwidert sie und beginnt, mich langsam zu reiten.

Sie ist eine verdammte Göttin. Zwar ist sie immer noch fast vollständig bekleidet, doch das macht nichts. Ich konzentriere mich auf ihr Gesicht und die Art, wie sie sich auf die Unterlippe beißt.

Und ich konzentriere mich darauf, dies zu einem unvergesslichen Erlebnis für uns beide zu machen.

Ich lege meine Hände an ihre Oberschenkel, aber ich überlasse ihr die Führung. Fasziniert genieße ich die sinnlichen Bewegungen ihres Körpers, während das Gefühl ihrer Muschi um meinen Schwanz meine Lust immer weiter steigert.

Brienne Norcross hat die alleinige Macht über meinen Körper, und ich lasse sie gewähren. Sie reitet mich mit der Kraft von tausend Tornados, während in ihrem Blick ein dunkles Gewitter brodelt und mein Körper von ekstatischen Blitzen durchzuckt wird.

Hurrikan Brienne kann gern jederzeit über mich hinwegfegen.

„So ist es gut", murmle ich und streiche mit den Händen über ihre Schenkel. „Benutze mich."

Sie hält kurz inne, neigt den Kopf und sieht mich mit großen Augen an.

„Genau so." Ich drücke ihre Schenkel. „Ich liebe es, dir dabei zuzusehen, wie du dich mit meinem Schwanz befriedigst."

„Mein Gott, Drake", keucht sie, doch sie reitet mich weiter. „Du hast wirklich ein verdorbenes Mundwerk."

„Es gefällt dir."

„Ich hasse es nicht", erwidert sie, als sie beide Hände gegen meine Brust stemmt und ihr Tempo verlangsamt. Für gewöhnlich würde das meinen Orgasmus hinauszögern, doch als ich sie beobachte, wie sie die Lider halb geschlossen hat und sich auf das Gefühl meines Schafts in ihr konzentriert, stehe ich kurz davor, über den Abgrund zu fallen.

„Genau so", lobe ich sie erneut mit erstickter Stimme, in der zugegebenermaßen ein flehentlicher Unterton mitschwingt.

Brienne schenkt mir ein triumphierendes Lächeln.

Ich lasse eine Hand an ihre Klitoris gleiten und berühre sie leicht. „Ich will spüren, wie du auf mir kommst."

Ich weiß nicht, ob es an meinen schmutzigen Worten oder an meiner Berührung liegt, aber sie explodiert mit einem Schrei und bäumt sich auf, wobei sie ihre geschmeidige Kehle entblößt. Ich setze mich auf.

Ich schlinge einen Arm um sie, packe ihr Haar und presse meinen Mund auf ihren. Während ihr Körper von der Welle der Ekstase durchströmt wird, reißt sie mich schließlich mit sich.

Sie schreit und spannt ihre Muschi um mich herum an, als ich sie umdrehe und tief in sie eindringe. Brienne vergräbt ihr Gesicht an meiner Schulter und zuckt stöhnend, woraufhin ich mich nach drei weiteren harten Stößen brüllend in ihr ergieße.

Obwohl ich es nicht wagen würde, es laut auszusprechen, bin ich wie berauscht, weil ich in ihr gekommen bin.

Ich hasse mich dafür, dass meine Gedanken zu meiner Ex-Frau abschweifen, aber ich versuche mich daran zu erinnern, ob es je für mich von Bedeutung war, in ihr gekommen zu sein. Selbst als wir versuchten, ein Kind zu zeugen, habe ich nicht mehr als eine gewisse Aufregung darüber empfunden, dass mein Sperma sich mit ihrer Eizelle verbinden könnte.

Doch als ich nun auf Brienne zusammenbreche und meine Lunge nach Sauerstoff ringt, während auch sie versucht, wieder zu Atem zu kommen, empfinde ich eine seltsame Befriedigung darüber, dass ich sie auf diese Weise gebrandmarkt habe.

Stöhnend drehe ich mich auf die Seite und ziehe sie mit mir, wobei ich sie mit meiner Hand auf ihrem Hintern an mich drücke.

Brienne streichelt mir über den Nacken. „Wirst du hierbleiben?“

„Wirst du arbeiten?“, entgegne ich.

Sie verzieht die Lippen zu einem Lächeln. „Ich muss noch diese wichtige E-Mail schreiben.“

Die Bestie in mir will sie sofort wieder ficken, sobald ich bereit bin. Ich will sie ins Bett zerren und sofort mit dem Vorspiel beginnen, um sie zu zwingen, ihren Computer zu ignorieren. Sie arbeitet einfach zu viel.

Aber der Mann, der von der Frau hintergangen wurde, zu der er am meisten Vertrauen hätte haben müssen, flüstert mir zu, dass ich meine Gefühle aus dem Spiel lassen soll.

Ich komme ihr zu nahe.

Und es macht mir Angst, dass ich mich derart um sie sorge.

Ich reibe meine Nase an ihrer. „Ich denke, ich lasse dich jetzt allein, damit du arbeiten kannst.“

„Danke für dein Verständnis“, erwidert sie und presst mir einen sanften Kuss auf die Lippen. „Das war unglaublich.“

Ich schlinge beide Arme um sie und halte sie fest. Ich will sie nicht verlassen, aber es ist besser, wenn ich gehe. „Bleib nicht zu lange auf und arbeite nicht so viel, okay?“

Sie schnaubt. „Es ist niedlich, dass du glaubst, du könntest mir so etwas vorschreiben.“

Vielleicht sollte ich sie ins Bett tragen und sie noch einmal ficken, um sie zu erschöpfen, bis sie einschläft.

Nein, du Idiot. Das alles geht dich nichts an.

Alles, was Brienne Norcross außerhalb des Bettes tut, geht mich nichts an.

„Bist du bei den nächsten Auswärtsspielen dabei?“, frage ich. Bis dahin sind es leider noch fünf Tage, doch mehr kann ich ihr nicht bieten. Das Positive daran ist, dass wir vier Tage unterwegs sein werden, da wir in zwei Städten Station machen. So hätten wir die Möglichkeit, gleich ein paar Abende miteinander zu verbringen.

„Ich bin mir ziemlich sicher, dass ich mitkomme“, erklärt sie lächelnd. „Falls nicht ein Notfall dazwischenkommt.“

Das ist nicht ganz die Antwort, die ich mir erhofft hatte. Ich weiß, dass ich sicher nicht so lange warten will, um sie wiederzusehen, aber ich habe Verpflichtungen.

Ich muss meine Kinder versorgen. Und ich muss Eishockey spielen.

Also drücke ich ihr einen Kuss aufs Kinn. „Dann sehe ich dich hoffentlich in fünf Tagen.“

„Bis dahin“, flüstert sie.

Kapitel 18

Brienne

Das Telefon auf meinem Schreibtisch gibt einen summenden Laut von sich. Da Tinas Durchwahl auf dem Display erscheint, nehme ich den Hörer ab.

„Ms. Norcross, ich habe Gary Breit auf Leitung eins."

„Danke", antworte ich und drücke die blinkende Taste. „Hallo, Gary. Sag mir, dass du den Deal abgeschlossen hast?"

„Es tut mir leid, Brienne. Sie wollen nicht einlenken."

„Können wir irgendetwas tun, um sie zu überzeugen?", frage ich, während ich mit meinem Stift auf die Schreibtischplatte trommele und aus dem Fenster auf die Skyline von Pittsburgh starre.

Gary stößt einen Seufzer aus. Ich stelle mir vor, wie er seine Brille abnimmt und sich den Nasenrücken reibt. Er ist mein engster strategischer Berater und führt die meisten Verhandlungen in meinem Namen. Er sitzt in meinem Büro in der Fifth Avenue auf der anderen Seite des Flusses. Ich betrete es kaum noch, es sei denn, es findet eine Vorstandssitzung statt. „Ich glaube, sie sollten dich persönlich sehen."

„Was stimmt denn mit dir nicht?", scherze ich.

Er lacht. „Ich bin nicht Brienne Norcross, die Chefin eines Imperiums. Du solltest dich wieder zeigen."

„Und das heißt?", frage ich gedehnt, doch ich weiß genau, was er damit sagen will.

„Du verbringst zu viel Zeit auf der anderen Seite des Flusses."

Ich schnaube. „Seltsam, denn besagtes Geschäft befindet sich in Mannheim, Deutschland. Warum ist es so wichtig, von welchem Büro in Pittsburgh aus ich arbeite?“

„Stell dich doch nicht dumm“, schimpft er. „Du weißt genau, was ich meine. Der Vorstand wird langsam unruhig, weil du viel Zeit und Energie in das Team steckst.“

„Wir sind gerade dabei, es wiederaufzubauen.“

„Das verstehe ich ja. Wir alle verstehen es. Sogar die Stadt Pittsburgh versteht es. Aber die potenziellen globalen Investoren, mit denen wir täglich zu tun haben, verstehen es eben nicht. Die interessiert nur, dass du das Norcross-Schiff steuerst.“

Ich lasse meinen Stift fallen und reibe mir den Nacken. Er hat nicht unrecht. Ich habe sehr viel Zeit in die Titans investiert, weil ich dadurch Adam nahe sein konnte. Ich wollte mich nicht von ihm lösen, doch ich kann nicht zulassen, dass andere, die von mir abhängig sind, darunter leiden. „Vereinbare einen Termin für mich. Ich kann bis morgen Abend in Mannheim sein.“

„Wird gemacht“, sagt er und beendet das Gespräch.

Ich lege auf und widme mich wieder den Quartalsberichten der Norcross Bank. Ich bin nicht so vertieft in die Lektüre, dass ich nicht höre, wie sich meine Bürotür öffnet. Ich hebe ruckartig den Kopf, da für gewöhnlich nie jemand eintritt, ohne anzuklopfen.

Ich bin erschrocken, als Drake vor mir steht. Heute findet ein Spiel statt, daher trägt er einen Anzug. Dennoch gibt es keinen Grund, warum er mich in meinem Büro aufsuchen sollte.

Natürlich will ich mich nicht beschweren. Mir läuft das Wasser im Mund zusammen, wenn ich ihn nur ansehe.

Völlig entspannt schließt er die Tür hinter sich und kommt auf mich zu. Er knöpft sein Jackett auf und lässt sich auf einem Stuhl gegenüber meinem Schreibtisch nieder. Der Kontrast zwischen dem adretten, gut geschnittenen Anzug und seinem unordentlich zurückgekämmten blonden Haar in Verbindung mit seinem Vollbart macht ihn zu dem faszinierendsten Mann, den ich je gesehen habe. Die Tattoos tun ihr Übriges.

„Du hast keinen Termin“, sage ich unverblümt.

„Der Mann, der dir Orgasmen verschafft, bekommt eine Sondergenehmigung“, antwortet er leichthin, und ich muss lachen.

„Ich habe dich heute Morgen im Fitnessraum vermisst.“ Ich lehne mich in meinem Stuhl zurück und schlage ein Bein über das andere.

„Ich habe beschlossen, faul zu sein und den Morgen mit den Jungs zu verbringen“, antwortet er. „Selbstgemachte Schokoladenpfannkuchen.“

Ich muss lächeln, denn der Gedanke ist rührend. „Du bist ein guter Vater, Drake.“

Er erwidert mein Lächeln, doch in seinen Augen funkelt ein verruchter Ausdruck. „Ich bedaure allerdings, dass ich nicht da war, um dich zu beobachten.“

Ich lache und schüttle den Kopf, wobei ich wehmütig seufze. „Manchmal würde ich für einen faulen Morgen töten.“

„Dann gönn dir einen“, erwidert er.

„Irgendwann einmal“, sinniere ich und wechsle das Thema. „Ich habe mich gefreut, deine Söhne und Kiera beim letzten Heimspiel kennenzulernen. Deine

Jungs sind wirklich süß. Sie sehen genauso aus wie du, nur ohne den Bart, die langen Haare und die Tattoos."

Drake gluckst. „Sie sind gute Jungs. Meine Schwester ist auch nicht so übel."

„Ich bin froh, dass du hier jemanden hast, auf den du dich verlassen kannst."

„Ich auch." In seiner rauen Stimme schwingt ein emotionaler Unterton mit. Er hatte nicht viele Menschen, denen er vertrauen konnte. Im nächsten Moment weicht seine nachdenkliche Miene einem hitzigen Gesichtsausdruck. „Ich muss immerzu an unsere gemeinsame Nacht in Boston denken."

Ich zucke zusammen, als mich eine Flut von erotischen Erinnerungen durchströmt. „Es war keine Nacht. Eher eine unglaubliche halbe Stunde."

Er lehnt sich in seinem Stuhl nach vorn und stützt die Ellbogen auf die Knie, wobei er die Hände verschränkt. „Ich bin vorbeigekommen, um zu sehen, ob ich dich noch einmal über den Schreibtisch beugen kann."

Großer Gott, allein bei dem Gedanken spanne ich die Schenkel an, um das Ziehen in meinem Unterleib zu unterdrücken. „Das wird nicht noch einmal passieren."

An seinem Gesichtsausdruck erkenne ich, dass er genau diese Antwort erwartet hat. Er verzieht die Lippen zu einem Lächeln. „Aber du willst es, nicht wahr?"

Ich erröte vor Lust und Frustration und nicke. „Ja … ich will es. Aber wir können das nicht tun."

„Warum nicht?", fragt er und neigt neugierig den Kopf zur Seite. „Es gibt keine Regel, die diese Verbindung untersagt. Ich habe es überprüft."

Mir fällt die Kinnlade herunter. Ich bin überrascht, weil er sich die Zeit genommen hat, sich unsere Personalunterlagen durchzulesen. „Nein, aber ich bin mir ziemlich sicher, dass ich als Eigentümerin des Teams nicht gerade professionell wirke, wenn ich mich während der Geschäftszeiten von einem Spieler in meinem Büro ficken lasse."

Drake lacht und winkt ab. „Abgesehen davon, dass ich dich in deinem Büro ficke, bin ich mir immer noch nicht sicher, wo das Problem liegt."

„Es impliziert ein gewisses Fehlverhalten, wenn ein Eigentümer mit einem Spieler ausgeht. Es würde den Anschein erwecken, dass du besondere Vergünstigungen erhältst."

„Als würde ich mit dem Boss schlafen, um die Karriereleiter hochzuklettern, hm?"

„Nun, nicht ganz", gestehe ich zaghaft. „Denn du stehst schon ganz oben auf der Leiter."

„Das bedeutet, ich werde besser bezahlt als die anderen Spieler."

„Ganz genau. Du bekommst eine Menge Geld, und man wird denken, dass das an deiner Verbindung zu mir liegt."

„Aber mein Vertrag war schon ausgearbeitet, bevor ich dich überhaupt geküsst habe. Obwohl ich schon lange vorher schmutzige Fantasien über dich hatte."

„Tatsächlich?" Ich ziehe überrascht die Augenbrauen in die Höhe, während mein Magen einen Satz macht. Ich war der Meinung, er konnte mich nicht ausstehen.

„Seit unserer ersten Begegnung. Du hast mich so wütend gemacht, dass ich nur noch den Wunsch hatte, dich zum Schweigen zu bringen. Und ich wusste genau, was ich dir dafür in den Mund stecken wollte.“

Eine weniger selbstsichere Frau wäre jetzt sicher zutiefst beleidigt. Aber ich habe ein gesundes Ego, und abgesehen davon, nehme ich ihn gern in den Mund. Ich finde es eher niedlich, dass er derartige Fantasien über mich hegte, obwohl wir uns an jenem Tag beide unmöglich verhalten haben.

„Hör zu“, sage ich und mache eine abwinkende Handbewegung. „Es spielt keine Rolle, ob wir etwas falsch gemacht haben oder nicht, die Medien werden uns durch den Schmutz ziehen. Du weißt besser als jeder andere, dass sich negative Presse gut verkauft.“

„Und ich hasse die verdammte Presse. Diese Reporter sind nur ein Haufen Aasgeier, die alles verdrehen.“

Ich hätte nie gedacht, dass wir je eine solche Unterhaltung führen würden, und ich bin mehr als verwirrt. Fast wünschte ich, er würde mich wieder über den Schreibtisch beugen, denn das Risiko, ertappt zu werden, wäre angenehmer als dieses Gespräch.

„Warum stellst du mir diese Fragen? Willst du etwa andeuten, dass du mit mir eine Beziehung willst?“

Drake neigt den Kopf und reißt vor Schreck die Augen auf. „Um Himmels willen. Nichts für ungut, aber ich will mich an niemanden binden. Ich bin nicht auf der Suche nach einer Beziehung.“

Das tut weh. Obwohl ich weiß, dass zwischen uns nicht mehr als eine ungezwungene, heimliche Affäre möglich ist, schmerzt es doch, dass er keine tiefere Beziehung mit mir will.

Drake steht von seinem Stuhl auf, und ich erwarte, dass er sich zum Gehen wendet. Stattdessen tritt er um meinen Schreibtisch herum. „Aber es gibt eine Menge anderer Dinge, die ich mit dir machen will.“

„Was zum Beispiel?“ Ich lehne meinen Kopf zurück und blicke zu ihm auf. Sein Gesichtsausdruck verrät mir, dass er mich am liebsten verschlingen würde.

Er beugt sich nach vorn und legt eine Hand auf den Schreibtisch, während er die andere auf meiner Stuhllehne platziert und sein Gesicht ganz dicht an meines bringt. Dann sagt er mit heiserer Stimme: „Ich will dich noch einmal auf diesem Schreibtisch ficken. Vielleicht setze ich mich in deinen schicken Stuhl und zwinge dich vor mir auf die Knie.“

Ein Schauer durchfährt mich, denn diese Vorstellung ist äußerst erregend.

Er löst seine Hand von der Lehne und streicht mir mit einem Finger über die Schulter, bevor er sich noch weiter vorbeugt. „Oder vielleicht sollte ich dich einfach auf den Tisch legen und deine Muschi lecken, bis du kommst. Immer und immer wieder. Das habe ich beim ersten Mal sehr genossen.“

Ich muss keuchen und spüre voller Verlegenheit, wie ich allein dank seiner schmutzigen Worte ganz feucht werde. Bis auf meine Schulter hat er mich noch nicht einmal berührt, doch ich weiß, dass ich mich ihm nicht verweigern werde. Er hat mich in nur wenigen Sekunden verführt und mich so weit gebracht, dass ich bereit bin, das Risiko einzugehen.

„Brienne“, ertönt Jennas Stimme, als sie durch meine Tür tritt und dabei eine Aktenmappe in ihrer Hand betrachtet. Sie hebt den Kopf und ihr Blick landet auf Drake und mir. Es ist nicht zu übersehen, dass wir eine sehr intime Unterhaltung führen.

In einem Anflug von Panik schiebe ich meinen Stuhl zurück, doch Drake scheint nicht im Geringsten beunruhigt. Er richtet sich mit einem trägen Lächeln im Gesicht langsam auf.

„Oh, mein Gott", ruft Jenna aus und drückt die Aktenmappe an ihre Brust. „Es tut mir so leid, dass ich einfach so hereinplatze. Aber da stand kein Termin in deinem Kalender. Andernfalls hätte ich nie …"

„Ist schon gut, Jenna." Ich stehe auf und streiche meinen Rock glatt. „Drake und ich haben gerade über … äh … nun ja …"

Drake bleibt völlig gelassen. „Sie hatte etwas im Auge, und ich habe es entfernt."

Das ist ganz unverkennbar gelogen, doch Jenna lässt sich sofort darauf ein. „Sicher. Natürlich. Das ist einleuchtend. Ich, äh … ich komme wieder, wenn ihr damit fertig seid."

„Nicht nötig", erwidert Drake. „Ich wollte gerade gehen."

Jenna neigt den Kopf und tritt einen Schritt zurück, da sie uns offensichtlich ein wenig Privatsphäre gewähren will.

Drake beugt sich vor und murmelt mit gedämpfter Stimme, sodass nur ich ihn hören kann: „Wir sehen uns beim nächsten Auswärtsspiel."

„Wahrscheinlich nicht", antworte ich leise. „Ich fliege morgen außer Landes und werde hier gebraucht, sobald ich zurückkomme. Daher weiß ich nicht, ob ich bei den Auswärtsspielen dabei sein kann."

Unmut macht sich in seinem Gesicht breit. „Das ist wirklich schade."

Ich erwidere nichts, denn ich würde seine Worte nur wiederholen. Stattdessen sage ich laut genug, damit

Jenna es hören kann: „Danke, dass Sie vorbeigekommen sind, um über die Pressemitteilung zu sprechen.“

„Kein Problem“, antwortet er und verlässt mein Büro, als wäre nichts geschehen.

Nachdem er die Tür hinter sich geschlossen hat, zieht Jenna eine Augenbraue in die Höhe. „Presseerklärung?“

„Danach sah es wohl nicht aus“, erkläre ich und setze mich wieder, um meinen Stuhl an den Schreibtisch zu ziehen.

„Für mich sah es so aus, als würden du und Drake euch gleich küssen“, erwidert sie und setzt sich auf einen Stuhl gegenüber meinem Schreibtisch.

Mit einem Schnauben blicke ich auf meinen Laptop. „Das ist doch lächerlich. Warum sollte die Eigentümerin des Teams einen der Spieler küssen?“

„Wir reden hier von Drake McGinn“, entgegnet Jenna und fächert sich Luft zu. „Die Frage ist doch eher, warum eine Teameigentümerin es nicht tun sollte.“

Seufzend lehne ich mich zurück und schließe die Augen. Ich reibe mir die Schläfen, um die aufziehenden Kopfschmerzen zu vertreiben.

„Es ist schon okay, Brienne“, erklärt Jenna. Ich öffne die Augen und sehe, wie sie mich anlächelt. „Du hast auch das Recht auf dein Sozialleben, weißt du. Ein sexuelles Sozialleben. Ein Sexualleben. Ich meine … nun ja, du weißt schon, was ich meine.“

„Wir haben nicht …“ Ich halte inne und schüttle den Kopf. Ich kann sie nicht anlügen, und das will ich auch nicht. „Es ist unangemessen. Wir sollten es nicht tun.“

„Ihr habt es schon getan?“

„Ja, aber wir müssen die Sache beenden.“

„Warum?“, fragt sie neugierig. „Ihr seid doch beide erwachsen.“

„Ich bin seine Vorgesetzte.“

„Eigentlich nicht. Callum ist sein Vorgesetzter. Dir gehört nur das Team.“

Ich weiß es wirklich zu schätzen, dass sie mir die Affäre mit Drake gönnt. Aber sie übersieht einen wichtigen Punkt. „Wenn die Presse davon Wind bekäme, würde sie uns durch den Dreck ziehen. Die ganze alte Geschichte mit Drake würde wieder aufgerollt werden. Er würde in einem schlechten Licht dastehen, da er zuvor schon beschuldigt wurde, auf die Spiele zu wetten. Wenn herauskommt, dass er mit der Eigentümerin schläft, sieht es so aus, als würde er das System erneut manipulieren. Und ich darf nicht zulassen, dass irgendetwas diese Saison beeinträchtigt, denn sie könnte wirklich außergewöhnlich für das ganze Team werden. Ich will den Männern diese Möglichkeit nicht vermiesen, und Drake hat schon genug durchgemacht. Er sollte nicht noch einmal so von der Presse zerrissen werden.“

„In Ordnung“, erwidert Jenna und lehnt sich vor. „Die Sache könnte negative Auswirkungen haben. Dann halte es eben geheim. Wenn du die Zeit mit ihm genießt und ihr beide einfach ein bisschen Spaß zusammen habt, dann solltest du das nicht aufgeben.“

„Wirklich?“, frage ich und runzle nachdenklich die Stirn. „Findest du das nicht … irgendwie nuttig von mir?“

Jenna verdreht die Augen. „Was ist denn mit dir passiert? Als ich anfing, für dich zu arbeiten, hast du mir von deinem Freund mit gewissen Vorzügen erzählt. Das hier ist nichts anderes. Allerdings denke ich, dass Drake gewisse Vorzüge hat, die denen von Dr. Bessel weit überlegen sind, wenn ich das sagen darf. Ich meine ja nur."

Ich breche in schallendes Gelächter aus und kann mich kaum beruhigen. Sie hat nicht Unrecht. Clay kann Drake nicht das Wasser reichen.

Kein Mann ist dazu imstande.

Kopfschüttelnd strecke ich eine Hand aus. „Lass uns über etwas anderes reden. Was ist das für eine Akte?"

Jenna reicht mir die Mappe. „Das sind die Pressemitteilungen für diese Woche. Ich nehme an, es gibt nicht wirklich eine über Drake."

„Nein, es gibt keine über Drake", sage ich mit gespielter Verärgerung. „Also, konzentrieren wir uns auf die Arbeit."

Kapitel 19

Drake

Ich betrete die Küche durch die Garage und bin überrascht, Kiera mit einer Tasse Tee am Tisch sitzen zu sehen. Sie ist über ihren E-Book-Reader gebeugt, doch als sie mich hört, hebt sie den Kopf und lächelt mich an. „Hartes Spiel."

„Es kommt vor", erwidere ich, während ich meine Tasche und mein Jackett auf den Boden fallenlasse. Die Krawatte habe ich gelockert, sobald ich vor dem Stadion in meinen Wagen gestiegen bin. Ich ziehe einen Stuhl hervor und setze mich neben meine Schwester. „Ich war nicht bei der Sache."

Wir haben gegen die Minnesota Raiders 2:4 verloren. Ich weiß nie genau, woran es liegt, dass ich an manchen Tagen einfach unkonzentriert bin. Es könnte etwas so Einfaches wie Schlafmangel sein, oder vielleicht muss ich an meiner Ernährung etwas ändern.

Es wäre auch möglich, dass ich mit anderen Dingen beschäftigt bin. Obwohl ich mein Bestes gebe, um hundertprozentig auf das Spiel fokussiert zu sein, lasse ich mich hin und wieder ablenken.

Als Crystal und ich noch zusammen waren, hatte Colby einmal so hohes Fieber, dass sie ihn in die Notaufnahme bringen musste. An jenem Abend fand ein Spiel statt und ich habe beschissen gespielt. Ich hatte zwar das Gefühl, mich zu konzentrieren, aber wahrscheinlich habe ich nicht alles gegeben, da ich mir Sorgen um Colby machte.

In diesem Fall bin ich mir jedoch sicher, dass mangelnder Schlaf oder die falsche Ernährung schuld ist.

Vielleicht waren auch meine verdammten Schlittschuhe nicht richtig geschliffen. Ich bin überzeugt davon, dass es nichts mit einer sexy Blondine zu tun hat, die nicht ganz so in meine Pläne passt, wie ich es mir vorgestellt habe. Es ist ausgeschlossen, dass meine Enttäuschung darüber, sie bei den bevorstehenden Auswärtsspielen nicht zu sehen, für meine schlechte Leistung verantwortlich sein könnte.

„Sind die Kinder ohne Probleme eingeschlafen?", frage ich Kiera.

Sie schiebt nickend ihren Reader beiseite und zieht einen Fuß auf ihren Stuhl, um die Arme um ihr Schienbein zu schlingen. „Ja. Ich glaube, sie haben sich endlich an die neuen Betten gewöhnt. Sie durften das erste Drittel des Spiels sehen, aber Tanner und Colby sind nach etwa zwei Minuten eingenickt. Jake wollte weiterschauen, daher musste ich meine strenge Seite zum Vorschein bringen, um ihn ins Bett zu kriegen. Als ich ihn zudeckte, murmelte er etwas davon, dass er einmal ein Torwart wie sein Daddy werden will. Die Jungs werden morgen in der Schule vielleicht etwas müde sein, aber ich denke, es ist wichtig, dass sie dich spielen sehen."

Ich verspüre einen Stich in der Brust. Es ist schon seltsam. Ich empfinde so viel Liebe und Hingabe für meine Söhne, doch manchmal tun sie etwas – vielleicht schenken sie mir nur ein Lächeln, sagen etwas Lustiges oder umarmen mich – und ich habe das Gefühl, mein Herz müsste zerspringen.

„Ich muss dafür sorgen, dass Jake in einer Jugendliga spielt." Die Jungs können alle schlittschuhlaufen, aber in den letzten zwei Jahren, in denen Crystal auf die schiefe Bahn geraten ist, hat die Zeit einfach gefehlt, um sie in einem Team anzumelden.

Doch jetzt ist es an der Zeit.

„Wie kommt es, dass du nach dem Spiel nicht mit den Jungs ausgegangen bist?", will Kiera wissen.

Ich zucke mit den Schultern. „Ich hatte das Gefühl, dass ich zu Hause sein sollte."

Meine Schwester legt die Stirn in Falten. „Warum?"

„Weil meine Kinder hier sind."

„Aber … sie schlafen schon, also wirst du sie erst morgen früh wiedersehen. Du hättest mit deinen Kumpels ausgehen können, ohne dass die Kinder davon erfahren hätten. Hin und wieder musst du dich auch ein wenig vergnügen, Drake."

„Ich habe keine Lust." Ich reibe mir mit der Hand übers Kinn und muss mir eingestehen, dass das nicht der Wahrheit entspricht, denn ich mag meine Mannschaftskameraden wirklich sehr.

„Du bist unruhig", bemerkt sie. „Vielleicht wolltest du nicht mit deinen Mannschaftskameraden ausgehen, und möglicherweise fühlst du dich verpflichtet, nach Hause zu deinen schlafenden Söhnen zurückzukehren, aber im Grunde willst du gar nicht hier sein."

Ich starre sie an. Er zerrt an meinen Nerven, dass sie mich so leicht durchschaut. „Es gibt da eine Frau", gestehe ich schließlich.

Kiera grinst und beugt sich mit einem neugierigen Funkeln in den Augen vor. „Wie bitte? Du meinst eine waschechte Frau, an der du tatsächlich interessiert bist?"

Ich gebe ein Knurren von mir, denn ich weiß genau, worauf sie hinauswill. Sie hofft auf eine Romanze, weil Crystal mir das Herz gebrochen und mir die Fähigkeit genommen hat, einer anderen Frau zu vertrauen. „So ist es nicht", versichere ich ihr.

Sie zieht enttäuscht die Mundwinkel nach unten. „Oh … dann ist es also nur ein Abenteuer.“ Augenblicklich kehrt ihr Lächeln zurück. „Okay, das kann ich vollkommen verstehen. Ein Abenteuer hat auch seine Reize. Wenn ich es mir recht überlege, sollte ich selbst …“

„Stopp“, unterbreche ich sie und halte eine Hand in die Höhe. „Ich will nichts über dich und deine Abenteuer hören.“

Kiera lacht und legt dann eine Hand auf meine. „Geh zu ihr.“

Ich seufze und drehe meine Hand, um meine Finger mit ihren zu verschränken. Ich drücke sie kurz, bevor ich meine Hand wieder zurückziehe. „Es ist kompliziert.“

„Sie ist verheiratet, hm?“, fragt sie mit übertriebener Enttäuschung.

„Nein“, entgegne ich entrüstet. „Was denkst du nur?“

„Also eine Prostituierte?“

„Kiera“, ermahne ich sie mit zusammengekniffenen Augen.

Sie kichert und wirft kapitulierend die Hände in die Höhe. „Also schön, Spaß beiseite … warum ist es so kompliziert?“

Ich neige den Kopf zurück und atme tief durch. Jetzt oder nie … ich kann sie anlügen oder ihr die Wahrheit erzählen.

Sie ist meine Schwester und der Mensch, den ich neben meinen Kindern am meisten liebe. Also blicke ich sie eindringlich an und gestehe: „Es ist Brienne Norcross.“

Kiera starrt mich nur mit großen Augen an.

„Sag etwas“, fordere ich.

Sie schiebt den Fuß von ihrem Stuhl und bricht in schallendes Gelächter aus.

Nach einem Moment richtet sie sich auf und schnappt nach Luft. „Brienne Norcross?“

Ich nicke knapp.

Dann fängt sie wieder an zu lachen.

Ich lehne mich in meinem Stuhl zurück, trommele mit den Fingern auf den Tisch und warte, bis sie sich beruhigt hat. Schließlich verebbt ihr Lachen. Sie setzt sich wieder auf und wischt sich die Tränen fort.

„Bist du fertig?“, frage ich.

„Bist du verrückt?“, entgegnet sie kichernd. „Du hast dich in die Besitzerin der Titans verknallt? Versuchst du gerade einen Weg zu finden, um sie um ein Rendezvous zu bitten?“

„Ich habe mich nicht in sie verknallt.“

„Was hast du dann getan?“

Manchmal ist sie wirklich naiv. Da sie sich über mich lustig gemacht hat, beschließe ich, es ihr heimzuzahlen, indem ich sie schockiere. „Wir ficken miteinander.“

Das humorvolle Funkeln weicht aus ihrem Blick und ihr steht ungläubig der Mund offen. „Sag mir, dass das ein Scherz ist.“

„Es ist kein Scherz.“

„Oh, wow.“ Sie lehnt sich in ihrem Stuhl zurück und wickelt nachdenklich eine Locke ihres blonden Haars um den Finger. „Wie ist das nur passiert? Ich dachte, du kannst sie nicht ausstehen.“

„Sie ist mir ans Herz gewachsen“, murmle ich. „Ich erspare dir die Details, aber ich kann sagen, dass wir viel Zeit miteinander verbracht haben. Natürlich halten wir es geheim.“

„Das ist tatsächlich kompliziert", pflichtet sie mir bei und sieht mich mitfühlend an.

Wenn das nur alles wäre, doch das Problem geht viel tiefer. „Es ergibt keinen Sinn, es am Laufen zu halten."

Sie grinst mich an. „Sex ergibt nie Sinn."

Ich ignoriere ihre Bemerkung. „Jetzt, da die Jungs hier sind, können wir uns nicht mehr treffen. Wir sehen uns nur noch bei Auswärtsspielen, wobei sie nicht bei allen dabei ist."

Ich ärgere mich wie ein Kind, dem man die Süßigkeiten verweigert hat, dass Brienne das Land verlassen muss und beim nächsten Auswärtsspiel nicht dabei sein wird. Ich weiß, dass meine Reaktion lächerlich ist.

„Warum nur bei Auswärtsspielen? Und was haben die Jungs damit zu tun?"

Ich sehe sie an, als seien ihr zwei Köpfe gewachsen. „Ich bin ein alleinerziehender Vater, Kiera."

„Du sagst das, als wäre dein Leben damit vorbei und du hättest keine Zeit, auch mal etwas für dich selbst zu tun."

Nun, das stimmt doch auch. Oder nicht? „Sie stehen für mich an erster Stelle."

„Das ist ja alles schön und gut, aber nehmen wir zum Beispiel heute Abend. Die Jungs schlafen schon, und ich bin hier und passe auf sie auf. Du kannst entweder allein ins Bett gehen oder mit Brienne. Die Kinder werden nicht wissen, ob du heute hier übernachtest oder nicht."

Ich zeige mit dem Daumen auf meine Brust. „Aber ich werde es wissen."

Kiera verdreht die Augen. Das tut sie häufiger, wenn sie sich mit mir unterhält. „Wenn du den

Märtyrer spielen willst, weil deine verrückte Ex-Schlampe dir die ganze Verantwortung für Jake, Colby und Tanner aufgebürdet hat, dann nur zu … tu dir keinen Zwang an."

Ein Anflug von Wut durchströmt mich. Der Begriff *Märtyrer* gefällt mir nicht. „Was soll das heißen?"

„Es heißt, dass Crystal der Vergangenheit angehört. Dein Leben findet jetzt statt. Du bist ein alleinerziehender Vater mit drei tollen Kindern und einer erstaunlichen, unglaublich begabten und hinreißenden Schwester, die dir hilft. Du bist ein guter Mensch. Du hast etwas Glück verdient. Ich weiß, dass das Eishockey und die Jungs dir viel Freude bereiten, aber das Leben hat noch mehr zu bieten. Du musst es dir nur nehmen."

Abgesehen von der Anerkennung, die sie sich selbst zuteilwerden lässt – die durchaus verdient ist – treffen mich Kieras Worte wie ein Schlag ins Gesicht. Ich fühle mich, als hätte mir jemand einen Puck an den Kopf geschossen.

Ich muss es mir nur nehmen? „Soll ich einfach zu ihr gehen?", frage ich. „Und sie vernaschen?"

„Tu, was immer du willst, Drake. Hab Spaß mit ihr, führ sie zum Essen aus oder …"

„Wir würden nicht zusammen essen gehen", unterbreche ich sie.

„Wegen des ganzen Teameigentümerin-vögelt-Eishockeyspieler-Dramas, das die Sache mit sich bringen würde?"

„Weil ich nicht mit ihr ausgehen will. Ich will keine Beziehung."

„Okay", erwidert sie mit sanfter Stimme.

„Ich meine es ernst."

Kiera hebt abwehrend die Hände in die Luft. „In Ordnung. Du willst keine Beziehung."

„Das will ich nicht", bestätige ich mit trotzig gestrafften Schultern.

„Dann vögelt ihr einfach bis in alle Ewigkeit miteinander", verkündet sie.

„Verdammt richtig." Ich stehe auf und ziehe mein Handy aus der Tasche.

Ich schicke ihr eine Nachricht, wobei ich direkt zur Sache komme und ausnahmsweise nicht auf unseren privaten Scherz eingehe.

Ich: *Kann ich vorbeikommen?*

Sofort blinken drei kleine Punkte auf, die mir verraten, dass sie eine Antwort verfasst.

Ich halte den Atem an, bis ein Wort auf meinem Bildschirm aufleuchtet:

Brienne: *Ja.*

Kapitel 20

Brienne

Drake hat es sich zur Aufgabe gemacht, mich mit einem Orgasmus zum Explodieren zu bringen, und obwohl ich nicht glaube, dass ein Mann einer Frau einfach befehlen kann, auf Kommando zu kommen, bin ich eindeutig bereit, als er mir ins Ohr knurrt: „Ich will, dass du jetzt auf meinem Schwanz kommst, Bri."

Und das tue ich.

Oh, und wie ich es tue.

Ich habe das Gefühl, als würde ich in tausend Stücke gerissen werden, die ich nie wieder zusammenfügen kann.

„Fuck, ja", knurrt er, während er mich mit festen Stößen bis zum Anschlag ausfüllt und erschaudert, als auch er von der Welle der Ekstase mitgerissen wird. Er vergräbt sein Gesicht an meinem Nacken und stöhnt: „So gut."

Das sanfte Timbre seiner Stimme, in der Respekt und vielleicht auch ein wenig Ehrfurcht mitschwingt, durchzuckt mich mit einer weiteren Woge der Lust. Unwillkürlich spanne ich meine Muskeln um ihn an, während er noch immer weiter in mich stößt.

„Verdammt", lacht er leise und beißt mir in die Schulter. „Mach, dass es aufhört."

„Niemals", keuche ich entrüstet.

Drake rollt uns auf die Seite, so dass wir einander gegenüber liegen. Er schlingt einen Arm um meinen Rücken und hält mich fest, während sein Schwanz in mir zuckt.

Er lässt seinen Blick durch mein Schlafzimmer schweifen und sieht dann wieder mich an. „Immerhin haben wir es diesmal in dein Bett geschafft. Ich habe mich mittlerweile ein bisschen besser unter Kontrolle."

Ich verziehe die Lippen zu einem Schmollmund. „Spielverderber."

Lachend neigt er den Kopf und beißt er mir auf die Unterlippe. Nicht hart, aber auch nicht gerade sanft. Mich durchzuckt ein Schauer der Lust, und ich bin erstaunt, dass ich mich sofort wieder nach ihm verzehre.

Ich schiebe mein Becken vor und schlinge ein Bein über seinen Oberschenkel. Dann spanne ich die Muskeln an und drücke ihn an mich, woraufhin ihm ein Zischen entfährt. „Wenn du so weiter machst, werde ich dich gleich noch einmal ficken."

„Oh, wie furchtbar", stöhne ich dramatisch. „Was soll ich nur tun?"

„Witzbold", scherzt er, packt meine Pobacke mit seiner großen Hand und drückt zu, bevor er mich küsst.

Dabei beißt er mich nicht auf die Lippe oder streicht mir spielerisch über den Mund, sondern küsst mich so leidenschaftlich und innig, dass er mir fast den Verstand raubt. Dann zieht er den Kopf zurück, reibt seine Nase an meiner und rollt sich mit einem Seufzer auf den Rücken.

Sobald ich ihn nicht mehr zwischen meinen Schenkeln spüre, wird mir schmerzlich bewusst, dass wir irgendwann wieder auf den Boden der Tatsachen zurückkehren müssen. Ich bin so froh, dass er heute Abend vorbeigekommen ist, auch wenn wir nicht viel Zeit miteinander haben.

Ich rolle mich in die entgegengesetzte Richtung und will gerade meine Kleider vom Boden aufheben, doch er packt mich am Handgelenk. Ich werfe einen Blick über meine Schulter.

Drake liegt immer noch auf dem Rücken und lächelt träge, während er die andere Hand hinter seinem Kopf verschränkt hat. „Wo willst du hin?"

Ich ziehe eine Augenbraue in die Höhe. „Du weißt genau, wohin ich will."

„Die Arbeit ruft", vermutet er mit einem wissenden Schmunzeln. „Du hast auch gearbeitet, als ich hier eingetroffen bin."

„Und ich werde arbeiten, wenn du gehst."

„Ich bin aber noch nicht bereit, zu gehen", entgegnet er und zieht mich zurück ins Bett. Er drückt mich an sich und hält mich fest. „Aber im Ernst … bist du denn nicht erschöpft?"

„Ja, von dir", erwidere ich und gönne mir noch einen glückseligen Moment mit ihm, wobei ich meinen Kopf auf seine Brust lege und mit den Fingern mit den Härchen auf seinem Unterleib spiele.

„Falls du glaubst, dass ich ein schlechtes Gewissen habe, weil ich dich fix und fertig mache, dann hast du dich geschnitten. Aber ich rede von der Arbeit. Ist das nicht ermüdend?"

Ich zucke mit den Schultern, streiche mit meiner Hand über seinen Bauch und beobachte, wie er seine Bauchmuskeln anspannt. Ich habe keine Lust, über meine Arbeitsgewohnheiten zu sprechen, denn daran lässt sich nichts ändern. Ich kann nicht einfach alles liegenlassen.

Ich hebe den Kopf, um ihn anzusehen. „Wenn ich weniger Zeit mit dir verbringen würde, hätte ich mehr Zeit zum Arbeiten", necke ich ihn.

Seine Augen blitzen auf, als er mein Haar mit festem Griff packt und mich an sich zieht. „Falsche Antwort", murmelt er an meinen Lippen und küsst mich.

Natürlich raubt er mir den Atem, sodass mir schwindelig wird. Als er sich endlich wieder zurückzieht, bin ich überrascht, in seinem Blick eine Mischung aus Wärme und Besorgnis zu sehen. „Erkläre es mir. Warum überforderst du dich an jedem Abend, den wir miteinander verbringen? Machst du denn nie eine Pause? Oder fährst in den Urlaub? Oder bleibst einfach mal morgens im Bett liegen?"

„Nie", antworte ich.

Er runzelt die Stirn. „Warum?"

Ich denke über seine Frage nach. Immerhin stehen mir beträchtliche Ressourcen zur Verfügung. Zum einen kann ich Aufgaben delegieren und zum anderen könnte ich die Führung der Titans jemand anderem überlassen, wobei ich für Norcross Holdings immer noch eine Menge zu tun hätte.

Schließlich gebe ich ihm die bestmögliche Antwort, die mir einfällt: „Etwas anderes kenne ich nicht. Die Arbeit macht mich zu der Person, die ich bin. Meine Identität ist so sehr mit meinem Erfolg verbunden, dass ich gar nicht weiß, wie ich darauf verzichten sollte. Aus diesem Grund habe ich keine engen Freunde, gehe nie aus und fahre nicht in den Urlaub."

„Und deshalb hast du auch keinen Freund, sondern nur jemanden, mit dem du dich ab und zu vergnügen kannst", fügt er hinzu.

„Ganz genau." Ich beuge mich vor, um ihn zu küssen.

Doch mit seiner Faust in meinem Haar hält er mich fest. „Das klingt ziemlich einsam."

Ich runzle die Stirn. „Mache ich auf dich den Eindruck, als wäre ich einsam?“

„Ich weiß es nicht“, gibt Drake zu und lockert seinen Griff. „Ich weiß nicht, wie jemand aussieht, der einsam ist.“

Ich stütze mich auf einem Ellbogen ab und er lässt mein Haar los, um meinen Rücken zu streicheln. Diese Unterhaltung gibt mir ein ungutes Gefühl, weil es dabei um mich geht. „Wie fühlt es sich an, wieder in der Liga zu spielen? Denkst du, dass du die richtige Entscheidung getroffen hast?“

„Ja“, antwortet er. „Ich bin mir zwar nicht sicher, ob meine Verbitterung gegenüber bestimmten Leuten je verblassen wird. Und damit meine ich so ziemlich die gesamte Führungsriege der Wolves, die Crystal geglaubt hat. Aber ich verstehe auch, dass mich nicht die gesamte Liga verraten hat. Ich bin froh, dass ich zurück bin und sollte dir wirklich für diese Chance danken.“

„Sehr gern geschehen. Und danke, dass du mein Angebot angenommen hast. Du hast die Mannschaft ungemein bereichert.“

„Du hast etwas wirklich Erstaunliches auf die Beine gestellt, sowohl mit den Jungs, die du letzte Saison geholt hast, als auch mit den Neuzugängen in diesem Jahr.“

Ich lächle und schüttle den Kopf. „Das war nicht ich. Das haben wir allein Callum zu verdanken. Dann denkst du also, dass wir ein starkes Team haben? Ich kenne mich immer noch nicht so gut aus und muss noch eine Menge lernen.“

Drake rutscht ein Stück nach oben und stützt sich auf dem Ellbogen ab, um mich anzusehen. „Ja … die First Line ist absolut stabil. Mit Coen als Center,

Stone und Boone als Left und Right Winger und Nolan und Kirill in der Verteidigung ist das eine der besten Formationen der Liga.“

„Und unsere Second und Third Line?“

„Ich bin mir nicht sicher, was Nicholson als Left Winger angeht. Er erinnert mich sehr an Stenlund … er hat Momente, in denen er brillant spielt und dann gibt es Momente, in denen er einfach aus Dummheit handelt. Er ist nicht konstant. Aber ansonsten ist die Second Line solide. Die Verpflichtung von Foster Macinnis als Center hat geholfen. Er ist ein erfahrener Spieler, der die jüngeren Spieler in dieser Reihe ausgleichen wird.“

„Wow … in dir steckt mehr als nur ein gutaussehender Torwart“, scherze ich. „Du weißt wirklich, wovon du sprichst.“

Er grinst, legt einen Arm um meine Taille und zieht mich näher zu sich. „Und du bist mehr als nur eine hübsche Eigentümerin. Du bist eine Powerfrau.“

Das Kompliment versetzt mir einen Stich im Herzen, bei dem mir fast die Tränen kommen. Es bedeutet mir sehr viel, dass Drake mein Selbstvertrauen und meine Leistungen respektiert, denn viele Männer können damit nicht umgehen. Mit Clay schien es immer ein Wettbewerb zu sein.

Aber Drake ist selbstbewusst genug, um mit einer starken Frau umgehen zu können. Tatsächlich mag ich ihn nicht so sehr, weil er einen magischen Schwanz hat, sondern weil er sich von mir nicht einschüchtern lässt.

Im Gegenteil, er kontrolliert und dominiert mich, und ich glaube, dass ich das sogar brauche. Hin und wieder muss ich jemand anderem das Steuer überlassen, selbst wenn es nur im Schlafzimmer ist.

„Es freut mich, dass du dich in Pittsburgh und im Team eingelebt hast“, sage ich und spiele mit den Spitzen seiner langen Haare. „Ich schätze, nun musst du die Liga nicht mehr ficken.“

Drake lacht, lässt eine Hand an meinen Hintern gleiten und zieht mich an sich, um seinen magischen Schwanz wieder zum Leben erwachen zu lassen. „Ich muss die Liga nicht mehr ficken, aber ich bin noch lange nicht fertig damit, dich zu ficken.“

Er küsst mich, wobei ich die Lippen zu einem Lächeln verziehe. „Da bin ich aber froh.“

„Und ich bin froh, dass du froh bist“, erwidert er und rollt mich auf den Rücken. Ich seufze, als ich meine Arme um seinen Hals schlinge und er mich erneut küsst.

Kapitel 21

Drake

Dillon Martelle ist unser Left Winger in der Third Line und einer der Neuzugänge, die im Sommer zum Team gestoßen sind. Callum hat ihn von den LA Dragons geholt, und er hat das Potenzial, Darius Cermak als Left Winger abzulösen. Sie haben im Trainingslager hart gekämpft und beide haben in der Vorsaison hervorragende Leistungen gezeigt. Da die beiden fast gleichauf liegen, denke ich, dass Darius den Platz in der Second Line nur deshalb bekommen hat, weil er schon letzte Saison auf dieser Position gespielt hat. An der Second Line hat sich so gut wie nichts geändert, mit Ausnahme von Foster Macinnis, der die Position als Center übernommen hat, nachdem Boone dauerhaft in die First Line gewechselt war, und Gages Platz als Right Winger übernahm.

Da Dillon verheiratet ist und einen Sohn und eine Tochter hat, sind wir uns nähergekommen und haben uns in Erziehungsfragen ausgetauscht. Viele der anderen Spieler haben keine Kinder und können daher nicht verstehen, wie sehr sich das Leben verändert, sobald man Nachwuchs hat.

Wir haben die meiste Zeit des heutigen Tages frei, da wir uns zwischen zwei Heimspielen befinden. Coach West hat das Training heute Morgen auf eine Stunde begrenzt, damit wir unsere Beine bis morgen nicht überanstrengen, wobei ich selbst noch ein Workout hinter mich gebracht habe. Und jetzt sind wir alle bei Dillon zu Hause, da er uns spontan eingeladen hat.

Ich habe die Einladung vor allem angenommen, da auch Kinder willkommen sind, und ich möchte, dass meine Jungs sich mit den anderen Kindern anfreunden.

Dillon und seine Frau Carly leben nördlich von Pittsburgh in einer neuen Wohnsiedlung, die mich sehr an die Gegend erinnert, in der wir in Red Wing lebten. Die großen Häuser gleichen wie ein Ei dem anderen und sind in junge, baumlose Grünanlagen eingebettet. Dank der florierenden Medizin- und Bankenbranche ist Pittsburgh im Wachstum begriffen und die Familien drängen an die Stadtgrenzen.

Kiera ist auch hier und hat ein Auge auf die Jungs, während sie auf dem riesigen hölzernen Spielgerüst der Martelles herumklettern. Es ist mit einer kleinen Kletterwand und einer Feuerwehrstange ausgestattet, die sie von einer kleinen Hütte aus herunterrutschen. Ich muss grinsen, weil Kiera ganz dicht bei ihnen steht und sie genau beobachtet. Sie hat ständig Angst, dass sie hinfallen und sich verletzen könnten.

Ich bin eher der Typ Vater, der weiß, dass sie auch mal einen Sturz in Kauf nehmen müssen, um die Schwerkraft schätzen zu lernen. Aber falls sie zu wild werden, werde ich sie beruhigen. Im Moment haben sie einfach Spaß daran, sich mit ihren neuen Freunden zu vergnügen. Sie haben sich in ihrer neuen Schule gut eingelebt, aber ich kenne die anderen Eltern nicht und kann daher keine Treffen mit deren Kindern arrangieren. Kiera und ich werden uns darum kümmern, aber für den Augenblick dürfen sie herumtoben und sich amüsieren.

Ich nehme mir ein Bier aus einem riesigen, mit Eis gefüllten Metallbottich. Der Nachmittag ist ein zwangloses Beisammensein mit einem Barbecue, das auf dicken Papptellern serviert wird. Für die Kinder gibt es Limonade und Nachtisch. Genau die Art von Party, auf der ich mich wohl fühle, denn dafür muss ich mich nicht herausputzen. Es ist schon schlimm genug, dass ich mich mehrmals pro Woche für die Spiele in Schale werfen muss.

Ich blicke mich um und sehe, dass die meisten Spieler mit ihren Lebensgefährtinnen hier sind. Mir fällt auf, dass Coach West nicht anwesend ist. Ich habe keine Ahnung, ob er ebenfalls eine Einladung erhalten hat, aber ich gehe davon aus. Gage und Baden habe ich vor einer Weile auch unter den anderen entdeckt.

Brienne ist ganz sicher nicht hier. Ich habe mir nicht einmal die Mühe gemacht, nach ihr zu suchen, da ich weiß, dass sie auf dem Weg nach Deutschland ist. Aber sie wäre ohnehin nicht eingeladen worden, denn zwischen dem Teameigentümer und den Spielern besteht für gewöhnlich eine große Kluft.

Die ich allerdings überschritten habe.

Im hinteren Teil des Gartens spielen Camden, Nolan, Kirill und Hendrix – alle vier Defensemen – gerade Sackloch. Die ersten drei sind so gut wie Single, aber Hendrix hat ein Mädchen bei sich. Ich nehme an, dass sie seine neue Freundin ist.

„Hey, Mann", sagt Nolan, als er aufblickt. Er steht vorgebeugt da und ist im Begriff, das mit Bohnen gefüllte Säckchen auf das Brett zu werfen. Er verfehlt jedoch, woraufhin der Sack abprallt und im Gras landet. „Scheiße … In diesem Spiel bin ich ein echter Versager."

„Deshalb spielst du als Defenseman", sage ich mit einem Grinsen. „Den Puck schießt du auch nicht ins Netz."

Alle lachen, denn sie wissen, dass ich nur scherze. Jeder Defenseman muss auch Tore schießen können, es gehört nur nicht zu seiner Hauptaufgabe.

„Willst du mitspielen?“, fragt er, als er seine Säckchen einsammelt.

„Nein danke.“ Ich werfe einen Blick zurück auf das Spielgerüst und sehe, dass meine Kinder noch am Leben sind, während Kiera sie mit Adleraugen beobachtet.

„Drake“, sagt Hendrix und zeigt mit einem Kopfnicken auf die Brünette an seinem Arm. „Das ist meine Freundin Tracy.“

Als sie keine Anstalten macht, sich von Hendrix‘ Arm zu lösen, um mir die Hand zu schütteln, nicke ich ihr zu. „Freut mich, dich kennenzulernen.“

„Ebenso“, erwidert sie und lehnt sich dann zu Hendrix hinüber. „Mir ist langweilig. Können wir etwas anderes unternehmen?“

Armer Kerl … Hendrix errötet, denn wahrscheinlich denkt er dasselbe wie der Rest von uns: Das war verdammt egozentrisch. Aber er ist derjenige, der sich zur Monogamie verpflichtet hat, also wird er selbst herausfinden müssen, ob er sich für die richtige Frau entschieden hat.

Ich strecke Hendrix eine Hand entgegen und nehme ihm die Bohnensäcke ab. „Ich übernehme für dich, Mann.“

„Danke“, murmelt er und geht dann mit Tracy davon.

„Verdammt, sie ist eine ganz schöne Zicke“, sagt Nolan, während er Hendrix hinterherblickt.

„Wahrscheinlich hat sie eine magische Muschi“, wirft Kirill ein, als er an der Reihe ist. Er trifft bei jedem Wurf das Loch. Als er seine Säckchen aufsammelt, fragt er: „Was läuft mit deiner Schwester?“

„Gar nichts läuft mit meiner Schwester“, antworte ich, als ich an der Reihe bin und mein Bier auf einem Tisch in der Nähe abstelle. „Sie ist verdammt noch mal tabu für jeden in diesem Team. Wenn ich auch nur sehe, wie einer von euch sie schräg ansieht, dann stampfe ich ihn in den Boden.“

„Ist das dein Ernst?“, fragt Kirill, während die anderen Jungs lachen.

„Todernst. Und damit meine ich, dass du tot sein wirst.“

„Aber ich bin ein netter Kerl“, sagt Kirill und streckt flehend die Arme aus. „Ich bin dein Mannschaftskamerad. Wer könnte besser sein als …“

Ich verdrehe die Augen, bevor ich mich auf mein Ziel konzentriere. „Du hast gerade die Hypothese aufgestellt, dass Hendrix‘ Freundin eine magische Muschi hat. Denkst du, ich will, dass du so über meine Schwester redest?“

„Das liegt nur daran, dass ich Hendrix‘ Freundin nicht respektiere“, erklärt Kirill. „Sie hat ihn an den Eiern.“

Camden schnaubt. „Das ist wahr. Sie hat ihn fest im Griff.“

Ich werfe meine drei Säckchen und verfehle jedes Mal. Die Jungs machen sich über mich lustig, aber keiner von ihnen spricht mehr über Kiera. Von Zeit zu Zeit werfe ich einen Blick auf sie. Ein paar der Spielerfrauen unterhalten sich mit ihr, doch ansonsten behält sie die Kinder im Auge.

Nachdem ich fertig gespielt habe, gehe ich umher und unterhalte mich mit ein paar von den Spielern. Die Saison ist noch jung und einige der Jungs kenne ich noch nicht sonderlich gut. Aber ich bin fest entschlossen, ein fester Bestandteil dieser Familie zu werden.

Als ich mir mein zweites Bier aus dem Eiskübel hole, treffe ich Gage, der sich ebenfalls gerade bedient.

„Was gibt's, Mann?", fragt er und dreht den Deckel seiner Flasche ab.

„Nicht viel." Ich werfe einen Blick auf das Spielgerüst, an dem Kiera sich gerade bückt, um Tanners Schuh zu binden. Jake hängt ganz oben an der Kletterwand, als er mit einem Fuß abrutscht. Dann folgt auch der zweite und er klammert sich an die obere Kante, während er versucht, Halt zu finden. Wenn Kiera ihn gesehen hätte, wäre sie sofort aufgesprungen, um ihm zu helfen.

Ich schaue nur zu und bin stolz, als ich sehe, wie er in aller Ruhe eine Trittmulde findet und sich dann über die Kante zieht.

Ich wende mich wieder Gage zu, als dieser seinen Blick wortlos über den Garten schweifen lässt.

Es ist merkwürdig, dass er so schweigsam ist.

Fast unangenehm.

Plötzlich fällt es mir wie Schuppen von den Augen. Jenna hat Brienne und mich in einer kompromittierenden Situation ertappt, und Jenna ist Gages Freundin. Wahrscheinlich will er mich dahingehend warnen und weiß nicht, wie er das Thema ansprechen soll.

Ich rede nicht gern um den heißen Brei herum, also sage ich: „Wenn du etwas über Brienne und mich zu sagen hast, dann spuck es einfach aus."

Gage dreht sich mir ruckartig zu und runzelt die Stirn. „Du und Brienne? Was meinst du damit?"

„Scheiße“, murmle ich. „Ich dachte, Jenna hat es dir erzählt.“

„Mir was erzählt?“

„Vergiss es. Nicht so wichtig.“

Ich will gerade gehen, doch Gage stellt sich mir in den Weg. „Oh, nein, kommt gar nicht infrage. Du hast gerade angedeutet, dass zwischen dir und der Eigentümerin dieses Teams etwas läuft, von dem meine Freundin offensichtlich weiß, es mir aber verschwiegen hat. Ich würde auch nicht erwarten, dass sie es mir erzählt, wenn es ein Geheimnis ist, aber du wolltest eindeutig darüber reden, also raus mit der Sprache.“

Wir stehen in der Nähe des Bottichs mit dem Bier, was nicht gerade der beste Ort ist, um sich unter vier Augen zu unterhalten. Ich zeige mit dem Kinn auf den hinteren Teil des Gartens und Gage folgt mir.

Dann erzähle ich ihm alles, wobei ich die schmutzigen Details auslasse.

„Mann“, sagt er nur, als ich fertig bin.

„Ich weiß, dass es falsch ist, aber es wird ohnehin zu nichts führen. Es ist nur eine Affäre.“

„Wenn es nur eine Affäre wäre, hättest du mir nie die Details erzählt.“

„Wie auch immer“, murmle ich und trinke einen großen Schluck von meinem Bier. „Es ist nichts, worüber sich irgendjemand den Kopf zerbrechen müsste.“

„Ich zerbreche mir nicht den Kopf“, erwidert Gage. „Und ich glaube nicht, dass du etwas Falsches tust. Es gibt keine Regel, die einem Spieler den Kontakt mit der Eigentümerin des Teams verbietet.“

„Ich weiß. Ich habe es überprüft.“

Gage schenkt mir ein wissendes Lächeln, das ich jedoch ignoriere. „Es gibt Richtlinien über die Offenlegung von persönlichen Beziehungen innerhalb der Organisation, um sicherzustellen, dass keine Sondergenehmigungen erteilt werden. So wie Jenna und ich zum Beispiel – wir sind nicht im selben Bereich tätig, also spielt es eigentlich keine Rolle. Unsere Jobs beeinflussen sich nicht gegenseitig.“

In dieser Hinsicht hat Briennes Job auch keine Auswirkungen auf mich, da ich einen festen Vertrag habe, aber wahrscheinlich könnten irgendwann Probleme aufkommen. Möglicherweise ist sie eines Tages wütend auf mich, dann hätte sie genügend Einfluss auf Callum, um mich zu feuern.

Ich habe den Gedanken noch nie in Erwägung gezogen, und man sollte meinen, dass ich mich nie darauf einlassen sollte, weil das Risiko für meine Karriere zu groß ist. Nachdem ich derart schlechte Erfahrungen mit der Liga gemacht habe, sollte ich besonders vorsichtig sein.

Seltsamerweise habe ich jedoch das Gefühl, dass Brienne nie etwas tun würde, um meiner Karriere zu schaden oder mich auszunutzen. Ich habe genug gesehen, um zu wissen, dass sie moralisch integer ist, und bin deshalb nicht beunruhigt.

Ich sehe, wie Baden sich ein Bier holt und auf uns zukommt, also ist es an der Zeit, das Thema zu wechseln. Obwohl wir schon befreundet waren, bevor ich nach Pittsburgh kam, will ich nicht, dass er es erfährt. „Wo sind Jenna und Sophie?“, frage ich, als er sich zu uns gesellt.

„Sie hatten für heute einen Einkaufsbummel geplant, also sind sie noch unterwegs, um Gott weiß was zu kaufen“, erklärt Baden. „Damit habe ich die

Gelegenheit, es allen mitzuteilen, während sie nicht da ist … Ich will Sophie einen Antrag machen, und zwar während eines Spiels."

Gage und ich starren ihn an.

„Was ist denn?", will er entrüstet wissen. „Die Idee ist brillant."

„Klingt kompliziert", stelle ich fest.

„Weil du total unromantisch bist", lacht Baden. „Ich werde mit Brienne darüber sprechen, wenn sie von ihrer Reise zurück ist."

„Warum Brienne?", frage ich ein wenig zu schroff, woraufhin Gage mir einen vielsagenden Blick zuwirft.

„Weil ich möchte, dass Sophie in der Eigentümerloge sitzt, und Brienne hat sich sozusagen ihrer kleinen Frauengruppe angeschlossen."

„Das ist eine großartige Idee", sagt Gage. „Ich will Jenna auch bald einen Antrag machen, aber ich weiß noch nicht, wie. Aber ich habe mit ihrem Vater gesprochen und seinen Segen bekommen."

Baden lacht. „Das ist total altmodisch. Aber es gefällt mir." Dann zeigt er mit einem Nicken auf Coen, der den Arm um Tillie gelegt hat, die über das Wochenende zu Besuch ist. „Ich wette, die beiden werden heimlich heiraten. Wir werden es nicht kommen sehen, und eines Tages sind sie Mann und Frau."

Gage nickt und grinst. „Das denke ich auch. Und Stone und Harlow … Ich kann mir vorstellen, dass sie nicht heiraten werden. Sie werden zusammenleben, Kinder haben und gemeinsam alt werden, aber ich glaube nicht, dass sie den konventionellen Weg gehen werden. Aber ich kann mir vorstellen, dass sie zuerst ein Kind bekommen."

„Ich hoffe, dass Sophie bald schwanger wird“, seufzt Baden. Ich habe genug gehört.

„Seid ihr fertig mit eurem Geschwätz?“

Sie lachen beide, und Baden gibt mir einen Klaps auf die Schulter. „Ernsthaft, Alter … du kannst dich glücklich schätzen.“

„Warum das?“, will ich wissen.

Baden richtet den Blick auf das Spielgerüst. „Du bist Vater. Ich habe das Gefühl, dass es nichts Schöneres gibt.“

Widerwillig schalte ich mich in das Gespräch ein, denn wenn er von meinen Jungs spricht, dann spricht er meine Sprache. „Da hast du absolut recht. Sobald man Kinder hat, wird das Leben unendlich viel besser.“

„Hast du etwas von ihrer Mutter gehört?“, fragt Baden. Die meisten der Jungs kennen meine Vergangenheit mit Crystal und haben sich die Zeit genommen, mich nach meiner derzeitigen Situation zu erkundigen. Dabei sind sie nicht neugierig, sondern nur besorgt.

Aber als mein Freund weiß Baden mehr als die anderen.

„Ich habe seit Wochen keinen Mucks von ihr gehört.“ Das ärgert mich ungemein. „Ich habe Nachrichten auf ihrem Handy hinterlassen und sogar Briefe an ihre letzte bekannte Adresse geschickt. Sie ist wie vom Erdboden verschluckt.“

„Glaubst du, ihr ist etwas zugestoßen?“, will Baden wissen.

„Mein Gott, ich hoffe nicht“, antworte ich und werfe einen Blick auf die Kinder. „Es ist schon schwer genug, dass sie nicht da ist.“

„Es ist beeindruckend, dass du es schaffst, deine hektische Karriere und die Kinder unter einen Hut zu bekommen." Baden nippt an seinem Bier. „Aber weißt du was … du solltest wirklich wieder anfangen, dich zu verabreden. Es ist an der Zeit, dass du eine gute Frau findest."

„Nur weil du bereit bist, zu heiraten und Kinder zu bekommen, heißt das nicht, dass ich wieder danach suche", erwidere ich mit einem strengen Blick. „Ich bin mehr als glücklich mit meinem Leben, wie es jetzt ist."

„Das glaube ich gern", murmelt Gage, woraufhin ich ihn finster anstarre.

Kapitel 22

Brienne

Ich hebe den Wäschekorb vom Boden auf, balanciere ihn auf meiner Hüfte und mache mich auf den Weg zurück in mein Zimmer. Obwohl ich Daniel die Genugtuung gebe und ihn viel für mich persönlich erledigen lasse, will ich nicht, dass er meine Wäsche wäscht oder den wöchentlichen Reinigungsdienst damit beauftragt.

Ich bin erschöpft, da ich erst heute Nachmittag aus Deutschland eingeflogen bin. Zu Hause stellte ich mich zuerst unter die Dusche, zog mir eine gemütliche Yogahose und ein langärmeliges T-Shirt an und warf meine Wäsche in die Maschine. Daniel bereitete mir ein Sandwich mit Speck, Salat und Tomaten zu, das ich aß, während ich E-Mails checkte.

Da meine Wäsche fertig ist, werde ich mich zurücklehnen und mir das Spiel im Fernsehen ansehen. Natürlich werde ich meinen Laptop auf meinen Oberschenkeln platzieren, um dabei zu arbeiten, aber ich werde mit einem Auge das Geschehen auf dem Eis verfolgen. Vorgestern Abend konnte ich das Spiel wegen der Zeitverschiebung und all den Besprechungen nicht sehen. Die Titans sind ein paar Tage unterwegs, da sie zuerst in Florida gespielt haben und heute Abend in Atlanta zu Gast sind, bevor sie morgen nach Hause zurückkehren.

Ich hätte drei ganze Nächte mit Drake verbringen können, hätte ich nicht nach Deutschland fliegen müssen. Doch leider gehören spontane Reisen und dringende Sitzungen zu meinem Job.

Ich räume meine Wäsche in den Schrank, hole mir ein kühles Wasser aus dem Kühlschrank und lasse mich auf der Couch im Wohnzimmer nieder. Mit der gepolsterten Armlehne in meinem Rücken strecke ich die Beine aus und schalte meinen Laptop und den Großbildfernseher über dem Kamin ein.

Sobald ich den Sender gefunden habe, auf dem das Spiel läuft, stelle ich die Lautstärke ein, sodass ich die Kommentare hören und mich gleichzeitig auf meine Arbeit konzentrieren kann.

Zehn Minuten später sitze ich wie gebannt vor dem Fernseher. Ich habe Eishockey schon immer geliebt, und da mein Vater zuvor der Eigentümer der Titans war, habe ich die Spiele schon als Kind gesehen. Als Adam das Team übernahm, bin ich zu mehreren Spielen gereist, aber seit ich das Ruder übernommen habe, liegt es mir noch mehr am Herzen.

Außerdem muss ich mit Verdruss zugeben, dass ich ein wenig besessen davon bin, Drake im Tor zu beobachten. Mit seiner Schutzausrüstung wirkt er wie eine massige Bestie, die fast den ganzen Rahmen ausfüllt. Die meisten Spieler der gegnerischen Mannschaft zielen tief, da sie fälschlicherweise annehmen, dass er nicht beweglich genug ist, um den Puck mit den Beinen zu halten.

Meistens liegen sie falsch. Drake ist in Bestform und spielt genauso gut wie vor seiner Verletzung, die er sich während seiner Zeit bei den Wolves zugezogen hat. Ich habe ihn zuvor nie weiter beachtet, genauso wenig wie die anderen Spieler, die nicht zu den Titans gehören, aber Callum hat mir mehr als einmal mitgeteilt, dass Drake seit dem Flugzeugunglück definitiv unser bester Neuerwerb ist.

Es macht mich stolz, zu dem Erfolg dieses Teams einen Beitrag geleistet zu haben, schließlich bin ich diejenige, die Drake davon überzeugt hat, aus dem Ruhestand zurückzukehren.

Allerdings habe ich meine professionelle Errungenschaft zunichtegemacht, als ich begonnen habe, besagten Neuerwerb zu vögeln, und ich fühle mich deshalb schuldig.

Wohlgemerkt nicht schuldig genug, um damit aufzuhören, aber mein Gewissen plagt mich.

Mein Handy klingelt und ich schnappe es mir. Doch ich nehme das Gespräch nicht sofort an, da ein Spieler der gegnerischen Mannschaft gerade mit dem Puck auf Drake zusteuert.

Er blockt den Schuss mit Leichtigkeit ab, und ich werfe einen Blick auf mein Handy.

Kiera McGinn.

Ich bin überrascht, dass Drakes Schwester mich anruft, und zögere einen Moment. Ich will ihr nicht aus dem Weg gehen, aber ich bin aufrichtig verblüfft, ihren Namen auf dem Display zu sehen.

Schließlich gewinnt mein gesunder Menschenverstand die Oberhand und ich nehme das Gespräch an. „Hallo?"

Im ersten Moment höre ich gar nichts, doch dann läuft mir ein eiskalter Schauer über den Rücken, als ich ein Kind weinen höre.

Und so wie es klingt, weint es nicht, weil man ihm sein Lieblingsspielzeug weggenommen hat, sondern weil es Angst hat.

„Ist ja gut, Baby", höre ich Kieras Stimme, doch sie klingt gedämpft und kraftlos.

„Kiera", sage ich lautstark, um ihre Aufmerksamkeit zu erregen. Ich schwinge meine Füße von der Couch, wobei mein Laptop auf den Teppich rutscht. „Ist alles in Ordnung?“

Sie klingt so schwach, dass mir die Haare zu Berge stehen. „Hallo … Brienne … es tut mir leid, dass ich dich störe.“

„Was ist denn los?“

„Tut mir leid … ich habe versucht, Jenna anzurufen, aber sie geht nicht ran, und ich kenne hier sonst niemanden.“

„Jenna ist in Atlanta, mit dem Team. Du bist krank?“

„Ich dachte, es wäre nur eine Erkältung, aber vor ein paar Stunden habe ich Fieber bekommen, und es ist auf vierzig Grad gestiegen. Ich bin so schwach, weil ich mich so oft erbrochen habe. Ich kann nicht von der Couch aufstehen und die Jungs haben Angst. Ich habe ihnen nichts zum Abendessen kochen können und …“

„Ich bin schon unterwegs“, versichere ich ihr und eile in mein Schlafzimmer, um mir ein Paar Joggingschuhe anzuziehen. „Wie lautet deine Adresse?“

Sie gibt sie mir, und ich schätze die Entfernung ab. „Ich brauche etwa eine halbe Stunde. Schaffst du es bis dahin oder soll ich einen Krankenwagen rufen?“

„Keinen Krankenwagen“, sagt sie. „Die Kinder sind schon verängstigt genug.“

„Okay. Halte durch. Ich bin in zwanzig Minuten bei dir.“

∗∗∗

Das Uber hält vor Drakes Haus und ich steige aus. Ich gehe auf die Haustür zu und kann noch nicht einmal anklopfen, als sie schon geöffnet wird und Drakes ältester Sohn Jake vor mir steht.

„Hallo … Kennst du mich noch? Ich bin Brienne. Eine Freundin deines Vaters und deiner Tante Kiera."

Er nickt ernst und tritt zurück, um mich hereinzulassen. „Sie ist sehr krank und hat gesagt, dass Sie kommen."

„Zeig mir, wo sie ist."

Er führt mich ins Wohnzimmer, in dem Kiera zitternd auf der Couch unter einer Decke liegt. Die Zwillinge, Colby und Tanner, stehen mit tränenverschmierten Wangen neben ihr.

Ich werfe meine Handtasche auf den Tisch und gehe zu ihr. Sie schenkt mir ein schwaches Lächeln, als ich ihr mit dem Handrücken an die Stirn fasse. Ich weiß nicht, warum ich das tue. Sie hat mir bereits gesagt, dass sie vierzig Grad Fieber hat, und ich habe keinen Grund, ihr zu misstrauen.

Dennoch verziehe ich den Mund, als ich spüre, dass sie glüht.

Das Wichtigste zuerst … Ich wende mich Jake zu und gehe in die Hocke, sodass ich mit ihm auf Augenhöhe bin. „Ich werde deiner Tante Kiera helfen, aber kannst du mir einen Gefallen tun?"

Er nickt.

„Nimm deine Brüder mit in dein Zimmer oder setzt euch irgendwohin, wo ihr spielen oder fernsehen könnt. Eure Tante wird wieder gesund, aber ich fände es besser, wenn ihr euch fernhaltet, damit ihr nicht auch noch krank werdet. In Ordnung?"

Jake nickt, aber Colby fängt wieder an zu weinen. Ich drehe mich zu ihm um und ergreife seine kleine Hand. „Ich verspreche dir, dass alles wieder gut werden wird. Und ich werde mich gut um sie kümmern. Aber ich möchte, dass du ein starker kleiner Mann bist, damit sie sich keine Sorgen um dich machen muss. Kannst du das für sie tun?"

Er nickt, woraufhin Jake seine beiden Brüder bei der Hand nimmt und sie aus dem Zimmer führt.

Ich wende mich wieder Kiera zu, und frage besorgt: „Sie sind doch alt genug, um sich eine Weile unbeaufsichtigt zu beschäftigen, oder?"

Selbst in ihrem geschwächten Zustand bringt Kiera ein Lächeln zustande. „Ja. Sie werden sich nicht gegenseitig umbringen oder das Haus in Brand setzen."

In meinem nervösen Lachen schwingt Erleichterung mit. „Ich habe keine Ahnung, wie man sich um Kinder kümmert, geschweige denn mit ihnen spricht."

„Du machst das prima", beschwichtigt sie mich, und im nächsten Moment wird ihr Körper von einem heftigen Zittern erfasst.

„Hast du etwas gegen das Fieber genommen?"

„Ich habe es mit Tylenol versucht, aber ich habe es gleich wieder erbrochen. Ich glaube, ich habe die Grippe, denn mir tut alles weh und ich bin mir ziemlich sicher, dass ich mich gleich wieder übergeben muss."

Kiera versucht, sich aufzusetzen, aber ich lege ihr eine Hand auf die Schulter. „Bleib liegen. Ich hole einen Eimer. Wo bewahrt ihr die Medikamente auf?"

„Oben im Badezimmer des großen Schlafzimmers", flüstert sie und muss sich sichtlich bemühen, zu sprechen. Daher frage ich sie erst gar nicht, wo es liegt.

Ich versuche, mich in Drakes Haus zurechtzufinden und bin überrascht, dass Kiera im Hauptschlafzimmer wohnt. Aber es ergibt Sinn, da sie häufiger hier ist als Drake. Ich strecke meinen Kopf in das Zimmer der Jungs. Sie liegen alle zusammengekuschelt auf dem oberen Bett, während Jake seinen Brüdern eine Geschichte vorliest.

Bei dem Anblick macht mein Herz einen Satz, denn er bestätigt nur, dass Drake bei der Erziehung seiner Kinder gute Arbeit leistet.

Hin und wieder werde sogar ich krank, daher weiß ich, was zu tun ist und schnappe mir das Nötigste. Ich finde einen kleinen Mülleimer im Bad mit einer sauberen Tüte, ein Haarband aus Kieras Frisierkommode, ein kaltes Ginger-Ale aus dem Kühlschrank und Tylenol und Ibuprofen aus dem Medizinschrank. Schließlich nehme ich einen Waschlappen, drehe das Wasser auf, bis es eiskalt ist und halte ihn unter den Strahl.

Ich gehe zurück zu Kiera und helfe ihr, sich aufzusetzen, damit ich ihr das Haar zurückbinden kann. Ich öffne das Ginger-Ale, und obwohl sie sich weigert, zwinge ich sie, ein paar Schlucke zu trinken. „Jedes Mal, wenn du dich erbrechen musst, musst du etwas Flüssigkeit zu dir nehmen.“

Ich lege ihr den Waschlappen auf die Stirn und gehe dann zurück in die Küche, um dort die Lage zu sondieren. Ich habe weder alles zur Hand, um Kiera zu helfen, noch weiß ich, wie ich drei Jungs füttern soll, also rufe ich Daniel an. Nachdem ich ihm eine Liste gegeben und ihm die Adresse genannt habe, gehe ich zurück ins Wohnzimmer.

Kiera hat die Lider geschlossen. Als ich ihr das Tuch auf der Stirn zurechtrücke, reißt sie vor Schreck ihre blutunterlaufenen, tränenden Augen auf. „Ich fühle mich beschissen.“

„So siehst du auch aus", erwidere ich und ernte dafür ein Lächeln. „Ich habe jemanden angerufen, der bald mit Hühnernudelsuppe, Gatorade und Eiscreme für die Kinder vorbeikommen wird. Ich hoffe, das ist in Ordnung?"

„Normalerweise würde ich ihnen so spät kein Eis mehr geben, aber ich habe nicht die Kraft, mich dir zu widersetzen."

„Ich habe es vorsichtshalber bestellt. Ich weiß nicht einmal, wie man Kinder bettfertig macht, daher kann ich sie im Notfall mit dem Eis bestechen."

Sie schenkt mir erneut ein mattes Lächeln, das ich für ein gutes Zeichen halte.

„Danke", murmelt sie schwach. „Ich habe dich nur ungern angerufen …"

„Nicht doch", unterbreche ich sie mit strengem Blick. „Ich habe dir meine Nummer gegeben, damit du mich anrufen kannst. Ich helfe wirklich gern."

„Hat das etwas damit zu tun, dass du und Drake zusammen seid?", fragt sie leise.

Ich bin wie erstarrt. Ich blicke mich um, um sicherzugehen, dass die Kinder nicht in der Nähe sind, bevor ich mich ihr wieder zuwende. „Wie bitte?"

„Drake hat mir von euch beiden erzählt."

„Ich … es ist nicht … ich weiß nicht …"

„Entspann dich", flüstert Kiera. „Ich bin zu krank, um mir mit dir darüber das Maul zu zerreißen, und vielleicht spricht jetzt auch das Fieber aus mir, aber ich denke, ihr würdet gut zueinander passen."

Ich sehe mich panisch um, während ich das Gefühl habe, als würden die Wände auf mich zukommen. Warum würde sie so etwas sagen? Sie kennt ihn besser als jeder andere, warum sollte sie also denken, dass jemand wie ihr beziehungsscheuer Bruder gut zu jemandem wie mir passen könnte? Denn ich bin nicht weniger beziehungsscheu.

Ich will ihr versichern, dass im Grunde gar nichts zwischen uns läuft und ich ohnehin gerade beschlossen habe, es zu beenden, doch sie ist eingeschlafen.

Ich stoße zittrig den Atem aus und werfe einen Blick auf meine Armbanduhr. Daniel wird noch eine Weile brauchen, also sehe ich nach den Jungs.

Als ich ihr Zimmer betrete, blickt Jake von seinem Buch auf, dann drehen sich auch die Zwillinge zu mir um. Sie sehen aus wie drei Mini-Drakes.

„Ist bei euch alles in Ordnung?"

Jake nickt. „Wird Tante Kiera wieder gesund?"

„Ich bin sicher, dass sie bald wieder ganz die Alte ist. Es ist allerdings schon spät, also solltet ihr eure Schlafanzüge anziehen."

„Wir haben noch nicht zu Abend gegessen. Tante Kiera hat es nicht geschafft, von der Couch aufzustehen."

„Oh", antworte ich nur und werde sofort wieder panisch, während ich mich frage, was kleine Jungs wohl essen.

„Sie wollte uns Makkaroni mit Käse machen", erklärt Jake.

Erleichterung macht sich in mir breit. „Kein Problem, das kann ich kochen. Wie wäre es, wenn ihr in eure Schlafanzüge schlüpft, während ich das Abendessen zubereite? Mein Freund Daniel bringt bald ein paar Sachen vorbei, und es ist gut möglich, dass auch Eiscreme dabei ist."

Drei Augenpaare leuchten blitzartig auf. „Wir lieben Eiscreme", ruft einer der Zwillinge.

Ich habe keine Ahnung, wer von beiden er ist, also frage ich: „Bist du Colby oder Tanner?"

„Colby“, antwortet er.

„Nein, das stimmt nicht.“ Jake wirft seinem Bruder einen tadelnden Blick zu. „Das ist Tanner. Er will dich nur an der Nase herumführen.“

Mit gespielt ernster Miene gehe ich auf die Etagenbetten zu, wobei ich jedoch die Mundwinkel nach oben ziehe, damit sie wissen, dass ich nicht wirklich böse bin. Ich recke den Kopf, um sie direkt anzusehen und lasse meinen Blick zwischen den Zwillingen hin und her wandern. Dabei mustere ich sie aufmerksam, denn ich bin überzeugt davon, dass es Merkmale gibt, in denen sie sich unterscheiden, ganz gleich, wie identisch sie scheinen mögen.

Nach einem kurzen Moment sehe ich es und deute auf Tanners Stirn. „Dein Haarwirbel ist nach links gerichtet, während der deines Bruders sich nach rechts dreht.“

Tanner grinst, wobei mir auffällt, dass ihm ein Vorderzahn fehlt. „So hält mein Vater uns auch auseinander.“

„Ich wette, du versuchst trotzdem, ihn auszutricksen, nicht wahr?“

Tanner nickt mit einem verschmitzten Funkeln in den Augen.

Lächelnd wende ich mich an Jake. „Kannst du deinen Brüdern helfen?“

„Ja“, antwortet er, dreht sich um und klettert die Leiter hinunter. „Bekomme ich dafür eine extra Portion Eis?“

„Du bist ja ein richtiger kleiner Geschäftsmann“, murmle ich, als er auf den Boden springt und sich vor mir aufbaut. „Das gefällt mir. Ich werde darüber nachdenken. Aber du musst mir danach helfen, sie

bettfertig zu machen, dazu gehört auch das Zähne-
putzen."

„Abgemacht", verkündet er und streckt mir seine
Hand entgegen.

Lachend schütteln wir einander die Hand, dann
lasse ich ihn seinen Job erledigen. Ich stelle fest, dass
ich durchaus delegieren kann, wenn es nötig ist.

Kapitel 23

Drake

Ich bin völlig erschöpft. Der lange Trip war anstrengend, aber auf eine positive Art. Der Sport, das Reisen und die Übernachtungen in Hotels fordern ihren körperlichen Tribut, doch der wird durch die Wettkampfatmosphäre und das Hochgefühl bei einem Sieg wettgemacht. Zuweilen ist es aber genauso erschöpfend, wenn die Euphorie wieder nachlässt.

Diese Woche sind wir von Pittsburgh nach Miami geflogen und haben dort gegen die Spartans verloren. Von dort sind wir nach Atlanta weitergereist, wo wir gestern Abend die Sting geschlagen haben und ich kein einziges Tor kassiert habe. Statt über Nacht zu bleiben, sind wir mit dem Bus direkt zum Flughafen gefahren und mit dem teameigenen Flugzeug nach Pittsburgh zurückgeflogen. Dank der Privatmaschine konnten wir kurz nach Mitternacht ohne Schwierigkeiten oder Verspätungen starten.

Nun ist es fast zwei Uhr und ich sehne mich nach ein paar Stunden Schlaf, bevor mich die Jungs morgen früh wecken. Sie lieben es, in mein Zimmer zu stürmen und mich als Trampolin zu benutzen.

Allein der Gedanke zaubert mir ein Lächeln aufs Gesicht, das von einem herzhaften Gähnen unterbrochen wird, als ich auf die Haustür zugehe.

Ich werfe mir meine Tasche über die Schulter, stecke den Schlüssel ins Schloss und betrete auf leisen Sohlen das Haus. Nachdem ich die Tür hinter mir geschlossen habe, erregt ein Geräusch aus der Küche meine Aufmerksamkeit.

Ich lasse meine Tasche fallen und gehe durch das Wohnzimmer. Eine kleine Tischlampe ist angeschaltet und taucht den Raum in sanftes Licht. Die Küche liegt zwar im Dunkeln, doch als ich um die Ecke biege, kann ich dank des Mondlichts, das durch das Fenster über der Spüle fällt, Kiera erkennen, die gerade eine Tasse ausspült.

Ich strecke die Hand nach ihr aus und schalte das Licht ein. „Buh!"

„Himmel", keucht Kiera und dreht sich zu mir um, wobei sie sich eine Hand aufs Herz legt. Doch … es ist nicht Kiera.

Sondern Brienne.

Mir schießen eine Million Dinge auf einmal durch den Kopf. Vor allem bin ich schockiert, die Frau zu sehen, mit der ich mehrere Male unanständigen und schmutzigen Sex hatte.

In meinem Haus.

Uneingeladen.

Wo ist Kiera? Hat sie Brienne hereingelassen, damit sie hier auf mich warten kann?

Warum hat Brienne plötzlich beschlossen, dass sie die Grenzen überschreiten kann, die wir vereinbart hatten? Ich habe sie nie in mein Haus eingeladen und finde es bezeichnend, dass sich jede Zelle in meinem Körper dagegen sträubt, sie in meinem privaten Bereich zu sehen.

Vielleicht bin ich einfach nur erschöpft und verblüfft, und wahrscheinlich werde ich meine Worte später bereuen, aber ich knurre: „Was hast du in meinem Zuhause verloren?"

Dabei benutze ich nicht das Wort Haus, sondern *Zuhause*. Mein privater, persönlicher Bereich.

Als sie sich gerade eben zu mir umdrehte, hatte sie noch ein Lächeln im Gesicht, und ich vermute, dass sie sich freute, mich zu sehen. Doch plötzlich ist dieses Lächeln verschwunden und ihre Miene ist verschlossen, während sie mich argwöhnisch ansieht.

„Wo sind die Jungs? Und wo ist Kiera?", frage ich, obwohl ich instinktiv weiß, dass die Frage sowohl dumm als auch unnötig ist.

„Sie schlafen", presst sie zwischen zusammengebissenen Zähnen hervor.

Ja … ich hätte sie nicht fragen sollen.

Ich schließe die Augen, kneife mir in den Nasenrücken und seufze. Ich sollte nochmal von vorn anfangen, ohne mich wie ein Arsch zu benehmen, doch ich habe Schwierigkeiten, mich zusammenzureißen.

Im nächsten Moment spüre ich eine Bewegung und reiße die Augen auf. Ich drehe mich um und sehe, wie Brienne mit großen Schritten durch das Haus geht.

Sie geht direkt auf die Haustür zu und schnappt sich ihre Handtasche.

Ich eile hinter ihr her und packe sie am Arm, bevor sie entkommen kann. „Warte einen Moment."

Brienne reißt ihren Arm los und wirbelt herum. Sie sagt kein Wort, doch ihr Blick spricht Bände.

„Es tut mir leid. Du hast mich überrascht." Das ist eine dürftige Erklärung und ich habe keine Entschuldigung für den Tonfall, mit dem ich sie gerade ins Verhör genommen habe. Ich klang genauso aufgebracht, wie ich mich in diesem Moment gefühlt habe. Ich hatte den Eindruck, dass sie die Grenzen unserer Beziehung neu definieren wollte, ohne mich vorher zu fragen.

Im nächsten Moment wird mir klar, dass ihre Anwesenheit überhaupt nichts damit zu tun hat, was zwischen uns vorgefallen ist. Das bedeutet, dass irgendetwas passiert sein muss und ich werde von Panik gepackt.

Offenbar sieht sie mir an, welche Gedanken mir durch den Kopf schießen, denn sie hebt beschwichtigend eine Hand. „Kiera hat die Grippe. Sie hat mich gestern Abend angerufen, weil es ihr wirklich nicht gut ging. Außer mir kennt sie nur Jenna, doch die war mit euch unterwegs.“

„Ist sie …“

„Sie wird wieder gesund. Ihr Fieber ist vor ein paar Stunden endlich gesunken. Ich habe den Jungs Abendessen gemacht und sie ins Bett gebracht. Ich habe nur gewartet, bis du nach Hause kommst, denn Kiera ist ziemlich schwach, und ich wollte die Kinder nicht allein lassen.“

„Mein Gott“, murmle ich und reibe mir mit der Hand über das Gesicht. „Es tut mir leid, Bri. Danke, dass du vorbeigekommen bist und geholfen hast …“

„Gern geschehen“, unterbricht sie mich und wendet sich wieder der Tür zu.

„Bitte warte.“ Ich packe ihr Handgelenk und bin kurz davor, zu betteln. „Geh nicht.“

Sie hält inne und sieht mich misstrauisch an.

Ich atme tief durch. „Als ich dich in der Küche sah, habe ich …“ Verdammt. Es quält mich, es zuzugeben, aber es ist die Wahrheit. „Ich war stinksauer.“

„Du dachtest, ich hätte unerlaubt eine Grenze überschritten“, sagt sie leise und entzieht sich meinem Griff, doch sie wendet sich nicht zum Gehen. „Du hast geglaubt, dass ich vielleicht mehr von dir wollte, als du mir angeboten hast.“

Ich würde sie nie anlügen. „Ja … genau das habe ich gedacht. Und ich habe mich offensichtlich geirrt.“

„Nun“, erwidert sie ruhig und reckt das Kinn in die Höhe, „darüber musst du dir keine Sorgen machen. Ich wollte ganz sicher nicht mehr von dir. Ich war nur hier, um Kiera zu helfen.“

Verdammt. Warum verspüre ich jetzt einen Stich im Herzen? Warum sollte sie nicht mehr von mir wollen? Ja … ich weiß, dass ich mir damit selbst widerspreche. Diese gemischten Gefühle bringen mich ganz durcheinander. Doch im nächsten Moment trifft mich die Erkenntnis wie ein Blitz … Brienne war hier, um sich um meine Schwester zu kümmern.

Und um meine Kinder.

Sie hat sich von ihrer Arbeit losgerissen und sich selbstlos aufgeopfert. Dabei hat sie es nicht für mich getan, sondern weil sie ein guter Mensch ist.

Im Folgenden gibt sie mir effiziente Anweisungen. „Ich habe Kieras Fieber gesenkt, indem ich ihr abwechselnd Tylenol und Ibuprofen verabreicht habe. Ihre nächste Dosis Tylenol ist in drei Stunden fällig. Nach vier weiteren Stunden gibst du ihr noch eine Ibuprofen. Sie hat sich erbrochen, doch die Übelkeit scheint sich gelegt zu haben. Mehr als etwas kaltes Ginger-Ale und ein paar Cracker konnte sie nicht bei sich behalten, aber ich habe darauf geachtet, dass sie genügend Flüssigkeit zu sich nimmt. Im Kühlschrank stehen Gatorade und eine Suppe für sie, falls sie etwas essen will.“

Sie wendet sich wieder zum Gehen, doch diesmal strecke ich nicht die Hand nach ihr aus.

Vielmehr versuche ich es mit Worten. „Geh nicht.“

Sie erstarrt und senkt den Kopf, doch sie dreht sich nicht zu mir um.

Ich trete hinter sie, schlinge meine Arme um ihre Taille und ziehe sie an mich. „Ich bin wirklich ein Vollidiot. Das hast du nicht verdient."

Brienne schmiegt sich, ohne zu zögern an mich. Sie könnte mich leiden lassen, indem sie sich mir entzieht, doch das tut sie nicht. „Ich kann dich verstehen", erklärt sie stattdessen. „Es war sicher ein Schock, mich hier zu sehen. Ich hätte dir eine Nachricht geschickt, aber Kiera wollte dich nicht beunruhigen."

„Waren die Jungs verängstigt?", frage ich.

„Sie haben ein paar Tränen vergossen, aber das Eis hat alles wieder in Ordnung gebracht."

Mit einem leisen Lachen drücke ich sie an mich. „Und du hast gesagt, du wüsstest nicht, wie man mit Kindern umgeht. Aber du hast dich prima geschlagen."

„Eiscreme hilft immer", erklärt sie. Zu meiner Enttäuschung befreit sie sich aus meiner Umarmung. Als sie sich zu mir umdreht, schenkt sie mir zwar ein Lächeln, doch es erreicht nicht ihre Augen. „Ich sollte jetzt wirklich gehen. Morgen früh um acht habe ich ein Treffen mit Coach West, und ich brauche vorher noch ein bisschen Schlaf."

Sie streckt die Hand nach dem Türknauf aus und ich werde von einem Gefühl gepackt, das an Panik grenzt.

„Bleib über Nacht", platze ich heraus.

Ihre Augenbrauen schießen in die Höhe. „Wie bitte?"

„Leg dich mit mir hin. Ich weiß, du bist erschöpft."

„Du und ich schlafen nicht, wenn wir zusammen sind", sagt sie.

„Ich werde mich wie ein Gentleman verhalten. Versprochen.“

Brienne schüttelt den Kopf. „Das ist keine gute Idee. Ich denke nicht, dass die Jungs mich hier … mit dir … in deinem Zimmer … vorfinden sollten. Das ist einfach nicht richtig.“

„Die Couch“, sage ich und ergreife ihre Hand. Ich gehe rückwärts auf das Sofa zu und ziehe sie mit mir. „Leg dich einfach ein bisschen zu mir. Ich stelle den Wecker auf sechs, wenn die Jungs noch schlafen. Dadurch hast du genügend Zeit, um nach Hause zu fahren, zu duschen und vor acht im Büro zu sein.“

Brienne wirft einen Blick zur Tür, und ich nutze die Gelegenheit, um ihr die Handtasche zu entreißen. Ich werfe sie auf einen Stuhl und ziehe Brienne zu mir auf die Couch.

Ich lehne mich zurück und lege sie auf mich. Sie fühlt sich besser an als jede Decke. Sie trägt eine weiche, dehnbare Hose, und ich schiebe die Finger ein Stück weit unter den Bund und streichle ihren Rücken. Mein Schwanz zuckt, aber sie braucht jetzt Schlaf, keinen Sex.

Ich schlinge einen Arm um sie, woraufhin sie ihren Kopf in meine Halsbeuge schmiegt. Sie stößt ein Seufzen aus, das ich auf meiner Haut spüre, während sie ebenfalls einen Arm um mich legt. Sie schiebt ein Bein zwischen meine Schenkel und rutscht ein paarmal hin und her, um es sich bequem zu machen, dann fragt sie: „Wie habt ihr heute Abend gespielt? Ich hatte keine Gelegenheit mehr, das Spiel zu verfolgen.“

„Ich habe keine Tore kassiert. Wir haben 3:0 gewonnen.“

„Das ist großartig", antwortet sie, und ich höre ihrer Stimme an, wie erschöpft sie ist. Sie hat sich in den letzten Stunden den Arsch aufgerissen, um sich um Kiera und meine Jungs zu kümmern.

„Schlaf eine Runde", flüstere ich, doch ich erhalte keine Antwort.

Sie ist längst im Reich der Träume.

***

Um sechs Uhr klingelt mein Handywecker und ich weiß sofort, dass Brienne nicht mehr da ist. Ich vermisse das Gefühl ihres warmen Körpers auf mir und bin enttäuscht.

Ich wische mir mit den Händen über das Gesicht, schalte den Wecker aus und setze mich auf.

Brienne war hier in meinem Haus, und ich hatte sie gebeten, über Nacht zu bleiben. Und sie ist geblieben, zumindest ein paar Stunden. Wir haben nicht miteinander geschlafen. Sie kümmerte sich um meine Kinder und meine Schwester.

Verdammt, es hat sich einiges geändert, doch das wollte ich nicht. Ich bin heute nicht bereit dazu und glaube auch nicht, dass ich jemals bereit sein werde, irgendwann wieder eine Frau in mein Leben zu lassen und ihr mein Vertrauen zu schenken. Aufgrund ihrer Drogensucht stellte Crystal eine Bedrohung dar. Mir wird übel, wenn ich daran denke, wie viel Zeit sie allein mit den Jungs verbracht hat. Wahrscheinlich war sie sogar high, wenn sie sie irgendwohin gefahren hat. Wäre ihnen etwas zugestoßen, wäre es meine Schuld gewesen, denn ich habe nicht gesehen, was sich direkt vor meinen Augen abgespielt hat.

Natürlich glaube ich nicht, dass Brienne Drogen nimmt oder eine Bedrohung ist. Ich bin sicher, dass meine Kinder und Kiera bei ihr in guten Händen waren.

In den besten Händen, um genau zu sein.

Aber wenn die Ehe mit Crystal mich etwas gelehrt hat, dann ist es die Tatsache, dass man jemanden nie wirklich kennt. Wir waren neun Jahre lang zusammen, nachdem wir uns in unserem ersten Studienjahr am College kennengelernt hatten. Zwei Jahre später wurde sie mit Jake schwanger, und wir haben geheiratet. Es folgten eine NHL-Karriere und zwei weitere Jungs. Es war ein erfülltes Leben, doch ich habe erst erkannt, dass etwas nicht stimmte, als sie gegen Ende völlig unberechenbar wurde.

Als ich herausfand, dass sie Drogen nahm und sich weigerte, einen Entzug zu machen oder clean zu werden, beschloss ich, sie aus unserem Leben auszuschließen. Das führte dazu, dass sie in die Offensive ging und die Anschuldigungen gegen mich erhob, die die Eigentümer und die Führungsriege der Wolves glaubten. Und nun bin ich … nun ja, hier.

Ich wollte keine Beziehung.

Ich *will* keine Beziehung.

Aber als ich einen Blick auf die Tür werfe, frage ich mich: *Warum hast du sie gebeten, zu bleiben? Und warum bist du enttäuscht, dass sie gegangen ist?*

Ich versuche erst gar nicht, mir die Frage selbst zu beantworten, denn ich habe Angst davor, was ich sagen könnte.

Ich stehe von der Couch auf und gehe die Treppe hinauf. Zuerst werfe ich einen Blick ins Zimmer der Jungs. Sie liegen alle noch immer in ihren Betten.

Ich gehe weiter zu Kieras Zimmer und stelle fest, dass ihre Tür offensteht. Die Morgendämmerung spendet genügend Licht, damit ich erkennen kann, dass sie schläft. Ich beuge mich vor und lege eine Hand an ihre Stirn, die zu meiner Erleichterung zwar kühl, aber ein wenig klamm ist.

Sie regt sich und öffnet die Augen. „Hey", stößt sie heiser hervor und setzt sich auf, um sich gegen das Kopfende des Bettes zu lehnen. „Bist du gerade erst heimgekommen?"

„Vor ein paar Stunden. Brienne war hier."

„Es tut mir leid, wenn ich dir Unannehmlichkeiten bereitet habe, indem ich sie anrief. Mir ging es so schlecht, dass ich nicht einmal von der Couch aufstehen konnte, und ich habe mir Sorgen um die Jungs gemacht."

Ich setze mich auf die Bettkante und wende mich ihr zu. „Du musst dich nicht dafür entschuldigen, dass du den Jungs und dir selbst geholfen hast. Du hast das Richtige getan."

Kiera nickt und greift nach der Wasserflasche auf dem Nachttisch. Sie trinkt einen Schluck und zieht eine Grimasse.

„Kann ich dir sonst noch etwas bringen?", frage ich.

Sie nickt und reicht mir die Flasche. „Ein kaltes Ginger-Ale. Mit viel Eis."

„Wie wäre es mit einem Besuch beim Arzt?", schlage ich vor, während ich aufstehe.

Kiera schüttelt den Kopf. „Ich fühle mich schon viel besser. Ich wette, bis morgen bin ich so gut wie neu."

Ich ziehe eine Augenbraue in die Höhe, denn ich weiß, dass es ihr wirklich schlecht gegangen sein muss, wenn sie Brienne angerufen hat. „Für den Fall, dass es dir nicht besser geht, kenne ich jemanden, der sich bei Bedarf um die Kinder kümmern kann.“

Wir haben morgen ein Heimspiel und heute steht noch eine Trainingseinheit an. Also werde ich einfach zwischen dem Haus und dem Stadion hin und her pendeln. Darüber hinaus würden einige der Spielerfrauen in solchen Zeiten sicher bereitwillig aushelfen und Jenna würde sofort einspringen. Dabei fällt mir auf, dass ich Kiera diese Hilfe zuvor nie angeboten habe.

Brienne kann ich unmöglich fragen. Allerdings nicht, weil ich sie nicht in meinem Haus haben will. Indem ich sie gestern Abend gebeten habe, zu bleiben, habe ich bewiesen, dass dem nicht so ist. Aber sie ist damit beschäftigt, ein ganzes Imperium zu leiten. Sie hat keine Zeit, die Krankenschwester oder Babysitterin zu spielen, obwohl ich tief in meinem Inneren weiß, dass sie es tun würde, wenn ich sie darum bitten würde.

„Ich hole dir etwas Ginger-Ale. Willst du auch einen Toast?“

Sie schüttelt den Kopf. „Nein, noch nicht. Mir ist immer noch ein bisschen flau im Magen.“

Mit einem Lächeln wende ich mich zum Gehen.

„Ich mag sie wirklich“, verkündet Kiera und ich halte inne. Ich werfe einen Blick über meine Schulter. „Brienne. Sie ist wirklich unglaublich.“

Ich muss schlucken und zucke mit den Schultern. „Sie ist in Ordnung.“

Kiera lacht. „Mir machst du nichts vor!“

Ich weigere mich zu antworten, weil sie mir meine Lügen ohnehin nicht glauben würde.

Verdammt, es fällt mir schwer, sie selbst zu glauben.

Kapitel 24

Brienne

Ich klappe meine Puderdose auf und betrachte mein Spiegelbild. Die Augenringe lassen sich nicht verbergen, aber mein Lippenstift ist immer noch genauso perfekt, wie ich ihn heute Morgen aufgetragen habe.

Ich habe kaum eine Stunde und nur sehr unruhig geschlafen. Es war wirklich nett von Drake, mich zu bitten, bei ihm zu bleiben, und ich kann nicht leugnen, dass ich gern mit ihm auf der Couch lag, doch ich fühlte mich unwohl.

Aber nicht, weil die Couch unbequem war, sondern weil ich ein seltsames Gefühl hatte. Er hat unschön reagiert, als er mich in seinem Haus vorfand. Und so sehr er sich auch bemühte, sich zu entschuldigen und es zu erklären, hat es einen schlechten Beigeschmack hinterlassen. Ich wachte mitten in der Nacht mit dem Gedanken auf und konnte nicht mehr einschlafen, während Drake tief und fest unter mir auf der Couch schlummerte.

Ich verfluche mich selbst, weil seine Reaktion mir einen schmerzenden Stich im Herzen versetzt. Natürlich weiß ich, dass wir uns darauf geeinigt haben, keine feste Beziehung einzugehen, doch in Wahrheit … ist die Sache zwischen uns mehr als nur ein Abenteuer. Zum einen war er eifersüchtig, außerdem haben wir uns zur Monogamie verpflichtet und er ist stets darum besorgt, dass ich zu viel arbeite. Und jetzt habe ich mich auch noch um seine Schwester und seine Kinder gekümmert.

Vielleicht haben wir es nicht bemerkt, aber aus unserer Affäre ist mehr geworden. Dennoch waren seine Gefühle gestern Abend unmissverständlich, als er mich fragte: *Was hast du in meinem Zuhause verloren?*

Irgendwann gab ich die Hoffnung auf Schlaf auf und schlich mich gegen fünf Uhr aus dem Haus. Ich war dankbar, dass um jene Zeit schon ein Uber erhältlich war. Mir blieb nicht genügend Zeit, um nach Hause zu fahren, mich umzuziehen und dann ins Stadion zu fahren, um im Fitnessraum zu trainieren. Also machte ich mich fertig und fuhr direkt ins Büro.

Das heutige Treffen mit Cannon West ist längst überfällig. Die reguläre Saison läuft seit eineinhalb Wochen, und ich möchte wissen, wie es ihm geht.

Vor allem will ich herausfinden, ob er uns so sehr mag wie wir ihn.

Als ich die Titans nach Adams Tod übernahm, war es mein Ziel, ein Team aufzubauen, das die Zeit überdauern würde. Mit den Spielern, die wir in der letzten Saison verpflichtet haben, gaben wir unser Bestes, doch diesen Sommer habe ich zugelassen, dass Callum mit den Angeboten bis an die Gehaltsobergrenze gegangen ist. Drake ist ein Beispiel dafür, doch ich habe mir wegen des Geldes keine grauen Haare wachsen lassen.

Ich möchte dieser Stadt etwas geben, auf das sie stolz sein kann.

Während die Spieler dabei eine Schlüsselrolle einnehmen, hält der Cheftrainer das ganze Team zusammen. Ich könnte die besten zwanzig Spieler der Liga in meinem Team versammeln, aber ohne einen Trainer, der die Gemeinschaft fördert und die Talente optimal einsetzt, wäre das Geld verschwendet.

Ich bot Cannon West drei Millionen, um den Job zu übernehmen. Das ist viel mehr als die meisten für jemanden mit so wenig Trainererfahrung ausgegeben hätten. Aber Callum schlug vor, es zu versuchen und ich gehe gern ein kalkuliertes Risiko ein.

Bisher haben wir einen erstaunlichen Start hingelegt und wirken ganz und gar nicht mehr wie das dezimierte Team vom letzten Jahr.

Die Investition in Cannon war eine gute Entscheidung. Doch ich muss wissen, ob er sich gut dabei fühlt, seine Zeit und Energie in dieses Team zu investieren.

Als ein Klopfen an der Tür ertönt, stecke ich die Puderdose in meine Handtasche und stehe gerade von meinem Schreibtischstuhl auf, als Tina Cannon in mein Büro führt.

Mit einem Lächeln gehe ich um den Schreibtisch herum, um ihn zu begrüßen. Die Götter haben Cannon West mit einem nahezu perfekten Aussehen gesegnet. Seine Gesichtszüge sind genauso makellos wie die der Männer, die auf den Titelseiten der großen Modemagazine abgebildet sind. Sein dunkles Haar ist ordentlich und gepflegt, aber seine Kieferpartie ist von einem immerwährenden Dreitagebart überzogen. Um seine hellen, haselnussbraunen Augen zeigen sich Lachfalten, obwohl er erst sechsunddreißig ist. Sie sind das Einzige, was die Perfektion trübt, und doch … sind es gerade diese Lachfalten, die ihn so schön machen. Er hat immer ein Lächeln im Gesicht, und das bewundere ich an ihm, denn ich weiß, wie sehr er gelitten hat.

Das ist der Hauptgrund, warum ich ihn als unseren Trainer engagiert habe. Ich wollte, dass er den Spielern, der Stadt, ja der ganzen Welt zeigt, dass man seine Verzweiflung überwinden und Frieden im Leben finden kann.

„Cannon." Ich reiche ihm die Hand. „Danke, dass Sie gekommen sind."

„Wenn die Chefin ruft, komme ich gerannt", scherzt er mit einem Lächeln, das ein Grübchen auf seiner stoppeligen Wange zum Vorschein bringt.

„Eigentlich ist Callum Ihr direkter Vorgesetzter." Ich führe ihn zu einem Buffettisch, auf dem Tina Bagels, Croissants, Gebäck und Obst sowie eine Karaffe mit frisch gebrühtem Kaffee bereitgestellt hat.

Ich habe Cannon wissen lassen, dass es sich um ein Arbeitsfrühstück handelt und er Appetit mitbringen soll. Als mir der Duft der frischen Backwaren in die Nase steigt, kommt mir in den Sinn, dass ich gestern Abend nichts gegessen habe. Ich habe lediglich einen Löffel Makkaroni mit Käse probiert, die ich für die Jungs zubereitet habe. Sie hatten alle einen Nachschlag gewollt, daher war nichts mehr übrig, als sie mit dem Essen fertig waren. Danach hatte ich keine Zeit mehr, die Küche nach etwas Essbarem zu durchforsten, denn ich war zu sehr damit beschäftigt, die Kinder zu hüten und mich um Kiera zu kümmern.

Obwohl ich heute Morgen mein Training verpasst habe, schnappe ich mir einen Bagel und belege ihn mit Lachs, Frischkäse, roten Zwiebeln und Kapern. Cannon nimmt sich ein Croissant und etwas Obst.

Wir setzen uns an den runden Tisch, der groß genug für vier Personen und kleinere Besprechungen ist. Er eignet sich auch gut zum Frühstücken.

Nachdem wir uns jeder eine Tasse Kaffee eingeschenkt haben, unterhalten wir uns ungezwungen beim Essen.

Cannon ist ein bescheidener, humorvoller und aufrichtiger Mensch, daher ist es ein Leichtes, Small-Talk mit ihm zu führen. Dabei sprechen wir über alles Mögliche, angefangen bei dem neuesten Blockbuster, den er letztes Wochenende gesehen hat, bis hin zu tiefgründigeren Themen wie den Benzinpreisen, die aufgrund globaler Konflikte gestiegen sind und eine Flut wirtschaftlicher Ungleichheit verursachen.

Als unsere Teller leer sind, schenke ich uns beiden eine weitere Tasse Kaffee ein. Ich lehne mich in meinem Stuhl zurück und blicke ihm direkt in die Augen. „Seien Sie ehrlich … wie gefällt es Ihnen hier?“

Cannon scheint von meiner Frage nicht überrascht zu sein. Es gibt sonst keinen Grund, warum ich mich mit ihm treffen wollte.

Der Mann verfügt eindeutig über Wortgewandtheit und Anstand und antwortet mit einem Lächeln: „Ich denke, ich müsste mich eher bei Ihnen für die Gelegenheit bedanken, die Sie mir geboten haben. Der Leistungsdruck ist groß, und Sie sind angesichts meiner mangelnden Erfahrung ein großes Risiko eingegangen, aber ehrlich gesagt, kann ich mir keinen Ort vorstellen, an dem ich im Moment lieber wäre. Dieses Team ist genau das Richtige für mich.“

Ich lächle ihn an. „Ich bin froh, das zu hören. Ich muss Ihnen nicht sagen, mit welchen Widrigkeiten dieses Team zu kämpfen hatte. Sie hätten genauso gut ein Team trainieren können, das nicht mehr zu retten ist.“

Cannon stößt ein Schnauben aus und winkt ab. „Dieses Team muss nicht gerettet werden. Das haben sie in der letzten Saison bewiesen, als sie weitergekämpft haben. Diese Männer haben die nötigen

Fähigkeiten, um den Stanley Cup zu gewinnen. Vielleicht nicht in diesem Jahr, aber unter Callums Führung und Ihrer Vision stehen wir am Rande einer neuen Dynastie.“

„Ich bin erleichtert, das zu hören.“ Ich nehme meine Kaffeetasse in die Hand. „Im Moment scheint alles reibungslos zu laufen. Wenn Sie auch nur angedeutet hätten, dass Sie unzufrieden sind, hätte ich wahrscheinlich einen Nervenzusammenbruch erlitten.“

Cannon stößt ein schallendes Lachen aus, wobei die Fältchen um seine Augen sich vertiefen. „Eines weiß ich mit Sicherheit: Brienne Norcross erleidet keinen Nervenzusammenbruch.“

Ich muss unwillkürlich lachen und nicke zustimmend. „Das ist wahr. Aber ich kann manchmal ganz schön aus der Haut fahren.“

„Das glaube ich erst, wenn ich es sehe.“ Seine Gesichtszüge werden weicher, als er die nächsten Worte ausspricht, die mich ein wenig unvorbereitet treffen. „Wie geht es Ihnen? Ich weiß, dass es mit Stress verbunden ist, ein ganzes Team zu übernehmen, aber Sie haben auch Ihren Bruder bei dem Flugzeugunglück verloren. Wahrscheinlich vergessen das viele Leute, wenn sie sich mit Ihnen unterhalten, da Sie so stark sind.“

Seine Bemerkung ist rücksichtsvoll und rührend. „Adam und ich standen uns sehr nahe. Hin und wieder durchlebe ich immer noch Phasen tiefer Trauer. Aber zumindest bin ich nicht mehr so durcheinander wie in den ersten Monaten nach seinem Tod.“

„Es wird leichter werden, diese tiefe Trauer zu bewältigen“, versichert er mir. Seine Worte legen sich wie eine tröstende Decke um mich, denn durch den Tod seiner Frau spricht er aus Erfahrung.

Ich stoße ein humorloses Lachen aus. „Ich habe festgestellt, dass ich mich einfach nur beschäftigen muss. Je mehr Arbeit ich mir auflade, desto weniger Zeit habe ich, darüber nachzudenken.“

Cannon wirft mir einen tadelnden Blick zu. „Dadurch verdrängen Sie es nur. Sie müssen sich mit Ihrer Trauer auseinandersetzen, sonst wird es nie leichter werden.“

„Wie setzt man sich damit auseinander?“, will ich wissen. Denn wenn ich mich in die Arbeit vertiefe, bleibt wenig Raum, um mich auf meine Trauer zu konzentrieren.

Achselzuckend tippt Cannon mit dem Finger an den Rand seiner Kaffeetasse. „In meinem Fall war es wahrscheinlich ein bisschen anders. Melissa war lange sehr krank. Ich hatte Wochen, um mich auf ihren Tod vorzubereiten, und am Ende war es eine Erleichterung.“

Ich verspüre einen Stich im Herzen und muss dem Drang widerstehen, seine Hand zu ergreifen, um ihm mein Mitgefühl zu bekunden.

„Ich hoffe, das klingt nicht kaltherzig“, fährt er fort. „Ich wollte nicht, dass sie stirbt, und ich hätte sie bis in alle Ewigkeit gepflegt. Aber ich hasste es, sie leiden zu sehen. Der Krebs ist ein furchtbarer Tod und hat ihr ihre Würde genommen.“

„Es tut mir so leid“, flüstere ich.

Cannon lächelt wehmütig. „Ich habe sie jeden Tag beweint, während ich sie dabei beobachtete, wie sie ihrem Ende immer näherkam. Aber ich war auch voller Hoffnung, dass das Leiden für sie bald ein Ende haben würde. Da ich schon lange vor ihrem Tod um sie trauerte, hatte ich die Möglichkeit, mich mit dem Schicksal abzufinden. Ich kann mir vorstellen, dass der Schock, Adam so plötzlich zu verlieren, unglaublich schmerzhaft war."

„Ja", stimme ich zu und denke an die anderen Familienmitglieder, die ihre Lieben verloren haben. Cannons Geschichte, der einen geliebten Menschen durch ein langsames Dahinscheiden verloren hat, während ich von einem Tag auf den anderen mit meiner Trauer konfrontiert wurde, macht mir bewusst, dass es kein allgemeingültiges Rezept gibt, um ein derartiges Schicksal zu bewältigen. „Ich möchte Sie um einen Gefallen bitten, und Sie können getrost ablehnen … aber ich habe eine Selbsthilfegruppe für die Familienmitglieder der Opfer gegründet. Wir stehen telefonisch und über die sozialen Medien miteinander in Kontakt, da wir überall im ganzen Land verstreut leben, aber wir sehen uns einmal im Monat bei einem Videoanruf, um zu hören, wie es allen geht. Ich würde mich freuen, wenn Sie bei einem unserer Treffen über Ihre Trauererfahrungen sprechen würden. Sie haben es bewältigt, aber ich weiß von einigen, die sich damit wirklich schwertun."

„Es wäre mir eine Ehre", antwortet er und steht auf. „Es tut mir leid, aber ich muss mich jetzt verabschieden, denn ich habe eine Eishockeymannschaft zu trainieren."

Ich erhebe mich ebenfalls und begleite ihn zur Tür. „Wir sollten diese Treffen regelmäßig abhalten. Ich möchte sicherstellen, dass wir Sie bei Laune halten. Ich habe das Gefühl, dass Sie uns zu neuer Größe führen werden."

„Dasselbe kann ich auch von Ihnen behaupten", erwidert er und streckt mir seine Hand entgegen.

Ich schüttle sie und ringe ihm noch das Versprechen ab, dass unser Team beim morgigen Spiel siegen wird. Er zwinkert mir zu, denn wir wissen beide, dass er dieses Versprechen nicht aus alleiniger Kraft einhalten kann.

Nachdem Cannon gegangen ist, setze ich mich wieder an meinen Schreibtisch und vertiefe mich in die Arbeit. Das fällt mir nicht schwer, denn wie ich dem Coach bereits erklärt habe, verhindert die Flucht in die Arbeit, dass ich unter den Emotionen leide, die ich nicht empfinden will.

Mein Magen verkrampft sich, als ich daran denke, wie wütend Drake war, als er mich in seinem Haus vorfand. Er hat sich zwar dafür entschuldigt und mir seine Beweggründe erklärt, aber in Wahrheit ertränke ich mich genau aus diesem Grund in Arbeit. Denn ich will Komplikationen vermeiden.

Und die Beziehung zu Drake scheint momentan mehr als kompliziert zu sein. Die Tatsache, dass er meine Gefühle verletzt hat, führt mir vor Augen, wie verworren alles ist.

Ich seufze und versuche, mich auf meine E-Mails zu konzentrieren, um sie in die entsprechenden Ordner zu verschieben. Von Zeit zu Zeit leite ich eine weiter, damit jemand anderes sie bearbeiten kann.

Dennoch schleicht Drake sich immer wieder in meine Gedanken.

Ich werfe einen Blick auf meine Uhr und stelle fest, dass ich in zehn Minuten noch eine Besprechung habe. Danach muss ich ins Büro auf der anderen Seite des Flusses übersiedeln, um weiteren Meetings beizuwohnen.

In dem Wissen, dass ich nicht aufhören kann, über Drake McGinn nachzudenken, beschließe ich, zumindest eine Angelegenheit aus dem Weg zu räumen.

Ich greife nach meinem Handy und öffne meine Nachrichten-App. Um sechzehn Uhr hat er mir ein paar Zeilen geschickt, auf die ich bisher noch nicht geantwortet habe.

Drake: *Du hättest mich wenigstens aufwecken können, um dich zu verabschieden. Ich hätte mit dir auf den Fahrer gewartet.*

Dieser verdammte Kerl. Warum muss er immer so nett und fürsorglich sein? Warum muss er so tun, als ginge es um mehr als nur Sex?

Es treibt mich noch in den Wahnsinn, denn im Endeffekt weiß ich, dass ich mich eher in ihn verlieben werde, als er sich in mich. Jedes Mal, wenn er etwas tut, das unserer ursprünglichen Vereinbarung zuwiderläuft, habe ich das Gefühl, dass ich mich auf sehr dünnem Eis über einem dunklen See der Ungewissheit bewege.

Ich habe gehofft, dass ich weniger geneigt bin, die SMS zu beantworten, je länger ich sie ignoriere.

Dennoch kann ich nicht aufhören, daran zu denken.

Mit einem verärgerten Knurren – das sich gegen mich selbst richtet – tippe ich eine kurze, unverfängliche Nachricht.

Ich: *Tut mir leid. Ich wollte dich nicht wecken.*

Na also. Jetzt habe ich ihm geantwortet. Ich habe meine Schuldigkeit getan und er wird sicher gleich mit dem Training beginnen. Daher wird er die Nachricht nicht sehen, bis …

Mein Handy gibt einen Piepton von sich, als ich eine Antwort erhalte.

Drake: *Lügnerin.*

Ich bin fassungslos, dass er mich sofort durchschaut hat. Es war nicht so, dass ich ihn nicht wecken wollte, ich wusste nur nicht, was ich ihm sagen sollte.
Schon wieder piept mein Handy.

Drake: *Aber ich vergebe dir, denn ich habe mich wie ein Idiot verhalten.*

Du hast dich dafür entschuldigt, schreibe ich zurück und bin frustriert, dass ich augenblicklich wieder seinem Charme erliege.

Die drei kleinen Punkte blinken, und ich warte auf seine Antwort.
Ich halte fast den Atem an.
Reiß dich zusammen, Brienne.

Drake: *Ich habe mich gefragt …, wenn es Kiera morgen besser geht … würde es dir etwas ausmachen, wenn ich nach dem Spiel vorbeikomme?*

Das ist meine Chance. Wenn ich die Sache beenden will, wäre jetzt der richtige Zeitpunkt dafür. Ich hätte einen guten Grund, denn langsam aber sicher entwickle ich tiefere Gefühle für den Mann, und das bedeutet, dass er mich wirklich verletzen könnte.

Verdammt noch mal. Ich will es nicht beenden. Ich mag ihn, und ich genieße die Zeit, die wir zusammen verbringen.

Die Stimme der Vernunft meldet sich zu Wort und flüstert mir zu, dass es völlig egal ist, wie gut ich mich in Drakes Gegenwart fühle. Denn wahrscheinlich wird er irgendwann einen Schlussstrich ziehen und dann werde ich mich schlechter fühlen als je zuvor in meinem Leben.

Ich sollte es also tun.

Ich lasse meine Finger über dem Display schweben, als er eine weitere Nachricht schickt.

Sozusagen ein Nachtrag zu seiner ersten SMS.

Drake: *Du weißt schon ... damit ich die Liga ficken kann.*

Ich stoße erleichtert den Atem aus.
Wunderbar.
Wir sind wieder auf dem richtigen Weg.
Er hat unseren ursprünglichen Code benutzt, was bedeutet, dass wir nichts weiter als eine Affäre haben. Es geht nur um Sex und die dummen, albernen und peinlichen Gefühle haben dabei nichts zu suchen.
Solange wir uns darauf einigen können, kann ich nicht verletzt werden.
Ich tippe eine Antwort:

Ich würde es sehr begrüßen, wenn du die Liga ficken würdest.

Kapitel 25

Brienne

Die Norcross-Loge ist während der Spiele nie leer. Sie ist für bis zu fünfzig Personen ausgelegt, aber seit ich die Titans übernommen habe, habe ich darauf geachtet, dass es bedeutend weniger sind. Sie dient hauptsächlich dazu, Geschäftsleuten ein Luxus-Event während eines Spiels zu bieten, um mit ihnen übers Geschäft zu sprechen. Sowohl mein Vater als auch Adam haben die Loge für diese Zwecke genutzt.

Ich bin keine Ausnahme, denn auch ich habe schon Geschäfte bei einem Drink abgeschlossen, während ich mir ein Eishockeyspiel angesehen habe.

Heute Abend hat die Loge jedoch einen anderen Nutzen und nur Jenna, Sophie, Harlow, Tillie und ich sind dort versammelt. Ich wollte auch Kiera einladen, und obwohl sie sich von ihrer Grippe letzte Woche weitgehend erholt hat, sagte sie, sie habe noch keine Lust auf einen Abend.

Ich habe mit mir gerungen und wusste nicht recht, ob ich sie einladen soll. Seit mich Kiera um Hilfe gebeten hat, ist die Stimmung zwischen Drake und mir angespannt und ich fühle mich, als wäre ich ein Eindringling in seinem Haus gewesen. Einerseits wünsche ich mir, dass Kiera ein Teil dieser Frauengruppe wird, damit auch sie weibliche Unterstützung hat, doch andererseits denke ich, es ist gar nicht schlecht, wenn ich um Drakes willen etwas auf Distanz gehe.

Heute Abend hat sich also nur die ursprüngliche Runde versammelt. Seit ich erwachsen bin, sind diese Frauen meine ersten weiblichen Freunde. Es ist zwar alles neu für mich und hin und wieder auch verwirrend, dass andere Frauen überhaupt an einer Freundschaft mit mir interessiert sind, aber ich stelle fest, dass ihre Unterstützung nicht nur angenehm, sondern auch wichtig ist.

Seit unserem ersten Treffen hatte ich zwar keine Zeit, um mit ihnen zu Mittag essen, aber Jenna hat eine Nachrichtengruppe gestartet, damit wir uns verabreden und uns gegenseitig auf dem Laufenden halten können. Es ist schön, wenn mir eine der Frauen eine SMS schickt, um zu fragen, wie mein Tag gelaufen ist, oder wenn sie mir spät nachts noch schreibt, dass ich nicht zu viel arbeiten soll.

Aus diesem Grund möchte ich, dass Kiera dieser Gruppe beitritt. Ich würde zwar alles stehen und liegen lassen, um ihr, wenn nötig, zu helfen, aber sie braucht einen erweiterten Freundeskreis, und die Frauen sind nur allzu bereit, sie mit einzubeziehen.

Die Eigentümerloge ist in zwei Hälften unterteilt. Mit bequemen Ledersesseln, die in kleinen Gruppen zusammengestellt sind, einer voll ausgestatteten Bar und einem reichlichen Buffet ist der obere Hauptbereich üppig eingerichtet. Der untere Teil besteht aus drei nach unten gestaffelten Sitzreihen mit Blick auf die Eisfläche. Diese Sitze sind ebenfalls mit weichem Leder bezogen und lassen sich vollständig zurücklehnen, obwohl niemand während des Spiels davon Gebrauch macht. Es ist viel zu aufregend, um sich zu entspannen.

Die anderen Frauen sitzen in der ersten Reihe und beobachten das Geschehen auf dem Eis. Wir spielen heute Abend gegen die Detroit Cardinals, und gegen Ende des zweiten Drittels liegen wir mit zwei Toren vorn.

Ich habe mich kurz verabschiedet, um ein geschäftliches Telefonat zu führen, doch nachdem ich es beendet habe, hole ich mir eine Cola Light an der Bar. Ich habe vorhin ein Glas Wein getrunken und, obwohl ich einen Fahrer habe, der mich nach dem Spiel nach Hause fährt, will ich es bei einem belassen.

Ehrlich gesagt finde ich den Gedanken reizvoll, nüchtern zu sein, wenn ich Drake heute Abend nach dem Spiel treffe. Ich möchte keinen Moment seiner intensiven Berührungen verpassen und es wäre doch schade, wenn ich mir die Sinne mit Alkohol vernebeln würde.

Jenna stellt sich neben mich und klopft mir auf die Schulter. „Es ist gleich so weit. In der nächsten Werbepause."

Ich grinse, schnappe mir meinen Drink und folge ihr in die erste Reihe. Harlow sitzt am anderen Ende, gefolgt von Tillie, Sophie, dann Jenna und mir. Wir machen es uns auf unseren Sitzen bequem und verfolgen das Spiel, wobei Harlow die Spieler der gegnerischen Mannschaft in regelmäßigen Abständen beschimpft. Die Second Line spielt gerade in Überzahl und leistet hervorragende Arbeit.

Wie schon dutzende Male heute Abend, wandert mein Blick hinüber zu Drake im Tor. Da sich das Geschehen im gegnerischen Drittel abspielt, ist er ganz allein. Ich kann zwar seine Augen nicht sehen, aber an seiner Haltung erkenne ich, dass er konzentriert und bereit ist, sein Tor zu verteidigen, sollte der Puck in seine Richtung geschossen werden.

Mein Blick schweift zu Foster Macinnis, der gerade einen Pass von Liam Nicholson annimmt und zu einem harten Schlagschuss ansetzt. Leider verfehlt er den Puck und ein Defenseman der Cardinals schießt ihn zur Seite, als das Spiel unterbrochen wird.

Jenna stößt mich vor Aufregung mit dem Ellbogen in die Rippen, und wir beide recken unsere Hälse, um Sophie sehen zu können. Irgendwann würde ich mir mit meinen Freundinnen zusammen auch einfach gern ein Spiel nur zum Vergnügen ansehen, doch der heutige Abend wurde sorgfältig geplant.

Hauptsächlich von Baden, mit Jennas Hilfe, während ich mein Übriges getan habe. Es ist gleich so weit und Sophie ist völlig ahnungslos.

Tillie unterhält sich gerade angeregt mit ihr, während Harlow sich mir zuwendet und mir ein wissendes Lächeln zuwirft.

Alle wissen Bescheid, außer Sophie.

Als der Schiedsrichter die Spielunterbrechung abpfeift, leuchtet das rote Licht für die Werbepause auf, und bis auf die Torhüter, die im Netz bleiben, begeben sich die Spieler zu ihrer jeweiligen Bank. Drake nimmt seine Wasserflasche, die oben auf dem Tor liegt, neigt den Kopf zurück und spritzt sich durch seine Maske hindurch Wasser in den Mund.

Die tiefe Stimme des Kommentators dröhnt aus den Lautsprechern: „Titans-Fans … wir haben heute Abend einen besonderen Wunsch von eurem Torwarttrainer Baden Oulett.“

Als Badens Name fällt, jubelt die Menge und Sophie wendet sich ruckartig der Eisfläche zu.

Ich lehne mich nach vorn, halte mich am Geländer fest und sehe Baden, der auf der Spielerbank sitzt und direkt über das Eis auf die Loge blickt. Mein Blick wandert zu Drake. Wie alle anderen im Team weiß er, was vor sich geht und schaut ebenfalls zur Loge hinauf.

Sie können uns zwar nicht deutlich erkennen, doch sie wissen, dass wir hier oben sind und sie beobachten.

„Was zum Teufel geht da vor sich?", murmelt Sophie, woraufhin Jenna kichert.

„Wenn alle ihre Aufmerksamkeit auf die Anzeigetafel richten könnten", fordert der Sprecher. Mir läuft ein Schauer über den Rücken, als das Licht in der Arena gedimmt wird.

Baden erscheint auf der riesigen Anzeigetafel, die in der Mitte über der Eisfläche hängt. Offensichtlich hat er das Video vor dem Spiel aufgezeichnet. Mit einem zärtlichen Lächeln blickt er direkt in die Kamera. „Hey, Sophie."

Ein Jubelschrei geht durch die Arena. Die Fans wissen, dass Baden mit der Frau zusammen ist, die er einst vor ein paar Angreifern gerettet hat. Das hat ihn zwar seine Eishockeykarriere gekostet, doch es hat ihm auch den Posten des Torwarttrainers hier in Pittsburgh eingebracht. Die Fans lieben ihn.

„Oh, mein Gott", flüstert Sophie. Sie umklammert das Geländer so fest, dass ihre Fingerknöchel weiß hervortreten.

„Du weißt, dass ich ein eher zurückhaltender Typ bin", sagt Baden in die Kamera. „Aber wenn es um dich geht und darum, was ich für dich empfinde, will ich meine Gefühle laut herausschreien, damit es jeder hören kann."

In Sophies Augen schimmern Tränen, als der Bildschirm auf der Anzeigetafel sich in zwei Hälften teilt. Irgendwo in der Arena hat einer der Kameraleute auf sie gezoomt, und nun können alle sehen, wie sie in der ersten Reihe der Eigentümerloge sitzt. Sobald die

Fans sie entdecken, drehen sie sich auf ihren Plätzen um und zeigen auf sie.

Sophie bekommt davon nichts mit, denn sie ist ganz auf das Video fixiert.

„Ich liebe dich", sagt Baden und durchbohrt sie fast mit seinem Blick durch die Kamera. „Du bist das Beste, was mir je passiert ist."

Seine Worte sind bedeutungsvoll, schön und traurig zugleich. Wäre Sophie nicht gewesen, hätte Baden nicht die unerträglichen Schmerzen, die vorübergehende Lähmung, die langwierige Rehabilitation und das Ende seiner Spielerkarriere durchleben müssen. Und doch hat er seinen ganz eigenen Blick auf die Dinge.

Es war all die Schmerzen wert, um mit ihr zusammen zu sein.

Mir steigen Tränen in die Augen. Ich wende mich Jenna zu und sehe, dass sie heftig blinzelt, um selbst nicht in Tränen auszubrechen.

„Ich will den Rest meines Lebens mit dir verbringen." Die Kamera zoomt heraus, als Baden im Video eine Ringschachtel aus seiner Tasche zieht und sie hochhält. Als er sie öffnet, zoomt der Kameramann auf den Diamanten auf dem Samtkissen. „Dieser Ring wartet darauf, dass ich ihn dir nach dem Spiel an den Finger stecke."

Sophies Blick fällt auf die Spielerbank, wo Baden mit einem Grinsen auf die Eigentümerloge starrt. Er tätschelt seine Hosentasche, und die Menge brüllt.

„Willst du meine Frau werden?", fragt Baden von der Anzeigetafel aus.

Sophie lächelt und nickt eifrig, woraufhin ein donnernder Jubel der Fans das Stadion erbeben lässt. Auf der Anzeigetafel wird eingeblendet, wie sie Baden auf der Spielerbank mit einem Blick fixiert und sagt: „Ich liebe dich." Ein Live-Bild von ihm erscheint daneben, als er die Worte erwidert, und die Fans drehen durch.

Und das war's. Das Stadion wird hell erleuchtet und die Werbepause ist vorbei, als der Sprecher sagt: „Die Organisation der Titans gratuliert Baden Oulett und Sophie Winters herzlich zu ihrer Verlobung."

„Wusstet ihr alle davon?", ruft Sophie aus und springt von ihrem Sitz auf.

Lachend stehe ich auf und zeige mit dem Kopf in Richtung der Bar. „Wir wussten Bescheid. Und ich habe zur Feier des Tages Champagner mitgebracht."

Die Frauen folgen mir nach oben, und ich schaffe es ohne große Mühe, die Flasche zu öffnen. Jenna holt gekühlte Gläser aus dem Kühlschrank, und ich schenke allen ein.

Sobald wir alle eine Sektflöte in den Händen halten, bilden wir einen Kreis und ich erhebe mein Glas. „Auf Sophie, die Erste aus unserer kleinen Gruppe, die den Schritt in die Ehe wagt. Mögen du und Baden ein langes, wundervolles Leben miteinander haben."

„Hört! Hört!", ruft Jenna und fügt hinzu: „Und mögest du keine hässlichen Brautjungfernkleider mit Puffärmeln und großen Schleifen am Hintern aussuchen."

Wir lachen und nippen an dem Champagner.

„Das war einfach wunderbar", bemerkt Tillie.

„Ich bin die glücklichste Frau der Welt", sagt Sophie mit einem fast blendenden Lächeln. Ihr Glück ist so greifbar, dass es mir die Brust zuschnürt. Noch nie habe ich eine andere Frau um etwas beneidet, doch ich verspüre plötzlich einen Anflug von Eifersucht, der mich mehr als nur ein wenig beängstigt.

„Hast du den Ring gesehen?“, seufzt Harlow und legt sich eine Hand an die Brust. „Du weißt verdammt gut, dass das Video ihm nicht gerecht wird. Ich kann es kaum erwarten, ihn aus nächster Nähe zu betrachten.“

„Hast du geahnt, dass er dir einen Antrag machen würde?“, will Jenna von Sophie wissen.

Diese schüttelt den Kopf, woraufhin wir ihr weitere Fragen stellen und uns seufzend über das Glück unserer Freundin freuen. Als das dritte Drittel beginnt, gehen wir zu unseren Sitzen zurück, um den Rest des Spiels zu verfolgen.

Jenna zupft an meinem Hemdsärmel und hält mich zurück. Sobald die anderen Frauen ihre Plätze eingenommen haben, flüstert sie: „Es war wirklich nett von dir, dass du das für Sophie organisiert hast.“

„Das habe ich gern getan. Die Titans sind eine Familie.“

Jenna schüttelt den Kopf. „Nein, du hast es als Sophies Freundin getan und nicht, weil sie zur Eishockeyfamilie gehört. Das ist ein Unterschied.“

Ich werfe einen Blick auf Sophie, die sich lachend mit Harlow und Tillie unterhält, während sie sich das Spiel ansehen. Als ich mich wieder Jenna zuwende, nicke ich. „Du hast recht. Ich habe es als Freundin und nicht als Eigentümerin des Teams getan. Und ich bin froh darüber.“

„Und ich freue mich, dass du froh darüber bist“, erklärt sie und drückt meinen Unterarm. „Und da du dich endlich als Teil dieser Frauengruppe fühlst, werde ich dir eine Frage stellen … von Freundin zu Freundin.“

„Und die wäre?“, frage ich und hole mir eine Flasche Wasser aus dem kleinen Kühlschrank.

„Wie läuft es zwischen dir und Drake?“

Ich wirble herum und die Flasche rutscht mir fast aus der Hand, doch ich halte sie fest, bevor sie auf den Boden fällt. Ich blicke panisch in Richtung der anderen Frauen, aber sie sitzen zu weit weg und können mich nicht hören. „Wie meinst du das?“

„Du weißt, was ich meine“, erwidert Jenna. „Seid ihr noch zusammen?“

Ich bringe es nicht über mich, sie anzulügen. „Ja, aber es ist wirklich nur eine Affäre. Im Grunde sollte ich sie beenden.“

Weil ich Gefühle für ihn entwickle, und das kann nur in einer Katastrophe enden.

Jenna neigt den Kopf. „Warum solltest du es beenden?“

Ich gebe ihr die politisch korrekte Antwort. „Weil ich eine Grenze überschreite, die ich nicht hätte übertreten sollen. Es ist schlicht und ergreifend falsch.“

Jennas Gesichtsausdruck verändert sich, und ein harter Ausdruck tritt in ihre Augen. „Dann können wir beide nicht mehr befreundet sein.“

„Wie bitte? Warum?“ Ich bin mehr als verwirrt und kann mir beim besten Willen nicht vorstellen, wie sie unsere Freundschaft und mein Abenteuer mit Drake in Verbindung bringen kann.

„Weil du auch in meinem Fall immer wieder eine Grenze überschreitest. Jedes Mal, wenn wir etwas trinken gehen, zu Mittag essen oder Heiratsanträge planen, ist das genauso falsch.“

„Daran ist nichts Falsches“, entgegne ich beharrlich.

„Es ist auch nicht anders“, gibt sie zu bedenken. „Wenn du auf deinem Thron sitzen und auf eine

Grenze bestehen willst, die niemand überschreiten darf, dann muss sie für alle gelten."

Tief im Inneren weiß ich, dass sie recht hat, aber ich werde in dieser Sache nicht nachgeben. Ich beuge mich zu ihr vor und senke die Stimme. „Es ist etwas ganz anderes. Du und ich essen zu Mittag, und Drake und ich bescheren uns gegenseitig Orgasmen."

„Aha!", ruft sie mit einem freudigen Ausdruck im Gesicht aus. „Du hast Spaß mit ihm."

Ich starre sie an. „Ja, sicher. Orgasmen machen durchaus Spaß."

„Da stimme ich dir vollkommen zu." Sie kichert, doch dann wird ihre Miene wieder ernst. „Ich will damit nur sagen, dass du einen Weg gefunden hast, mich und die anderen Mädels in dein Privatleben einzubeziehen. Ich bin deine Angestellte. Die Lebensgefährten der anderen Frauen sind deine Angestellten. Du hast es geschafft, beides zu trennen, und es gibt keinen Grund, warum du das nicht auch mit Drake tun könntest."

„Es ist nicht dasselbe", beharre ich. „Es ist müßig, diese Diskussion überhaupt zu führen, denn es ist ohnehin nur Sex, und zwar heimlicher Sex. Die Grenzen sind also gar nicht so wichtig."

„Bist du sicher, dass es nur Sex ist?", erkundigt sie sich.

Als ich den wissenden Unterton in ihrer Stimme höre, runzle ich die Stirn. „Warum fragst du das?"

Mit einem unschuldigen Funkeln in den Augen zuckt sie mit den Schultern. „Mir ist nur aufgefallen, dass du ihn heute Abend immer wieder angestarrt hast. Und Gage hat mir erzählt, dass Kiera krank war, also habe ich sie angerufen, um zu sehen, ob ich etwas für sie tun kann. Sie hat mir erzählt, dass du dich um sie und die Jungs gekümmert hast.“

Ich ärgere mich, dass die Information nach außen gedrungen ist, aber ich weiß, dass keine dieser Frauen darüber tratschen wird. „Ich habe nur der Schwester und den Kindern eines neuen Spielers geholfen.“

Jenna grinst. „Ja, klar. Und du gibst deine Privatnummer an alle Familienmitglieder der Spieler weiter?“

Verdammt. Nein, das tue ich nicht. Ich habe sie Kiera nur gegeben, weil ich mit Drake eine Beziehung habe – sei es nun eine rein sexuelle oder nicht.

Ich ignoriere die Frage. „Hör zu. Drake und ich haben nur ein wenig Spaß zusammen. Es ist nicht von Dauer.“

„Aber es könnte von Dauer sein, wenn du es willst“, erwidert sie und wendet sich dann ab, um sich zu den anderen Frauen zu gesellen. Zuvor zwinkert sie mir noch zu. „War nur so ein Gedanke.“

Kapitel 26

Drake

Mittlerweile sollte es für mich ein alter Hut sein, Brienne nach einem Spiel zu besuchen. Ich habe kein schlechtes Gewissen, weil ich nicht direkt nach Hause gehe, denn ich weiß, dass die Jungs schlafen und Kiera alles im Griff hat. Es geht ihr schon viel besser, obwohl sie immer noch etwas müde ist, aber sie hat darauf bestanden, dass ich heute Abend ausgehe. Ich habe ihr zwar nicht erzählt, was ich vorhabe, aber sie nahm an, dass ich mich mit Brienne treffen würde.

Als ich die Stufen hinaufgehe, öffnet Brienne die Haustür, und ich verschlucke fast meine Zunge, als sie in Dessous vor mir steht.

Ein Fetzen aus schwarzer Seide und Spitze bedeckt ihre Brüste, während ein winziges Dreieck ihre Weiblichkeit verhüllt. Sie trägt die üblichen sündhaft hohen Stöckelschuhe … schwarze Riemchensandalen mit einem zehn Zentimeter hohen, vergoldeten Absatz.

„Wow", murmle ich, während ich sie von oben bis unten mustere.

Brienne lässt die Hand an der Tür hinaufgleiten und lehnt sich in einer sinnlichen Pose dagegen, wobei sie mir ein verruchtes Lächeln schenkt. „Gefällt es dir?"

„Ich liebe es", antworte ich und füge hinzu: „Dieses Outfit ist der Stoff, aus dem feuchte Träume sind."

Brienne greift nach meiner Gürtelschnalle und zieht mich ins Haus. Ich schließe die Tür und lasse mich von ihr in ihr Schlafzimmer führen. Dabei bleibt mein Blick auf ihrem Hintern haften, der bis auf ein dünnes Stück Spitze zwischen ihren Pobacken völlig entblößt ist.

Aus reiner Neugierde beschließe ich, sie die Führung übernehmen zu lassen. Für gewöhnlich habe ich das Sagen und sie beugt sich meinem Willen, doch heute Abend scheint sie die Rollen vertauschen zu wollen.

Brienne drückt mich auf eine Bank, die am Fußende ihres Doppelbetts steht. Mir stockt der Atem, als sie vor mir auf die Knie geht und mit ihren schlanken Fingern meine Hose aufknöpft.

„Du hast heute großartig gespielt", sagt sie, während sie genau wie ich gebannt auf ihre Hände starrt, als sie meinem Schwanz zur Freiheit verhilft. Er ist bereits quälend hart und sie drückt ihn. „Als Eigentümerin des Teams möchte ich dir meine aufrichtige Anerkennung entgegenbringen."

Sie beugt sich vor und will gerade mit ihren warmen Lippen meinen Schwanz umschließen, doch ich halte sie zurück, indem ich mit einer Hand ihre Kehle packe. Sie betrachtet mich mit einem neugierigen Blick.

Ich schüttle den Kopf. „Ich will Brienne. Nicht die Besitzerin des Teams."

Ein warmherziger Ausdruck huscht über ihr Gesicht und sie verzieht die Lippen zu einem Lächeln. „In Ordnung", flüstert sie. „Dann sollst du nur mich bekommen."

„Gute Antwort", knurre ich und lasse meine Hand an ihren Nacken gleiten.

Eine bessere Antwort hätte sie mir nicht geben können.

Ich drücke sie nach unten, und im nächsten Moment umschließt sie mich mit ihrem Mund. Sie schluckt mich so tief und saugt so heftig, dass ich die Engel singen höre.

Ich keuche vor Lust, während Brienne mich verwöhnt, dennoch habe ich das Gefühl, dass ich mehr brauche. Während der vergangenen Tage war ich wie besessen von dem Gedanken, dass sie Kiera und meinen Jungs geholfen hat. Ich habe mich selbst dafür getadelt, dass ihre Fürsorge Gefühle in mir auslöst, und dann habe ich mir Vorwürfe gemacht, weil ich mich selbst für meine Gefühle gemaßregelt habe.

Am liebsten will ich ihr nur ein paar Orgasmen bescheren und im Gegenzug selbst in ekstatische Höhen auffliegen, doch das scheint nicht mehr genug zu sein.

Wenn ich sie gewähren ließe, würde diese Frau den letzten Tropfen aus mir heraussaugen und dabei jeden einzelnen Moment genießen. Auf der ganzen Welt existiert wahrscheinlich kein einziger Mann, der die Kraft hätte, sie jetzt von sich zu stoßen, und doch tue ich genau das.

Sie gibt meinen Schwanz frei und runzelt die Stirn. „Was ist los?"

Ich ziehe sie auf die Füße und in meine Arme, um sie leidenschaftlich zu küssen. Meine Zähne prallen auf ihre, während ich eine Hand an ihren Hintern wandern lasse. Ich drücke sie fest an mich, bevor ich mit dem Finger den Spitzenstoff nachzeichne, der zwischen ihren Pobacken verschwindet.

Brienne stöhnt auf und packt mein Hemd, als könnte sie fallen, wenn sie sich nicht an mir festhält. Ich lasse meinen Finger weiter gleiten, schiebe ihn unter den Seidenstoff und dringe tief in sie ein. Sie ist schon so feucht, dass ich fast den Verstand verliere.

„Ich muss in dir sein", murmle ich an ihrem Mund. „Und zwar jetzt."

„Ja", flüstert sie und küsst mich erneut. Sie will sich an meinem Hemd zu schaffen machen, aber ich habe keine Zeit dafür.

Als ich sagte, ich muss in ihr sein, meinte ich *jetzt gleich*.

Ich hebe sie hoch, trage sie zum Bett und werfe sie auf die Matratze. Als ich mich auf sie lege, spreizt sie bereitwillig die Schenkel.

Wir atmen beide schwer, während wir uns wortlos im Einklang bewegen. Ich schiebe meine Hose ein Stück nach unten und umfasse meinen Schwanz mit einer Hand. Brienne lässt ihre Hand zwischen ihre Schenkel gleiten und schiebt ihr Höschen beiseite. Wir senken beide den Blick, als ich meinen Schaft an ihrer feuchten Spalte positioniere und mit einem heftigen Stoß tief in sie eindringe.

„Verda-a-a-a-ammt", stöhne ich, als Brienne ein erstickter Schrei entfährt.

Das Gefühl ist überwältigend und ich will gleichzeitig mehr. Ich ziehe sie an mich und presse meine Stirn an ihre. Obwohl ich immer noch vollständig bekleidet bin und ihr noch nicht einmal das Höschen ausgezogen habe, ist dieser Moment der intimste, den ich je mit einer Frau erlebt habe. Das krampfhafte Verlangen, in ihr zu sein, bringt mich fast um den Verstand, und obwohl mein Blut vor Begierde brodelt, habe ich mich noch nie so gelassen gefühlt.

Ich atme tief durch und versuche, mein Herz zu beruhigen und diese unbändige Lust unter Kontrolle zu bringen. Ich stoße zaghaft in sie hinein, und ihr leises Stöhnen treibt mich fast über den Rand der Ekstase.

Ich brauche eine Ablenkung, und ihre Lippen sind geschmeidiger als alles, was ich je geschmeckt habe. Ich hebe meinen Kopf an und küsse sie, wobei ich meine Zunge in ihren Mund gleiten lasse. Brienne krallt sich in mein Haar und schlingt ihre Schenkel um meinen Rücken. Als sie dabei einen ihrer vergoldeten Absätze über meine Wade gleiten lässt, spüre ich die Berührung bis in meine Eier.

Mit bedächtigen, sanften Stößen dringe ich in sie ein, während ich ihren Mund liebkose. Ich schlinge einen Arm um ihren Hals und den anderen um ihren Rücken, um sie fest an mich zu ziehen. Wahrscheinlich drücke ich ihr die Luft ab, doch sie beschwert sich nicht.

Es fühlt sich so verdammt gut an. Ich könnte für immer so verweilen, doch ich weiß, dass ich nicht lange durchhalten werde. Mein Unterleib krampft sich bereits zusammen, während Brienne wimmernde Laute von sich gibt.

Ich hebe den Kopf und blicke auf sie herab. Sie fixiert mich mit ihren blauen Augen, die vor Lust glasig sind, während ich fester in sie stoße.

Brienne schnappt nach Luft, und ich spüre, wie ihre Schenkel zu zittern beginnen. „Ich komme gleich, Drake", keucht sie und vergräbt ihre Fingernägel in meiner Kopfhaut.

Ich falle selbst gleich über den Abgrund und kann mich kaum noch halten.

Als ich ein weiteres Mal in sie stoße, explodiert sie mit einem Schrei. Ihre Hüften zucken, doch ich halte sie fest, sodass sie nichts anderes tun kann, als sich unter mir vor Lust zu winden. Sie spannt die Muskeln um mich herum an und dann werde auch ich von der Welle der Ekstase mitgerissen.

Ich komme, wie ich noch nie zuvor gekommen bin. Diesmal fühlt es sich nicht so an, als würde ich von innen heraus in Stücke gerissen werden. Die Empfindung ist sogar noch überwältigender.

Es ist so intensiv und rauscht mit einer schwerfälligen Wucht durch meinen ganzen Körper, während ich mich mit einem lauten Stöhnen in ihr ergieße. Ich fühle mich, als würde ich von einer Lawine erfasst, die so kraftvoll ist, dass sie die Erde zum Beben bringt.

Ich lasse meine Hand an ihren linken Oberschenkel gleiten und drehe uns beide auf die Seite, während ich immer noch ekstatisch in sie stoße. Ich habe das Gefühl, als wäre ich gerade zu einem Ganzen zusammengefügt worden.

Brienne schlingt die Arme um mich und schmiegt ihr Gesicht in meine Halsbeuge. „Das war anders als sonst", flüstert sie.

Dann hat sie es also auch gespürt.

Ich antworte nicht, weil ich Angst habe, es laut anzuerkennen.

Ich fürchte mich vor der Unterhaltung, die mein Eingeständnis nach sich ziehen könnte.

Und ich fürchte mich davor, dass wir danach einen neuen Weg beschreiten könnten.

Stattdessen nehme ich sie in den Arm und versuche zu akzeptieren, dass die Grenzen sich verschoben haben.

„Bleibst du noch eine Weile?", will Brienne wissen.

„Warum? Musst du nicht arbeiten?", necke ich sie.

Sie lacht und windet sich. „Nein, aber der Reißverschluss deiner Hose drückt gegen mein Bein."

„Scheiße", murmle ich, und obwohl ich es nur ungern tue, ziehe ich mich zurück. „Willst du, dass ich gehe?"

„Nein", erwidert sie, ohne zu zögern. „Ich möchte, dass du bleibst."

Wir starren einander an. Ich bin auch zuvor schon bei ihr geblieben, denn die Zeiten, in denen ich sie gefickt habe und danach sofort wieder gegangen bin, liegen lange hinter uns. Für gewöhnlich unterhalten wir uns über belanglose Dinge und ficken noch einmal. Irgendwann gehe ich, aber nie überstürzt.

Dennoch spüren wir beide, dass sich etwas zwischen uns verändert hat. Da wir es beide nicht ansprechen, liegt nun eine unbehagliche Stimmung in der Luft.

Wenn ich ein Feigling wäre, würde ich mir irgendeine Ausrede einfallen lassen, warum ich nach Hause müsste, um nach den Jungs zu sehen. Es wäre zwar wenig überzeugend, aber Brienne würde es verstehen.

Stattdessen gewinnt meine Kühnheit die Oberhand und ich beschließe, mich darauf einzulassen. Schließlich kann ich dem Ganzen jederzeit einen Riegel vorschieben.

„Ich bleibe", erkläre ich, rolle mich vom Bett und ziehe sie auf die Füße. Wir entledigen uns unserer Kleidung und ich führe sie ins Badezimmer, um sie mit einem warmen, feuchten Tuch zwischen den Schenkeln zu waschen.

Kurz darauf liegen wir erneut im Bett, und ich widerstehe dem Drang, sie zu liebkosen. Ich könnte sofort wieder über sie herfallen, doch ich will ihr beweisen, dass ich nicht vor dem zurückschrecke, was sich gerade zwischen uns abspielt, selbst wenn es verdammt beängstigend ist.

„Sophie war vollkommen schockiert heute Abend, nicht wahr?", frage ich.

Briennes Augen leuchten freudig auf und sie schenkt mir ein sehnsüchtiges Lächeln. „Es war genial. Sie hat es nicht kommen sehen."

Ich stütze den Ellbogen auf und lege den Kopf in meine Hand, während Brienne mir von ihrem Abend mit den Mädels erzählt. Ich berichte wiederum, dass Baden bis zu besagtem Moment ein nervöses Wrack war und nach dem Spiel in der Umkleidekabine auf Wolke sieben schwebte, was rein gar nichts mit unserem Sieg zu tun hatte.

Irgendwann wechseln wir das Thema und unterhalten uns über das Spiel. Sie erkundigt sich nach Kiera und ich erzähle ihr eine lustige Geschichte über die Jungs.

Und dann küsse ich sie. Auf ihren Mund, ihr Kinn, ihre Brüste, ihren Bauch und schließlich zwischen ihren Schenkeln. Während Brienne ihre Finger in meinen Haaren vergräbt und ihre Hüften unter mir windet, bringe ich sie mit dem Mund zum Höhepunkt und ficke sie dann noch einmal.

Als es Zeit wird zu gehen, zieht sie sich einen Bademantel an und begleitet mich zur Tür. Sie legt ihre Hand auf meine Brust, stellt sich auf die Zehenspitzen und gibt mir einen zärtlichen Abschiedskuss auf die Wange. Normalerweise würde ich gehen, ohne sie eines weiteren Blickes zu würdigen, da ich weiß, dass ich ihr eine Nachricht schreiben werde, um mit ihr unsere nächste „Verabredung" zu vereinbaren.

Stattdessen kommen mir die Worte ungehindert über die Lippen, bevor ich mich eines Besseren besinnen kann. „Was hast du morgen vor?"

Sie runzelt die Stirn, da die Frage offensichtlich absurd ist. „Ich arbeite."

„Ja, ich weiß, dass du arbeiten musst." Ich strecke eine Hand nach ihr aus und tippe mit dem Finger an ihre Nase. „Aber was genau hast du zu tun?"

Sie blickt auf und scheint sich ihre Termine ins Gedächtnis zu rufen. „Ich glaube am Vormittag stehen einige Besprechungen an, dann ein Mittagessen mit einem potenziellen Investor und am Nachmittag weitere Besprechungen."

„Sag sie ab." Ich lege meine Hände an ihre Hüfte und ziehe sie an mich.

Ihr Stirnrunzeln vertieft sich. Ich kann sehen, wie verwirrt sie ist.

Verdammt, mir geht es nicht anders.

„Warum?", will sie wissen.

„Ich möchte morgen eine Spritztour mit dem Motorrad mit dir unternehmen. Wir werden picknicken."

Brienne neigt den Kopf, und sie sieht mich an, als wären mir Hörner gewachsen. „Picknicken?"

„Ja, picknicken", wiederhole ich mit einem Augenzwinkern. „Während der Fahrt wird es etwas kühl sein, also zieh dir etwas Passendes an. Eine Jeans wäre gut, aber falls du eine Lederhose hast, schützt sie dich besser vor dem Wind. Außerdem fände ich das ziemlich sexy. Und vergiss die Jacke und Handschuhe nicht."

Sie versucht, sich meinem Griff zu entziehen. „Ich kann nicht einfach meine Besprechungen absagen, um einen Ausflug zu machen und zu picknicken."

„Natürlich kannst du das. Du bist die Chefin.“

„Eine dieser Besprechungen wurde vor drei Wochen angesetzt.“

Ich zucke mit den Schultern. „Na und. Du bist trotzdem die Chefin. Niemand stellt deine Entscheidungen infrage.“

Brienne beißt sich auf die Unterlippe, was bedeutet, dass sie darüber nachdenkt.

„Komm schon“, beschwöre ich sie, beuge mich vor und liebkose ihren Hals. „Du arbeitest so hart, nimm dir ein paar Stunden Zeit für dich. Eine Spritztour aufs Land. Die Blätter verfärben sich bereits. Du kannst dich auf dem Motorrad an mich kuscheln und ich werde dich füttern. Wie kannst du da Nein sagen?“

„Weil …“

Ich bringe sie mit einem leidenschaftlichen Kuss zum Schweigen, wobei ich ihr Gesicht mit beiden Händen umfasse, damit sie den Kopf nicht zurückziehen kann. Dann lasse ich sie los und gehe rückwärts davon. „Sag nicht nein. Morgen um dreizehn Uhr geht es los, ich hole dich hier ab.“

„Aber …“

„Wenn du nicht hier auf mich wartest, heißt das, du kommst nicht mit. Aber wenn du hier bist, fahren wir raus. Ich werde da sein. Und vergiss nicht, Lederhose oder Jeans, Mantel und Handschuhe.“

Ich erwarte, dass sie noch etwas erwidert, aber sie bleibt stumm. Sie hat immer noch die Stirn in Falten gelegt, und ich kann sehen, dass sie mit dem Gedanken hadert. Er widerspricht nicht nur ihrer strengen Arbeitsmoral, sondern verwischt auch die Grenzen zwischen uns, die ohnehin schon schwer zu ziehen sind.

Ich weiß das genauso gut wie sie.

Vielleicht ist es das Dümmste, was ich je getan habe, aber ich kann mir einfach nicht helfen. Ich will Brienne öfter sehen und sie auch außerhalb des Bettes treffen.

Hoffentlich wird sie morgen da sein.

Kapitel 27

Brienne

Drakc wirkt nicht überrascht, als ich aus dem Haus trete und auf ihn zugehe. Er hat sogar einen leicht triumphierenden Ausdruck im Gesicht, während er mit einem zweiten Helm in der Hand neben seinem Motorrad steht.

Im Gegensatz zu ihm bin ich von mir selbst überrascht. Ich habe mich gerade erst vor einer Stunde entschieden und hastig mein Mittagessen und die Besprechungen am Nachmittag abgesagt. Dann habe ich mich von meinem Fahrer nach Hause bringen lassen und mich eilig umgezogen.

Großer Gott, der Mann sieht umwerfend aus. Er hat sich ein rotes Kopftuch umgebunden, und sein langes Haar – das, wie ich glaube, nicht mehr geschnitten wurde, seit er dem Team beigetreten ist – fällt ihm auf die Schultern. Sein Bart ist gepflegt, aber ich habe festgestellt, dass er ebenfalls ein wenig länger ist.

Drake lässt beifällig seinen Blick an mir auf und ab schweifen. Tatsächlich besitze ich eine Menge Lederhosen – allesamt Designermarken und nicht für eine Fahrt mit dem Motorrad geeignet – von denen ich mir eine dunkle burgunderrote Lederhose ausgesucht habe. Da alle meine Stiefel eher modisch als praktisch sind, habe ich mich für ein schwarzes Wildlederpaar mit Blockabsatz statt mit Pfennigabsatz entschieden. Neben Drakes verblichenen Jeans und seinen schweren Stiefeln mit Profilsohle sehe ich deplatziert aus.

Aber das ist mir völlig egal.

„Schicke Jacke", bemerkt er mit einem Grinsen. Sie besteht aus schwarzem Leder, ist ebenfalls von einem Designer und besticht durch silberne Reißverschlüsse und breite Revers.

„Das ist Biker-Chic", antworte ich.

„Du siehst heiß aus." Er fährt mit den Fingern über den Rand des schwarzen Kaschmirschals, den ich mir um den Hals gewickelt habe, und zieht mich zu sich, um mich zu küssen. Leidenschaftlich und sanft zugleich, sind seine Küsse der Grund, warum ich mich so sehr nach ihm verzehre. Aber nicht nur körperlich, sondern in … jeglicher Hinsicht.

Drake setzt mir einen Helm auf und zieht den Riemen unter meinem Kinn fest. Mein Gesicht ist durch ein Plastikvisier geschützt, während der Rest meinen gesamten Kopf umhüllt. Drakes Helm, der momentan noch auf dem Ledersitz des Motorrads liegt, bedeckt nur den oberen Teil seines Kopfes.

„Warum bekomme ich einen großen Helm?", will ich wissen.

„Weil dein Gehirn wertvoller ist als meins", scherzt er. „Hast du schon mal auf einem Motorrad gesessen?"

Ich schüttle den Kopf. „Ich habe ein bisschen Angst."

„Dann werden wir es langsam angehen und ich fahre ganz gemächlich. Ich habe eine Route geplant, die uns südwestlich nach West Virginia führen wird. Wir werden in einem Park Rast machen und dort zu Mittag essen, bevor wir zurückfahren. Lasse einfach deine Füße dort, wo ich es dir sage, und schlinge deine Arme fest um mich, dann musst du keine Angst haben."

***

Zugegebenermaßen ist die Fahrt herrlich. Das Motorrad rattert unter mir, während ich mich an Drakes Rücken schmiege und die Hände in seinen Jackentaschen vergraben habe, um sie zu wärmen. Der kühle Wind weht mir um die Nase und ich werde von einem Gefühl des inneren Friedens durchströmt.

Wir halten uns an Landstraßen, die sich über wunderschöne, sanfte Hügel schlängeln, welche zum Teil bewaldet und zum Teil bewirtschaftet sind. Ich bin hier noch nie zuvor entlanggefahren, obwohl die Gegend weniger als eine Stunde von der Stadt entfernt ist, und mir wird klar, dass ich trotz meiner Reisen um die ganze Welt, so vieles noch nicht gesehen habe.

Nach einer Stunde hält Drake an einem kleinen öffentlichen Park, der aus nicht mehr als zwei Baseballfeldern, einem heruntergekommenen Basketballplatz und ein paar Picknicktischen besteht.

Es ist ein heller, sonniger Tag mit Temperaturen um die zwanzig Grad, doch der Wind während der Fahrt war ziemlich kühl. Ich zittere, als er mir beim Absteigen hilft. Nachdem er mir den Helm abgenommen hat, reibt er mir über die Arme und zieht mich an sich. Ich schmiege mich an ihn, denn wir sind kilometerweit von Pittsburgh, den Titans, meinem Sitz als Firmenchefin und seinem Arbeitsplatz im Tor entfernt.

„Hast du Hunger?“, fragt er, als er sich von mir löst.
„Allerdings.“
Zu meiner Überraschung öffnet Drake eine der Satteltaschen des Motorrads und holt eine Kühltasche heraus. Aus der anderen zieht er eine Wolldecke.

Ich folge ihm an den Picknicktischen vorbei zu einem sonnigen Plätzchen in der Mitte einer Wiese. Das sommerliche Grün ist bereits verblasst und der Boden knirscht unter unseren Stiefeln.

Es ist faszinierend zu beobachten, wie dieser große, kräftige Mann, der vor nicht allzu langer Zeit noch ziemlich reizbar war, ein Picknick zurechtmacht.

Zudem ist es gesund. Ein paar Club-Sandwiches, ein Behälter mit Karotten und Hummus und zwei Flaschen kaltes Wasser.

Wir lassen uns auf der Decke nieder. Er liegt lässig auf der Seite und sieht umwerfend aus, während er sein Sandwich verspeist. Ich setze mich in den Schneidersitz und knabbere an einer Karotte.

„Was hast du heute Morgen gemacht?“, frage ich.

„Ich habe Kiera den Vormittag frei gegeben. Sie hatte einen Friseurtermin, also habe ich das Frühstück für die Jungs zubereitet und sie zur Schule gebracht. Dann habe ich im Haus für Ordnung gesorgt.“

Ich wedle mit einer Karotte in der Luft herum. „Es ist seltsam … Ich glaube, viele Frauen würden sich nicht träumen lassen, dass du so häuslich bist, aber ich könnte dich mir gar nicht anders vorstellen. Du bist einer dieser Männer, die alles in ihrer Macht Stehende tun, um ihr Ziel zu erreichen, selbst wenn es nur darum geht, das Haus aufzuräumen.“

Drake lächelt, als er sein Sandwich ablegt, sich eine Karotte nimmt und sie in den Hummus dippt. „Ich war schon immer ein Ordnungsfanatiker. Mit drei Jungs ist es zwar nicht ganz so leicht, aber das macht mir nichts aus. Was hast du heute Morgen getan?“

Ich packe mein Sandwich aus und stopfe ein verirrtes Salatblatt hinein. „Ich habe stundenlang mit mir gerungen, ob ich dein Angebot annehmen soll.“

Drake lacht. „Es fällt dir schwer, dich von der Arbeit loszureißen, nicht wahr?“

Bevor ich in mein Sandwich beiße, antworte ich: „Ich habe Verpflichtungen.“

„Die du mehr als erfüllst“, sagt er mit einem vielsagenden Blick. „Du musst lernen, hin und wieder auch etwas für dich selbst zu tun.“

Ich kaue und schlucke den Bissen hinunter, der aus einer köstlichen Mischung aus Roggenbrot, Truthahn, Speck, Salat und Tomate besteht. Drake beugt sich vor und wischt mir etwas Mayonnaise aus dem Mundwinkel, und mir stockt der Atem. Ich glaube nicht, dass ich ihn je derart bodenständig erlebt habe. Es macht ihn unglaublich attraktiv.

„Wenn ich mit dir zusammen bin, tue ich etwas für mich selbst“, gestehe ich leise.

„Orgasmen haben durchaus gesundheitliche Vorzüge“, erwidert er mit einem Funkeln in den Augen.

„Genauso wie lange Motorradtouren aufs Land und ein Picknick während eines Arbeitstages.“

Er blickt mir direkt in die Augen, bevor er den Kopf neigt. „Gern geschehen.“

Ich wende den Blick ab und esse einen weiteren Bissen von meinem Sandwich.

„Hast du so etwas schon einmal mit deinem Bettgefährten unternommen?“, will Drake wissen.

Ich sehe ruckartig auf und starre ihn mit vollem Mund an. Ich schüttle den Kopf und schlucke den Bissen hinunter, dann trinke ich einen Schluck Wasser, während ich den Mut für eine Gegenfrage aufbringe: „Hast du so etwas schon einmal mit einer anderen Frau unternommen?“

Er stößt ein Lachen aus. „Noch nie.“

„Nicht einmal mit deiner Ex-Frau?“ Möglicherweise habe ich eine masochistische Ader, aber ich bin nun einmal neugierig.

Drake wendet den Blick ab und scheint in seinem Gedächtnis zu kramen. Als er mich mit seinen wunderschönen Augen wieder ansieht, erklärt er: „Es gab wohl nie einen Grund dafür.“

„Du meinst also, dass ich einen Ausflug nötig hatte?“

„Vielleicht hatte ich es auch nötig“, murmelt er und zuckt mit einer Schulter, als wolle er sagen, dass er sich nicht ganz sicher sei.

Ich lege mein Sandwich auf die Decke und wische meine Finger an einer Serviette ab. „Was ist passiert?“ Er durchbohrt mich mit seinem Blick. „Etwas hat sich zwischen uns verändert, doch ich bin mir nicht ganz sicher, was es ist.“

„Ich weiß es auch nicht. Aber ich weiß, dass ich den heutigen Tag mit dir verbringen wollte. Ich wollte auf mein Motorrad steigen und hier im Park mit dir etwas essen und mich mit dir unterhalten. Dennoch ist es kompliziert.“

„Weil wir sind, wer wir sind“, stelle ich leise fest.

„Zum einen“, erwidert er und reißt einen trockenen Grashalm ab, um ihn zwischen den Fingern zu rollen. „Aber da ist auch noch meine Ex-Frau.“

Das ergibt keinen Sinn. „Ich dachte, das ist längst vorbei.“

„Zwischen uns ist es vorbei, denn wir sind geschieden. Aber sie ist immer noch Jakes, Colbys und Tanners Mutter, daher wird sie nie ganz von der

Bildfläche verschwinden. Selbst wenn sie nie wieder auftaucht, wird sie immer eine Rolle im Leben der Jungs spielen, denn sie werden sich stets fragen, wo sie ist. Sie könnte tot in irgendeinem Graben liegen und nie gefunden werden, und sie würde trotzdem in ihren Köpfen herumspuken. Ich versuche immer wieder, ihnen zu erklären, warum sie so geworden ist und sie scheinbar im Stich gelassen hat. Und es tut mir leid, Brienne, aber tief im Inneren werde ich dich immer mit ihr vergleichen und mich fragen, ob du dich genauso verändern wirst."

Ich weiche zurück, als hätte er mir eine Ohrfeige verpasst.

Er ergreift blitzschnell meine Hand und drückt sie. „Ich will dich nicht verletzen, und ich bin mir zu 99,9 Prozent sicher, dass ich genau weiß, wer du bist. Aber ich dachte auch, ich würde Crystal kennen, und ich war am Boden zerstört, als sie beschlossen hat, dass die Drogen wichtiger sind als ihre Familie. Ich will nie wieder in eine solche Situation geraten. Die Liga hat mich ebenso im Stich gelassen und das habe ich nicht vergessen. Mir ist jedoch klar, dass du nicht die Liga bist. Du bist eine wunderschöne, warmherzige, sinnliche Frau, die ich verdammt gern habe."

Der Gedanke, dass die Sache für ihn so kompliziert ist, versetzt mir einen Stich im Herzen und ich drücke seine Hand. Ich weiß genau, was er sagen will. Er glaubt nicht, dass ich zu Drogen greifen und ihn in Zukunft enttäuschen könnte, aber er will auch keine Frau, die einen ganzen Haufen Verpflichtungen in ihrem Leben hat, die vor ihm oder seinen Kindern an erster Stelle stehen.

Er will nur sich und seine Familie schützen.

„Ich bin nicht Crystal", sage ich und ziehe meine Hand zurück. „Aber ich verstehe deine Bedenken und kann sie dir nicht verübeln."

„Du und ich passen in vielerlei Hinsicht zusammen", verkündet Drake. „Wenn ich dir sage, dass ich mich noch nie so sehr zu einer Frau hingezogen gefühlt habe oder je eine Frau so sehr respektiert habe, dann meine ich das auch so. Ich mag dich nicht nur im Bett, obwohl der Sex mit dir fantastisch ist. Aber es ist auch schwer für mich, mir vorzustellen, wohin unsere Beziehung noch führen könnte. Und um ehrlich zu sein, liegt das vor allem an meinem mangelnden Vertrauen in mich selbst."

„Wie bitte?", rufe ich aus. „Du bist einer der stärksten und fähigsten Menschen, die ich kenne. Wie kannst du nur so etwas denken?"

„Weil ich meine Frau direkt vor meinen Augen an die Drogensucht verloren habe. Ich war so sehr mit Eishockey beschäftigt, während ich mich darauf konzentriert habe, ein guter Vater und Ehemann zu sein, dass ich gar nicht begriffen habe, was vor sich ging."

Ich bin entsetzt. „Du gibst dir doch nicht etwa selbst die Schuld für ihr Fehlverhalten?"

Er schüttelt den Kopf. „Nein, das tue ich nicht. Aber ich stelle meine Fähigkeit in Frage, die Dinge so zu sehen, wie sie sind, vor allem, wenn es um Beziehungen geht."

„Du weißt, wer ich bin", flüstere ich. „Ich habe mich nie verstellt."

„Ja … du bist genau wie ich. Du hast aus anderen Gründen vermieden, eine Beziehung einzugehen, weil du Geradlinigkeit brauchst. Genau wie ich hattest du keine Zeit, dich um die wichtigen Dinge im

Leben zu kümmern. Und doch sind wir hier und fragen uns, ob jemals mehr zwischen uns sein könnte.“

„Wow.“ Ich stoße den Atem aus und wende meinen Blick von Drake ab. Seine Worte sind nicht nur tiefgründig, sondern treffen mich mitten ins Herz, denn wir entblößen gerade unsere Seelen voreinander, um herauszufinden, was sich tief in unserem Inneren verbirgt.

„Das bedeutet aber nicht, dass wir es nicht versuchen können“, fügt er hinzu. Der plötzliche Anflug von Hoffnung, der mich durchflutet, verrät mir alles, was ich über mich selbst wissen muss. Ich begegne seinem Blick. „Aber es wird verdammt kompliziert werden.“

Ich schiebe unser Mittagessen beiseite und krieche auf allen Vieren zu Drake hinüber, um mich neben ihn zu legen. Dabei sehe ich ihn an, lege eine Hand an seine Wange und streiche mit dem Daumen über seinen Bart. „Ich weiß, dass es kompliziert ist, aber ich würde gern sehen, wohin es führen könnte. Ich möchte, dass wir beide unsere Ängste überwinden, denn ich fürchte, wenn wir es nicht wenigstens versuchen, werden wir es irgendwann bereuen.“

Drake durchbohrt mich mit einem Blick, bevor er sich vorbeugt, um mir einen sanften, verheißungsvollen Kuss zu geben. Als er den Kopf wieder zurückzieht, fragt er: „Sollen wir es weiter geheim halten?“

Ich beiße mir auf die Unterlippe und wäge die Konsequenzen ab. „Es steht zwar nirgendwo geschrieben, dass wir nicht zusammen sein dürfen, aber die Leute werden mit ihrer Meinung nicht hinterm Berg halten. Sowohl die Fans, die Führungsriege und deine Mannschaftskameraden werden etwas dazu zu sagen haben. Viele werden dagegen sein, und andere nicht.“

Drake zieht eine Grimasse. „Die Presse wird sich sicher darauf stürzen und die ganze alte Geschichte mit Crystals Anschuldigungen und meinem Ausscheiden aus der Liga wieder aufwärmen."

„Also halten wir es geheim", erkläre ich und beuge mich vor, um ihn zu küssen. „Nur du und ich, bis wir wissen, wie es weitergeht."

„Nun, und Jenna und Gage", räumt er ein.

„Und Kiera und die Jungs", füge ich hinzu.

„Oh, und Daniel … dein Haushälter weiß auch Bescheid."

Lachend lasse ich mich von ihm auf den Rücken rollen und leidenschaftlich küssen. Ich schlinge die Arme um seinen Hals und gebe mich ihm hin.

Irgendwann hebt Drake den Kopf und sieht mit einem nachdenklichen Blick auf mich herab. „Es gefällt mir, wenn du so entspannt unter mir liegst. Es ist ein schöner Anblick."

Grinsend ziehe ich ihn an den Haaren. „Danke, dass du mich zu diesem Ausflug überredet hast. Es fällt mir schwer, auch mal eine Auszeit zu nehmen. Ich bin dir wirklich dankbar."

Drake reibt seine Nase an meiner, bevor er mich wieder küsst. Er liebkost mich mit seinen Lippen, wobei sein Bart auf meiner Haut kitzelt. „Wie wäre es, wenn du mir gegenüber deine Dankbarkeit zum Ausdruck bringst, wenn ich das nächste Mal in dir bin? Du kommst doch morgen zu dem Spiel in Columbus, oder?"

„Das würde ich auf keinen Fall verpassen", antworte ich, bevor ich ihn wieder zu mir herabziehe. Ich habe das Gefühl, dass der heutige Tag möglicherweise den Beginn eines völlig neuen Lebens markiert.

Kapitel 28

Drake

W arum wundert es mich nicht, dass du dich als Thor verkleidet hast?"
„ Ich drehe mich um und sehe, wie Baden über den Spielerparkplatz auf mich zugeht. Ich wirble kurz meinen Hammer durch die Luft und lege ihn auf meiner Schulter ab. Ich mustere ihn von Kopf bis Fuß und betrachte sein Batman-Kostüm. „Batman. Der Zusammenhang ist mir nicht ganz klar."

Baden zeigt mit dem Kinn über seine Schulter auf eine Reihe von Autos, die in der Nähe der Arena geparkt sind. Sie alle haben den Kofferraum geöffnet. „Sophie hat sich als Wonder Woman verkleidet, und hat mein Kostüm für mich ausgesucht."

„Wow", staunt Colby und sieht zu Baden auf. „Ich liebe Batman."

Ich halte Colbys Hand auf der einen Seite und auf der anderen die von Tanner. Letzterer scheint weniger beeindruckt zu sein.

Baden geht vor Colby in die Hocke. „Und mir gefällt dein Cowboy-Outfit."

„Wenn ich groß bin, werde ich ein Cowboy sein", verkündet er stolz.

„Dann sollte dein Vater dir ein Pferd kaufen", erwidert Baden, woraufhin ich ihm einen finsteren Blick zuwerfe, während Colby mit einem hoffnungsvollen Ausdruck in den Augen zu mir hinauf starrt.

„Ich werde Feuerwehrmann", erklärt Tanner, und Baden wendet sich ihm zu.

„Du wirst bestimmt ein großer Held." Dann sieht er Jake an und grinst. „Und du wirst der beste Torwart der Liga sein."

Mein Herz macht vor Stolz einen Satz. Jake wollte schon immer seinem Vater nacheifern. Ich muss ihn unbedingt bei einem Team einschreiben, denke ich erneut. Er trägt ein komplettes Titans-Outfit, einschließlich einer Nachbildung meiner Eishockeymaske.

Baden steht auf und umarmt Kiera. „Hi, Harley."

Lachend löst sie sich aus der Umarmung. Sie sieht Harley Quinn tatsächlich zum Verwechseln ähnlich, obwohl ihre Shorts meiner Meinung nach etwas länger sein könnten. Falls ich sehe, dass einer meiner Mannschaftskameraden mehr als einen zweiten Blick riskiert, werde ich ihm liebend gern die Fresse polieren.

„Und nun kommt", sagt Baden und wendet sich den Fahrzeugen zu. „Lasst uns Süßigkeiten sammeln."

Heute ist Halloween, und die Organisation der Titans veranstaltet jedes Jahr etwas Besonderes für die Kinder. Normalerweise findet eine große Party statt, aber in diesem Jahr haben sich die Spieler zusammengetan und beschlossen, auf dem Parkplatz des Stadions zu feiern. Die Spieler ohne Kinder haben ihre Fahrzeuge dekoriert und die Kofferräume mit Süßigkeiten und Spielzeug beladen.

Die Eltern hingegen mussten nur mit ihren Kindern im Kostüm erscheinen und das Fest genießen.

Für die Erwachsenen war die Verkleidung zwar keine Vorschrift, aber ich konnte dem Thor-Kostüm nicht widerstehen. Es kommt so häufig vor, dass ich mit ihm verglichen werde, was vor allem an meiner Größe und natürlich der Frisur liegt.

Der Wagen am Anfang der Reihe gehört keinem der Spieler, denn dort steht ein alter schwarzer Leichenwagen, der ein gruseliges Bild abgibt. Ich erkenne das Paar nicht, das danebensteht. Der Mann ist ein sehr großer, massiger Frankenstein, der einschließlich der Bolzen im Nacken und der Narben perfekt geschminkt ist. Die Frau ist die passende Braut mit einer schwarz-weißen Hochsteckfrisur, blasser Haut, dramatisch bemalten Augen und schwarzen Lippen.

„Wow", haucht Kiera erstaunt aus.

Frankenstein stapft zum hinteren Teil des Leichenwagens, holt einen Korb mit Süßigkeiten heraus und dreht sich zu meinen Kindern um. Colby stellt sich dicht neben mich.

„Wenn das nicht der McGinn-Clan ist", sagt der Mann, und ich erkenne Coens Stimme.

„Kumpel", rufe ich aus und mustere ihn von Kopf bis Fuß. „Das ist ein fantastisches Kostüm. Ich habe dich nicht einmal erkannt."

„Tillie hat es entworfen", sagt er stolz, und ich wende mich ihr zu, um sie zu umarmen. „Sie ist die Künstlerin in der Familie."

Tillie sieht zwar furchteinflößend aus, aber sobald sie die Süßigkeiten aus dem Korb holt und in die Eimer meiner Kinder füllt, haben sie nicht mehr ganz so viel Angst.

„Danke", sagen sie leise und immer noch ein wenig verängstigt, woraufhin Kiera mit ihnen zum nächsten Wagen geht.

„Ihr habt dafür gesorgt, dass meine Kinder Albträume haben werden", teile ich Coen mit, während ich meine Jungs beobachte. Im nächsten Fahrzeug warten Hendrix und Boone, die sich beide als Power Rangers verkleidet haben.

„Scheiße, im Ernst?“, stammelt Coen.

„Nein, nicht wirklich“, erwidere ich lachend. „Nicht, nachdem ich ihnen versichert habe, dass du nur ein Eishockeyspieler bist.“

„Wenn sie erst einmal bei Gage und Jenna sind, werden sie keine Angst mehr haben“, erklärt Tille, legt einen Arm um Coens Taille und zeigt mit einem Nicken auf einen Wagen in der Reihe.

Ich folge ihrem Blick und mir steht der Mund offen. „Ist das … die verdammte Kutsche von Aschenputtel?“, frage ich und staune dann noch mehr. „Und heilige Scheiße … diese Kostüme.“

Gage und Jenna sind als Aschenputtel und ihr Prinz verkleidet, wie auch immer sein verdammter Name lautet. Jenna sieht umwerfend aus. Sie trägt ein blaues, glitzerndes, spitzenbesetztes Kleid mit einem weiten Rock.

„Wenn es um die Kinder geht, lassen wir uns nicht lumpen“, erklärt Coen mit Nachdruck.

Ich schnaube und schüttle den Kopf. Vor ein paar Monaten hat der Kerl sich noch wie ein Riesenarschloch aufgeführt, und jetzt ist er der Held aller Kinder. Ich würde tausend Dollar wetten, dass er und Tillie schon bald ein Kind bekommen.

„Bis später“, verabschiede ich mich von ihm und strecke ihm meine Faust entgegen, damit er seine dagegen drücken kann.

Ich begleite die Kinder und Kiera, während es mich in Staunen versetzt, wie viel Mühe sich die kinderlosen Spieler gegeben haben, indem sie ihre Fahrzeuge mit Spinnweben, Kürbissen, Grabsteinen und gruseligen Katzenfiguren geschmückt haben. Sie sind alle mit aufwändigen Kostümen bekleidet, und die Kinder haben eine Menge Spaß miteinander.

Am Ende der Reihe steht ein langer Tisch, der herbstlich dekoriert ist. Eine Frau hilft den Kindern bei einer Art Bastelprojekt, bei dem sie Papierkürbisse herstellen. Ich will gerade meinen Blick abwenden, als die Frau sich aufrichtet und einem der Kinder ein Lachen schenkt. Mein Herz setzt einen Schlag aus, als ich erkenne, dass die Frau Brienne ist.

Ehrlich gesagt hatte ich nicht erwartet, sie hier zu sehen, vor allem nicht kostümiert. Sie hat sich als Hela verkleidet, und mit der langen schwarzen Perücke, die von grauen Strähnen durchzogen ist, und dem dramatischen Augen-Make-up, habe ich sie nicht erkannt.

Während ich sie näher betrachte, muss ich ein Stöhnen unterdrücken. Ihr hautenger schwarz-grüner Anzug hebt all ihre Kurven hervor, die ich aus dem Gedächtnis kenne, denn ich habe jede einzelne geschmeckt und berührt.

Kiera steht mit den Jungs gerade an einem Tisch, an dem sie nach Äpfeln tauchen können, also mache ich mich auf den Weg zu Brienne.

Als sie mich kommen sieht, betrachtet sie mit weit aufgerissenen Augen mein Kostüm. Es ist nicht irgendein billiges Outfit von der Stange. Vielmehr habe ich es bei einer Cosplay-Firma bestellt, daher wirkt es ziemlich authentisch. Offensichtlich hat sie das Gleiche getan.

„Wie groß ist die Wahrscheinlichkeit, dass wir uns für Kostüme aus demselben Film entscheiden?", frage ich grinsend.

Sie wirft einen Blick auf die Kinder, sieht, dass alle beschäftigt sind, und tritt dann näher an mich heran.

„Ich habe das Kostüm nicht ausgesucht. Das war Jenna. Ich weiß nicht einmal, wer ich sein soll.“

Mir steht der Mund offen. „Du bist Hela.“

„Ja … das hat Jenna auch gesagt. Allerdings kenne ich die Figur nicht, aber mir gefällt die Perücke. Ich finde, als Brünette sehe ich gut aus.“

„Du würdest auch in einem Kartoffelsack gut aussehen“, versichere ich ihr. „Wie kannst du nicht wissen, wer Hela ist? Warte mal … hast du eine Ahnung, wer ich bin?“

„Eine Art Wikinger?“

Ich stöhne und fasse mir an die Brust. „Du hast noch nie einen Marvel-Film gesehen, oder?“

„Ich schaue weder Filme noch Fernsehen“, sagt sie und hebt das Kinn, als wäre das etwas, worauf man stolz sein könnte.

Ich trete noch einen Schritt näher, doch ich halte genügend Abstand, damit wir nicht auffallen. Dann senke ich meine Stimme. „Ich muss unbedingt dafür sorgen, dass du dich auch außerhalb des Bettes entspannst und ein bisschen gehen lassen kannst. Und damit meine ich abgesehen davon, dass ich dich ficke und dich kommen lasse.“

Mit Freude sehe ich, wie sie errötet, doch ihr Lächeln befriedigt mich noch mehr.

„Übrigens“, murmle ich leise, „wenn ich dich in diesem Kostüm sehe, sollte meine Hose nicht so eng sein. Beim nächsten Mal solltest du bei der Wahl deines Outfits etwas mehr Rücksicht nehmen.“

Brienne schnaubt, lässt aber ihren Blick flüchtig auf meine Lenden gleiten. Gut, dass ich mich heute unter Kontrolle habe, sonst hätte ich ihr und den anderen eine Show geboten.

„Brienne“, ruft Jake, als er auf uns zuläuft. „Kiera hat gesagt, ich darf dich umarmen.“

Ich werfe einen Blick zurück und sehe, dass Kiera mit jeweils einem Zwilling an der Hand auf uns zukommt.

Brienne geht in die Hocke und lässt sich von Jake umarmen. Ich beobachte fassungslos, wie mein Kind seine Zuneigung für sie zur Schau stellt und mir wird klar, dass sie eine engere Beziehung zueinander aufgebaut haben, als ich dachte. Immerhin war sie mehrere Stunden bei ihnen, hat ihnen etwas zu essen gekocht, sie mit Eiscreme gefüttert und sie ins Bett gebracht. Dabei haben sie gesehen, wie Brienne sich um Kiera kümmerte, während sie den Kindern ihre Ängste genommen hat.

Es ist also nicht verwunderlich, dass sie sich freuen, sie zu sehen.

Colby und Tanner lösen sich von Kiera, und eilen ebenfalls auf uns zu, um Brienne zu umarmen. Ich sehe Kiera an, die mir einen vielsagenden Blick zuwirft, mit dem sie wohl ausdrücken will: „Deine Söhne mögen eine Frau, die Teil deines Lebens ist. Sieh zu, dass du sie nicht entkommen lässt.“

„Dann wollen wir mal sehen, was ihr Jungs alles gesammelt habt“, sagt Brienne und wirf einen kritischen Blick in die Eimer der Jungs. „Nette Ausbeute.“

„Danach gehen wir noch Süßigkeiten in unserer Nachbarschaft sammeln“, erklärt Colby. „Wir werden noch mehr bekommen.“

„Das klingt lustig“, erwidert Brienne, steht auf und umarmt Kiera. „Du siehst toll aus.“

„Du auch“, antwortet Kiera.

Jake zupft an meinem Umhang, und ich blicke auf ihn herab. „Darf Brienne mitkommen, wenn wir Süßigkeiten sammeln gehen?"

Briennes Augen weiten sich und sie schüttelt den Kopf. „Oh, nein, Schatz. Das ist etwas nur für die Familie."

„Du solltest uns begleiten", platze ich heraus, wobei ich mich selbst überrasche. Ich habe die Einladung einfach so ausgesprochen, ohne mir Gedanken darüber zu machen, dass sie an meinem Privatleben gemeinsam mit meinen Kindern teilhaben wird.

Ich werfe einen Blick auf Kiera, der der Mund offensteht. Sie schließt ihn sofort wieder und verzieht die Lippen zu einem Grinsen. „Das ist eine tolle Idee."

Brienne blickt zwischen mir und Kiera hin und her. „Wirklich? Seid ihr sicher?"

Ich bin erleichtert, dass sie nicht ablehnt oder sich eine Ausrede einfallen lässt, warum sie keine Zeit für mich und meine Kinder hat. Auf jeden Fall freue ich mich, dass sie bereit ist, ihre Arbeit für eine Weile ruhen zu lassen. Ich weiß, dass sie andernfalls zu Hause an ihrem Schreibtisch sitzen würde.

„Du musst mitkommen", versichere ich ihr und deute zwischen uns hin und her. „Wir können doch nicht zulassen, dass dieses klassische Paar getrennt wird."

„Außerdem", wirft Kiera mit einem verschmitzten Funkeln in den Augen ein, „kannst du Brienne heute Abend zu der Party für Erwachsene fahren, nachdem wir Süßigkeiten gesammelt haben."

Ich hatte eigentlich nicht vor, hinzugehen, aber Darius und Aneta Cermak veranstalten eine Kostümparty für Erwachsene. Offenbar sind sie das gesellige

Paar, das an unseren freien Abenden immer Mottopartys veranstaltet. Ich habe keine Ahnung, ob Brienne überhaupt eingeladen wurde.

„Nein, ich wollte heute Abend nicht zu der Party“, sagt Brienne hastig. Ich wette, dass sie vor allem darauf verzichtet, weil sie den Spielern ihren Spaß lassen und ihnen nicht das Gefühl geben will, dass sie als Eigentümerin ein Auge auf sie hat. Genau aus diesem Grund könnte unsere Beziehung zu einem Problem werden.

Andererseits hatte ich ohnehin keine Lust auf die Party. Ich mag mein Leben lieber etwas ruhiger.

„Aber du kommst wenigstens mit uns auf Tour.“ Ich formuliere es absichtlich als Feststellung und nicht als Frage. „Und danach bringe ich dich nach Hause.“

Wo ich es genießen werde, sie aus dem Kostüm zu schälen.

Kapitel 29

Es ist schon dunkel, als wir den letzten Häuserblock zu Drakes Haus entlanggehen. Die Jungs sind erschöpft. Jake trottet voraus und lutscht an einem Lolli, während er in der anderen Hand seine Eishockeymaske hat. Kiera trägt seinen Eimer mit Süßigkeiten.

Tanner hält meine Hand und geht mit schlurfenden Schritten neben mir her. Ich habe seinen Eimer mit Süßigkeiten in der Hand. Er ist ziemlich schwer, denn die Jungs haben sich mächtig ins Zeug gelegt.

Jedes Mal, wenn ich einen Blick auf Drake neben mir werfe, schmilzt mein Herz dahin. Er hat den schlafenden Colby im Arm, wobei der Cowboyhut des kleinen Jungen um seinen Hals baumelt. Colbys Kopf liegt auf der Schulter seines Vaters. Er schläft tief und fest.

„Danke für die Einladung", sage ich.

Drake wendet mir den Kopf zu und lächelt. „Ich bin froh, dass du mitgekommen bist. Die Jungs mögen dich wirklich."

„Ich mag sie auch. Sobald mir klar wurde, dass ich sie mit Eiscreme beschwichtigen kann, stellte ich fest, dass es gar nicht so schwer ist."

Drake lacht und hebt Colby ein wenig höher.

„Im Ernst", sage ich gedankenvoll. „Es war nicht schwer, denn du leistest bei der Erziehung deiner Kinder hervorragende Arbeit."

„Danke", erwidert er mit rauer Stimme, während in seinen Augen ein warmherziger Ausdruck schimmert.

Als wir an ihrem Haus ankommen, stapfen wir durch den kleinen Vorgarten die Veranda hinauf und ins Haus. Drinnen stellen wir alle Eimer mit Süßigkeiten auf den Küchentisch, und ich folge Drake und Kiera nach oben ins Zimmer der Jungs. Ich helfe dabei, ihnen die Schlafanzüge anzuziehen und ihre Zähne zu putzen. Mittlerweile fühle ich mich wie ein alter Hase, da ich mich nun schon zum zweiten Mal um die Kinder kümmere.

Plötzlich sind die Jungs gar nicht mehr so müde. „Dürfen wir einen Film sehen?", fragt Jake.

„Sicher", antwortet Kiera. „Euer Dad und Brienne gehen auf eine Party."

Das stimmt zwar nicht, doch Kiera will uns eine Möglichkeit geben, miteinander allein zu sein.

„Nein", beharrt Jake und ergreift meine Hand. „Ich will, dass Brienne hierbleibt und mit uns den Film sieht. *Toy Story*."

Ich werfe einen Blick auf Kiera und dann auf Drake. Seinem Gesichtsausdruck nach zu urteilen, bringt er mich um, wenn ich die Einladung annehme, denn ich weiß, dass er es kaum erwarten kann, dass Thor und Hela im Schlafzimmer gegeneinander antreten.

„Ein Film kann nicht schaden", sage ich und werfe ihm einen vielsagenden Blick zu.

Zu meiner Erleichterung grinst er mich an und lenkt ein. „Also schön. *Toy Story*, und danach geht ihr ins Bett."

„Juhu", rufen sie alle und laufen los, um sich einen Platz auf der großen Couch zu sichern.

Es klingelt an der Tür, und Drake schnappt sich die Schale mit Süßigkeiten, die Kiera für die Kinder aufgestellt hat. „Wissen die Bälger denn nicht, dass es bereits dunkel ist und Halloween vorbei ist?"

Kiera und ich tauschen ein wissendes Lächeln aus, denn er spielt gern den Griesgram, aber wenn es um Kinder geht, hat er ein weiches Herz. Drake öffnet die Tür, doch es stehen keine Kinder davor.

Sondern eine hagere Frau, die mit einem verkniffenen Lächeln zu Drake aufblickt.

„Mami?“, flüstert Jake hinter mir, und mein Magen krampft sich zusammen.

Das ist Drakes Ex-Frau. Crystal.

Vermutlich war sie einmal eine schöne Frau, doch heute ist ihre Haut fahl, ihre Lippen rissig und in ihren Augen liegt ein stumpfer Ausdruck. Ihr braunes Haar ist zerzaust, und ihre Kleidung wirkt schmutzig.

Die Frau wankt leicht, als sie um Drake herumspäht. Als sie die Kinder erblickt, breitet sie die Arme aus. „Jake, Colby, Tanner. Ich habe euch so sehr vermisst. Kommt und nehmt Mami in den Arm.“

Ich habe das Gefühl, in einem schlechten Film gefangen zu sein.

Drake baut sich vor Crystal auf, um ihr die Sicht zu versperren, und sagt mit ruhiger, gleichmäßiger Stimme, ohne den Blick von seiner Ex-Frau abzuwenden: „Kiera … bring die Jungs auf ihr Zimmer.“

Ich wende mich Kiera zu und stelle verblüfft fest, dass die Kinder bereits dicht bei ihr stehen. Sie haben die Arme um ihre Beine und Taille geschlungen und betrachten Crystal mit verängstigten und verwirrten Mienen. Keiner von ihnen scheint sich jedoch von ihrer Mutter umarmen lassen zu wollen.

„Kommt, Kinder“, fordert Kiera die Jungs mit bestimmter Stimme auf. „Wir können eine Runde Videospiele spielen.“

Ohne zu zögern, lassen sich die Jungen von ihrer Tante aus dem Raum führen, wobei sie nicht einmal mehr zurückblicken.

Als Drake wieder das Wort ergreift, ist seine Stimme so messerscharf, dass ich zusammenzucke. „Verpiss dich von meinem Grundstück.“

Ich drehe mich dem Mann zu, der wie ein riesiges Ungetüm in der Tür steht und der Mutter seiner Kinder den Zugang versperrt.

„Ich will sie nur sehen“, jammert Crystal und schwankt dabei hin und her.

„Mein Gott, Crystal“, zischt er. „Du bist high. Was hast du dir nur dabei gedacht, hierher zu kommen?“

„Ich wollte nur …“

„Du hast gar nichts zu wollen“, knurrt Drake. In seiner Stimme schwingt purer Hass mit. „Ich habe monatelang versucht, dich zu erreichen, um herauszufinden, wo du steckst. Die Jungs wollten dich sehen. Und irgendwann haben sie aufgehört, nach dir zu fragen. Ich habe deinen Anwalt und deine Familie wissen lassen, dass ich nach Pittsburgh ziehe, und ich habe trotzdem keine Antwort erhalten. Jetzt tauchst du plötzlich auf, und hast wer weiß was genommen, um high zu sein. Glaubst du wirklich, ich lasse dich in die Nähe der Kinder?“

„Ich habe ein Recht …“

„Du hast überhaupt kein Recht, du verrückte Schlampe“, faucht er, und mir läuft es eiskalt den Rücken hinunter. Und doch kann ich es ihm kein bisschen verübeln. „Du verschwindest von meinem Grundstück und lässt dich nie wieder blicken. Falls du doch hier auftauchst, werde ich eine einstweilige Verfügung gegen dich erwirken. Wenn du irgendeine Art von Beziehung zu deinen Kindern haben willst, musst du clean werden. Und selbst dann darfst du sie nur mit vorheriger Genehmigung und unter Aufsicht sehen. Du kennst die Bedingungen."

„Ich habe es versucht", jammert sie und bricht in Tränen aus. „Es ist so schwer."

Ich kann sein Gesicht nicht sehen, aber ich höre, wie er die Zähne zusammenbeißt, bevor er die folgenden Worte herauspresst: „Du hast es nie versucht, und jetzt brauchen dich deine Kinder nicht mehr."

„Aber ich brauche sie", schreit sie. Von einer Sekunde zur nächsten ist sie wie ausgewechselt und statt ihrem erbärmlichen Gejammer geht sie auf Drake los. Ich trete unwillkürlich einen Schritt zurück, als sie beginnt, auf ihn einzuschlagen und ihn zu treten. Es bricht mir das Herz zu sehen, wie er ihre Schläge abwehrt, ohne ihr wehzutun.

Schließlich gelingt es ihm, ihr Handgelenk zu packen, und tritt auf die Veranda hinaus. Er geht mit ihr die Treppe hinunter und mitten in den Vorgarten, während sein Thor-Umhang hinter ihm im Wind weht. Von Neugierde getrieben, folge ich ihnen und bleibe in der Tür stehen, um die schreckliche Szene zu beobachten.

„Wenn du mir oder den Kindern noch einmal zu nahekommst, mache ich dich fertig", erklärt Drake. Zum ersten Mal, seit die Frau aufgetaucht ist, habe ich tatsächlich ein wenig Angst vor ihm. Vielleicht sind es nur Worte, aber er ist im Moment so wütend, dass ich mir nicht sicher bin, ob er sie nicht töten würde, um seine Kinder zu schützen.

„Hey ... was ist hier los?" Ein Mann steigt aus einem Wagen, der am Straßenrand parkt, und wendet sich Crystal zu. „Ist alles in Ordnung?"

Ist das ihr Freund? Kennt Drake ihn?

„Ich rufe meinen Anwalt an", zischt Crystal.

„Ich schlage vor, du rufst ihn an, nachdem du gegangen bist, denn wenn du nicht sofort verschwindest, rufe ich die Polizei."

Offenbar behagt dem Mann der Gedanke an die Polizei nicht sonderlich, denn er eilt auf Crystal zu und packt sie am Arm. Er zieht sie durch den Vorgarten und schiebt sie in den Wagen, während sie Drake weiterhin lautstark verflucht. Es ist schrecklich mit anzusehen, und ich atme erleichtert auf, als sie losfahren.

Drake dreht sich um, stürmt zurück durch den Vorgarten, die Treppe hinauf und ins Haus. Mit vor Wut verzerrtem Gesicht knallt er die Tür zu und marschiert an mir vorbei.

Ich packe ihn am Unterarm, bevor er den Flur erreicht. „Drake ... was kann ich tun?"

Er wirbelt herum und reißt sich los. Ich habe das Gefühl, dass ich ihn mit meinen Worten nur noch mehr in Rage gebracht habe. „Du kannst gehen."

„Aber ..."

„Du musst jetzt gehen. Das hier ist eine Familienangelegenheit."

Ich verspüre einen Stich im Herzen, doch ich verstehe, wie schrecklich die Situation für ihn ist. „In Ordnung", lenke ich leise ein. „Ich rufe später an, um nach dir ..."

„Nein", knurrt er und schüttelt den Kopf. „Die Sache geht dich nichts an. Ich will nur, dass du mich in Ruhe lässt, okay?"

„Drake", flüstere ich, während sich mir der Magen umdreht. „Wenn du dich erst einmal beruhigt hast ..."

„Es ist vorbei, Brienne", sagt er schroff und kommt mit angespannter Miene auf mich zu. Ich schrecke zurück, denn ich glaube, einen Anflug von Verachtung in seinen Augen zu sehen, die einzig und allein mir gilt. „Ich habe keinen Platz in meinem Leben für jemand anderen als für meine Kinder. Es war dumm von mir zu glauben, dass es möglich ist."

„Das meinst du nicht so. Du bist nur wütend wegen Crystal, aber ich bin nicht wie sie. Das musst du doch wissen."

„Meine Kinder kommen an erster Stelle", knurrt er wütend. „Kannst du das nicht verstehen?"

„Doch, ich verstehe es. Und ich respektiere es. Ich muss in deinem Leben nicht an erster Stelle stehen. Aber ich will auch nicht den Platz hinter der Wut einnehmen, die du für deine Ex-Frau hegst."

„Nun, es tut mir leid. Einen anderen Platz habe ich für dich nicht."

Kiera betritt das Wohnzimmer und sieht uns argwöhnisch an. „Ist alles in Ordnung?"

„Nein", erwidere ich, ohne den Blick von Drake abzuwenden. Ich unternehme einen letzten Versuch, zu ihm durchzudringen. „Lass nicht zu, dass sie dir das antut. Und uns. Denn dann wirst du etwas verlieren, was vielleicht eine vielversprechende Sache ist."

Drake sagt nichts, sondern starrt mich nur an. Dann presst er die Lippen zu einer dünnen Linie zusammen. „Dann ist es eben so."

Er wendet sich an Kiera. „Bring Brienne nach Hause, während ich nach den Jungs sehe."

„Okay", sagt Kiera und sieht mich mitfühlend an.

„Nein", sage ich mit gedämpfter Stimme, schüttle den Kopf und halte eine Hand in die Höhe. „Ich nehme mir einen Uber. Ich werde draußen auf den Wagen warten.“

Drake erwidert nichts, sondern dreht mir den Rücken zu und geht die Treppe hinauf. Ich höre, wie er das Zimmer der Jungs betritt und die Tür hinter sich schließt.

„Es tut mir leid, Brienne.“ Kiera kommt auf mich zu und legt ihre Hände auf meine Schultern. „Er hat es nicht so gemeint.“

„Doch, das hat er, Kiera.“ Meine Brust zieht sich schmerzhaft zusammen. In diesem Moment weiß ich, dass ich mich viel heftiger in ihn verliebt habe, als ich es je für möglich gehalten hätte. Kein Wunder, dass es so weh tut.

„Ich hole nur schnell meine Schlüssel und fahre dich nach Hause.“

„Nein.“ Ich umarme sie kurz. „Du wirst hier gebraucht.“

Ich drehe mich um und eile davon. Auf dem Weg nach draußen schnappe ich mir meine Handtasche, trete auf die Veranda und hole mein Handy heraus. Ich sehe nur verschwommen und muss die Tränen wegblinzeln, um die Uber-App sehen zu können.

Seufzend setze ich mich auf die Veranda und warte auf den Wagen, während mir klar wird, dass mir zum ersten Mal in meinem Leben tatsächlich das Herz gebrochen wurde.

Kapitel 30

Ich habe heute Morgen auf das Training verzichtet, aber nicht, weil ich Angst hatte, ich könnte Drake im Fitnessraum über den Weg laufen. Er ist gerade auf dem Weg nach Los Angeles und wird ein paar Tage unterwegs sein. Die Titans treten gegen beide Teams in L.A. an und haben dann noch ein Spiel in Houston, bevor sie nach Pittsburgh zurückkehren. Nein, ich habe heute einfach viel zu tun und hatte keine Zeit für ein Workout.

Wer hätte gedacht, dass ein gebrochenes Herz so leicht zu dem Entschluss führen könnte, jegliche Erinnerungen an Drake auslöschen zu wollen?

Am Sonntag blies ich den ganzen Tag Trübsal und ließ jede Unterhaltung und jede Begegnung, die ich jemals mit diesem Mann hatte, Revue passieren. Ich konzentrierte mich auf die letzten Wochen, in denen wir uns nähergekommen waren und uns unsere Gefühle gestanden hatten, denn ich wollte herausfinden, ob ich etwas Entscheidendes übersehen hatte. Ich ließ mich von meinem Fahrer in die Laurel Highlands bringen und betrachtete die Blätter, die die Farbe wechselten, während ich nachdachte und hin und wieder weinte. Dabei störte mich der Gedanke, dass ich nicht einmal in der Lage war, selbst zu fahren und schwor mir, dass ich mir die Zeit nehmen würde, um meinen Führerschein zu machen.

Nichts von alledem brachte mir Klarheit, doch als der Montag kam, wusste ich, dass ich zu dem Zustand zurückkehren musste, den ich aus der Zeit vor Drake kannte, um mein gebrochenes Herz zu heilen.

Ich errichtete Mauern um mich und redete mir ein, dass Beziehungen und Gefühle nur etwas für Idioten sind. Zwar hatte ich nicht die Absicht, die Sache mit Clay wieder aufzuwärmen, denn sie hatte unabhängig von Drake ein Ende gefunden. Dennoch wusste ich, dass ich meinen Kontakt zu Männern auf das Nötigste beschränken würde, um nichts weiter als meine Bedürfnisse zu befriedigen, wenn ich wieder soweit sein würde.

Oder ich würde einfach eine bessere Beziehung zu meinem Vibrator aufbauen.

Als ich nun mein Büro betrete, werde ich von Wut getrieben. Ich stelle meine Aktentasche und meinen Kaffeebecher auf dem Schreibtisch ab und drücke auf den Knopf der Sprechanlage, um Tina zu rufen.

Innerhalb von fünfzehn Sekunden steht sie mit einem Notizblock bewaffnet vor mir und lässt sich auf einem der Besuchersessel nieder. „Ich möchte, dass Sie jemanden beauftragen, meine Akten und Sachen hier einzupacken und sie in mein Büro bei Norcross Holdings zu bringen."

Tina starrt mich fassungslos an. „Entschuldigung … wie war das?"

„Sie haben mich schon verstanden. Wir ziehen wieder auf die andere Seite des Flusses." Sie sieht mich um eine Erklärung heischend an, doch ich werde ihr keine liefern. „Ich möchte, dass das noch heute erledigt wird, also schlage ich vor, dass Sie sich an die Arbeit machen."

„Natürlich", sagt Tina, kritzelt etwas in ihren Notizblock und blickt dann wieder zu mir auf. „Nur zur Erinnerung, Ihr Fahrer wird um sechzehn Uhr hier sein, um Sie zum Flughafen zu bringen, damit Sie nach L.A. fliegen können."

„Stornieren Sie den Flug“, antworte ich knapp und klappe meinen Laptop auf.

„Sie fliegen nicht zu den Spielen?“, fragt sie.

„Nein.“ Ich blicke zu ihr auf, als mir ein Gedanke kommt. Während der Auswärtsspiele in Los Angeles und Houston hätte ich vier Nächte mit Drake verbringen sollen, doch wenn wir nicht zusammen sind, kann ich unmöglich dabei sein. „Ich denke, ich werde stattdessen nach New York fliegen.“

„Um an der Westgate Mitgliederversammlung teilzunehmen?“, erkundigt sie sich. „Aber normalerweise wohnen Sie der Sitzung via Zoom bei.“

„Buchen Sie mir für drei Nächte die Suite im Casa Cipriani. Ich denke, ich werde ein bisschen shoppen gehen, während ich dort bin.“

Sie starrt mich an, als hätte ich den Verstand verloren. „Aber … Sie gehen nie shoppen.“

„Dann ist es wohl an der Zeit, etwas Neues auszuprobieren, nicht wahr? Ich werde zur Abwechslung etwas für mich selbst tun, Tina. Sonst noch etwas?“

„Nein, Ma’am“, antwortet sie und steht auf. „Ich werde sofort alles in die Wege leiten.“

Sie eilt aus meinem Büro und ich atme noch einmal tief durch, bevor ich ihr hinterherrufe: „Tina.“

Sie dreht sich um und blickt mich an. „Tut mir leid, wenn ich momentan etwas schnippisch bin. Ich habe ein anstrengendes Wochenende hinter mir.“

„Kein Problem, Ms. Norcross. Lassen Sie mich einfach wissen, falls ich sonst noch etwas für Sie tun kann.“

„Vielen Dank.“

Sie schließt die Tür, aber ich habe noch etwas zu erledigen, bevor ich meinen Arbeitstag beginne. Ich rufe in Jennas Büro an.

„Guten Morgen, o glorreiche Chefin", begrüßt sie mich.

Ich bringe nicht einmal ein Lächeln zustande, denn ich fühle mich innerlich wie abgestorben. „Hey, hast du einen Moment Zeit?"

„Natürlich. Bin gleich da."

Als Jenna mein Büro betritt, wappne ich mich, um die Unterhaltung professionell zu halten.

„Was gibt's?", fragt sie fröhlich, als sie sich auf den Stuhl setzt, auf dem Tina gerade eben noch gesessen hat.

„Ich wollte dich nur wissen lassen, dass ich heute zurück in mein Büro auf der anderen Seite des Flusses ziehe. Du arbeitest hauptsächlich für die Titans, also bleibst du hier."

„Äh … okay", erwidert sie und runzelt verwirrt die Stirn.

„Und … ich werde nicht mehr mit dir und den anderen Mädels ausgehen können."

„Wie bitte?", ruft sie aus, springt von ihrem Stuhl auf und stützt sich mit beiden Händen auf meinem Schreibtisch ab.

Ich hebe mein Kinn und bete, dass meine Stimme nicht ins Wanken gerät. „Ich denke, wir sollten unsere Beziehung rein professionell halten."

Jenna starrt mich an. „Das musst du mir schon genauer erklären."

Ich hebe das Kinn noch ein Stück weiter an. „Es ist verwirrend, die Grenzen zu verwischen, und es wird unweigerlich jemand verletzt werden. Es ist einfacher, wenn wir uns an unsere beruflichen Rollen halten."

„Einfacher für wen?", fragt sie wütend. „Ich kann dir versichern, dass es für mich nicht einfach ist, eine Freundin zu verlieren."

Meine Unterlippe bebt, denn … für mich ist es auch nicht leicht.

„Was ist los?", fragt sie und kneift misstrauisch die Augen zu dünnen Schlitzen zusammen.

„Nichts."

„Das ist nicht wahr", blafft sie. „Irgendetwas stimmt nicht, und ich will wissen, was es ist."

„Es ist nichts, worüber man sich Sorgen machen müsste", erkläre ich und richte den Blick auf meinen Laptop.

„Aber ich mache mir Sorgen um dich", erwidert sie mit gedämpfter Stimme. „Du bist meine Freundin, selbst wenn du das Gegenteil behauptest. Offensichtlich bist du verärgert und traurig, und du musst dir von mir helfen lassen, damit du dich besser fühlst."

Ihre letzten Worte – *du musst dir von mir helfen lassen, damit du dich besser fühlst* – treffen mich mitten ins Herz. Nichts kann mir helfen, damit ich mich besser fühle. Selbst wenn ich auf die andere Seite des Flusses ziehe oder mich in New York verstecke, wird das mein Herz nicht heilen können.

Tränen laufen mir über die Wangen. Meine Sicht ist verschwommen, daher kann ich Jenna nicht richtig sehen, doch ich stelle mir ihren alarmierten Gesichtsausdruck vor. Sie eilt um den Schreibtisch herum, beugt sich vor und zieht mich unbeholfen in ihre Arme, während ich auf meinem Stuhl sitze.

Sie drückt mich. „Ich weiß nicht, was passiert ist, aber lass einfach alles raus. Glaub mir, es gibt nichts Befreienderes, als den Tränen freien Lauf zu lassen."

„Ich weiß nicht“, schluchze ich an ihrer Schulter. „Ich weine nie. Nun, wenn jemand stirbt, aber ansonsten vergieße ich keine Tränen. Ich bin eine starke Frau aus Stahl, doch im Moment mache ich mich lächerlich.“

„Tränen bedeuten nicht, dass du schwach bist“, redet sie mit beruhigender Stimme auf mich ein.

„Drake hat mich schwach werden lassen.“ Ich bekomme einen Schluckauf und ziehe den Kopf zurück, um zu meiner Freundin aufzusehen, die daraufhin ihren Griff lockern. „Es ist alles seine Schuld.“

Jennas Gesichtsausdruck verhärtet sich. Sie tritt einen Schritt zurück und lehnt sich mit dem Hintern an meinen Schreibtisch, bevor sie die Arme vor der Brust verschränkt. „Was hat das Arschloch angestellt?“

Die Worte brechen nur so aus mir heraus, als ich ihr von den vergangenen Wochen erzähle, wobei ich lediglich die sexuellen Details ausspare. Ich konzentriere mich auf die letzten paar Tage und darauf, dass wir eine Bindung zueinander eingegangen sind. Wir waren uns beide einig, dass es um mehr als nur um Sex ging und wir eine Beziehung aufbauen wollten. Dann berichte ich, wie alles aus dem Ruder lief, nachdem Crystal aufgetaucht war.

„Er hat dich aus seinem Haus geworfen?“ Sie schnappt nach Luft. „Oh mein Gott … er ist wirklich das größte Arschloch aller Zeiten.“

„Nein“, entgegne ich und greife in meine Handtasche, um eine Packung Taschentücher herauszuziehen und mir die Nase zu putzen. „Ich kann ihn verstehen. Er hat so viele Probleme mit Crystal, und es war eine furchtbare Situation. Er war wütend und die

Kinder waren verängstigt. Er wollte sie nur beschützen.“

„Natürlich wollte er seine Kinder beschützen, aber dir gegenüber hat er sich wie ein Arschloch verhalten. Du solltest ihn nicht in Schutz nehmen. Er hat dich behandelt, als wärst du seine Feindin.“

„In seinen Augen könnte ich seine Feindin sein.“ Denn alles läuft darauf hinaus, dass Drake nicht fähig ist, in mir mehr zu sehen, als eine potenzielle Gefahr. „Er will kein Risiko mit mir eingehen, und das muss ich respektieren.“

„Nun, ich muss es nicht respektieren“, schimpft sie. „Für mich wird er immer ein Arschloch sein.“

Ich kann mir ein Lachen nicht verkneifen und wische mir die Tränen aus den Augen. „Du kannst meinetwegen wütend auf ihn sein. Ich bin nur traurig, aber das wird vorbeigehen.“

Jenna lässt die Arme hängen und stützt sich mit den Händen auf der Schreibtischplatte ab. „Also … willst du einfach aufgeben?“

„Es ist kein Wettbewerb“, erinnere ich sie.

„Nein, aber du bist in ihn verliebt. Und du verstehst ganz klar seine Beweggründe, was auch immer in diesen Idioten gefahren ist. Vielleicht solltest du ihn nicht gleich aufgeben.“

„Ich gebe nicht auf“, erwidere ich mit zittriger Stimme. „Ich werde mein Leben weiterleben.“

Jenna schüttelt den Kopf. „Ich weiß nicht, Brienne. Drake scheint nicht der Typ zu sein, der einfach aufgibt, wenn er etwas für dich empfindet.“

Ich starre sie an. „Vor einer Sekunde war er noch ein Arschloch. Und jetzt glaubst du, er ist es wert, dass ich um ihn kämpfe?“

„Ich will damit nur sagen, dass ihr beiden eine Beziehung zueinander aufgebaut habt. Er hat dich eingeladen, Halloween mit ihm und seiner Familie zu verbringen. Das setzt schon eine Menge Vertrauen voraus.“

„Mir dreht sich der Kopf, Jenna. Ist er nun ein Arschloch oder nicht?“

„Oh, er ist ein Arschloch, weil er deine Gefühle verletzt hat. Ich frage mich nur, ob er vielleicht einfach etwas Zeit braucht.“

Ich reibe mir die Schläfe und hoffe, dass meine Kopfschmerzen bald nachlassen, unter denen ich seit heute Morgen leide. Ich habe nicht gut geschlafen.

„Er hat mir gestern Abend eine Nachricht geschickt.“

„Wirklich?“ Sie stößt sich vom Schreibtisch ab. „Was steht drin?“

Ich ziehe mein Handy aus der Tasche, scrolle zu der Nachricht und zeige sie ihr.

Drake: *Wir müssen reden.*

„Nicht gerade eine unterwürfige Entschuldigung“, murmelt sie. Sie sieht mir in die Augen. „Wirst du ihm antworten?“

Ich konzentriere mich auf den Schmerz in meinem Herzen, der nicht nachgelassen hat, seit er mit mir Schluss gemacht hat. Es tut so weh, und ich weiß nicht, ob ich noch mehr ertragen könnte. Ich muss einen Weg finden, um mein gebrochenes Herz zu heilen, und das bedeutet, dass ich Abstand brauche.

Es war dumm zu glauben, ich könnte Jenna aus meinem Leben ausschließen. Aber zu meiner eigenen

Sicherheit kann ich es mir nicht leisten, mit Drake ein Risiko einzugehen.

„Nein“, antworte ich und ziehe mein Handy zurück. „Ich werde ihm nicht antworten.“

Ich drücke schnell ein paar Buttons und blockiere seine Nummer.

Dann lösche ich die Nachricht.

Kapitel 31

Drake

Ich betrete die Arena mit meiner Spielertasche über der Schulter. Ich umgehe die Spielerlounge und steuere direkt die Umkleidekabine an, damit ich meinen Anzug ablegen kann.

Normalerweise würde ich am Spieltag noch eine Zeit lang mit den anderen zusammensitzen und mich unterhalten, aber heute ist mir nicht danach. Die Woche war furchtbar und der Trip zu den Auswärtsspielen hat gefühlte zehn Jahre gedauert.

Als ich meine Tasche auf die Bank vor meinem Spind werfe, fällt mein Blick auf einen Zettel, der an der Rückwand klebt. Mein Herz macht einen Satz, denn ich erinnere mich daran, wie Brienne mir zum ersten Mal eine Nachricht auf diese Weise hinterlassen hat. Ich reiße den Zettel ab und werde augenblicklich von bitterer Enttäuschung durchströmt, als ich sehe, dass die Notiz nicht von Brienne ist.

Ich will mit dir reden, sobald du eintriffst.
– Baden.

Scheiße.

Ich ziehe meine Krawatte aus, werfe sie in meinen Spind, schlüpfe aus meiner Jacke und nehme mir die Zeit, sie auf einen Bügel zu hängen. Dann mache ich mich auf den Weg zu Badens Büro. Er wird mir sicher die Hölle heiß machen, weil ich in der vergangenen Woche so schlecht gespielt habe.

Als ich eintrete, bin ich überrascht, Gage dort zu sehen. Er lehnt an der Wand und hat die Arme vor der

Brust verschränkt. Er nickt mir zur Begrüßung zu, doch er macht keine Anstalten, das Büro zu verlassen.

Na toll.

Ich mache mich darauf gefasst, dass sie mich gleich in die Zange nehmen werden.

„Setz dich", ordert Baden und deutet auf einen Stuhl. Ich schließe die Tür hinter mir. Er hat dieses Büro seit Februar, doch es ist noch genauso kahl wie zu Anfang. Es steht lediglich ein gerahmtes Foto von Sophie und ihm auf seinem Schreibtisch.

Ich lasse mich in den Stuhl sinken, spreize die Beine und verschränke die Hände über dem Bauch. Mit der Pose mache ich deutlich, dass es mich nicht die Bohne interessiert, was er mir gleich an den Kopf werfen wird.

Er kommt direkt zur Sache. „Was muss passieren, damit du deinen Kopf aus dem Arsch ziehst?"

Ich ziehe eine Augenbraue in die Höhe, antworte aber nicht.

„Ich muss dir wohl nicht erzählen, wie schlecht du gespielt hast und dass du auch beim Training nicht unbedingt eine Glanzleistung an den Tag gelegt hast. Aber ich lasse dich wissen, dass Kace deinen Platz einnehmen wird, wenn du den Spieß heute Abend nicht umdrehst."

„Das ist mir scheißegal", erkläre ich.

Baden blinzelt mich überrascht an, bevor er einen Blick mit Gage austauscht. Als er sich wieder mir zuwendet, sagt er: „Hör zu, Mann … Ich weiß, der Vorfall mit Crystal letzte Woche war beunruhigend."

Beunruhigend ist eine schöne Bezeichnung für das, was passiert ist. Ich habe die Situation jedoch so gut ich konnte gemeistert und zerbreche mir nicht mehr den Kopf darüber. An jenem Abend sprach ich mit den Jungs und wiederholte all die Dinge, die sie schon einmal gehört hatten, nachdem Crystal und ich uns getrennt hatten und ich das volle Sorgerecht bekommen hatte. Danach gingen sie mehrere Monate lang zu einem Therapeuten. Bei manchen Sitzungen war ich dabei, andere haben sie allein bestritten. Während ich am liebsten all die hässlichen Details vor ihnen verborgen hätte und sie vor der Realität schützen wollte, erklärte mir der Therapeut, dass eine offene und ehrliche Kommunikation unerlässlich sei. Sie mussten wissen, dass ihre Mutter unter einer Krankheit litt, um zu verstehen, dass ihre Abwesenheit nicht ihre Schuld war.

Für mich war es das Schwierigste, sie daran zu erinnern, dass Crystal sie immer noch furchtbar liebhat. Das Arschloch in meinem Inneren bezweifelt das zwar, denn ich bin wütend darüber, dass sie es nicht schafft, clean zu werden. Mein Verstand weiß jedoch, dass der Therapeut recht hat. Crystal ist krank, und trotz ihrer Unfähigkeit, die Sucht zu besiegen, liebt sie ihre Kinder.

Ich habe ihnen versichert, dass ich sie liebe und dass ich immer für sie da sein werde.

Und … das war alles. Kinder sind viel widerstandsfähiger als Erwachsene. Nachdem sie mir einige Fragen gestellt hatten, wollten sie Süßigkeiten essen und *Toy Story* sehen.

Jake wollte wissen, wohin Brienne verschwunden war, und ich log ihn an. Ich war nicht imstande zuzugeben, dass ich mich wie ein Arschloch verhalten habe. „Sie musste nach Hause, weil sie noch etwas zu erledigen hatte."

„Kommt sie zurück?", wollte er wissen.

„Heute Abend nicht." Dann lenkte ich sie mit den Süßigkeiten ab, die sie auf ihrem Streifzug gesammelt hatten.

Sobald der Film lief, ging ich in die Küche, um mir ein Bier zu holen. Dort wartete Kiera auf mich. „Du musst das mit Brienne klären."

Ich war nicht bereit, darüber zu reden und schüttelte den Kopf. „Der heutige Abend mit Crystal hat mir gezeigt, dass ich mich auf meine Kinder konzentrieren muss. Ich kann niemanden an sie heranlassen, der ihnen wehtun könnte."

„Brienne würde ihnen nie wehtun", blaffte sie mich an.

An jenem Abend war ich in einer gehässigen Stimmung und erwiderte: „Ja … ich hätte auch nicht gedacht, dass Crystal ihren Kindern wehtun würde, aber so ist das Leben nun mal."

„Ich glaube, du befürchtest gar nicht, dass die Jungs verletzt werden könnten." Ich starrte sie wütend an, weil sie mir unterstellte, dass ich nicht das Beste für meine Kinder im Sinn hatte. „Du machst dir eher Sorgen darüber, dass du selbst verletzt werden könntest."

Das brachte mich zum Schweigen, denn obwohl ich nicht bereit war, es zuzugeben, wusste ich tief im Inneren, dass sie recht hatte.

Ich lehne mich in meinem Stuhl nach vorn und blicke zwischen den beiden Männern hin und her. Dann wende ich mich Baden zu. „Die Tatsache, dass mir meine spielerische Leistung scheißegal ist, hat nichts mit Crystal zu tun. Die Sache habe ich bereits abgehakt."

„Was zum Teufel ist dann mit dir los?" Er wirft verwirrt die Hände in die Luft.

Ich stehe von meinem Stuhl auf. „Es war ein Fehler, in die Liga zurückzukehren. Du solltest Kace ins Tor stellen.“

Ich wende mich zum Gehen, doch Baden stürmt hinter seinem Schreibtisch hervor und stellt sich mir in den Weg. „Denk nicht einmal daran, durch diese Tür zu verschwinden. Ich bin in erster Linie dein Freund, und ich habe eine Erklärung verdient.“

Seine Worte treffen mich mitten ins Herz, denn Baden ist tatsächlich in erster Linie mein Freund. Wir haben zusammen für die Wolves gespielt, und als ich entlassen wurde, war er für mich da. Er ist derjenige, der es mir ermöglicht hat, wieder zu spielen.

Ich reibe mir mit den Händen über das Gesicht und knurre. Als ich sie wieder fallenlasse, werfe ich einen Blick auf Gage. Ich habe keine Ahnung, wo ich anfangen soll. Er weiß, dass ich mich mit Brienne zusammen war, doch ich habe Baden nie etwas davon erzählt. Gage zuckt nur mit den Schultern.

„Moment mal“, wirft Baden ein und lässt seinen Blick zwischen Gage und mir hin und her schweifen. „Weißt du, was hier los ist?“

„Ja“, gesteht Gage mit tiefer, unheilvoller Stimme, bei der sich mir der Magen umdreht.

Ich wende mich ihm ruckartig zu. „Jenna weiß etwas. Was hat sie dir erzählt?“

„Was zum Teufel geht hier vor sich?“, will Baden wissen.

Ich werfe einen kurzen Blick auf meinen Freund. „Ich war mit Brienne zusammen.“

„Wow … was zur Hölle“, ruft Baden aus und weicht zurück, bis er mit dem Hintern gegen den Schreibstich stößt. Er stützt sich mit den Händen darauf ab und sieht mich mit entsetzter Miene an.

„Am Anfang war es nur eine Affäre … ein Abenteuer.“

„Du hast dich mit der Eigentümerin der Titans eingelassen? Ich dachte, ihr beide könnt einander nicht
ausstehen.“

„Weit gefehlt“, murmle ich. „Zu Beginn war es nur
Sex, aber dann wurde mehr daraus. Wir haben es geheim gehalten, weil ich keine Lust hatte, mich mit der
Scheißpresse herumzuschlagen. Nicht nach allem,
was letztes Jahr vorgefallen ist. Wir waren gerade dabei, uns darüber klar zu werden, wie es weitergehen
soll.“

„Ich weiß nicht, was ich sagen soll“, murmelt Baden
verwirrt. „Ich habe noch nie von einem solchen Fall
gehört. Ich meine … ist das überhaupt zulässig?“

Ich zucke mit den Schultern. „Es gibt keine Regeln,
die so etwas verbieten, aber wir wissen doch alle, dass
es die Aufmerksamkeit der Öffentlichkeit auf sich
ziehen wird. Brienne war es egal, welche Konsequenzen die Sache für sie haben würde. Sie war zuver-
sichtlich, dass die Folgen nur minimal sein würden,
da mein Vertrag bereits unter Dach und Fach ist und
derartige Entscheidungen nicht in ihren Aufgabenbereich fallen. Aber sie wollte vermeiden, dass die
Presse sich auf mich stürzt.“

Baden nickt. „Ich frage jetzt ganz direkt, aber ich
nehme an, ihr habt euch getrennt? Ist das der Grund
für deine beschissene Einstellung und deine noch be-
schissenere Leistung?“

„*Ich* habe mich von ihr getrennt.“ Ich erzähle ihm,
was an dem Abend vorgefallen war, als Crystal auf-
tauchte. „Ich ärgere mich über mich selbst, weil ich
mich wie ein Arsch verhalten und meine Wut an Brienne ausgelassen habe. Und das hat sie nicht

verdient. Ich forderte sie auf zu gehen und machte
Schluss mit ihr, doch das war eine impulsive Reaktion, die von meinem Zorn auf Crystal genährt
wurde."

„Dann entschuldige dich bei ihr", sagt Baden, als
wäre das ein Wundermittel gegen meinen Kummer.

„Ich habe es versucht. Ich habe ihr gleich am nächsten Tag und auch jeden Tag darauf eine Nachricht
geschrieben und sie um ein Treffen gebeten. Aber es
schaltete sich nur die Mailbox ein."

„Das liegt daran, dass sie deine Nummer blockiert
hat", wirft Gage ein.

Ich drehe mich ungläubig zu ihm um. „Sie hat was?"

„Sie hat dich blockiert", wiederholt er mit lässigem
Tonfall, als wollte er mir sagen, dass ich nicht so
schockiert sein soll. „Sie hat ihr Büro auf die andere
Seite des Flusses verlegt und zieht sich vom Team
zurück."

„Mein Gott." Ich reibe mir den Nacken, der vor lauter Stress ganz angespannt ist. „Sie war bei den Auswärtsspielen nicht dabei."

„Sie ist nach New York geflogen und hat sich eine
Auszeit genommen."

Ich werde von unbändiger Eifersucht gepackt und
kann für einen Moment kaum klar sehen. Hat sie sich
dort mit einem Mann getroffen? Ist sie so schnell
über mich hinweggekommen?

Nein. Dazu wäre Brienne nicht fähig, obwohl ich es
ihr nicht verübeln könnte.

„Ich will es wiedergutmachen", sage ich und blicke
zwischen Gage und Baden hin und her. „Ich habe
mich falsch verhalten, aber ich kann es nicht wieder
geradebiegen, wenn sie sich weigert, mit mir zu

reden. Ich stehe kurz davor, den Verstand zu verlieren.“

Baden starrt mich an. „Du musst dich zusammenreißen und dich auf das Spiel konzentrieren. Wir treten heute Abend gegen die Vengeance an, und das Letzte, was ich gebrauchen kann, ist, dass du gegen die Titelverteidiger versagst.“

„Scheiß auf das Spiel. Ich will Brienne. Ich brauche sie in meinem Leben, denn sonst hat das alles keine Bedeutung.“

Gage fängt schallend an zu lachen. Baden und ich starren ihn an, als wäre er verrückt geworden. Er schüttelt den Kopf. „Kumpel … du bist verliebt.“

„Was du nicht sagst“, knurre ich und balle die Hände zu Fäusten. „Glaubst du etwa, ich wäre so verzweifelt, wenn ich nicht verliebt wäre?“

Sein Lachen wird zu einem Glucksen. „Falls es dich irgendwie tröstet, ihr geht es auch nicht besser. Brienne hat versucht, Jenna aus ihrem Leben auszuschließen. Sie erzählte ihr etwas davon, dass sie ihre Beziehung rein professionell halten sollten. Sie hat versucht, Mauern um sich herum zu errichten, aber Jenna hat ihr keine Gelegenheit dazu gegeben. Mein Mädchen hat ihre Frau gestanden und nicht zugelassen, dass Brienne sich in ihr Schneckenhaus zurückzieht. Vielleicht solltest du genauso beharrlich sein.“

„Wie ich schon sagte … sie will nicht mit mir reden. Ich würde mich ja bei ihr entschuldigen, wenn sie mir eine Chance geben würde.“

„Sieht so aus, als müsstest du ihr von Angesicht zu Angesicht gegenübertreten“, bemerkt Gage.

Ich werfe einen Blick auf meine Armbanduhr. Ist sie noch in ihrem Büro? Oder bei sich zu Hause?

„Nicht jetzt, du Trottel“, murrt Baden. „Du musst dich auf das Spiel vorbereiten. Falls sie dich vorher zum Teufel jagt, will ich nicht, dass es dir im Kopf herumspukt. Also warte damit bis nach dem Spiel. Und dann hol dir dein Mädchen zurück.“

Ja, genau das werde ich tun. Ich weiß, dass sie nach dem Spiel nach Hause gehen wird, und sie wird mich nicht ignorieren können, wenn ich an ihre Tür hämmere.

Kapitel 32

Brienne

Fünf Minuten vor Spielende verlasse ich mit Callum die Eigentümerloge. Wir machen uns auf den Weg in Richtung Korridor, um die Spieler zu begrüßen, sobald sie die Eisfläche verlassen. Wir führen 4:0 und es sieht nicht so aus, als könnten uns die Vengeance jetzt noch schlagen.

Es ist ein bedeutender Sieg, vor allem da die letzten Auswärtsspiele nicht ganz so erfolgreich waren. Heute Abend haben alle im Team ihr Bestes gegeben, während sie von den lautesten Fans der Liga angefeuert wurden.

Drake scheint seine Krise der letzten Woche überwunden zu haben. Obwohl ich jedes Mal, wenn ich an ihn denke, in Tränen ausbrechen möchte, bin ich froh, dass er wieder auf der Höhe ist. Ich weiß, dass es ihn sehr mitgenommen hat, Crystal zu sehen, aber heute Abend schien er wieder der Alte im Tor zu sein.

„Du wirst dich den Reportern stellen müssen", gibt Callum zu bedenken, als wir mit dem Privataufzug nach unten fahren. „Die ganze Sportwelt hatte in diesem Sommer, während der Vorsaison und seit Beginn der regulären Saison ein Auge auf dich. Der Sieg heute Abend beweist, dass die Stadt Pittsburgh dank dir wieder ein Team hat, das ein ernst zu nehmender Kontrahent in der Eishockeyliga ist."

„Du solltest dich interviewen lassen", erwidere ich, als sich die Türen öffnen und wir in den Gang treten, der das gesamte Untergeschoss des Stadions umrundet. „Du hast alle wichtigen Entscheidungen getroffen, um uns dorthin zu bringen, wo wir heute sind.“

„Ja, aber du bist das Gesicht des Teams“, entgegnet er mit einem Lächeln. „Außerdem ... haben wir dir auch viel zu verdanken. Ohne dich hätten wir Drake McGinn nicht verpflichten können.“

Ich verspüre erneut einen Stich im Herzen, doch ich bringe ein knappes Lächeln zustande. „Ja ... er ist ein großartiger Spieler.“

Bevor wir den Korridor erreichen, der von der Eisfläche zum Gang führt, bleibt Callum stehen und dreht sich zu mir um. „Hör zu ... ich weiß, dass du dein Büro auf die andere Seite des Flusses verlegt hast. Ich hoffe, das bedeutet nicht, dass du dich vom Team zurückziehst.“

Ich verschränke die Hände und senke den Blick. Es fällt mir schwer, die Fassung zu bewahren, weil ich nach wie vor aufgewühlt bin, aber ich habe meine Gefühle unter Kontrolle, als ich meinen Blick hebe und Callum ein professionelles Lächeln schenke. „Es ist ein hervorragendes Team, und du und Coach West seid mehr als fähig, es zum Ruhm zu führen. Bei Norcross Holdings warten eine Menge dringender Angelegenheiten auf mich, die meine Aufmerksamkeit erfordern. Aber ich bin immer für euch da, falls ihr mich braucht.“

„Wir werden dich immer brauchen“, erwidert Callum, bevor wir in den Korridor treten, um uns das Ende des Spiels anzusehen.

Die letzten zwei Minuten sind spannend, denn die Vengeance kämpfen verbissen. Sie ziehen ihren Torwart früh aus dem Verkehr und wehren mit Bravour lange Schüsse auf ihr ungeschütztes Tor ab.

Aber so sehr sie sich auch bemühen, Drake blockt jeden Schuss der Gegner mit Leichtigkeit ab. Er ist heute in Bestform.

Als die Schlusssirene ertönt, brechen die Fans in der Arena in ein ohrenbetäubendes Jubelgeschrei aus, und ich muss mich beherrschen, um mir nicht die Ohren zuzuhalten.

Während die Vengeance durch den Korridor auf der gegenüberliegenden Seite der Eisfläche verschwinden, versammeln sich die Titans unten am Netz, wo sie Drake gratulieren, kein Gegentor kassiert zu haben.

Ich kann nicht anders, als mich von der Freude des Augenblicks anstecken zu lassen. Die Jungs haben alle ein so breites Grinsen auf dem Gesicht, dass ich schon Angst habe, ihnen könnte der Kiefer brechen. Drake zieht seine Maske hoch, und der Anblick seines umwerfenden Gesichts versetzt mir einen Stich im Herzen. Ich will mich abwenden, doch in dem Moment begegnet er meinem Blick über die Eisfläche hinweg, und ich erstarre.

Während seine Teamkollegen ihm auf die Schulter klopfen und mit ihren Schlägern anerkennend gegen seine Beine klopfen, starrt er mich einfach nur an. Mein Blut gerät in Wallung und im nächsten Moment packt mich ein Gefühl von Verlegenheit, doch ich werde gerettet, als jemand meinen Namen ruft.

„Ms. Norcross.“ Ich drehe mich um und erblicke Eddie Olmstead mit Deebo, dem Kameramann. Wer könnte diesen Namen vergessen? „Würden Sie uns ein kurzes Interview geben?“

Die Tür an der Bande wird geöffnet und die Spieler gehen vom Eis.

„Eigentlich … würde ich gern die Spieler begrüßen. Ich kann mir vorstellen, dass Sie mit einigen von ihnen reden wollen. Ich stehe Ihnen gern im Anschluss zur Verfügung.“

Der Reporter schenkt mir ein Lächeln und drängt sich vor. „Drake … haben Sie einen Moment Zeit für uns?“

Ich trete mit Callum ein paar Schritte zurück und drücke den Rücken an die Wand, während die kräftigen Spieler an uns vorbeilaufen. Ich gratuliere jedem einzelnen von ihnen mit einem Fauststoß, wobei jeder von ihnen mir ein breites Lächeln schenkt.

Ich werfe einen Blick auf Drake. Der Reporter und der Kameramann haben mir den Rücken zugewandt und Drake steht diagonal zu mir, während sie ihn mit einem Mikrofon ausstatten.

Ich könnte mich zurückziehen, um ihnen ihre Privatsphäre zu lassen, aber ich werde von dem Verlangen übermannt, seine Stimme hören zu wollen. Obwohl ich ihn blockiert habe, erhalte ich immer noch seine Sprachnachrichten. Die Textnachrichten werden nicht durchgestellt, doch neulich Abend fand ich in meinem Voicemail-Posteingang einen Ordner mit der Aufschrift „Blockierte Nachrichten“, und ich hörte sie mir immer wieder an.

Sie waren nicht lang. Er hat sich nicht entschuldigt. Er bat mich nur, ihn anzurufen, damit wir miteinander reden können.

Ich ignorierte sie zwar, doch ich brachte es nicht über mich, sie zu löschen.

Immerhin kann ich so seine Stimme hören.

„Sie haben heute kein einziges Tor von den Vengeance kassiert“, sagt der Reporter in sein Mikrofon. „Das ist sicher ein gutes Gefühl.“

Drake ist schweißgebadet und sein Haar ist zerzaust, während er sich seine Maske unter den Arm geklemmt hat. Er nickt dem Reporter zu. „Ja … es ist immer ein gutes Gefühl, alle Schüsse zu halten. Die Defensemen waren heute in Höchstform. Es war der Verdienst des gesamten Teams.“

Ein wahrer Diplomat. Ich kann mir ein Lächeln nicht verkneifen, aber als Drake in meine Richtung sieht, erstirbt es sofort. Ich ziehe den Kopf ein und starre auf meine Schuhe.

„Sie haben eine schwierige Zeit hinter sich, nicht nur wegen der Behauptungen, die Ihre Frau Crystal aufgestellt hat, sondern auch, weil die Wolves Sie entlassen haben …“

„Ich werde Sie jetzt unterbrechen und ein paar Dinge klarstellen“, wirf Drake ein und ich blicke ruckartig zu ihm auf. Doch statt den Reporter zu bedrohen, fährt er mit ruhiger Stimme fort: „Erstens ist sie meine Ex-Frau. Wir sind geschieden, weil sie falsche Anschuldigungen gegen mich erhoben hat, die alle einer Untersuchung unterzogen und widerlegt wurden. Sie sollten also darauf achten, dass Sie das korrekt wiedergeben, in Ordnung?“

Der Reporter nickt stumm.

„Zweitens: Die Wolves – und die meisten anderen in der Liga – haben sich entschieden, die Lügen zu glauben, weil die Medien alles verdreht haben. Die Geschichte hat sich besser verkauft, solange ich der Schurke war.“

Mittlerweile ist der arme Eddie sprachlos.

„Drittens spiele ich wieder in dieser Liga, weil jemand von Anfang an an mich geglaubt hat.“ Drake richtet seinen Blick an dem Reporter vorbei und sieht mich an. Mir steigt die Hitze in den Nacken und ich würde am liebsten die Flucht ergreifen. Er ist so auf mich fixiert, dass der Reporter sich umdreht, um zu sehen, warum sein Interview derart entgleist. „Brienne Norcross“, sagt Drake leise.

Dabei sieht er nicht in die Kamera, sondern starrt mich an, während ich meinen Blick nicht von ihm abwenden kann. „Sie hat mir eine Chance gegeben, und ich habe sie ergriffen. Außerdem bin ich bis über beide Ohren in sie verliebt. Das versuche ich ihr schon seit einer Weile zu sagen, aber sie lässt mich nicht zu Wort kommen. Daher muss ich wohl das Beste aus dieser Gelegenheit machen.“

Vor Schreck bleibt mir der Mund offenstehen, als Callum neben mir murmelt: „Ist der verrückt geworden?“

Drake zieht sein Mikrofon ab und übergibt es dem Kameramann. Er schiebt sich an dem Reporter vorbei und geht auf mich zu. Mit seinen Schlittschuhen ist er umso größer und ich muss meinen Kopf weit nach hinten neigen, um ihn anzusehen.

„Hör nicht auf zu filmen“, knurrt Eddie Deebo an.

„Drake“, flüstere ich, als er seinen Helm und seinen Stock fallen lässt. „Die Kamera ist auf uns gerichtet.“

„Du müsstest mich mittlerweile besser kennen“, sagt er schroff und zieht seine Handschuhe aus. „Das ist mir scheißegal.“

Er umfasst mit beiden Händen mein Gesicht. Sie sind verschwitzt … genau wie er … aber das ist mir gleich. Ich starre ihn wie gebannt an. Er beugt sich vor, um mir direkt in die Augen zu blicken. „Aber du bist mir nicht scheißegal. Es tut mir so leid, wie ich mich verhalten habe. Ich will dich nicht verlieren, und ich werde alles in meiner Macht Stehende tun, um es wiedergutzumachen. Ich werde alles sein, was du von mir verlangst."

Im Hintergrund höre ich, wie Callum sich räuspert. „Ich werde einfach … ich werde … ich gehe."

„Ich bin bis über beide Ohren in dich verliebt", wiederholt Drake die Worte, die er auch in die Kamera gesagt hat und die bei der Ausstrahlung sicher herausgeschnitten werden. „Ich will, dass du mir verzeihst, mir sagst, dass du mich auch liebst, und dann will ich, dass wir einen Weg finden, wie wir das Leben gemeinsam meistern können, in Ordnung?"

Ich bin wie hypnotisiert, und mein Herz fühlt sich an, als würde es gleich zerspringen. Ich kann nichts weiter tun als zu nicken.

Drake grinst und beugt sich vor, um seine Lippen auf meine zu pressen. Ich packe seine Handgelenke und halte mich fest, während er mich leidenschaftlich und innig küsst. Dabei ist es mir scheißegal, dass die Kamera noch läuft.

Er hebt seinen Kopf und starrt mich an. „Ich muss die Worte aus deinem Mund hören, Bri."

„Ich liebe dich", flüstere ich.

„Das ist gut. Aber ich muss noch mehr hören."

„Ich vergebe dir."

„Genau das habe ich gebraucht", murmelt er und küsst mich erneut.

Aber es ist mehr als nur ein Kuss … Es ist eine Übereinkunft und ein Versprechen. Und eine Beteuerung unserer Liebe und die Verheißung einer gemeinsamen Zukunft.

Es gibt noch so viel zu klären, aber dafür haben wir alle Zeit der Welt.

„Drake … sind Sie und Ms. Norcross ein Paar?"

Drake hebt seinen Kopf und wendet sich dem Reporter zu, dessen Mikrofon auf uns gerichtet ist. „Sie scheinen ein schlauer Kerl zu sein und haben das alles gerade gefilmt. Außerdem haben Sie jedes Wort gehört. Glauben Sie, Sie können diese Geschichte wahrheitsgetreu wiedergeben?"

Der Reporter nickt.

„Gut. Und jetzt schalten Sie die Kamera aus und gehen Sie mir aus dem Weg, damit ich sie wieder küssen kann."

Kapitel 33

ZEITUNGSARTIKEL

Der Torwart der Pittsburgh Titans, Drake McGinn, macht nicht zum ersten Mal Schlagzeilen. Nachdem er im vergangenen Jahr mit dem Vorwurf zu kämpfen gehabt hatte, Eishockeywetten abgeschlossen und Spiele absichtlich verloren zu haben, und anschließend eine schmutzige Scheidung hinter sich gebracht hatte, stand er schon einmal im Licht der Öffentlichkeit. Nach seinem Ausscheiden aus der Liga infolge der Anschuldigungen, die sich letztlich als falsch erwiesen, hat McGinn es in den letzten Monaten geschafft, sein Privatleben vor den Medien geheim zu halten.

Doch gestern Abend versetzte Drake McGinn die Eishockeywelt erneut in Aufruhr, als er seine Beziehung mit der Eigentümerin der Titans, Brienne Norcross, bekanntgab. Als er der Presse nach dem Spiel ein Interview gab, erklärte McGinn öffentlich, er sei „bis über beide Ohren verliebt" in Norcross, bevor er sie vor laufender Kamera küsste. Norcross wirkte einen Augenblick lang fassungslos, bevor sie McGinns Kuss … und seine Liebeserklärung erwiderte.

Ein umstrittener Eishockeystar und die milliardenschwere Eigentümerin, die das Team nach einem verheerenden Flugzeugcrash übernommen hat? Hollywood kann dieser Liebesgeschichte aus Pittsburgh nicht das Wasser reichen.

Kapitel 34

Drake

„Los geht's", rufe ich, während ich die Hintertür des Tahoe aufhalte. „Los, los, los. Wir sind spät dran."

Meine Jungs klettern aus dem Wagen und laufen auf die Eingangstür von Briennes Haus zu.

Es ist ganz offensichtlich, wie wohl sie sich während der letzten Wochen bei ihr gefühlt haben – und umgekehrt – denn sie stürmen durch die Tür, ohne anzuklopfen oder zu klingeln.

Kopfschüttelnd gehe ich um den Truck herum, öffne die Heckklappe und ziehe die Einkaufstasche von der Ladefläche. Als ich die Verandastufen erklimme, mache ich mir eine gedankliche Notiz, den Jungs später die Leviten zu lesen, weil sie die Tür offengelassen haben.

Ich gehe in die Küche und bin sofort von Briennes Anblick geblendet. Sie steht hinter der Kochinsel und stützt Colby auf ihrer Hüfte ab, wobei sie den Kopf leicht zurückgezogen hat, um den Spielzeug-Cowboy zu betrachten, den Kiera ihm im Ramschladen gekauft hat. Die Kinder lieben dieses Geschäft. Ich habe vor langer Zeit gelernt, jedem von ihnen ein Spielzeug im Auto zu geben, damit sie sich nicht miteinander streiten.

Diese Frau fasziniert mich in vielerlei Hinsicht, doch wenn ich sie so betrachte, wie sie eine Bindung zu meinem Sohn aufbaut, schmilzt mein Herz dahin.

Jake und Tanner plappern auf sie ein und halten ihre Spielzeuge in die Höhe. Sie setzt Colby auf dem

Boden ab und nimmt Jakes Puck in die Hand, um ihn zu mustern.

„Der ist cool“, lobt sie und gibt ihm den Puck zurück. „In deiner Eishockeyliga hältst du sicher alle Schüsse, nicht wahr?“

„Daddy hat ihn mir geschenkt. Es steht Pittsburgh Titans drauf.“

„Das sehe ich“, sagt sie und zerzaust ihm das Haar. Sie wendet sich an Tanner und fragt: „Und was hast du mitgebracht?“

Fast schüchtern streckt er ihr ein Blatt Papier entgegen. „Ich habe dir ein Bild gemalt.“

„Oh, wow“, ruft Brienne aus und wirft mir einen flüchtigen Blick zu, bevor sie ihm das Papier aus seiner kleinen Hand nimmt. Ich habe keine Ahnung, was er gemalt hat, aber als Brienne es entfaltet, legt sie sich eine Hand an die Brust. „O Tanner … es ist wunderschön.“

„Du hast mir erzählt, du magst Gänseblümchen, also habe ich Gänseblümchen gemalt“, erklärt er.

Mein Herz macht einen Satz, als ich sehe, wie aufmerksam er ist. Brienne geht in die Hocke und umarmt Tanner, dann zieht sie auch Jake in ihre Arme. „Also schön, ihr Rabauken … Der Fernseher im Wohnzimmer läuft und ist auf Disney+ eingestellt. Ab mit euch, damit ich weiter kochen kann.“

Die Kinder klingen wie eine Herde kleiner Elefanten, als sie aus der Küche eilen. Ich umrunde die Kochinsel und ziehe Brienne in meine Arme.

„Ich habe ein Geschenk für dich“, murmle ich in verführerischem Tonfall und beuge mich vor, um ihr einen Kuss auf das Kinn zu drücken.

Sie erschaudert sichtlich, doch sie schiebt mich von sich. „Ich weiß genau, was für ein Geschenk du für mich hast.“

„Den Versuch war es wert“, erwidere ich und lasse den Blick durch die Küche schweifen. Hier sieht es aus, als hätte ein Tornado gewütet. „Äh … bist du sicher, dass du alles unter Kontrolle hast?“

Brienne starrt mich finster an und stellt sich vor einen großen silbernen Topf. „Natürlich habe ich alles unter Kontrolle. Ich habe Daniels Anweisungen genau befolgt und den Truthahn um achtzehn Uhr in den Ofen geschoben, wo er vor sich hin gart. Sobald er fertig ist, soll irgend so ein rotes Dingsbums herausspringen. Ist Kiera gut in Red Wing angekommen?“

„Ja. Ich werde sie und Mom anrufen, damit die Jungs mit ihnen sprechen können.“

Ich hatte meine Mutter eingeladen, dieses Jahr zu Thanksgiving hierherzukommen, aber sie hatte bereits Pläne für ein Essen mit ihren Freunden aus der Kirche. Kiera hat beschlossen, sie zu besuchen, also sind nur die Jungs und ich bei Brienne, die darauf bestanden hat, das Essen selbst zu kochen.

Sie macht sich daran, die Kartoffeln mit der Hand zu stampfen. Aus Erfahrung weiß ich, wie mühsam das ist. Sie stößt einen frustrierten Seufzer aus und stöhnt vor Anstrengung. Ich schiebe sie mit der Hüfte beiseite. „Das ist Männerarbeit. Lass mich das machen.“

Sie verdreht die Augen, wendet sich dann aber der nächsten Aufgabe auf ihrer Liste zu.

„Hast du die Preiselbeersoße mitgebracht?“, fragt sie, während sie einen der beiden Öfen öffnet, um einen Blick auf etwas zu werfen, das wie ein grüner Bohnenauflauf aussieht.

„In der Einkaufstüte", antworte ich und zeige mit einem Kopfnicken darauf. „Da ist noch etwas für dich drin."

Sie sieht mich mit einer hochgezogenen Augenbraue an und geht zu der Tüte, um einen Blick hineinzuwerfen. Mit einem freudigen Lachen zieht sie einen Strauß Gänseblümchen heraus. „Offenbar war Tanner nicht der Einzige, der mir zugehört hat, als ich letzte Woche erzählt habe, dass Gänseblümchen meine Lieblingsblumen sind."

„Ich höre dir immer zu", versichere ich ihr. Verdammt, man könnte sogar behaupten, ich bin von ihr besessen.

Die letzten drei Wochen waren unglaublich und so viel besser, als ich mir je hätte träumen lassen.

Seit wir mit meiner öffentlichen Liebeserklärung die Sportwelt haben Kopf stehen lassen, ist unser Leben nahezu perfekt.

Zu Beginn waren wir überall in den Schlagzeilen zu sehen, doch mittlerweile sind wir ein alter Hut. Die Medien haben von uns abgelassen, was vor allem daran liegt, dass wir unsere Beziehung nicht kommentieren. Die anderen Spieler ziehen mich damit auf, dass ich nur dank meiner Freundin im Team bin, doch ich weiß, dass sie sich lediglich einen Spaß erlauben.

Crystal ist wieder verschwunden. Ich würde gern behaupten, dass ich mich darüber freue, doch es ist nicht unbedingt ein Segen. Denn nun fragen wir uns ständig, wann sie wieder auftauchen wird und ich bin die ganze Zeit auf der Hut. Ich bin nur froh, dass es den Jungs gut geht und sie glücklich sind, alles andere ist nicht wichtig.

Brienne verbringt so viel Zeit mit uns, wie es ihr Terminkalender zulässt. Was die Arbeit bei den Titans angeht, so hat sie die meisten Aufgaben an Callum übertragen. Sie lernt, mehr zu delegieren und hat dadurch abends etwas mehr Freizeit. Ich verbringe viel Zeit bei Auswärtsspielen mit ihr oder besuche sie nach den Heimspielen. Bisher hat sie noch nicht bei uns übernachtet, aber heute werden wir allesamt hierbleiben und sehen, wie die Jungs damit zurechtkommen. Wir wollen sie mit dem Gedanken vertraut machen, dass wir auch die Nächte miteinander verbringen. Für die Kinder ist es wie eine vergnügliche Pyjamaparty und es wird hoffentlich den Übergang erleichtern, wenn Brienne sich mehr und mehr in unsere Familie einfügt.

Ich habe die feste Absicht, mich später mit Brienne im Bett zu vergnügen, doch wir werden leise sein müssen.

„Hast du jemals darüber nachgedacht, zusammenzuziehen?", frage ich, während sie eine Dose Preiselbeersoße öffnet.

Als sie nicht zusammenzuckt, weiß ich, dass der Gedanke für sie nicht neu ist. Sie wendet sich mir zu. „Hin und wieder."

„Würdest du bei uns einziehen?" Ich verziehe die Lippen zu einem Grinsen, denn ich kenne die Antwort bereits.

„Und auf diesen Luxus verzichten?" Sie schnappt nach Luft und macht eine ausladende Geste. „Nein. Wenn wir bereit sind, zusammenzuziehen, werdet ihr hier wohnen. Wir können Kiera und die Jungs in einem Flügel unterbringen, während du und ich den anderen beziehen. Aber damit lassen wir uns noch Zeit, denn ich will, dass die Kinder sich erst an den Gedanken gewöhnen können.“

„Machst du Witze? Sie würden gleich morgen bei dir einziehen, wenn du sie lässt. Sie vergöttern dich.“

„Ich liebe sie auch.“ Sie seufzt und schenkt mir einen wehmütigen Blick.

„Was geht in deinem hübschen Köpfchen vor?“ Ich lasse den Kartoffelstampfer in den Topf fallen und gehe zu ihr, wobei ich die Arme um ihre Taille schlinge und sie an mich ziehe. Sie legt die Hände auf meine Arme und schmiegt ihren Kopf an meine Brust. „Ich hätte nie geglaubt, je so ein Glück zu haben. Eigentlich hatte ich nie von einem solchen Leben geträumt, doch jetzt kann ich mir nichts anderes mehr vorstellen.“

Ich denke darüber nach und drücke sie fest an mich. „Wir ändern uns alle irgendwann, nicht wahr? Ich weiß nur, dass du wie ein wahr gewordener Traum bist. Und mir war auch nicht klar, dass ich nach dir gesucht habe.“

Brienne dreht sich in meinen Armen um und neigt ihren Kopf zurück. „Ich liebe dich, Drake. Und ich liebe Colby, Tanner, Jake und Kiera. Und ich bin mir sicher, dass ich auch deine Mutter lieben werde, wenn ich sie erst einmal kennenlerne.“

In ihren Worten liegt so viel Dankbarkeit, doch sie wirkt auch ein wenig traurig. „Vermisst du Adam?“

„Du kennst mich wirklich gut“, antwortet sie und schmiegt ihren Kopf wieder an meine Brust.

„Ich bezweifle, dass der Schmerz je ganz verschwinden wird. Aber du hast jetzt eine neue Familie, die dich sehr liebt, Bri.“ Ich lege eine Hand an ihren Hinterkopf, um sie an mich zu drücken.

„Ich weiß“, murmelt sie. „Und ich bin glücklicher, als ich je für möglich gehalten hätte.“

Ich packe ihren Pferdeschwanz und ziehe ihren Kopf zurück, damit ich meine Lippen auf ihre pressen kann. Ich küsse sie leidenschaftlich und beuge sie sogar ein Stück nach hinten.

„Igitt“, ruft Jake aus, als er die Küche betritt und zum Kühlschrank geht.

Brienne und ich lösen unsere Lippen voneinander, aber ich halte sie weiterhin fest. Jake schnappt sich eine Flasche Wasser und macht sich auf den Weg zurück ins Wohnzimmer.

„Eines Tages wirst du auch jemanden auf diese Weise küssen“, rufe ich ihm hinterher.

„Nein, werde ich nicht“, entgegnet er.

Brienne lacht und versucht sich loszureißen, aber ich ziehe sie sofort wieder an mich und küsse sie erneut. Jake ist davon vielleicht angewidert, aber ich ganz sicher nicht.

Autorin

Seit ihrem Debütroman im Jahr 2013 hat Sawyer Bennett zahlreiche Bücher von New Adult bis Erotic Romance veröffentlicht und es wiederholt auf die Bestsellerlisten der New York Times und USA Today geschafft.

Sawyer nutzt ihre Erfahrungen als ehemalige Strafverteidigerin in North Carolina, um mitreißende und sexy Geschichten zu schreiben.

Sie mag ihre Helden stark und mit Ecken und Kanten. Wenn sie nicht gerade die Figuren ihrer Romane zum Leben erweckt, ist Sawyer Chauffeurin, Stylistin, Köchin, Putzfrau und die persönliche Assistentin ihres lebhaften Kindes sowie Vollzeitbetreuerin zweier niedlicher, aber ungezogener Hunde. Sie glaubt an das Gute im Menschen und auch daran, dass ein schlechter Tag durch ein Work-out oder ein Stück Kuchen – gern auch durch beides – besser wird.

www.sawyerbennett.com

www.sawyerbennett.com/bookshop/german